SCIENCE FICTION

Herausgegeben
von Wolfgang Jeschke

Ein Verzeichnis der STAR TREK®-Serie
finden Sie am Schluß des Bandes.

REBECCA NEASON

STAR TREK®
THE NEXT GENERATION

DER KRONPRINZ

Roman

The Next Generation™
Band 32

Deutsche Erstausgabe

WILHELM HEYNE VERLAG
MÜNCHEN

HEYNE SCIENCE FICTION & FANTASY
Band 06/5414

Titel der Originalausgabe
GUISES OF THE MIND
Übersetzung aus dem Amerikanischen von
HORST PUKALLUS

Umwelthinweis:
Dieses Buch wurde auf
chlor- und säurefreiem Papier gedruckt.

Redaktion: Rainer Michael Rahn

Erstausgabe bei POCKET BOOKS,
a division of Simon & Schuster, Inc., New York

Printed in Germany 1996
Umschlagbild: POCKET BOOKS/Simon & Schuster, Inc.
Umschlaggestaltung: Atelier Ingrid Schütz, München
Technische Betreuung: M. Spinola
Satz: Schaber Satz- und Datentechnik, Wels
Druck und Bindung: Ebner Ulm

ISBN 3-453-09865-X

Darum der Berufene also:
… Er verachtet schwer erlangbare Güter,
Er lehrt die Nichtgelehrtheit,
Er wendet sich dem zu,
Woran die Menschen vorbeigegangen sind …

… Sein und Nichtsein einander erzeugen.
Schwierig und Leicht einander zustandebringen.
Hoch und Nieder einander verkehren …

LAO-TSE: *Tao-Te-King*

Herr, mache mich zum Werkzeug Deines Friedens.
Wo Haß ist, laß mich Liebe säen.
Wo Zwietracht, da Vergebung.
Wo Zweifel, da Glauben.
Wo Verzweiflung, da Hoffnung.
Wo Finsternis ist, dort Licht …

FRANZ VON ASSISI

Es ist logisch, daß man Frieden anstrebt.
Bevor man Frieden erringen kann, muß man
die Beherrschung der eigenen Leidenschaft
erlernen. Um die Herrschaft über die
Emotionen zu erlangen, muß man zuvor die
vielerlei Schimären des Geistes
durchschauen …

SURAK vom Planeten Vulkan

1

Der junge Lieutenant auf der Transporterplattform starrte Troi aus nervösen, furchtsamen Augen, an.

»Es geht alles gut, Geoff«, beteuerte die Counselor, indem sie in ihren Tonfall mehr Zuversicht einfließen ließ, als sie wirklich empfand. Samantha Tuttle, die neue Transporterchefin, die an den Kontrollen stand, stieß ein Räuspern aus.

»Die Starbase sendet das Bereitschaftssignal, Counselor«, sagte sie zu Troi.

»Danke, Transporterchefin«, antwortete Troi, ohne den Blick von ihrem transferbereiten Patienten zu wenden. »Dr. Fletcher wartet schon auf Sie, Geoff«, erklärte sie ihm. »Alles ist arrangiert worden. In sechsunddreißig Stunden trifft die *Skylark* ein, mit der Sie nach Beta Arkturus heimfliegen können. Dr. Fletcher begleitet Sie. Er hat eine Kopie Ihrer Krankenakte. Die Ärzte in der Klinik sind auf Sie vorbereitet. Sie haben es fast geschafft.«

Trotzdem verminderte das Grauen in den Augen des jungen Mannes sich nicht im geringsten. Seine Zunge fuhr über die trockenen Lippen. Er rang um eine Antwort.

»Vielen Dank«, brachte er schließlich hervor. »Ich bedaure, daß ich … Ich war ein schlechter Patient.«

Troi schenkte ihm ihr gelungenstes professionelles Lächeln. »Sie sind ein einsichtiger Patient gewesen. Vergessen Sie nicht, es gibt keine Wunderheilungen. Alles braucht seine Zeit.«

Der Lieutenant nickte. Troi ging auf Abstand und trat zu Transporterchefin Tuttle, die noch auf das Zeichen zur Betätigung der Transporterkontrollen wartete.

»In ein paar Tagen sind Sie zu Hause, Geoff. Sind Sie soweit?«

Noch einmal nickte der Lieutenant. Troi berührte Tuttles Arm. Die Hände der Transporterchefin bewegten sich über die Schaltflächen. Ein Summen ertönte, Helligkeit strahlte; die Gestalt des Lieutenants löste sich auf.

»Leben Sie wohl, Geoff«, wünschte Troi ihm leise, als er verschwand. »Viel Glück für die Zukunft.«

»Die Starbase signalisiert, daß Lieutenant Salah angekommen ist«, teilte Tuttle der Counselor mit.

Troi sah sie an und lächelte matt. Dann wandte sie sich ab. Nun konnte die Counselor nur noch in ihr Quartier zurückkehren und ihre Aufzeichnungen um den letzten Vermerk über Lieutenant Salahs ergänzen.

Troi verließ den Transporterraum. Crewmitglieder grüßten sie, während sie den Korridor hinab zum Turbolift schlenderte. Sie nickte ihnen zu; aber eigentlich bemerkte sie sie nicht so richtig. Momentan war ihr Verhalten rein reflexmäßig und professionell geleitet; es stand in keinem Zusammenhang mit ihren Gedanken, die unverändert Geoff Salah galten. Sie hatte noch den Ausdruck kaum beherrschter Panik vor Augen, der sich im Laufe der vergangenen Wochen in seinem Gesicht festgefressen hatte.

Troi hatte immer gewußt, daß Starfleets Psycho-Profile keinen Anspruch auf Vollkommenheit stellen konnten, und sich damit abgefunden. Doch selbst in ihrem latenten Stadium hätte Salahs Phobie diagnostiziert werden müssen, überlegte sie zum hundertsten Mal, als sie den Turbolift betrat. Sie nannte dem Bordcomputer ihr Ziel.

Geoff Salah hätte nie an Bord eines Raumschiffs geschickt werden dürfen. Dennoch hatte man es getan. Und sie hätte fähig sein müssen, ihm zu helfen. Sie hatte versagt, und das schmerzte sie bitterlich.

Troi gelangte zu ihrem Quartier und ging hinein. Leise schloß sich hinter ihr die Tür. Erst jetzt ließ sie ihre Fassade professioneller Gelassenheit fallen. Ihre Schultern sackten abwärts, indem sie sich rücklings an die Wand lehnte, die Lider sanken ihr herab. Für einige wenige, kurze Augenblicke ähnelte Deanna Trois Haltung der Gestalt von Atlas, den die Last der ganzen Welt niederbeugte.

Zu guter Letzt nahm sie einen tiefen Atemzug und straffte die Schultern. Sie hatte noch mehr Arbeit zu bewältigen.

Die Counselor setzte sich an ihren Schreibtisch. Sie drückte am Computerterminal eine Taste, schaltete den Apparat auf vocoderfreien Aufzeichnungsmodus; momentan mochte sie nicht einmal die angenehme Sprachprozessorstimme des Computers hören.

»Ergänzung zum Logbuch der Counselor«, fing sie an, »Sternzeit 45741.9. Wir haben gerade einen sechsstündigen Aufenthalt bei Starbase 212 beendet und die Passagiere an Bord genommen, die mit uns nach Capulon IV fliegen. Zudem ist hier …« Troi verstummte und atmete ein zweites Mal tief durch.

»Einer meiner Patienten hat das Raumschiff verlassen. Aufgrund meiner Empfehlung hat Lieutenant Geoff Salak unbegrenzten Krankenurlaub und die Erlaubnis zur Rückkehr auf seinen Heimatplaneten erhalten. Es ist unwahrscheinlich, daß er je wieder auf einem Raumschiff tätig sein kann.«

Troi lehnte sich in den Sessel und schloß noch einmal die Augen. Sie fühlte sich gründlich ausgelaugt. Lieutenant Salahs plötzlich ausgebrochene Phobie hatte sein Leben ruiniert und ihn beinahe völlig um den Verstand gebracht. Trois wochenlange Bemühungen, ihm dabei zu helfen, dagegen anzukämpfen, hatten sie nachhaltig erschöpft.

Bei jeder therapeutischen Sitzung hatte seine wachsende Paranoia Trois Hirn härter bedrängt. Während die Anzeichen seiner Phobie sich häuften, hatte Troi selbst Angstzustände und Schlaflosigkeit, Konzentrationsmangel und bedrückende, wahnhafte Ahnungen nahen Unheils zu erdulden gehabt – ein empathisches Echo von Salahs Symptomen.

Sie war nicht einmal dazu in der Lage gewesen, Salah zu versichern, seine Ängste und Befürchtungen seien grundlos. Daß die *Enterprise* durchs Vakuum flog, so wie jedes Raumschiff, war die Realität. Die mit einem solchen Flug verbundenen Gefahren waren zu viele, als daß man sie alle hätte aufzählen können: Systemfehler, Lecks infolge Asteroideneinschlags oder feindlichen Feuers, unbekannte und manchmal feindselige Lebensformen, Ionenstürme, Novae und Supernovae und tausend sonstige Risiken. Sie gaben die Bedingungen ab, die man schlichtweg akzeptieren mußte, wenn man sich für den Starfleet-Dienst entschied. Sie gehörten mit zum Abenteuerlichen der Raumfahrt.

Und genau sie waren die Begleitumstände, die Lieutenant Geoff Salah nicht mehr verkraften konnte.

Erneut verfolgte Troi der gespenstische Anblick seines gequälten, furchtgeplagten Gesichts. Gleich darauf überschwemmte eine weitere Woge abgrundtiefer Müdigkeit die Counselor. Niedergeschlagenheit kroch ihr mit ersten, noch hauchfeinen Fühlern ins Hirn.

Troi beendete die Aufzeichnung. Sie konnte sie später, wenn sie wieder besser mit sich selbst im reinen war, jederzeit ergänzen. Die Counselor atmete gründlich durch und danach langsam aus; dann rief sie an ihrem Terminal die Terminplanung des Nachmittags auf.

Die nächste, schon in wenigen Minuten fällige Sitzung sollte mit Bio-Tech Theodore Aske und Roberta

Plummer, Leiterin des geowissenschaftlichen Labors, stattfinden. Sie betraf lediglich eine freiwillige voreheliche Beratung. Trois Lippen verzogen sich zu einem schwachen, nur andeutungsweisen Lächeln. Sie war darüber froh, daß ihr nun nichts Schwierigeres bevorstand. Bei den drei bisherigen Gesprächen mit Aske und Plummer hatte nichts darauf hingewiesen, daß sie etwas anderem als einer langen, glücklichen Ehe entgegensehen müßten.

Doch sobald sie den darauffolgenden Namen der Liste las, widerspiegelten Trois dunkle Augen neue Sorgen. Fähnrich Johann Marshall. Auch ihn hatte sie durch einen schweren Leidenszustand zu begleiten: Kummer, Schuldgefühle und Verbitterung.

Vor einem Monat hatte Marshall die Nachricht vom Tode seines Vaters erhalten und sich um Trost an Troi gewandt. Seither hatten seine düsteren, negativen Emotionen alle Beratungssitzungen mit ihm geprägt. Marshall leugnete, irgend etwas anderes als Verlust und Trauer zu empfinden. Oft saß er in Trois Büro nur da und sprach kaum ein Wort. Dann erfüllten die Emanationen seiner finsteren, grüblerischen Gefühle die Räumlichkeit und durchbebten Trois Bewußtsein.

Sie hätte sich mental abschirmen, eine undurchdringlich feste, geistige Mauer um ihr empathisches Talent errichten können. Aber sie erduldete diese Emanationen. Andernfalls müßte sie mit der Möglichkeit rechnen, irgendeinen wichtigen Hinweis darauf zu übersehen, weshalb die Selbstvorwürfe des Fähnrichs stärker als seine Trauer ausfielen. Bevor er diese Tatsache offen anerkannte, gab es für ihn keine Aussicht auf Heilung.

Im Fall Marshall wollte sie keinesfalls zu scheitern. Darum ließ sie ihre Empathie ungeschützt.

»Und wer hilft der Counselor?« fragte sie laut, während sie aufstand und ihren Körper in die Haltung optimistischer Professionalität brachte: Schultern zurück,

Brust nach vorn, Kinn erhoben. Gleichzeitig stellte sie sich mental darauf ein, ihr Büro aufzusuchen und energisch die restlichen Aufgaben des heutigen Tages zu erledigen.

Der an ihre Uniform geheftete Insignienkommunikator piepste. Leicht berührte sie ihn mit der Hand. »Hier Troi«, meldete sie sich.

Die Kom-Frequenz übertrug die wohlklingende Stimme Captain Picards. »Counselor, morgen abend um neunzehn Uhr veranstaltete ich einen Empfang, um unsere Gäste an Bord zu begrüßen. Falls Sie keine anderen Pläne haben, wäre ich erfreut, wenn Sie auch teilnehmen.«

Allzeit bereit, das ist mein Schicksal, schoß es Troi durch den Kopf. Sie wußte, der Captain erwartete von ihr, daß sie sogar bei einem harmlosen geselligen Zusammensein wie einem Empfang die Emotionen der Anwesenden sondierte. Er verstand einfach nicht, wieviel er von ihr verlangte; niemand auf der *Enterprise* konnte nachvollziehen, wie sehr diese andauernd praktizierte Sensitivität die Counselor strapazierte.

Sie versuchte, sich nichts von ihren Gedanken anmerken zu lassen, als sie dem Captain antwortete. »Danke, Sir«, sagte sie lediglich. »Ich werde dasein.«

Picard trennte die Verbindung. Troi strebte zur Tür, die lautlos vor ihr aufglitt. Die Counselor beschloß, sich am heutigen Abend ihrer bevorzugten Eigentherapie zu widmen. Sobald sie dienstfrei hatte, wollte sie schnurstracks in den Gesellschaftsraum des zehnten Vorderdecks gehen und sich von Guinan den größten Schokoladen-Milcheisbecher der Galaxis servieren lassen...

Auf der Kommandobrücke fühlte Captain Jean-Luc Picard sich gerade einmal äußerst zufrieden mit seinem Leben, während er sich im Kommandosessel bequem zurechtsetzte. Seine Passagiere, Angehörige des Ordens der Kleinen Mütter, waren bemerkenswerte Individuen: Mitglieder einer jahrhundertealten konfessionellen Organisation. Picard war bekannt, daß zahlreiche Zeitgenossen, selbst wenn sie das Wirken der Kleinen Mütter respektvoll anerkannten, religiöse Verbände als anachronistisch erachteten.

Picard war gegenteiliger Meinung. Als Kenner der Geschichte blieb er sich stets deutlich der Rolle bewußt, die Religion bei der Ausbreitung der Zivilisation gespielt hatte.

Gleichzeitig war er ein zu ehrlicher Laienforscher, um die vielen Greuel, die im Namen der Religion verübt worden waren, zu übersehen oder abzustreiten. In der irdischen Geschichte war dergleichen allzu oft vorgekommen, ähnlich wie auch auf fremden Welten und manchmal sogar häufiger als andernorts. Doch waren es religiöse Organisationen gewesen, die in finsteren geschichtlichen Epochen das Licht des Rechts und des Lernens, den Kern der Zivilisation, bewahrt hatten; ohne sie wäre dies Licht vielleicht erloschen.

Die Kleinen Mütter blickten auf eine Geschichte zurück, die man als beispielhaft für das einstufen mochte, was religiöse Ordensgemeinschaften sein sollten und konnten. Schon als Schulbub hatte Picard von ihnen erfahren; seitdem hatte ihnen seine Bewunderung gegolten. Im Verlauf der Jahre hatte er immer auf Erwähnungen des Ordens geachtet, sowohl in Geschichtstexten wie auch in aktuellen Kommuniqués der Föderation.

Der Einsatz der Kleinen Mütter zugunsten der unerwünschten Kinder der Galaxis – ohne Berücksichtigung ihres körperlichen oder geistigen Zustands, der Herkunft oder des Heimatplaneten – genoß legendäres Ansehen und lieferte ein inspirierendes Vorbild. Picard freute sich darauf, einige von ihnen seiner Besatzung vorstellen zu können – und seine Crew, auf die er zu Recht stolz war, den Vertreterinnen der Kleinen Mütter.

Picard drehte sich um und sah, daß sein Erster Offizier ihn beobachtete. »Ihre Miene erinnert mich an die alte Redensart von der Schlange und dem Kaninchen«, sagte Riker. Ein Lächeln umzuckte seine Mundwinkel.

»Tja, Nummer Eins, ich bin wirklich sehr angetan... Sowohl von unseren Passagieren wie auch von unserem neuen Auftrag.«

»Trotzdem kapiere ich daran eine Kleinigkeit nicht, Captain«, gestand Riker. »Wir fliegen nach Capulon IV, um das endgültige Abkommen zwischen diesem Planeten und der Föderation zu unterzeichnen...«

»Ja.«

»Und warum nehmen wir zwei Nonnen mit?«

Einen Moment musterte Picard den Ersten Offizier; dann verzog er den Mund zu einem ansatzweisen, rätselhaften Schmunzeln.

»›Ein Mann, der seinem Traume folgt vor allen Dingen
Vermag wohl eine Krone kühn sich zu erringen;
Und Männer drei, bekränzt mit neuen Liedes Laub,
Die treten nieder ein Reich gar in den Staub.‹«

»Wie, Captain?«

»Ich habe das Gedicht eines irischstämmigen Poeten des neunzehnten Jahrhunderts namens O'Shaugnessy zitiert. Es bedeutet, daß eine kleine Gruppe von Individuen mit Weitblick und Entschlossenheit Geschichte machen oder ihren Lauf bestimmen kann. Nach dem, was ich über den jungen Monarchen auf Capulon IV gelesen habe, bin ich der Ansicht, er ist so ein Individuum. Ich vermute, Nummer Eins, der König hat vor, mit Hilfe dieser Nonnen kein Reich ›in den Staub‹ zu treten, sondern ein Reich aufzubauen.«

2

Joakal I'lium, König von Capulon IV, schritt zu seinen Gemächern im dritten Stockwerk des Palastes. Er bewegte sich auf eine unbekümmerte, raumgreifende Weise, die erkennen ließ, daß er im Leben kaum Hindernisse kannte.

Gekleidet war er in die Farben der Adelssippe I'lium. Ein langes, karmesinrotes Gewand mit weiten Ärmeln, goldenen Knöpfen und goldgelber Schärpe verlieh seinen schmalen Schultern Breite; die lockere, ebenfalls karmesinrote, in Knöchelhöhe in die Stiefel geschobene Hose ließ seine mittelgroße Erscheinung etwas höher wirken. Nach der Mode junger Männer trug er das schwarze Haar lang und nach hinten gekämmt. Strähnen des Kopfhaars umspielten den Stehkragen des Gewands sowie den gestutzten Kinn- und Schnauzbart, der die vornehmen Umrisse seiner Lippen verbarg. Dank der Frisur sah er jünger als seine neunundzwanzig Jahre aus.

Ihn begleitete Aklier, ein Mitglied des Ältestenrats. Er hatte eine Kleidung gleichen Schnitts an, aber im Orange und Braun seiner Adelssippe; zusätzlich hatte er die bis zum Knie reichende, ärmellose Männer-Langweste übergestreift.

Aklier war kleiner und stämmiger als Joakal. Im Alter von siebenundsechzig Jahren war die männlich-stolze Haltung, die man Joakal ansah, längst aus Akliers Gebaren verschwunden. Er hatte gebeugte Schultern; seine Schritte federten nicht mehr so auf dem

Boden wie in früheren Zeiten. Haar und Bart zeichneten sich durch das dunkle Silbergrau ehemals schwarzen Haarwuchses aus. Obwohl der Vollbart viele der Falten in Akliers Gesicht verdeckte, wußte er selbst, daß es diese Falten gab; und er war sich darüber im klaren, daß sie sich mit jedem verstreichenden Jahr tiefer eingruben.

Während die zwei Männer Seite an Seite den Korridor entlangschritten, dröhnten ihre Stiefel dumpf auf dem Steinboden. Das Geräusch durchdrang die Stille der späten Stunde. Joakal beachtete es kaum; ebensowenig befaßte er sich in Gedanken mit seinem Begleiter. Seine Überlegungen galten den Einzelheiten der bevorstehenden Krönung sowie der anschließenden Erfüllung seiner seit langem gehegten Träume und Pläne.

Seit neun Jahren, also seit dem Tod seines Vaters und der Thronbesteigung, fungierte Joakal als Vorsitzender des Ältestenrats. So sah es bei seinem Volk der Brauch vor. Nun erwartete ihn in Kürze die Reifeweihe. In siebenundzwanzig Tagen wurde er dreißig Jahre alt; und drei Tage danach sollte er zum *Absolutus* gekrönt werden.

Im Verlauf der vergangenen neun Jahre hatte Joakal immerzu von den Wandlungen geträumt, die er für sein Volk zu erwirken gedachte. In diesen und etlichen vorherigen Jahren hatte er sich in die Gesetze und die Historie des Volkes vertieft und Pläne geschmiedet. Noch verfolgte er seine Absichten nur im geheimen; denn ihre Verwirklichung verlangte eine neue Auslegung althergebrachter Maßgaben und eine neuartige Betrachtungsweise. Solche Vorstellungen konnte er erst als Absolutus durchsetzen.

Bald durften seine Träume wahr werden. Spätere Zeiten würden ihn als Joakal den Gerechten kennen, als Joakal den Gesetzgeber.

Und er hatte noch ein großes Ziel: die schöne Elana,

seine geliebte Elana. Den letzten Monat vor seiner Krönung verlebte sie auswärts, in ihrem Elternhaus; dort wollte sie darüber Klarheit finden, ob sie ihn heiraten oder in den Tempeldienst eintreten wollte. Auf alle Fälle hatte sie versprochen, am Tag der Krönung zurückzukehren und ihm ihre Entscheidung mitzuteilen.

Sie *wird* mich heiraten, dachte Joakal. Sie *muß* es. Joakal liebte sie zu sehr, als daß für ihn überhaupt etwas anderes in Frage kam. Ihr allein hatte Joakal bisher seine vielen Träume und Pläne anvertraut. Sie allein auf dem ganzen Planeten wußte, welche konkreten Maßnahmen er schon eingeleitet hatte, um einen ersten Traum zu verwirklichen. Sie würde an seiner Seite stehen, wenn er seine Antrittsrede hielt. Sie sollte an seiner Seite herrschen; gemeinsam könnten sie diese Welt in ein neues, ein goldenes Zeitalter führen.

Der junge König wandte sich an seinen Begleiter. »Haben Sie inzwischen eine Nachricht von dem Föderationsraumschiff erhalten?« erkundigte er sich. »Dürfen wir sicher sein, daß es pünktlich eintrifft?«

»Wir haben keine Botschaft des Schiffs erhalten«, gab Aklier zur Antwort. »Andernfalls wären Sie unterrichtet worden. Aber ich bin der Überzeugung, daß es rechtzeitig ankommt.«

»Stellen Sie sich das alles einmal vor, Aklier«, meinte Joakal. In seinen Augen glomm der Glanz all seiner unausgesprochenen Träume. »Denken Sie nur einmal daran, was das für unser Volk bedeutet. Der Weg zu den Sternen wird uns aufgetan. Sämtliche Völker der Föderation werden unsere Brüder sein. Wir können von ihnen lernen, und sie von uns.«

Die Ankunft des Föderationsraumschiffs und der angekündigte Vertragsabschluß: ganz Capulon wußte darüber Bescheid. Doch wen das Schiff brachte und was diese Personen repräsentierten – daraus bestand das von Joakal gehütete Geheimnis. Den Aberglauben der Vergangenheit zu überwinden, die wissenschaftlichen Wunder von hundert Welten zu durchschauen: das war die Zukunft, die er Capulon IV zu erschließen beabsichtigte.

Dermaßen vertieft war er in seine Zukunftsvision, daß er nicht die verstohlenen Blicke bemerkte, die sein Begleiter den Türen zuwarf, die sie passierten. Ebensowenig fiel ihm auf, daß plötzlich Schweißperlen auf Akliers Stirn schimmerten.

Unverdrossen ging Joakal seines Wegs. Hinter ihm öffnete sich an gutgeölten Angeln lautlos eine Tür. Eine Gestalt schlüpfte hervor.

Unvermittelt packten Hände Joakals Schultern und rissen ihn herum. Ein erstickter Aufschrei entfuhr ihm. Er sah eine Faust auf sich zusausen. Kurz bevor sie ihn traf und die Welt vor seinen Augen in Schmerz und Dunkelheit zersprang, erblickte Joakal noch das Gesicht des Angreifers.

Sein eigenes Gesicht.

3

Troi beugte sich näher zum Spiegel, während sie die letzte Haarnadel in ihre Frisur schob. Dann klippte sie sich die Ohrringe an die Ohrläppchen und tat einen Schritt rückwärts, um sich von ihrer Erscheinung einen Gesamteindruck zu verschaffen.

Nicht übel, versicherte sie sich, indem sie sich ein wenig von einer zur anderen Seite drehte. Für den Empfang des heutigen Abends hatte Troi sich aus dem Mode-Bordkatalog ein neues Kleid ausgesucht, dessen Stil und Farbe ihr zusagte. Der hochgeschlossene Rücken und der leicht herzförmige Stehkragen verliehen ihrem Hals ein anmutig langes Aussehen; das dunkle Granatrot des Kleids paßte wunderbar zu ihrer Haut. Gar nicht übel, befand sie nochmals, während sie mit der Hand über das hautenge Oberteil strich, das in Bauchhöhe in den weiten Faltenwurf überging. Sie glättete einen winzigen Kniff im Stoff.

Troi schaute auf die Chronometeranzeige: 18:45. In zehn Minuten wollte Will Riker kommen, um sie zum Empfang zu begleiten. Troi schlenderte zum Nahrungsspender.

»Heiße Schokolade«, orderte sie. Doch als der Apparat das Getränk fabriziert und sie ein Schlückchen genommen hatte, zog sie eine Grimasse. Die dickliche, süße Brühe besserte ihre Laune so wenig wie der riesige Eisbecher am Vorabend; genausowenig wie das doppelt lange Körpertraining, bei dem sie am Morgen im Sportstudio geschwitzt hatte. Noch immer plagte sie die Sorge um Lieutenant Salah; unvermindert bedrückte sie ihr Unvermögen, ihm zu helfen. Und nach wie vor fühlte sie sich ungeheuer müde.

»Also, was will ich eigentlich?« fragte Troi sich laut und begann auf und ab zu gehen. Gerade sie müßte sich über ihre Gefühle im klaren sein; ausgerechnet sie sollte dazu in der Lage sein, sie zu definieren und zu analysieren.

Na gut, dachte sie und beschloß, eine Technik anzuwenden, die sie öfter ihren Patienten empfahl. Ich stelle eine Liste auf. Punkt eins: Arbeit, Beruf. War sie noch von dem überzeugt, was sie tat? Ja. Troi wußte, der Entschluß, Psychologin zu werden und in Starfleet-Dienste zu treten, war richtig gewesen. In dieser Hinsicht empfand sie keine Zweifel und kein Bedauern.

Punkt zwei: ihre Dienststelle. Wäre sie lieber woanders tätig, auf einer Starbase oder einem Planeten, vielleicht sogar beim Starfleet-Oberkommando oder an der Starfleet-Akademie? Nein. Sie arbeitete gern auf der *Enterprise* und mochte die Menschen an Bord.

Punkt drei: Privatleben. Nein – in diesem Bereich neigte sie *am wenigsten* zu Veränderungen. Zu Ehe und Kindern war sie vorerst nicht bereit. Sie wäre unehrlich, hätte sie behauptet, niemals daran zu denken; um *konkrete Absichten* handelte es sich jedoch nie. Diese Entscheidung hob sie sich auf für eine spätere Phase ihres Lebens. Gegenwärtig hatte sie Freunde, ihr nahestehende und geschätzte Freunde und Bekannte wie Will Riker und Beverly Crusher, Captain Picard, Geordi, Worf und Data; und etliche mehr. Das verhinderte, daß sie unter Einsamkeit litt.

Einsamkeit. Das Wort veranlaßte Troi stehenzubleiben. Sie war nie einsam. Und eben da verbarg sich das Problem. Nie war sie *allein.* Sogar in ihrem Quartier spürte sie ringsum die Anwesenheit von rund fünfzehnhundert Menschen. Sie nahm Liebe und Haß, Kummer und Sorgen, Freude und Triumph nicht nur der Crewmitglieder wahr, sondern auch ihrer Ehepartner und Kinder. All das glich in ihrem Hirn einem ununterbrochenen weißen Rauschen.

Selbstverständlich hatte Troi als Counselor des Raumschiffs die dienstliche Pflicht, sich aller mentalen Vorgänge bewußt zu sein; nicht nur in bezug auf die geistige und emotionale Verfassung der Crew, sondern auch zum Schutz gegen etwaige unsichtbare Gefahren, die den Geist der an Bord befindlichen Menschen bedrohen mochten. In dieser Beziehung verließ der Captain sich auf sie; und ebenso jeder andere auf dem Raumschiff.

Was ich brauche, überlegte Troi, ist Urlaub. Ich muß mir einmal eine gewisse Zeit gönnen, in der niemand sich auf mich verläßt. Ich muß mein Dasein wieder in einen normalen Blickwinkel rücken.

Der Türmelder summte. »Herein«, rief sie. Die Tür glitt auf. Davor stand Commander Will Riker. Er wirkte in seiner Paradeuniform auf männliche Weise attraktiv. Zärtlichen Blicks betrachtete er Troi, schaute langsam an ihr hinauf und hinab. Schließlich stieß er einen gedehnten Pfiff der Anerkennung aus.

»Deanna, du siehst hervorragend aus«, sagte er.

»Danke, Will.«

Riker streckte ihr den Arm entgegen; Troi ging zu ihm und hakte sich ein. Während sie gemeinsam durch den Korridor zum Turbolift strebten, schwelgte Troi in der vertrauten Nähe von Rikers Emotionen. Sein Gefallen an ihr und seine Zuneigung waren für ihre ermattete Seele der reinste Balsam.

Wir sind unterwegs zu einem Empfang, rief sie sich mehrmals in Erinnerung. Es ist lediglich eine gesellschaftliche Veranstaltung. Keine Gefahren lauern, keine Risiken sind zu beachten. Keine verfeindeten Würdenträger sind da. Es geht um keinerlei heikle Verhandlungen. Wir fliegen in friedlicher Mission durch einen bekannten Teil des Weltraums. Andere Raumschiff kommen ohne betazoidische Counselor zurecht. Vielleicht kann ich meinen Geist einfach einmal für ein Weilchen gegen alles abschirmen und den Abend genießen. Sozusagen einen Kurzurlaub einschieben.

Troi wandte den Kopf und lächelte Will Riker an. Die Herzlichkeit in seinen Augen, als er ihr Lächeln erwiderte, erfüllte sie mit Freude.

Die übrigen Gäste hatten sich schon versammelt, als Troi und Riker den Speisesaal auf Deck 8 betraten. Troi sah, daß sämtliche männlichen Offiziere ihre Paradeuniform angelegt hatten; Beverly Crusher dagegen hatte, wie Troi, Zivilkleidung vorgezogen. Die Bordärztin stand neben dem Captain. In ihrem orientalisch geschnittenen Hosenanzug aus zartgrüner chinesischer Seide wirkte sie regelrecht exotisch.

Um die Stimmung im Saal zu erfassen, hätte Troi nicht ihres betazoidischen Wahrnehmungsvermögens bedurft. Neben Dr. Crusher hatte Captain Picard seine seltene, breite Schmunzelmiene aufgesetzt. Er strahlte so offensichtlich Stolz und Vergnügen aus wie Beverly heitere Gelassenheit. Links vom Captain entfaltete Geordi seine ganze Neigung zur Geselligkeit. Troi fragte sich, welche Anekdote er wohl erzählte, während er lebhaft mit den Armen fuchtelte.

Bei ihm hielt sich Worf auf, bewahrte jedoch ein wenig Abstand. Der Blick des Klingonen schweifte unablässig durch den Saal; sein angespannter Körper bezeugte pausenlose Handlungsbereitschaft. Unterdessen beobachtete Data die Anwesenden mit einer Miene neugieriger Fasziniertheit.

In der Mitte dieser Gruppe standen zwei Nonnen. Beide trugen die gleiche Art von knöchellanger Kutte aus dickem braunen Stoff, um die sie in Taillenhöhe eine geflochtene Kordel geschlungen hatten. Auf dem Kopf hatte jede einen kurzen, weißen Schleier. Als Schuhe benutzten sie Sandalen.

Die eine Nonne hatte an einem Lederriemen ein hölzernes Brustkreuz um den Hals hängen. Sie stand gesenkten Kopfs da und hielt den Blick nach unten gerichtet, als wäre sie insgeheim in Andacht versunken.

Innerlich atmete Troi vor Erleichterung auf: Hier war alles, wie es sein sollte. Also konnte und durfte sie sich tatsächlich für eine Weile etwas Entspannung gönnen. Indem sie lächelte, umgab sie ihre Psyche mit mentaler Abschirmung und betrat den Saal. Der Captain blickte hoch und sah sie.

»Gut, da kommen ja die Counselor und Nummer Eins«, sagte Picard. »Ich bin froh, daß Sie da sind. Hierher mit Ihnen, ich mache Sie gleich mit den Kleinen Müttern bekannt.«

Unverändert Arm in Arm, folgten Troi und Riker der Aufforderung des Captains. Er stellte ihnen die Nonnen vor. Die Nonne mit dem Kreuz war Mutter Veronica, eine Äbtissin des Ordens. Die andere Nonne nannte sich Schwester Juliana. Sie flogen nach Capulon IV, um für ihre Ordensgemeinschaft erste Kontakte zur Regierung zu knüpfen; in wenigen Wochen sollten dort weitere Ordensfrauen eintreffen.

Der Empfang lief in schönster Reibungslosigkeit ab. Troi mußte die Weise bewundern, wie der Captain den Gastgeber spielte. Mit zeitlich geschickt gestellten Fragen und Bemerkungen gewährleistete er den Fortgang einer interessanten Konversation; gleichzeitig behielt er die Teller und Trinkgefäße der Gäste im Auge und sorgte unauffällig dafür, daß man ihre Weingläser nachfüllte, Essenstabletts herumreichte und Delikatessen in Reichweite abstellte.

Troi saß am Tisch Mutter Veronica gegenüber. Die Nonne war während der Mahlzeit schweigsam geblieben. Troi war aufgefallen, daß sie kaum mehr als einen Löffelvoll gegessen hatte. Für den geübten Blick der Counselor erregte die Nonne einen sorgenschweren, erschöpften Eindruck.

Schwester Juliana hingegen, die ihren Platz an Trois linker Seite hatte, enthüllte ein putzmunteres Wesen. »Unser Orden ist achtzehnhundert*drei*undsiebzig, nicht achtzehnhundertvierundsiebzig gegründet worden, Captain«, sagte sie. »Im Oktober. Am vierten Oktober. Dem Festtag des heiligen Franz von Assisi, nach dessen Ordensregeln wir uns richten.«

Schwester Juliana unterbrach ihren Exkurs und lachte. »Sie müssen entschuldigen, Captain«, meinte sie. »Ich halte Geschichte eben für ein faszinierendes Thema. Ich werde jedesmal mitgerissen, wenn ich darüber rede.«

Picard lächelte. »Ich habe selbst großes Interesse an Geschichte. Abgesehen von der Arbeit, die Sie leisten – und der ich übrigens die größte Hochachtung entgegenbringe –, weckt an Ihrem Orden unter anderem eines mein Interesse: die Tatsache, daß er so viele Jahrhunderte überdauert hat. Sogar heute, da die Religion in der Gesellschaft keine so erhebliche Bedeutung mehr hat, könnte man den Eindruck haben, daß Ihr Orden gedeiht.«

»Es ist nicht immer leicht für uns gewesen«, antwortete Schwester Juliana ernst. »Oft war unser Orden kurz vor dem Aussterben. Sobald eine Ära religiöser Apathie anbrach, schrumpfte unsere Zahl. Aber ein paar von uns sind immer übriggeblieben, um die Tätigkeit fortzusetzen.«

Sie neigte den Kopf ein wenig seitwärts und musterte den Captain. »Wenn Sie äußern, Religion habe in der Gesellschaft ›keine so erhebliche Bedeutung mehr‹, muß ich Sie fragen, in welcher Gesellschaft? Bei den Vulkaniern, deren disziplinierte Schule reiner Logik, das Kolinar, mit ihren mystischen Katra-Lehren koexistiert? Bei den Bajoranern, die einmütig behaupten, während der langen Jahre der cardassianischen Herrschaft hätte ausschließlich ihr spiritueller Glaube sie als Gemeinschaft zusammengehalten? Ich könnte noch Dutzende derartiger Beispiele anführen.«

»Vielleicht hätte ich sagen sollen«, räumte Picard ein, »daß Religion auf der Erde nicht mehr so wichtig wie früher ist.«

»Oh, nun hören Sie aber mal auf, Captain«, widersprach Schwester Juliana. »Das müßten Sie eigentlich besser wissen. Nur weil wir keine Glaubenskriege mehr kennen, sollten Sie nicht meinen, es gäbe keinen Glauben mehr, oder? Religiöse Überzeugungen, alle damit verbundenen Mythen und Praktiken, begleiten die Menschheit seit ihren Anfängen. Als jemand die erste Gottesgestalt an eine Höhlenwand malte, waren die Mythen dieser Gottheit schon seit langem an den Lagerfeuern erzählt und geglaubt worden. Ich bin eher der Ansicht, wir haben gelernt, daß Religion eine Sache des Herzens ist, eine persönliche Angelegenheit, keine Sache der Politik. Wir haben endlich gelernt, tolerant zu sein.«

Picard lächelte ihr zu. »Mit Ihnen zu diskutieren, macht großen Spaß, Schwester Juliana.«

Troi sah, wie Schwester Juliana dem Captain für das Kompliment mit einem Nicken dankte. Dann warf die Nonne über den Tisch hinweg Mutter Veronica einen kurzen Blick zu, als läge ihr daran, die Äbtissin in das Gespräch einzubeziehen. Doch allem Anschein bemerkte Mutter Veronica es nicht; auf jeden Fall blieb sie in ihrer Haltung kontemplativer, innerer Zurückgezogenheit.

»Aber zurück zu unserem vorherigen Thema«, sagte

Schwester Juliana nach nahezu unmerklich flüchtigem Stocken. »Unser Orden ist also achtzehnhundertdreiundsiebzig« – sie schenkte Picard ein andeutungsweises Lächeln – »auf der Erde gegründet worden. In Spanien. Einer der vielen Bürgerkriege der damaligen Epoche zerriß das Land. An uns und unserem Wirken gab es großen Bedarf. Zahlreiche Dörfer wurden zerstört, die Familien so vieler Kinder getötet... Die ersten unserer Schwestern nahmen diese Kinder im Kloster auf. Dann bauten sie ihnen Schlaf- und Krankensäle, damit sie ein Dach überm Kopf hatten und gepflegt werden konnten. Trotz der Kriege, die ringsum tobten, schafften sie es, daß die Kinder in einer liebevollen Atmosphäre aufwuchsen. Unser Orden erhielt die Bezeichnung Mütter der Hoffnungslosen...«

Kurz schwieg die Nonne. »Wenn Sie sich in der Weltgeschichte auskennen, Captain«, meinte sie danach, »wissen Sie, daß in den beiden darauffolgenden Jahrhunderten immer neue und schrecklichere Kriege ausbrachen. Und nicht nur in Spanien. Manche dieser Kriege nannte man begrenzte Kriege oder innere Machtkämpfe, andere waren globale Konfrontationen. Alle haben sie heimat- und schutzlose Kinder zurückgelassen.«

»Ihre Betätigung gilt also hauptsächlich verwaisten, vom Krieg traumatisierten Kindern?« erkundigte sich Riker.

»O nein, Commander«, antwortete Schwester Juliana. »Das war nur bei der Gründung unseres Ordens der Fall. Heute schließt unsere Tätigkeit – unsere *Mission,* um den kirchlichen Fachausdruck zu gebrauchen – alle Kinder ein, denen ein liebevolles Zuhause fehlt. *Jedes* dieser Kinder, egal wie es in Not geraten oder wie seine Situation ist, wird von uns mit der gleichen Zuneigung aufgenommen. Und es gibt wenig, was wir während der Jahrhunderte nicht gesehen hätten: Heimatlose,

Verwaiste, Mißbrauchte und Kranke, manchmal Todkranke, Rebellische, die sich in Wirklichkeit nach Geborgenheit sehnen, Autisten, die sich hinter seelischen Mauern verstecken, Geistesgeschädigte, körperlich Benachteiligte ... Sie alle finden in unseren Einrichtungen eine dauerhafte Zuflucht.«

»Aber auf der Erde und den meisten Föderationswelten sind die ursächlichen Probleme längst behoben worden«, sagte Dr. Crusher. »Unser Heimatplanet wird nicht mehr von Kriegen beunruhigt. Die medizinischen Wissenschaften können die Mehrzahl der körperlichen Defekte erkennen und beseitigen, in vielen Fällen schon vor der Geburt. Gewiß, in der Vergangenheit hat es vielfach erschreckende geistige Zustände gegeben, etwa Autismus. Aber unsere psychologischen Wissenschaften haben gelernt, dergleichen zu überwinden.«

Schwester Juliana lächelte leicht traurig. »Sie sind Idealistin, Doktor«, entgegnete sie. »In Heilberufen ist das eine vorteilhafte Eigenschaft. Auf der Erde gibt es keine Kriege mehr, ja. Aber wie war es im Krieg gegen die Cardassianer? Auch cardassianische Kinder können Furcht leiden, zu heimatlosen Waisen werden und in Not geraten. Und auf vielen Welten unserer Galaxis hat man zu Kindern nicht das gleiche Verhältnis wie wir Menschen. Darum hat unsere Ordensgemeinschaft, sobald andere bewohnte Welten entdeckt wurden, ihre Mission von der Erde zu den Sternen ausgedehnt. Sie wären sicherlich überrascht, wüßten Sie, wie viele Welten uns darum ersuchen, dort eine unserer Institutionen zu errichten.«

»Unterhalten Sie denn auf der Erde keine Häuser mehr?« fragte Picard. »Ich dachte, ich hätte gelesen ...«

»O doch, Captain, auch dort sind wir noch vertreten«, unterbrach ihn Schwester Juliana. »Unser Gründungskloster steht auf der Erde. Daran wird sich nie etwas ändern. Aber inzwischen stehen unsere Klöster auch auf vielen anderen Planeten. Wir selbst stammen von Perrias VII.«

Captain Picard runzelte ein wenig die Stirn. »Perrias VII«, wiederholte er versonnen. »Der Planet gehört nicht der Föderation an.«

»Ja, stimmt, Captain«, bestätigte Schwester Juliana. »Das nicht. Aber wir sind ja auch niemandes Botschafterinnen, keine Starfleet-Funktionärinnen, und wir verfolgen keine politischen Ziele. Wir greifen da ein, wohin die Not uns ruft.«

»Auf welche Weise erreicht so ein Ruf Sie?« fragte Commander Riker.

Erneut lächelte Schwester Juliana. »Ach, da gibt's die verschiedensten Wege. Manchmal geschieht es, daß die Regierung eines Planeten uns zu kommen bittet, wie es bei Capulon VI der Fall ist. So etwas passiert allerdings seltener, als wir es gerne hätten. Meistens erfahren wir mündlich davon, daß Bedarf besteht. Durch Gerüchte oder Nachrichtenmeldungen ... Bisweilen aber auch durch anonyme Mitteilungen. Irgendwie werden wir informiert.«

Während Schwester Juliana weiterredete, wurde Troi sich einer vagen Wahrnehmung des Unbehagens bewußt. Sie glich einem immer stärkeren Jucken zwischen ihren Schulterblättern; oder einem stetigen, monotonen Taktschlag, der zu unterschwellig fiel, um richtig gehört, jedoch zu vernehmlich, um ignoriert werden zu können. Auf einmal war es für Troi vorbei mit der lockeren Stimmung. Plötzlich befand sie sich wieder im Dienst.

Langsam senkte sie ihre mentalen Schilde. Unverzüglich stürmten fremde Emanationen auf sie ein; verzweifelte seelische Wirrnis bombardierte ihren Geist. Sie fühlte sich, als wäre sie mitten in einen explodierenden Stern versetzt worden.

Zuviel ... zu viele ... Die Gedanken durchdrangen

Trois empfängliches Bewußtsein. *Fort ... fort ...*, hallten sie. *Zu viele ...*

Auf der anderen Seite des Tischs saß Mutter Veronica mit gesenktem Kopf da. Sie hatte sich zu einer steifen Haltung verkrampft. Ihre Wangen waren kalkweiß.

Sie ist Telepathin, erkannte Troi.

Die Stimme in ihrem Kopf gewann an Stärke. Mutter Veronica hat keine Möglichkeit zur mentalen Abschirmung, begriff die Counselor. Sie fühlte die wachsende Verzweiflung im Gemüt der Frau. Ohne mentale Schilde konnte ein Telepath nicht überleben.

Scharf richtete Troi den Blick auf die Nonne; gleichzeitig konzentrierte sie ihren Geist auf sie. Obwohl Troi selbst keine echte Telepathin war, konnte sie mit Telepathen auf psychischer Ebene kommunizieren; und zwar um so leichter, wenn sie so starke telepathische Schwingungen empfing, wie Mutter Veronica sie aussandte.

Beruhigen Sie sich, übermittelte Troi ihr. *Ich kann Ihnen helfen.*

Ruckhaft hob Mutter Veronica den Kopf. Sie erwiderte Trois Blick. Schlagartig empfand die Counselor den ganzen Schrecken, der die Seele der Nonne erfüllte.

Seien Sie unbesorgt, versuchte Troi es ein zweites Mal. *Haben Sie keine Furcht.*

Mutter Veronica sprang auf; ihr Stuhl schrammte über den Fußboden. In hastiger, abgehackter Gebärde riß sie die Hände an die Schläfen hoch.

»Es tut mir sehr leid ...«, stammelte sie. »Ich muß mich zurückziehen ... Habe Kopfweh. Bleiben Sie alle bei Tisch, ich bitte Sie.« Sie entfernte sich mit der Schnelligkeit eines flüchtenden Tiers vom Tisch zum Ausgang.

»Ich werde mal sehen, ob ich etwas für sie tun kann«, sagte Dr. Crusher. Sie machte Anstalten zum Aufstehen. Doch ehe sie ihren Platz verlassen konnte, hatte sich Troi schon von ihrem Stuhl erhoben.

»Nein, Beverly, ich gehe«, stellte sie klar. Die Bordärztin warf ihr einen Blick der Verwunderung zu, aber nickte. Ganz wie die übrige Besatzung vertraute auch die Erste Medo-Offizierin der Counselor voll. Troi war erleichtert; jetzt etwas zu erklären, hätte zu lange gedauert.

Troi eilte zum Speisesaal hinaus. Als sie den Korridor betrat, sah sie Mutter Veronica auf den Turbolift warten. Rasch folgte Troi der Nonne. Sobald Mutter Veronica sie erblickte, schrak sie regelrecht zurück und prallte rücklings gegen die Wand.

Troi verlangsamte ihre Schritte. Gedämpft sprach sie die Nonne an, setzte ihre Stimme als Mittel ein, um sie zu beschwichtigen, zu besänftigen.

»Beruhigen Sie sich«, wiederholte Troi, was sie der Nonne vorhin mental nahegelegt hatte. »Haben Sie keine Furcht. Ich verstehe, was in Ihnen vorgeht. Ich weiß, wie anstrengend es sein kann, ständig die Gedanken anderer Leute im Kopf zu haben. Ich kann Ihnen beibringen, sie abzublocken. Erlauben Sie mir, Ihnen behilflich zu sein.«

Jetzt stand Troi vor Mutter Veronica und konnte ihr aus der Nähe in die Augen sehen. Die Nonne erinnerte sie an ein in einer Falle gefangenes Tier: Sie war voller Entsetzen und ohne Hoffnung.

»Gestatten Sie mir, Ihnen zu helfen«, bat Troi noch einmal.

Langsam schüttelte Mutter Veronica den Kopf. »Nein«, äußerte sie leise. Die Turbolift-Kabine traf ein. Die Äbtissin floh geradezu in den Lift. »Kümmern Sie sich nicht um mich«, sagte sie, während die Türflügel zuglitten.

Troi blieb noch für einen Moment am Lift stehen und betrachtete die geschlossene Tür. Mutter Veronica benötigte Hilfe – und zwar bald, bevor sie den Verstand verlor. Die Counselor atmete tief ein und bedächtig aus;

dann kehrte sie dem Turbolift den Rücken zu. Sie mußte zurück zu dem Empfang. Die anderen Teilnehmer erwarteten sie; vor allem der Captain, der bestimmt über Mutter Veronicas Zustand in Kenntnis gesetzt werden wollte.

Was sollte sie ihm sagen? überlegte sich Troi. Was zu sagen hatte sie das *Recht?* Mutter Veronica war kein Crewmitglied. Ihre Situation verursachte niemandem außer ihr selbst Unannehmlichkeiten. Solange sie nicht um Hilfe ersuchte, genoß sie das volle Recht auf Privatsphäre, auf die eigene Lebensführung und die Unantastbarkeit des Geistes. Bevor sie Beistand akzeptieren mochte, konnte Deanna Troi, ausgebildete Psychologin und Counselor an Bord eines Starfleet-Raumschiffs, Betazoidin und Emphatin, nichts tun.

Wieder gab es jemanden, der Deanna Troi brauchte; und erneut hatte sie versagt.

4

Am nächsten Morgen trat Captain Picard um 10 Uhr 30 auf Deck 16 aus dem Turbolift. Er hatte den Kleinen Müttern eine Besichtigung des Raumschiffs versprochen und beschlossen, sich persönlich als ihr Führer zu betätigen. Es überraschte ihn, daß im Korridor nur Schwester Juliana auf ihn wartete.

»Guten Morgen, Captain«, grüßte Schwester Juliana ihn, als er auf sie zutrat.

»Guten Morgen, Schwester«, antwortete er. »Kommt Mutter Veronica nicht mit?«

»Nein, leider nicht«, gab Schwester Juliana mit einem Aufseufzen Auskunft. »Das Reisen strengt sie sehr an. Ich bin schon früher gereist, aber Mutter Veronica noch nie. Sie ist im Alter von vier Jahren in unseren Konvent aufgenommen worden. Jemand hatte sie nachts auf unseren Stufen ausgesetzt. Dies ist das erste Mal, daß sie das Kloster verläßt.«

»Weshalb gerade jetzt?« fragte Picard, während er mit seiner Begleiterin durch den Korridor zum Turbolift zurückstrebte.

Schwester Juliana zuckte mit den Schultern. »Mutter Veronica hat einen ausgeprägten Ordnungssinn und ein großes Organisationstalent. Das macht sie zu einer ausgezeichneten Vorsteherin unserer Gemeinschaft. Reisen bedeutet andauernde Veränderung. Ich glaube, das ist der Grund, weshalb es sie so zermürbt.«

»Aber wenn das Verlassen ihres Heimatplaneten ihr

solche Unannehmlichkeiten verursacht, wäre sie Ihrem Orden daheim doch sicher besser dienlich.«

Schwester Juliana blieb stehen und drehte sich dem Captain zu. Einen Moment lang las sie in seinem Gesicht. »Gehorchen Sie, wenn man Ihnen befiehlt«, fragte sie, »die *Enterprise* zu verlassen?«

»Selbstverständlich. Als Starfleet-Offizier stehe ich unter Gehorsamspflicht.«

Schwester Juliana ging weiter. »Auch wir haben unsere Pflicht, Captain«, sagte sie. »Wir haben auch Gehorsam geschworen. Sie sollten sich durch Mutter Veronicas gegenwärtige Indisponiertheit nicht dazu verleiten lassen, sie zu unterschätzen. Sie hat eine außergewöhnliche Begabung für die Arbeit mit Kindern. Ganz besonders mit traumatisierten Kindern. Dort, wohin wir fliegen, wird sie gebraucht.«

Sie und der Captain gelangten zum Turbolift und warteten auf die Liftkabine. Captain Picard wechselte das Gesprächsthema. »Sind Sie mit Ihrer Einquartierung zufrieden?« erkundigte er sich.

»Unsere Unterkünfte sind mehr als zufriedenstellend, Captain«, lautete Schwester Julianas Antwort. »Für unsere Ansprüche sind sie regelrecht luxuriös. Speziell eingerichtete Einzelkabinen und eine Kapelle... Das ist sehr großzügig und gütig von Ihnen. In dieser wunderschönen Kapelle zu beten, ist eine wahre Freude. Ich bin schon auf drei Raumschiffen und zweimal auf einer Starbase gewesen, aber nirgends so verwöhnt worden.«

»Danke für das Lob«, sagte der Captain. »Die Kapelle ist eine Kopie der Dorfkirche in meinem Heimatort auf der Erde, in Frankreich. Ich habe sie für Sie replizieren lassen.«

Der Lift traf ein. »Wo würden Sie mit dem Rundgang am liebsten anfangen?« wollte Picard erfahren, als er und Schwester Juliana die Liftkabine betraten.

»Stimmt es, Captain, daß Sie ganze Familien an Bord haben, sogar Kinder?«

»Das ist wahr.«

»Dann möchte ich gerne bei ihnen anfangen. Bei den Kindern.«

Der Captain und sein geistlicher Gast brachten den Vormittag mit der Besichtigung der Schulräumlichkeiten und Spielzimmer zu. Überall nahm Schwester Juliana mitten zwischen den Kindern Platz und beantwortete ihre zahlreichen Fragen. Es beeindruckte Picard, wie die Nonne und die Kinder sich augenblicklich bestens verstanden.

Während er die Begegnungen verfolgte, wurde ihm bewußt, wie stark sich im Laufe der Jahre, seit er Captain der *Enterprise* war, seine Einstellung zu Kindern verändert hatte. Als er das Kommando antrat, hatte er die Erlaubnis der Anwesenheit kompletter Familien mitsamt Kindern auf Fernraumschiffen für eine der weniger klugen Entscheidungen Starfleets gehalten.

Heute war ihm klar, daß er sich geirrt, Starfleet recht gehabt hatte. Lebenspartner und Kinder an Bord zu haben, machte seine Crew glücklicher. Es verbesserte die Qualität der dienstlichen Pflichterfüllung und verstärkte das Gemeinschaftsgefühl. Längst hatte Picard die Kinder der *Enterprise* akzeptiert.

Nach dem Gang durch die Schulräume geleitete Picard Schwester Juliana auf eines der Holo-Decks und erklärte ihr einige der Programme, die man am häufigsten für Familienausflüge und das Spielen ›im Freien‹ benutzte. Der Captain plante, der Nonne anschließend die medizinischen Einrichtungen zu zeigen.

Während Picard und seine Begleiterin sich der Krankenstation näherten, kam plötzlich ein junger Fähnrich in den Korridor. Sobald er den Captain und die Nonne auf sich zustreben sah, wich alle Farbe aus seinem Gesicht. Im ersten Moment wirkte er, als müßte er in Ohnmacht fallen. Er schüttelte sich und eilte in die entgegengesetzte Richtung. Noch mehrmals warf er kurze, furchtsame Blicke über die Schulter.

Ein Zuruf lag Picard auf der Zunge. Wäre er allein gewesen, hätte er den Fähnrich zurückgepfiffen. So jedoch konnte er sich nur fragen, ob er oder die Nonne den jungen Mann dermaßen erschreckt hatte.

Darüber muß ich mit der Counselor reden, nahm er sich vor.

Deanna Troi saß in ihrem Büro und wartete auf Fähnrich Marshall. Wiederholte blickte sie auf das Wandchronometer. Mittlerweile hatte der Fähnrich 15 Minuten Verspätung. So etwas sah Marshall gar nicht ähnlich. Manchmal hockte er nur da und sprach während der ganzen Sitzung kein Wort; doch er erschien zu jedem Termin, und zwar immer pünktlich.

»Computer«, sagte Deanna laut. »Fähnrich Johann Marshall lokalisieren.«

»Fähnrich Marshall befindet sich im Gesellschaftsraum des zehnten Vorderdecks.«

Da stimmt eindeutig etwas nicht, dachte Troi, während sie zur Tür ging.

Sie traf Marshall an, wie er in einer der entferntesten Ecken des Gesellschaftsraums saß und die vor ihm abgestellte Tasse anstarrte. Schon am Eingang spürte Troi den inneren Aufruhr, der in ihm tobte. Sie schaute hinüber zur Bar. Guinan erwiderte ihren Blick.

»Er ist seit einer halben Stunde hier«, sagte Guinan halblaut. »Eine Tasse Kaffee wollte er. Aber er hat sie nicht angerührt. Er guckt sie bloß an.«

Troi nickte. Indem sie sich innerlich auf die Emotionen des jungen Mannes einstellte, schlenderte sie zu seinem Tisch. Er blickte nicht hoch, als sie ihn erreichte;

seine Augen blieben auf die schwarze Flüssigkeit in der Tasse gerichtet.

»Johann«, sprach Troi ihn leise an. Beim Klang ihrer Stimme zuckte der Fähnrich zusammen; dann blinzelte er und hob endlich doch den Blick.

»Johann«, sagte Troi noch einmal, »wir hatten einen Termin. Es hat mich beunruhigt, daß Sie nicht gekommen sind.«

»Es ... tut mir leid«, stotterte Marshall. »Aber heute kann ich nicht mit Ihnen reden ... Es ist mir unmöglich ...«

Irgend etwas ist vorgefallen, schlußfolgerte Troi. Ich muß vorsichtig vorgehen. Vielleicht stehen wir vor dem heilsamen Durchbruch. Also Vorsicht. Immer schön behutsam.

Troi setzte sich an den Tisch. »Wir stornieren die heutige Sitzung«, sagte sie. »Wir sitzen einfach hier beisammen und trinken eine Tasse Kaffee. Wenn Sie nichts sagen möchten, brauchen Sie's nicht zu tun. Einverstanden, Johann?«

Der Fähnrich nickte. Wieder schaute Troi hinüber zur Bar, um Guinan ein Zeichen zu geben. Aber da sah sie die Wirtin des Gesellschaftsraums schon mit einer Tasse auf den Tisch zuhalten. Troi lächelte. Irgendwie wußte Guinan immer, auf was es ankam.

Aklier, Oberhaupt des Hauses Ti'Kara und Mitglied des Ältestenrates von Capulon IV, befand sich nicht im Palast. Obwohl er vorwiegend im Palast übernachtete und arbeitete, dort die meiste Zeit verlebte, hatte er außerhalb der Stadt einen bescheidenen Landsitz. Die Mehrheit der Mitglieder des Ältestenrates unterhielten irgendwo im Umkreis der Hauptstadt einen Wohnsitz. Dorthin konnten sie sich zurückziehen, wenn es ihnen am Hof zu aufreibend wurde; ebenso war es ihnen möglich, schnell in den Palast zurückzukehren, sollte es erforderlich sein. Für Aklier jedoch gab das kleine Haus mit dem fünf Morgen großen Grundstück, auf dem es stand, mehr als nur eine Zuflucht ab. Es war der Ort seiner glücklichsten und bittersüßesten Erinnerungen. Dieser Stätte gehörte sein Herz.

Haus und Land waren ein Hochzeitsgeschenk an Aklier und seine Frau gewesen. Ihre ersten Ehejahre hatten sie dort zugebracht. Nach dem Tode seines Vaters war Aklier zum Oberhaupt des Hauses Ti'Kara aufgestiegen. Er hatte sämtliche Titel und auch die Ländereien geerbt; doch nirgends fand er einen Familiensitz, an dem er sich so zu Hause wie hier gefühlt hätte.

Hier hatten er und seine Frau innigstes Glück kennengelernt. Hier war ihre Tochter, ihr einziges Kind, geboren worden; hier war Akliers Frau gestorben und hatte in den geliebten Gärten ihr Grab erhalten.

Aklier folgte dem langen Weg zu eben diesen Gärten. Langsam spazierte er unter den Obstbäumen dahin, die sie zusammen angepflanzt hatten. Wie seltsam war die Vorstellung, daß diese Bäume, die ihm heute mit ihren von Obst behangenen Ästen gegen die Sonnenhitze Schatten spendeten, einmal kaum mehr als winzige Zweiglein gewesen waren... In mühsamer Arbeit hatten er und seine Gattin sie eigenhändig ins Erdreich gesetzt.

Sie hatte alles zum Wachsen bringen können, erinnerte sich Aklier, während er sich den Gartenanlagen näherte. Jetzt war sie seit beinahe fünfzehn Jahren tot. Trotzdem erwartete er bisweilen unwillkürlich, sie zwischen den Blumenbeeten und Sträuchern zu erblicken; zu sehen, wie sie sich aufrichtete, den Schmutz von den Fingern wischte, ihn anlächelte. Mit seinem Herzen sah er sie immer wieder vor sich.

Hinter den Obstbäumen spürte er die Sonne heißer herabbrennen. Der Geruch des Erdreichs und der Duft der Blumen umwehten Aklier beim Durchqueren der

Gärten wie eine Parfümwolke. Er atmete tief ein. Dies Odeur galt ihm als das Parfüm seiner verschiedenen Gemahlin.

Aklier wanderte bis zum Mittelpunkt der Gärten. Dort lag seine Frau bestattet. Nur die Steine, die es umgaben, kennzeichneten das Grab. Man konnte sie kaum noch sehen; inzwischen hatte üppiges Grün sie nahezu überwuchert. Aklier wußte, sie hätte es so gewollt. Mit eigenen Händen hatte er die kleinen, weißlila Blümchen gepflanzt, die auf dem Grabhügel gediehen: ihre Lieblingsblumen.

Er setzte sich auf einen der Umfassungssteine und fing gemächlich an das Unkraut auszuzupfen, das sich zwischen den Blumen eingenistet hatte. Oft besuchte er das Grab. Dann saß er in Gesellschaft seiner toten Gemahlin da und erzählte ihr von seinen Hoffnungen und Enttäuschungen, so wie er es gewohnt gewesen war in den Jahren ihrer Ehe. Auch heute wollte er mit ihr reden; heute ganz besonders.

»Ich hab's getan, Ilayne«, sagte er laut. »Wie ich's versprochen hatte. Kein Kind wird mehr so wie unsere Tochter sterben müssen. Das Gesetz wird bald aufgehoben. Endlich weiß ich, wie ich ihrem und deinem Tod einen Sinn verleihen kann.«

Tränen quollen Aklier in die Augen. Zu sehr vermißte er die Tote. »Ach, Ilayne«, raunte er. »Bist du jetzt bei unserer Tochter? Hast du deine Trauer endlich überwunden? Ich flehe Gott an, mir zu verzeihen, was ich tun mußte. Ich habe Verrat an meinem König begangen, Ilayne. Aber mir blieb keine Wahl. Ich habe es getan, weil ich dich liebe und das Gesetz hasse, durch dessen Folgen du dich zu Tode gegrämt hast. Nun ist es fast ausgestanden, Ilayne. Es ist fast vorbei.«

Aklier sparte sich die Mühe, die Tränen abzuwischen, die ihm das Gesicht befeuchteten. Sollte die Sonne sie trocknen.

Während Aklier in dem Sonnenschein und der Wärme seiner Gartenanlagen saß, kauerte Joakal I'lium auf dem Fußboden einer engen, kahlen Kerkerzelle. Das leuchtende grüne Geäder im Stein der Mauern verbreitete in der Zelle gespenstisches Licht. Infolgedessen wußte Joakal, wohin man ihn verschleppt hatte.

Diese Art von Stein war ausschließlich beim Bau zweier Gebäude verwendet worden: im Palast und im Tempel. Im Tempel war Joakal nicht. Wie mehrere weitere Kerkerzellen lag diese Kammer in den Kellergewölben des Palastes. Seit Generationen hatte man sie nicht mehr benutzt.

Nachdem er wieder zu Bewußtsein gekommen war, hatte er zunächst um Hilfe gerufen. Er schrie, bis seine Kehle rauh und die Stimme heiser war; bis er nicht mehr konnte. Niemand hatte sich darum gekümmert. Niemand hatte ihn in diesem stillen, einsamen Loch aufgesucht.

Er saß noch so da, wie er sich vor Stunden hingehockt hatte: im hintersten Winkel der Zelle, den Rücken an die Wand gelehnt, den Kopf auf die Knie gesenkt. Die Kälte des Steins schien mittlerweile seinen Körper vollständig durchdrungen und ihm bis in die Seele gesickert zu sein. Er maß die Zeit in Atemzügen und Herzschlägen.

Das Klirren eines Schlüssels, den jemand im Schloß der Zellentür drehte, war es schließlich, das ihn aus der Starre schreckte, in die er gesunken war; sofort wollte er aufspringen. Doch die Kühle machte seine Muskeln nahezu unbrauchbar steif. Er mußte sich an der Wand abstützen, um aufstehen zu können. Kaum stand er auf den Beinen, als die Tür sich öffnete. Sein Entführer trat ein.

Ein Keuchen entfuhr Joakal. Selbst in der trüben Zellenbeleuchtung hatte er den Eindruck, in einen Spiegel zu blicken. Sein Gegenüber hatte das gleiche Gesicht wie er, das gleiche Haar, die gleiche Gestalt ... Nur die Augen waren anders. In diesen Augen gloste ein Haß, wie Joakal ihn noch nie bei irgendwem gesehen hatte.

»Wer bist du?« fragte er leise; er war noch heiser, das Sprechen bereitete ihm Schwierigkeiten.

Sein Entführer kniff die Lider zu schmalen Schlitzen zusammen. »Ich bin«, antwortete er, »dein Bruder.«

Langsam schüttelte Joakal den Kopf. »Ich habe keinen Bruder.«

Die Lippen des Mannes verzogen sich zur Parodie eines Lächelns. »Doch, du hast einen«, widersprach er. »Und nicht nur einfach einen Bruder. Sondern einen Zwillingsbruder. Ich hatte das Unglück, mit dir in ein und demselben Mutterleib der Geburt entgegenzureifen ... und einige wenige Augenblicke später als du geboren zu werden. Das würdigte mich herab zu einer *Abweichung.*« Er fauchte das Wort. »Damit war mein Leben verfallen.«

»Du lügst«, röchelte Joakal.

»Unsere *liebe* Mutter«, entgegnete der Mann, indem er in die Zelle kam und auf und ab zu schreiten anfing, »war gesetzlich dazu verpflichtet, mich zur Tötung dem Tempel zu übergeben. Allerdings mochte sie das schmutzige Werk nicht selbst verrichten. Also überließ sie diese Aufgabe einem Palastwächter. Er hatte mehr Mitleid mit mir als meine Mutter. Er nahm mich mit nach Hause, zu seiner Frau. Die beiden haben mich aufgezogen, aber mein Leben verlief im geheimen und in Furcht. Während ich älter wurde, zogen wir immer weiter aufs Land hinaus. Andauernd mußten wir befürchten, irgendwem könnte mein Gesicht auffallen, und er könnte dadurch an dich denken. Meine ... Eltern ... duldeten nicht, daß ich vergaß, woher ich stammte. Wer ich *bin.* Als sie starben, schwor ich mir, in den Palast zurückzukehren und mir zu nehmen, was mir zusteht. Ich bin Beahoram. Beahoram I'lium.«

Während Joakal zuhörte, beharrte ein Teil seines Verstands darauf, daß es sich unmöglich um die Wahrheit handeln könnte. Gerade das Gesetz, auf das sein Gegenüber ansprach, hatte er in Kürze, als Absolutus, aufzuheben beabsichtigt. Die Mitglieder des Ordens der Kleinen Mütter, die auf dem Weg nach Capulon waren, sollten dabei Hilfe leisten, für die schon verstoßenen Kinder zu sorgen. Darum hatte er sie hergebeten.

Es war doch unvorstellbar, daß er jetzt ausgerechnet wegen genau dieses Gesetzes in einer Kerkerzelle gefangensaß und einem ungewissen Schicksal entgegensah!

»Beahoram«, meinte Joakal, »es freut mich, daß ich einen Bruder habe. Begleite mich zum Ältestenrat. Ich werde ihn davon überzeugen, daß du in unsere Sippe aufgenommen werden mußt.«

Beahoram lachte. Joakals Gedanken rasten. Es galt schleunigst etwas Stichhaltiges zu äußern, was das Eis der Überheblichkeit brach, die er an Beahoram bemerkte, den Groll linderte, den er in seiner Miene sah.

»Hör mir zu«, sagte Joakal eindringlich. »Wenn ich beteuere, daß es mich freut, einen Bruder zu haben, ist das mein voller Ernst. Du kannst mir helfen. Ich habe Pläne für viele Veränderungen, die unserem Volk nützlich sein können. Dir bietet sich die Möglichkeit, dich an der Verwirklichung meiner Pläne zu beteiligen.«

Erneut kniff Beahoram die Lider zusammen. »Was sind das für Pläne?« fragte er mit hörbarer, wachsamer Zurückhaltung in der Stimme.

Es sind so viele, ging es Joakal augenblicklich durch den Kopf. Welche könnten für seinen Bruder, überlegte er, die höchste Bedeutung haben?

»Dieses alte Gesetz, das sogenannte Abweichkinder zum Tode verurteilt, soll als erstes verschwinden«, erklärte Joakal. »Eben das Gesetz, dessen Opfer du geworden bist. Ich habe längst sämtliche Vorbereitungen zur Abschaffung veranlaßt. Und zur Aufhebung des Eigenständigkeitsgesetzes, das unser Dasein auf diesen Planeten begrenzt. Es ist jemand zu uns unterwegs, Leute einer Organisation, die sich Vereinte Föderation der Planeten nennt. Ich will, daß unsere Welt sich dieser Föderation anschließt.«

Trotz der unschönen Situation redete Joakal sich in Schwung. »Es sind noch viele Gesetze gültig, die wir beseitigen müssen«, geriet er ins Schwärmen. »Etwa das Verbot wissenschaftlicher Forschungen und technischer Weiterentwicklung über den gegenwärtigen Stand hinaus. Aufgrund eigener Untersuchungen weiß ich, daß wir in früheren Zeiten die Wissenschaften in Ehren gehalten und sinnvoll angewendet haben. Ich wünsche, daß wir an diese vergessene Tradition anknüpfen. Unser heutiges Gesetz behauptet, Technik sei eine Gotteslästerung. Ich glaube das nicht. Ich vertrete die Ansicht, daß wir leben, um unseren Verstand zu *gebrauchen.* Sobald ich zum Absolutus erhoben worden bin, betrachtet man mich als Stimme Gottes. Dann kann ich den alten Trott über den Haufen werfen. Ich will, daß unser Volk an der Zukunft Anteil hat.«

»Fast könnte ich dir Glauben schenken«, antwortete Beahoram. »Aber es bleibt belanglos, was du daherredest. Dreißig Jahre lang hast du alles gehabt, und ich hatte nichts. Ich mußte erleben, wie mein Vater sich ins Grab schuftete. Er verrichtete jede Arbeit, die er kriegen konnte, nur damit Essen auf den Tisch kam. Ich mußte mitansehen, wie meine Mutter zur Greisin alterte, während sie unablässig unter der Furcht litt, ihr ›Sohn‹ könnte abgeholt werden. Und all die Jahre hindurch hörte ich überall, gleich wo wir waren, deinen Namen. Joakal … Was für ein tüchtiger Prinz er ist, wie gelehrt, wie fromm … Was für ein guter König wird Joakal sein … Ich habe den bloßen Klang deines Namens zu hassen gelernt. Aber nun, Bruder, bin ich an der Reihe.«

»Beahoram, so hör mir doch zu«, bat Joakal inständig. »Ich bin ja dazu *bereit*, alles mit dir zu teilen. Du brauchst mich nicht zu ermorden, um zu erhalten, was du haben willst.«

Beahoram lachte; sein gedämpftes Auflachen hatte Ähnlichkeit mit einem rauhen Knurren. »Ich habe nicht vor, dich zu töten, Bruder.«

»Aber was dann ...?«

»Hast du je über die alten Sagen nachgedacht, Bruder?« fragte Beahoram. »Weißt du was? Sie sind wahr. Mein Leben lang habe ich ihre Wahrhaftigkeit in mir gespürt. Ich habe dein Gesicht. Ich wohne in deinem Palast, ich höre auf deinen Namen. Wer mich sieht, hält mich für dich. Bald trage ich deine Krone. Und dann sollst auch du erfahren, wie wahr die alten Sagen sind. Wenn an deiner Stelle ich gekrönt und in mein Amt erhoben werde, mir die Macht des Absolutus zufällt, werde ich dir Stück um Stück deine Erinnerungen entreißen. Ich habe keine Absicht, dir das Leben zu nehmen, Bruder. Ich werde mir deinen Geist aneignen.«

Weder konnte Joakal verhindern, daß seine Miene sich zu einem Ausdruck des Entsetzens verzerrte, noch sich der Eiseskälte erwehren, die plötzlich sein Herz umklammerte.

5

Troi erwachte am folgenden Morgen um 7 Uhr. Das war später, als sie aufzustehen beabsichtigt hatte; trotzdem fühlte sie sich zu keiner Eile gedrängt. Sie hatte am Vorabend ihren Terminplan gecheckt: zwar fing ihr Dienst um 8 Uhr an, aber der erste Patient würde erst um 9 Uhr kommen.

Weil ihre Anwesenheit auf der *Enterprise*-Kommandobrücke heute entfiel, sah ihre morgendliche Routine ein kurzes Aufwärmen im Sportstudio, eine halbe Stunde T'ai Chi, ein Bad und ein geruhsames Frühstück vor. Sie saß täglich so viele Stunden lang in ihrem Büro und hörte den Patienten zu, daß diese Morgenroutine für sie im Laufe der Zeit einer immer größeren Stellenwert erhalten hatte.

Die Gymnastik half ihr dabei, Spannkraft und Biegsamkeit ihres Körper zu bewahren; außerdem bot sie ein Ventil für ihren Streß und Frust, insbesondere soweit sie sich auf unbewußter Ebene stauten. Dank der fließenden Bewegungen des T'ai Chi vermochte sie ihren Geist auf den bevorstehenden Tag zu konzentrieren. Das ausgedehnte Bad und gemütliche Frühstück, die sie für heute eingeplant hatte, waren allerdings ein Luxus, den sie sich nur leisten konnte, wenn die Zeit es zuließ. Häufig war das nicht der Fall.

Troi orderte am Nahrungsspender einen Becher Ingwertee. Sie schlürfte den Aufguß schlückchenweise, während sie sich die über Nacht entstandenen Verfilzungen aus den Haaren bürstete. Das heiße Getränk mit dem leicht scharfen Ingwergeschmack belebte Deanna. Als sie mit dem Bürsten fertig war und das Haar zu einem Knoten gebunden hatte, damit es bei der Gymnastik nicht störte, hatte sie den Becher geleert. Auf dem Weg zum Schrank orderte sie einen zweiten Becher. Sie holte ihre bevorzugte Sportkluft in Türkis und Pink heraus.

Nach dem Ankleiden blickte sie aufs Wandchronometer. Es zeigte 7 Uhr 38 an. Sie hatte noch reichlich Zeit, sagte sie sich, während sie zur Tür ging. Genau in diesem Moment drang aus dem bordinternen Kom die Stimme des Captains.

»Guten Morgen, Counselor Troi«, tönte er. »Würden Sie bitte um acht Uhr im Konferenzzimmer sein? Nachdem wir jetzt den Flug nach Capulon IV eingeleitet haben, halte ich es für angebracht, daß wir unseren Auftrag noch einmal durchsprechen.«

»Freilich, Captain«, gab Troi zur Antwort, indem sie unwillkürlich insgeheim aufstöhnte.

»Danke, Counselor. Picard Ende.«

Troi drehte sich um, stieß ein diesmal lautes Aufstöhnen aus und zupfte sich die Spange aus dem Dutt.

Zwanzig Minuten später trat Deanna Troi aus dem Turbolift auf die Kommandobrücke. Jetzt trug sie die weinrote Montur, die sie in ihrer Funktion als Counselor der *Enterprise* stets statt der Starfleet-Standarduniform anlegte. Sie suchte das Konferenzzimmer auf, wo Data, Worf und Will Riker schon warteten. Einen Moment später trafen Beverly Crusher und Geordi LaForge ein. Gerade hatten alle ihre Plätze eingenommen, da öffnete sich die Tür ein weiteres Mal: Captain Picard kam herein.

»Einen schönen, guten Morgen«, begrüßte er seinen Offiziersstab, während er sich auf seinem Sitz am Kopfende des Konferenztisches niederließ. »Wie ich schon angedeutet habe«, fügte er sofort hinzu, »erachte ich hinsichtlich unseres aktuellen Auftrags eine Besprechung für angebracht. Bitte, Mr. Data.«

»Sehr wohl, Captain«, sagte der Androide. Seine Finger flitzten über eine vor ihm in die Tischplatte integrierte Tastatur. Mitten in der Luft erschien die holografische Darstellung eines Planetensystems.

»Capulon IV«, erläuterte Data, »ist ein Klasse-M-Planet im System Sigma Delphini, in der Nachbarschaft des Blanchard-Asteroidengürtels, in dem vom Starfleet-Technikerkorps gegenwärtig Minen betrieben werden. Technisch gesehen, herrscht auf Capulon IV heute ein Standard, der mit Mitte bis Ende des irdischen zwanzigsten Jahrhunderts vergleichbar ist. Kulturanalysespezialisten haben berichtet, daß auf Capulon IV eine fortgeschrittenere Technologie existiert, aber ungenutzt bleibt.«

»Also eine rückschrittliche Gesellschaft?« meinte Geordi.

»Nein«, widersprach Data, »nicht im engeren Sinne des Wortes. Es verhält sich nicht so, daß die Kenntnisse abhanden gekommen wären. Anscheinend verzichtet man in gewissen Bereichen von Forschung und Wissenschaft freiwillig auf eine Fortentwicklung. Trotzdem wurde seitens der Kulturanalysespezialisten die Einschätzung getroffen, daß die capulonische Gesellschaft für den Erstkontakt reif ist. Vor allem der König. Der Erstkontakt fand vor fünf Jahren statt. Damals ist ein vorläufiger Freundschaftsvertrag unterzeichnet worden.«

»Weshalb nur ein vorläufiger Freundschaftsvertrag?« erkundigte sich Riker.

Data schaute den Captain an. Knapp nickte Picard und gab auf diese Weise zu verstehen, daß der Androide seine Darlegungen fortsetzen sollte.

»Die Regierungsform auf Capulon VI ist die Monarchie«, erklärte Data. »Allerdings wird dem König das Herrschen erst erlaubt, wenn er dreißig Jahre alt geworden ist. Bis dahin trifft ein Ältestenrat sämtliche Regierungsentscheidungen. Dies Komitee besteht aus Vertretern der neunundzwanzig planetaren Provinzen. Der König fungiert als Vorsitzender. Mit dreißig Jahren erhält der König die sogenannte Reifeweihe und gilt als klug genug zur Ausübung der Alleinherrschaft. Es erfolgt eine zweite Krönung. Von da an wird der Monarch als Stellvertreter Gottes verehrt und trägt den Titel *Absolutus.* Zwar darf der Ältestenrat sich noch beratend betätigen, aber die Entschlüsse des Absolutus haben den Rang göttlichen Willens.«

Erneut huschten Datas Finger über die Tasten. Das Holo des Planetensystems erlosch.

»Der gegenwärtige König«, ergänzte er seine Ausführungen, »heißt Joakal I'lium. Zwei Tage vor unserer Ankunft auf Capulon IV wird er dreißig Jahre alt. Seine Krönung zum Absolutus soll am Tag nach unserem Eintreffen erfolgen. Im Anschluß an die Krönung ist die Unterzeichnung des endgültigen Vertrags zwischen Capulon IV und der Föderation vorgesehen. Nach den vorliegenden Berichten muß König Joakal eine dem Fortschritt sehr aufgeschlossene Persönlichkeit sein. Die Empfehlung zur Herstellung des Erstkontakts ist vor allem seinetwegen ausgesprochen worden. Alle Berichte heben hervor, daß der König der Aufnahme seiner Heimatwelt in die Föderation das höchste Interesse entgegenbringt.«

»Danke, Mr. Data«, sagte Picard. Er beugte sich vor und faltete die Hände auf der Tischplatte. »Unsere dort durchzuführende Aufgabe betrifft zweierlei. Erstens repräsentieren wir bei der Krönung und Vertragsunterzeichnung die Föderation. Zweitens befördern wir auf Ersuchen des Königs zwei Mitglieder des Ordens der Kleinen Mütter nach Capulon IV. Seinen Grund für das

Gesuch hat der König uns nicht genannt. Ich habe vor, die Landegruppe persönlich anzuführen.«

»Sie, Captain?« staunte Commander Riker.

»Ja, Nummer Eins. Diesbezüglich habe ich eindeutige Anweisungen erhalten. Ich verstehe die dafür gegebene Begründung und erkenne die Zweckmäßigkeit der Befehle an.«

»Captain, aber ...«

»Will«, unterbrach ihn Picard, »Joakal I'lium wird zum *Absolutus* gekrönt. Absolutistische Monarchen befassen sich nicht mit stellvertretenden Offizieren.«

Picard hob die Hand, um neuen Einwänden seines Ersten Offiziers zuvorzukommen. Dann wandte der Captain sich nochmals an den Androiden. »Mr. Data«, fragte er, ohne Will Rikers Miene der Verärgerung zu beachten, »können Sie mich über unsere verbleibende Flugzeit nach Capulon IV informieren?«

»Bei unserer jetzigen Geschwindigkeit von Warp zwei beträgt sie noch dreiundzwanzig Tage, neun Stunden, elf Minuten und dreiundvierzig ...«

Mit einem raschen Wink brachte der Captain den Androiden mitten im Satz zum Schweigen. »Ausgezeichnet«, äußerte Picard. »Gut. Wenn niemand mehr etwas sagen möchte, ist die Sitzung beendet.«

Alle Anwesenden außer dem Captain standen von ihren Plätzen auf; doch als Troi sich zum Gehen wandte, bat Picard sie, noch einen Moment zu bleiben.

»Counselor«, sagte er, nachdem das Konferenzzimmer sich geleert hatte, »während der gestrigen Besichtigung des Schiffs hat Schwester Juliana daran Interesse gezeigt, mit den Kindern zu arbeiten. Vielleicht kann sie in der einen oder anderen Schulklasse aushelfen. Ich weiß, daß Sie gelegentlich mit dem Lehrpersonal zu tun haben. Sie wissen besser als ich, welcher Bedarf da besteht. Glauben Sie, daß sich etwas machen läßt? Ich habe Schwester Juliana zusammen mit Kindern erlebt, und sie kommt bemerkenswert gut mit ihnen zurecht.«

»Ich bin sicher, daß einige der Lehrer ihre Mitwirkung gerne sähen«, antwortete Troi. »Und zudem gibt es ja die Einrichtungen für die Vorschulkinder. Dort kann man jederzeit Unterstützung gebrauchen.«

»Glänzend, Counselor. Könnten Sie wohl das Erforderliche in die Wege leiten?«

»Natürlich, Captain.«

»Vielen Dank, Counselor«, sagte Picard, indem er aufstand. Er und Troi verließen gemeinsam das Konferenzzimmer.

Troi ging direkt zum Turbolift. Nun konnte kein Gedanke an ein geruhsames Frühstück vor den Sitzungsterminen mehr sein. Aber unter Umständen hatte sie die Möglichkeit, die Gymnastik am Abend nachzuholen.

Der Tag war wieder einmal ziemlich lang gewesen. Counselor Troi suchte ihr Quartier auf, schlüpfte aus den Schuhen und dachte daran, wie herrlich nun ein längeres, heißes Bad wäre. Vielleicht konnte sie sich später beim Schein aromatisierter Kerzen in reichlich dampfendem Wasser aalen, während im Hintergrund ein Stück von Mozart spielte: Ruhe und Frieden genießen.

Troi räkelte sich, versuchte ihre verkrampften Schultern zu lockern. Dann schlenderte sie zu ihrem Lieblingssessel. Auf ihrem Schreibtisch sah sie am Computer das Mitteilungssignal blinken. Mit einem Aufseufzen nahm sie Platz und schaltete den Monitor ein. Augenblicklich erschien auf dem Bildschirm eine Nachricht ihrer Mutter.

Meine liebe Kleine, stand am Anfang. *Es ist schon wieder so lange her, daß ich das letzte Mal etwas von Dir gehört habe. Beinahe hätte ich mir Sorgen gemacht. Aber dann ist mir eingefallen, daß der gute Jean-Luc mir ja nichts verschweigen würde. Trotzdem kann eine Mutter ihre Sorge nie ganz ablegen.*

Ich bin zur Zeit auf Celesta und besuche unsere alten Freunde Targ und Melli. Du entsinnst Dich doch an sie, oder, meine liebe Kleine? Als Du jünger gewesen bist, warst Du einmal richtig vernarrt in ihren Sohn Sear. Bevor Du Commander Riker kennengelernt hast. Sear ist jetzt verheiratet und hat drei Kinder, zwei Buben und ein Mädchen. Das Mädel ist ein unglaublich süßes, kleines Ding. Es erinnert mich sehr an Dich. Wenn ich die Kinder sehe, denke ich jedesmal, daß Du doch eigentlich auch …

Troi stöhnte. Sie war *eindeutig* nicht in der passenden Laune, um das Gezeter ihrer Mutter wegen der bislang noch ausgebliebenen eigenen Enkel zu lesen. Zum Glück summte in diesem Moment der Türmelder. Regelrecht erleichtert drückte Troi am Terminal die STOP-Taste.

»Herein«, rief sie mit dem festen Vorsatz, buchstäblich *jeden* Besucher mit einem Lächeln zu empfangen. Doch als die Tür sich öffnete, verflog Deannas Lächeln.

Auf der Schwelle stand Mutter Veronica. Schon vom Schreibtisch aus konnte Troi erkennen, daß die Nonne am ganzen Leibe bebte. Ihr Gesicht war aschfahl. Unter den Augen hatte sie dunkle Ringe.

»Helfen Sie mir«, bat sie in gequältem Flüsterton.

Troi sprang auf und eilte der Nonne entgegen, versuchte Mutter Veronicas turbulente emotionale Ausstrahlung zu mißachten. Aber die Emanationen durchtosten Trois Geist wie ein Hurrikan. Sie mußte sich mit ihrer mentalen Abschirmung dagegen schützen, noch ehe sie die Nonne in ihr Quartier geleitete.

Sie führte Mutter Veronica zu einem Sessel. Matt sank die Nonne hinein. Troi nahm ihr gegenüber Platz und wartete, bis das Schlottern der Nonne nachließ. Allmählich beruhigte sich Mutter Veronicas Atmung.

»Erzählen Sie mir, was los ist«, riet Troi mit leiser Stimme.

Mutter Veronica hob den kummervollen Blick in Trois Gesicht. »Bitte stehen Sie mir bei«, raunte die Nonne. »Sie haben behauptet, Sie könnten mir dabei helfen, die Stimmen fernzuhalten. Ich kann sie nicht mehr ertragen...«

Troi nickte. »Ich kann Ihnen behilflich sein, und ich werde Ihnen helfen«, versicherte sie. »Aber wir brauchen irgendeinen Ansatz. Erzählen Sie einfach.«

Mutter Veronica betastete das Holzkreuz, das ihr um den Hals hing. Anscheinend fand sie dadurch ein wenig Trost.

»Zu Hause«, fing sie langsam zu sprechen an, »im Konvent, dort war alles so friedlich... Mein Lebtag lang habe ich mit den Gedanken der anderen Schwestern gelebt. Sie kennen nur Gedankengänge an Gott und unser Werk... Stille, geordnete Gedanken. Dann erhielten wir eines Tages Bescheid über unseren neuen Missionsauftrag. Ein von unserem Stammhaus auf der Erde delegierter Bischof kam und beratschlagte mit unserer Mutter Provinzialin. Seine Anwesenheit brachte alles durcheinander. Er ist wochenlang geblieben, hat mit Mutter Felicitas konferiert, auf ihre Entscheidungen, wer gehen sollte und wer nicht, Einfluß genommen. Er hat sogar schon Vorbereitungen für die Schwestern und Priester getroffen, die uns folgen sollen. Schließlich wurde die Ordensgemeinschaft zusammengerufen, und wir erfuhren die Beschlüsse. Ich mochte überhaupt nicht fort... und noch weniger Äbtissin des neuen Hauses werden. O barmherziger Gott, nie wollte ich von daheim fort...!«

»Weshalb haben Sie das Ihrer Mutter Provinzialin und dem Bischof nicht klargemacht?«

»Ich... ich konnt's nicht.«

»Aber wenn sie gewußt hätten, was sie Ihnen zumuten, wäre es bestimmt...«

»Nein!« Mutter Veronica sprang aus dem Sessel auf. »Nein … Niemand weiß es.«

Troi, die als Angehörige eines mit Telepathie begabten Volkes herangewachsen war, wunderte sich über Mutter Veronicas Erregung. Welches Trauma verbarg sich hinter ihrer Furcht? überlegte die Counselor. Sie mußte unbedingt dafür sorgen, daß die Nonne sich weiter aussprach.

»Schon gut«, sagte Troi, um sie zu beschwichtigen. »Und was ist danach passiert?«

Mutter Veronica ließ sich wieder in den Sessel sacken. »Wir sind also von Perrias aus auf Reise gegangen … Wir sind an Bord dreier Raumschiffe und zweimal auf einer Starbase gewesen, alle voller Menschen mit den verschiedensten Gedanken … Und sämtliche Gedanken sammeln, wiederholen sich in meinem Kopf, so daß ich jetzt gar keine Ruhe mehr finde. Sie werden immer lauter und zudringlicher. Ich kann nicht mehr schlafen, nicht mehr essen … Nicht einmal beten kann ich noch.«

Inzwischen hatte Mutter Veronica die Hände an die Schläfen gehoben, rieb und drückte sie, als könnte sie sich auf diese Weise die unerwünschten Gedanken aus dem Kopf quetschen. Troi faßte die Unterarme der Nonne und zog sie sachte abwärts. Sie hielt Mutter Veronicas Hände und wartete. Sie wußte, daß die Ordensfrau noch nicht alles ausgesprochen hatte.

Mutter Veronica atmete unregelmäßig. »Eines Ihrer Besatzungsmitglieder hat sich an mich gewandt. Er erhoffte sich von mir Trost und Ermutigung. Seine Eltern waren fromme Menschen. Er selbst ist im Schoß der Kirche aufgewachsen. Sein Vater hatte den Wunsch, daß er Priester werden sollte. Aber er ist ausgerissen und in den Starfleet-Dienst eingetreten. Kürzlich ist sein Vater verstorben.«

Fähnrich Marshall, schlußfolgerte Troi sofort.

»Aber ich war außerstande, ihn zu trösten«, bekannte Mutter Veronica. Man hörte ihrer Stimme immer deutlicher an, wie sehr sie sich deswegen grämte. »Ich konnte es nicht einmal in ein und demselben Raum mit ihm aushalten. Seine ganze Trauer, all sein Schmerz ... Ich bin davor geflüchtet. Ich habe ihn sitzenlassen und bin davongelaufen. O Gott, was für eine Nonne bin ich denn, wenn ich vor jemandem weglaufe, der mich braucht ...?«

»Mutter Veronica«, konstatierte Troi, indem sie mit gedämpfter Stimme, gleichzeitig jedoch in festem, bestimmtem Tonfall sprach, »Ihre Reaktionen sind vollkommen normal. Die Bezeichnung für Ihr Talent lautet *Telepathie.* Es gibt zahlreiche telepathische Völker überall in der Galaxis. Jedes dieser Völker hat gewisse Methoden oder Techniken erarbeitet, um zwischen dem Individuum und dem Zustrom fremder Gedanken eine Barriere zu errichten. Ein Telepath *muß* über ein Mittel verfügen, um sich dagegen abzuschirmen. Sonst geht ihm irgendwann das eigene Ego verloren. Wenn Sie einverstanden sind, bringe ich Ihnen das Verfahren bei, das mein Volk zum mentalen Selbstschutz entwickelt hat. Möchten Sie sich von mir helfen lassen?«

Mutter Veronica entzog Troi ihre Hände und stand auf; sie fing an in der Räumlichkeit hin und her zu laufen. Vorsichtig verringerte Troi die mentale Abschirmung, mit der sie sich beim Eintreten der Nonne hatte umgeben müssen. Sofort fühlte sie den inneren Aufruhr der Ordensfrau.

Die Counselor nahm Unentschlossenheit wahr, durch die vom starken, jedoch ungeschulten Talent der Nonne aufgewühlte Wellen der Panik wogten. Die mentale Wucht der Emanationen überforderten Troi. Sie umschloß ihren Geist wieder mit einer Barriere.

Endlich blieb Mutter Veronica stehen. Sie drehte sich um und Troi zu. »Also gut«, äußerte sie ihren Entschluß. »Ich bitte Sie sehr darum.«

Bedächtig entließ Troi den Atem, von dem sie erst jetzt merkte, daß sie ihn angehalten hatte. »Ich überarbeite meinen Terminplan«, versprach sie. »Morgen früh fangen wir an.«

Mutter Veronica nickte. »Danke«, nuschelte sie und wandte sich ab. Als sie zur Tür gelangte, blickte sie sich noch einmal über die Schulter um. Kurz schauten sie und Troi sich in die Augen. Wieder fühlte die Counselor sich an ein wildes, in die Enge getriebenes Tier erinnert. Erneut fragte sie sich, was die Ursache für das ständige Entsetzen der Nonne sein mochte.

Die Tür glitt zu. Unverzüglich berührte Troi den an ihren Uniformpulli gehefteten Insignienkommunikator. »Troi an Captain Picard«, sagte sie.

Picard meldete sich fast augenblicklich. »Ja, Counselor?«

»Captain, ich muß mit Ihnen reden. Es ist wichtig.«

»Gerne, Counselor. Ich bin in meiner Unterkunft. Bitte kommen Sie zu mir.«

»Besten Dank, Sir«, antwortete Troi, während sie sich umdrehte und ihr Computerterminal desaktivierte. Das Gesülze ihrer Mutter konnte sie ein anderes Mal lesen. »Bin schon unterwegs.«

»Eine Telepathin?« Aus Überraschung nahm die Stimme des Captains einen scharfen Klang an.

»Ja, Captain, und zwar eine mit stark ausgeprägter Begabung. Aber sie hat nie gelernt, ihr Talent zu kontrollieren. Statt dessen flößt die Fähigkeit ihr Furcht ein.«

»Wissen Sie, warum?«

»Noch nicht, Sir.«

Der Captain lehnte sich in den Sessel und trank ein Schlückchen Tee aus der Tasse, die er in der Hand hatte. Troi tat das gleiche. Der heiße Aufguß beruhigte die Nerven. Der für Earl Grey-Tee typische Bergamotteduft wirkte – ganz ähnlich wie die Gegenwart des Captains – wie ein Stärkungsmittel.

Wenn sie im Quartier des Captains saß, stand Troi völlig unter dem Einfluß der Persönlichkeit Picards. Er war ein Mann mit erlesenem Geschmack und außergewöhnlichen Interessen: ein Intellektueller, Philosoph und Abenteurer, Erkunder der Künste und der Geschichte; und er blieb ein Träumer, der sich immerzu nach neuen fremden, seltsamen Welten sehnte, wie die *Enterprise* sie auf ihren Flügen ansteuerte. Vor allem anderen jedoch war er der *Captain.* Eine monolithisch starke, disziplinierte Führungspersönlichkeit mit unbeugsamem Willen, die dem Raumschiff ihren Stempel aufgedrückt hatte. Und doch verlor er nie die Fähigkeit zum Mitfühlen. Troi mochte ihn und diente gern unter seinem Kommando.

»Was haben Sie nun vor?« fragte Picard und lenkte damit Trois Gedanken zurück auf Mutter Veronicas Problem.

»Ihr zu helfen, indem ich sie in der betazoidischen Methode der Mentalabschirmung unterweise. Sie müssen berücksichtigen, Captain, daß ein Telepath ohne mentalen Schutz nicht auf Dauer überleben kann. Mutter Veronicas geistige Gesundheit und ihr Leben sind in Gefahr.«

»Ihr Leben, Counselor?«

»Ja, Captain. Während meines Studiums an einer Klinik auf Betazed habe ich es mit Fällen von Telepathen zu schaffen gehabt, die aus unterschiedlichen Ursachen keine Mentalabschirmung hatten entwickeln können. Viele waren Betazoiden, manche entstammten anderen Völkern und waren zur Behandlung zu uns gebracht worden. Aber es war nicht immer möglich, die nötige Hilfe zu erteilen. Glauben Sie mir, Captain, ein ungeschützter Geist, der quasi Gefangener des ununterbrochenen Wirrwarrs fremder Gedanken, fremder Emotionen ist, leidet schreckliche Qualen. Sie entsinnen sich an Tam Elbrun, oder? Er hat Glück gehabt. Es ist ein grauenvolles Dasein, das die meisten Betroffenen irgendwann freiwillig beenden. Ich möchte nicht, daß es Mutter Veronica genauso ergeht.«

»Da stimme ich Ihnen zu. Aber sind Sie sicher, daß Sie dazu in der Lage sind, ihr zu helfen?«

Troi nickte. »Die Tatsache, daß sie so lange psychisch unbeeinträchtigt überlebt hat, berechtigt zu der Annahme, daß sie sich durch einen sehr, sehr starken Geist und einen gleichartigen Willen auszeichnet. Ich weiß, ich kann ihr zumindest zu einigermaßen wirksamen mentalen Schilden verhelfen. Allerdings braucht es Zeit. Darum möchte ich Sie um meine zeitweilige Freistellung vom Kommandobrückendienst bitten. Ich beabsichtige meine Terminplanung abzuändern, damit ich schon ab morgen so oft wie möglich mit Mutter Veronica arbeiten kann.«

»Einverstanden, Counselor. Ich gebe dem diensthabenden Offizier Bescheid. Wir erreichen Capulon VI in etwas mehr als drei Wochen. Sind Sie der Meinung, Sie können bis dahin leisten, was für Mutter Veronica getan werden muß?«

»Ich hoffe es, Captain.«

Ein Runzeln furchte Picards Stirn. »Über eines müssen wir noch sprechen, Deanna«, sagte er. Daß er ihren Vornamen benutzte, verriet Troi, wie außerordentlich wichtig dem Captain war, was er nun zu äußern gedachte. Sie hörte mit erhöhter Aufmerksamkeit zu, achtete nicht nur auf die Worte, sondern auch auf die Nuancen der Betonung.

»Sie sind eine hervorragende Starfleet-Counselor«, stellte Picard fest, »und ich maße mir keineswegs an, Ihnen in Ihre Arbeit hineinzureden. Ich bilde mir auch nicht ein, die Natur des Phänomens Telepathie mehr als oberflächlich zu verstehen. Aber ich habe einen Begriff von dem Glauben, der es den Kleinen Müttern ermöglicht, ihre Arbeit zu tun. Wenn Sie sagen, daß Mutter Veronica diese mentale Abschirmung benötigt, bezweifle ich es nicht. Aber haben Sie die Gewißheit, daß ihr Glaube dadurch keinen Schaden nimmt? Daß Sie ihr nicht etwas von dem nehmen, was das Wesen einer Nonne ausmacht?«

Troi senkte den Blick und betrachtete den Tee in ihrer Tasse. Dann schaute sie in die sorgenvollen Augen des Captains, erwiderte seinen forschenden Blick.

»Darüber kann ausschließlich Mutter Veronica Auskunft geben, Captain«, antwortete sie. »Und nur nachträglich. Meine Tätigkeit betrifft jedoch ihren Geist, nicht ihre Seele.«

Troi trank den Tee aus, verabschiedete sich vom Captain und verließ sein Quartier. Sie hatte vor, in die eigene Unterkunft zurückzukehren und umgehend am Computer ihren Terminplan des morgigen Tags zu revidieren. Doch sobald sie aus dem Turbolift trat, sah sie vor ihrer Tür Fähnrich Marshall warten.

Während Troi sich ihm näherte, schaute er hoch. Troi sah, daß seine Augen rot und verquollen waren, als hätte er geweint. Die Katharsis hat eingesetzt, dachte Troi. Jetzt ist er bereit zum Gespräch.

Mit größerer Zuversicht, als sie seit etlichen Tagen empfunden hatte, lächelte Troi ihm zu. »Kommen Sie herein, Johann«, sagte sie.

6

Auf dem Planeten Capulon IV irrte Elana, Erste Tochter des Hauses E'shala, ziellos durch die Zimmerfluchten ihres elterlichen Heims. Sie weilte jetzt seit über einem Monat dort. Während dieser Zeitspanne hatte sie noch einmal alle ihre liebsten Kindheitserinnerungen gepflegt. Sie war auf Bäume geklettert, als wäre sie noch eine kleine Göre, und zu Picknicks gegangen, durch die Gegenden gewandert, in denen sie früher gespielt hatte. Abends hatte sie viele Stunden lang wachgelegen und zu den Sternen vor ihrem Schlafzimmerfenster aufgeschaut.

Dabei kam es ihr eigentlich gar nicht darauf an, in Vergangenem zu schwelgen. Was sie zu entdecken suchte, war ihre Zukunft.

Noch immer vermochte sie sich zwischen den beiden Wegen, die vor ihr lagen, nicht zu entscheiden. Der eine Weg, der zum Leben im Tempel führte, war der, den sie sich ursprünglich vorgenommen hatte. Seit dem Alter von acht Jahren träumte Elana davon, Dienerin des Tempels zu sein und ihr Leben Gott zu weihen; vielleicht sogar zum Werkzeug der Stimme Gottes auserkoren zu werden.

Vor neun Jahren war Elanas Vater in den Ältestenrat berufen worden, der den neuen König beim Regieren unterstützen sollte. Damals hatten Elana und ihre Mutter den Vater in die Königliche Stadt begleitet. Elana war begeistert gewesen, weil dort der älteste Tempel ganz Capulons stand. Für sie galt er als das bedeutendste Heiligtum des Planeten. Stets war es ihr Traum gewesen, dort einmal ihre Darbringung als Tempeldienerin zu vollziehen.

Als Oberhaupt des Hauses E'shala und Angehöriger des Ältestenrates war ihr Vater von da an bei Hofe geblieben. Darüber hatte Elana schließlich Joakal persönlich kennengelernt.

Oft erinnerte Elana sich an diesen Tag: an die Weise, wie Joakal im Großen Saal verlegen auf dem Thron saß, während die neuernannten Mitglieder des Ältestenrates vor ihm ihre Treueschwüre ablegten; wie ihr und Joakals Blick sich gekreuzt hatten; das Lächeln, das seine Mundwinkel umspielte, während er sie betrachtete. Irgendwann im Laufe der vergangenen neun Jahre war die scheue Bewunderung, die einer für den anderen empfunden hatte, zu Freundschaft geworden. Und die Freundschaft hatte sich zu Liebe vertieft.

Sie liebte Joakal. Elana bekannte sich zu ihrem Gefühl. Allerdings änderte es nichts an den Fragen, vor denen sie stand. Liebte sie ihn genug, um den anderen Weg zu gehen, auf ihren Traum vom Dienst an Gott zu verzichten? War ihre Liebe zu Gott groß genug, um eine Zukunft ohne Joakal auf sich nehmen zu können?

Immer deutlicher neigte sie dazu, die zweite Frage zu verneinen. Rund einen Monat lang war sie jetzt erst von Joakal getrennt. Dennoch lauschte sie fortwährend auf den Klang seiner Schritte, ob nicht sein Lachen ertönte, er sie beim Namen rief.

Elana E'shala merkte, daß die Welt ohne diese Geräusche und Laute eine sehr belanglose, einsame Stätte blieb.

Troi wartete im Beobachtungszimmer an der Backbordseite von Deck 35 auf Mutter Veronica. Es handelte sich um eine kleinere Räumlichkeit, die nicht den Panoramablick bot, wie man ihn in einer Anzahl anderer Beobachtungszimmer hatte. Das war ein Vorteil, weil es die Wahrscheinlichkeit von Störungen verringerte. Um sich zu konzentrieren, brauchte Mutter Veronica Ruhe. Sie mußte viel lernen, hatte dafür jedoch wenig Zeit.

Die Counselor hatte sich früh eingefunden, um schon da zu sein, wenn die Ordensfrau kam, und sie begrüßen zu können. Während des Wartens dachte sie über Fähnrich Marshalls Besuch am gestrigen Abend nach. Daraus war eine gute, die bisher beste therapeutische Sitzung geworden. Endlich war der Fähnrich zum Reden bereit gewesen.

Fast zwei Stunden lang hatte er in Trois Quartier gesessen und Tee getrunken, währenddessen aus seiner Kindheit erzählt, von dem Zuhause, in dem er aufgezogen worden war, über seine Familie und deren Planung seiner Zukunft. Durch diese Pläne hatte er abrupt einen Strich gemacht, als er in den Starfleet-Dienst eintrat. Das war der Anlaß eines Bruchs zwischen ihm und seinem Vater gewesen. In den letzten zwei Jahren hatte Marshall sein Elternhaus nicht mehr besucht: Die Kluft war nie überbrückt worden. Und jetzt war sein Vater tot.

Anscheinend halten Kinder ihre Eltern viel zu oft für unsterblich, dachte Troi bekümmert. Als könnte man in jedem Fall noch später aussprechen, was man heute ungesagt ließ. Dann setzt der Tod einen Schlußpunkt, und die Gelegenheit ist unwiderruflich verpaßt. Vielleicht kann Marshall jetzt, da er sich seinen Schmerz eingesteht und ihn aufbrechen läßt, endlich den langwierigen Prozeß des Verzeihens einleiten. Vielleicht kann er eines Tages seinem Vater und sich selbst verzeihen.

Troi hörte, wie die Tür sich öffnete. Sie blickte auf und lächelte der Nonne entgegen. Mutter Veronicas Furcht erfüllte die kleine Räumlichkeit auf mentaler Ebene wie das Widerhallen mißtönender Musik. Die Counselor mußte sich energisch zusammennehmen, um ihren Geist nicht sofort dagegen abzuschotten. Nun brauchte sie ihre empathische Begabung mehr denn je zuvor. Sie zeigte eine Miene des Willkommens und begrüßte die Ordensfrau in freundlichem Tonfall.

»Sie sind sehr pünktlich«, sagte Troi. »Kommen Sie, setzen Sie sich. Wir sollten uns erst einmal für ein paar Minuten entspannen, ehe wir anfangen.«

Mutter Veronica nahm neben Troi Platz. Sich zu entspannen, gelang ihr jedoch nicht. Sie blieb völlig verkrampft, als wäre sie ein Kaninchen, das sich ständig bereithielt, beim leisesten Geräusch das Weite zu suchen.

Troi unterdrückte ein Seufzen. »Ich dachte, es wäre Ihnen angenehmer, sich mit mir hier anstatt in meinem Büro zu treffen«, meinte sie. Sie achtete darauf, auch weiter in unbefangenem Ton zu sprechen. »Hier ist es ruhig, und mir gefällt der Ausblick.«

Mutter Veronica hob den Blick und ließ ihn zum Sichtfenster hinausschweifen. »›Die Himmel rühmen die Herrlichkeit Gottes‹«, zitierte sie leise, »›vom Werk seiner Hände kündet das Firmament …‹«

»Ist das aus einer Dichtung?«

Mutter Veronica nickte. »Gewissermaßen«, antwortete sie. »Es stammt aus den Psalmen, die ja eine Art Sammlung von Gebetsgedichten sind.«

»Kennen Sie sämtliche Psalmen auswendig?«

Erneut nickte die Nonne. »Von Kindesbeinen an habe ich sie gelernt, erstmals schon kurz nach meiner Aufnahme ins Kloster. Sie haben mir Trost gespendet… Und auch in den späteren Jahren sind sie mir immer ein Trost gewesen.«

»Erzählen Sie mir«, bat Troi, »wie Sie ins Kloster gelangt sind.«

»Damals war ich noch ein kleines Kind … Ich erinnere mich an kaum etwas.«

Troi spürte, daß die Nonne log. Sie erinnert sich sehr

wohl, dachte die Counselor. Aber es graut ihr davor, darüber zu reden. Wieso?

Die Counselor wandte sich Mutter Veronica direkt zu. »Ich glaube, wir fangen an«, sagte Troi. »Ich weiß, daß Sie vor etwas sehr Schwierigem stehen. Darum möchte ich Ihnen zunächst einiges über die Telepathie und ihre Nützlichkeit erläutern. Wie ich schon gestern abend erwähnt habe, gibt es überall in der Galaxis Völker mit telepathischen Fähigkeiten. Außerdem begegnen wir immer mehr solchen Völkern. Telepathie ist eine normale, angeborene Begabung, ein Talent. Wie jede Gabe kann man auch die Telepathie fördern und zweckmäßig nutzen.«

Troi bemerkte, daß die Nonne deutliche Zweifel hegte. »Wenn sie so normal ist«, wandte Mutter Veronica ein, »weshalb bin ich dann die einzige von allen unseren Schwestern, die damit gestraft ist?«

»Zwar gibt es viele Völker mit telepathischen Fähigkeiten – auch humanoide Spezies –, aber genauso viele, denen sie fehlen, oder vielleicht sogar mehr. Bei den Menschen der Erde beispielsweise kommt eine telepathische Verständigung nur höchst selten zustande. Aber gelegentlich *ist* sie zu beobachten. Wenn das Talent sich bei jemandem zeigt, gilt dies als ein sehr kostbares Geschenk der Natur … So wie es bei Ihnen ist.«

Troi versuchte die geeigneten Worte zu finden, um Mutter Veronicas Vorurteile zu zerstreuen.

»Telepathische Kommunikation«, ergänzte sie ihre Ausführungen, »kann von erheblichem Nutzen sein. Manchmal eröffnet sie einen Weg zum Einvernehmen zwischen Völkern. Sie kann die Mauern des Mißtrauens und der Furcht niederreißen oder Verständnis wekken, wo es vorher daran gemangelt hat.«

Nach wie vor spürte Troi bei der Ordensfrau Ungläubigkeit. Doch die Counselor hatte die Überzeugungskraft der Wahrheit auf ihrer Seite. Darum ließ sie nicht locker. Sie überlegte, ob sich ein Beispiel fand, das bei Mutter Veronica einen Funken Interesse erzeugen könnte. Ein einziger solcher Funke war alles, was Troi vorerst wollte; dann bestünde die Aussicht, eine strahlend schöne Flamme der Erkenntnis entfachen zu können.

»Auch in der Medizin ist man sich über die Vorteile einer telepathischen Kommunikation im klaren«, fügte sie hinzu. »Tricordern, Diagnoseliegen und allen anderen Wunderapparaten der medizinischen Wissenschaften bleibt es verwehrt, einen gequälten Geist unmittelbar anzusprechen. Aber ich kann es … Und Sie sind ebenfalls dazu fähig.«

Ist das der richtige Ansatz? fragte sich Troi. Fängt nun der Funke, auf den ich hoffe, zu glimmen an?

»Schwester Juliana hat gegenüber dem Captain bemerkt, daß Sie eine außergewöhnliche Begabung im Umgang mit traumatisierten Kindern haben …«

»Sie wissen den Grund nicht«, fiel Mutter Veronica der Counselor ins Wort. »Ihre Gedanken schreien in meinem Kopf, bis ich ihnen einfach helfen *muß*. Ja, ich will ihnen helfen … Aber ich tu's genauso für *mich* wie für sie.«

»Ich verstehe Sie vollkommen«, beteuerte Troi. »Ich weiß, wie schwer und grausam das Leben bisher für Sie gewesen ist. Eben deshalb sitzen wir ja jetzt hier beisammen. Aber eines muß Ihnen von vornherein klar sein.« Troi schwieg kurz und schaute der Nonne festen Blicks in die Augen. »Für die Lektionen ist eine tiefreichende mentale Verbindung unumgänglich. Sind Sie dazu bereit, mir das erforderliche Vertrauen zu schenken?«

Mutter Veronica schaute beiseite. Ihr Blick fiel nochmals durch die Sichtfenster hinaus ins All. Für mehrere Minuten saß sie stumm da und betrachtete die Sterne. Troi fühlte ihr inneres Ringen und bewahrte

Schweigen. Daß Mutter Veronica in die heutige, erste Sitzung eingewilligt hatte, war ein Akt der Verzweiflung gewesen; wenn die Hilfe in der knappen Zeit, die blieb, Erfolg haben sollte, mußte von nun an jede Handlung der Nonne auf freier Entscheidung beruhen.

Die Ordensfrau schaute wieder Troi an. »Ich habe eine Frage«, sagte sie. »Es gibt manches ... manches Private in meinem Herzen und meiner Seele, das eine Sache ausschließlich zwischen Gott und mir ist. Werden diese Dinge auch weiterhin privat sein?«

»Ich werde mir keinen Zugang in Bereiche Ihres Geistes erzwingen, die Sie mir nicht aus freien Stücken preisgeben.«

»Dann ist es gut«, meinte Mutter Veronica. »Was soll ich machen?«

Behutsam faßte Troi wieder Mutter Veronicas Hände. »Häufig verstärkt der körperliche Kontakt das mentale Band«, erklärte die Counselor. »Das ist bei Lehrer und Schüler besonders oft zu beobachten. Schließen Sie nun die Augen. Versuchen Sie an gar nichts zu denken. Ich werde mit meinem Geist Ihre Psyche kontaktieren und eine mentale Verbindung herstellen. Danach dirigiere ich Ihre Gedanken in meinen Verstand und zeige Ihnen dort, wie meine mentale Abschirmung funktioniert. Ich werde dies Vorgehen mehrere Male wiederholen. Dabei wird die geistige Verbindung zwischen uns jedesmal getrennt und neu geknüpft. Zum Schluß führe ich Ihnen ein paar Konzentrationsübungen vor. Das ist alles für heute.«

Mutter Veronica nickte.

»Dann fangen wir an.«

Troi sah, wie die Nonne die Augen schloß, und ließ gleichfalls die Lider sinken. Mit äußerster Vorsicht, um der ohnehin überforderten Klientin nicht zuviel zuzumuten, bemühte Troi sich um das Zustandebringen einer psychischen Verbindung. Doch immer, wenn sie

Mutter Veronicas mentale Sphäre berührte, brach dort ein Chaos aus, brodelten Furcht und Qual empor, schrak die Nonne geistig zurück und ging auf unerreichbare Distanz.

Nach dem achten vergeblichen Versuch schlug Troi die Augen auf. Sie merkte, daß sie vor Anstrengung schwitzte.

»Mutter Veronica«, sagte sie, »da ist irgend etwas in Ihrem Geist, wodurch verhindert wird, daß wir auf die erforderliche Kommunikationsebene gelangen. Ich glaube, es ist etwas aus Ihrer Vergangenheit. Ehe wir weitermachen können, müssen wir uns damit auseinandersetzen.«

Troi schwieg. Sie wußte, was es zu tun galt. Aber würde Mutter Veronica zustimmen? Die Counselor wählte ihre nächsten Worte sehr sorgfältig.

»Ich habe Sie gefragt, wie Sie ins Kloster aufgenommen worden sind. Ihre Antwort war, Sie würden sich nicht erinnern. Aber ich weiß, daß Sie sich daran entsinnen. Meines Erachtens geht ein Großteil der Furcht, die Sie heute plagt, auf die damalige Zeit zurück. Ich bin der Ansicht, daß wir uns mit der Ursache näher beschäftigen müssen.«

Mutter Veronica zuckte zusammen. Sie wollte Troi ihre Hände entwinden, zeigte alle Anzeichen des Fluchtverhaltens; doch die Counselor hielt sie fest. Ihr war klar, daß es gerade jetzt darauf ankam, die Nonne zu überzeugen.

»Ich bin nicht hier, um Urteile über Sie zu fällen«, verdeutlichte sie der Äbtissin, »sondern um Ihnen behilflich zu sein. Sie sind kein Kind mehr. Aber irgendwo tief in Ihnen fleht das kleine Mädchen, das Sie einmal gewesen sind, noch immer um Heilung. Solang es im verborgenen bleiben muß, in Ihrem Innersten eingesperrt, ist die Heilung unmöglich. Lassen Sie uns die Heilung gemeinsam vollziehen.«

Mutter Veronica hatte ihre Bemühungen aufgegeben, sich Troi zu entziehen. Reglos saß sie da. Ihre Miene widerspiegelte Zerrüttung. Langsam füllten ihre Augen sich mit Tränen.

»Machen Sie die Augen wieder zu«, bat Troi. »Ich möchte, daß Sie diesmal an den Zeitpunkt denken, an dem Sie zum erstenmal den Konvent betraten. Denken Sie ausschließlich an damals. Erinnern Sie sich an alle Einzelheiten, jede Stimme, jedes Ereignis. Zustoßen kann Ihnen nichts. Es ist alles Vergangenheit.«

Troi hatte leise gesprochen, damit ihre Stimme die Nonne einlullte und es ihr erleichterte, die Weisungen zu befolgen. Ein weiteres Mal tastete die Counselor auf mentaler Ebene nach Mutter Veronicas Psyche. Zuerst tobte nur wieder Chaos. Aber dann kamen allmählich die Erinnerungen zum Vorschein…

»Das Kind ist ein Auswurf der Hölle.«

»Ja, Dämonenbrut…«

»Schlagt das Balg tot!«

Stimmen störten die Stille der Nacht, klangen laut selbst durch die Hausmauern. Vor den Fenstern lohte Fackelschein. Klopfen. Die Fremden hämmerten gegen die Haustür, wollten herein.

Im rückwärtigen Teil des Hauses nahm die Mutter des kleinen Mädchens es auf den Arm und hob es ans Schlafzimmerfenster. Das Mädchen spürte, wie der Mutter die Hände zitterten. »Die Gedanken, die die Leute haben, tun mir weh, Mama«, klagte es. »Warum mögen sie mich nicht leiden?«

»Ich weiß es nicht, Liebes. Psst jetzt, du mußt ganz ruhig sein. Du kletterst voraus. Ich komme sofort nach.«

Die Kleine stieg zum Fenster hinaus; die Mutter folgte. Sobald sie beide im Freien auf dem Erdboden standen, nahm sie das Kind wieder auf den Arm. Aus dem Haus ertönte Klirren, Glas zerbrach. Immer stärker roch es nach Qualm.

Der Wald, empfing das Mädchen die Gedanken seiner Mutter. *Ich muß in den Wald fliehen und mein Kind in Sicherheit bringen.*

Verzweifelt fing die Mutter zu laufen an, um die Bäume hinter dem Gärtchen zu erreichen. Sie hoffte, daß das Nachtdunkel sie vor den Blicken der Meute schützte. Der Abstand von kaum zwanzig Metern schien sich zu einer kilometerlangen Strecke zu dehnen. Der Atem der Mutter ging stoßweise. Ihre Furcht durchdrang das Gemüt der Kleinen.

»Mama …?« quengelte sie, weil sie nicht richtig begriff, was sich eigentlich abspielte.

»Scht, Liebes, sei still!«

Die Mutter rannte, bis sie sich in der Dunkelheit und Kühle unter dem Geäst befand. Ohne Pause lief sie weiter. *Mein Kind muß irgendwo Zuflucht finden,* dachte die Mutter. *Wo kann ich hin …? Zum Kloster …!* Sie änderte mitten im Lauf die Richtung. *Die Kleinen Mütter sind die Rettung …*

Durch die Bäume konnte das Mädchen an der Stelle, wo das Haus stand, riesige Flammen emporlodern sehen. Das Dasein verschwamm zu einem Nebel düsterer Konfusion. So fest umschlungen von den Armen der Mutter, daß das Kind ihr Herz hämmern fühlte, hörte es gleichzeitig jeden ihrer keuchenden Atemzüge, und jedes Aufstampfen der Füße auf dem Untergrund wurde zu einem rohen Stoß; grauenvoller als alles andere jedoch war der Widerhall, mit dem die Furcht der Frau die Psyche ihrer Tochter überschwemmte.

Voraus glomm zwischen den Bäumen ein weiches Licht. Erleichterung durchwogte die Mutter. Sie rannte noch schneller. Zu guter Letzt gelangte sie zu den Stufen des Klosterportals. Sie setzte das Mädchen ab.

»Hör mir zu, Liebes«, sagte die Mutter, indem sie

sich vor ihr Töchterchen kniete und ihr in die aufgesperrten, bangen Augen blickte. »Hör mir genau zu. Du mußt für ein Weilchen hier bleiben. Ich komme zu dir, sobald ich kann. Wenn es nicht mehr gefährlich ist. Die Kleinen Mütter sind gut zu dir. Bleibst du bei ihnen? Mama zuliebe?«

Das kleine Mädchen nickte. Tränen traten dem Kind in die Augen. Die Mutter hob die Hand und riß an einem Klingelzug. Im Innern des Klostergebäudes erscholl ein einzelner Gongschlag.

Einmal noch schloß die Mutter ihre Kleine in die Arme. »Du mußt mir etwas versprechen, Liebes ... Versprich mir, nie wieder irgendwem zu verraten, daß du die Gedanken anderer Leute lesen kannst.«

»Ich ... ich versprech's.«

»Braves Mädchen ... Vergiß nie, daß deine Mama dich lieb hat, Kindchen.« Im Kloster tappten Schritte, näherten sich; die Arme der Mutter legten sich um ihre Tochter. »Ich habe dich lieb für immer ...«

Dann senkte die Mutter die Arme. Sie küßte das Kind auf die Wange, richtete sich auf und floh in die Nacht. Allein stand das kleine Mädchen auf den Stufen des Klosters.

Jemand öffnete eine Pforte. Eine Frau in langer, brauner Kutte kam heraus. Sie legte dem Mädchen eine Hand auf die Schulter.

»Tritt ein, Kind«, sagte sie. »Bei uns findest du ein Zuhause.«

»Mama ist niemals zurückgekehrt«, schluchzte Mutter Veronica. »Ach, Mutter, ich habe mein Versprechen gehalten ... Nie habe ich's jemandem erzählt. Ohne dich war alles so schwer ...«

Troi öffnete die Lider und sah bei der Nonne hemmungslos Tränen fließen – die Tränen, die das furchtgeschüttelte Kind nie vergossen hatte. Die Counselor umarmte die Frau, hielt sie still umfangen; stumm ließ sie die seelischen Wunden zu heilen anfangen.

Nach einiger Zeit versiegten Mutter Veronicas Tränen. »Wochenlange habe ich kein Wort von mir gegeben«, sagte sie und beendete mündlich die Geschichte, die sich vor Trois geistigem Auge abgespult hatte. »Nicht mal meinen Namen mochte ich den Kleinen Müttern nennen. Aber sie hatten mit mir Geduld. Sie liebten mich ... und am Ende brachte auch ich ihnen Zuneigung entgegen. Ich bin nie aus dem Kloster fortgegangen ... Bis vor kurzem.«

Sie setzte sich aufrecht hin und wischte sich mit dem Handrücken die Tränen von den Wangen. »Jetzt wissen Sie alles«, stellte sie fest.

»Jetzt weiß ich es«, bestätigte Troi halblaut. »Aber heute sind Sie kein Kind mehr. Es ist höchste Zeit, daß Sie sich innerlich von dieser Erinnerung freimachen. Sie ähnelt einem Alptraum, den das Tageslicht verscheucht. Kommen Sie ins Licht und bleiben Sie im Licht.«

7

Noch während der meisten Sitzungen des Nachmittags weilten Trois Gedanken häufig bei Mutter Veronica. Selbst nachdem die Nonne ihre quälenden Kindheitserinnerungen offenbart hatte, war es nicht leicht gewesen, das für ihre Unterweisung erforderliche mentale Band zu knüpfen. Das Kind in Mutter Veronica lebte noch immer in einer Welt der Selbstvorwürfe und Furcht.

Sie fühlte sich selbst dafür verantwortlich, daß ihre Mutter nie wiederkehrte; sie befürchtete, man könnte sie für das, was im Geist ihrer Tochter existierte, ermordet haben. Viele Jahre lang hatte diese Befürchtung in ihrem Gemüt geschwelt und sich verfestigt. Heute glich sie einer ungenügend gesäuberten Wunde, die noch einmal hatte geöffnet werden müssen. Der Eiter des gegen sich selbst gerichteten Grolls mußte abfließen.

Im Anschluß an die letzte Sitzung des Tages ging Troi auf die Kommandobrücke, um sich mit dem Captain zu unterhalten. Die beiden suchten das Bereitschaftszimmer auf, wo Troi ihn in der gebotenen Diskretion über Mutter Veronicas Zustand aufklären konnte.

»Sie sehen also, Captain«, endete Trois Bericht, »ich stehe vor einer schwierigeren Aufgabe, als ich sie erwartet hatte. Es ist von höchster Wichtigkeit, daß Mutter Veronica es lernt, ihre Psyche abzuschirmen. Ebenso wichtig, wenn nicht sogar wichtiger, ist es allerdings, daß sie begreift und *einsieht:* Der Verlust ihres Heims und der etwaige Tod ihrer Mutter sind nicht ihre

Schuld gewesen. Teils ist es ihr klar. Aber ein anderer Teil ihrer selbst macht sich deswegen Vorwürfe. Und der Schmerz des Traumas sitzt sehr, sehr tief.«

»Wäre es möglich, daß wir herausfinden, was aus ihrer Mutter geworden ist?«

Troi schüttelte den Kopf. »Ich habe schon nachgeprüft«, beantwortete sie die Frage. »Perrias VII ist kein Mitglied der Föderation. Es ist nur äußerst lückenhaftes Archivmaterial verfügbar. Was wir wissen, stammt überwiegend von den Kleinen Müttern.«

»Und ein derartiger Vorfall dürfte kaum in irgendwelchen offiziellen Verlautbarungen erwähnt sein.« Picard nickte. »Haben Sie wenigstens über den Planeten und seine Bewohner etwas in Erfahrung gebracht?«

Troi beugte sich ein wenig vor. In Gedanken ließ sie noch einmal die von ihr gelesenen Aufzeichnungen der Kleinen Mütter Revue passieren. Schließlich grenzte sie den Informationsgehalt auf eine gewisse Anzahl wissenswerter Fakten ein.

»In den meisten Gebieten von Perrias VII herrschen noch ziemlich primitive Verhältnisse. Die Bewohner glauben an eine Reihe von Gottheiten und Dämonen. Sie glauben, daß erstere das Leben des Individuums in jeder Hinsicht wohlwollend lenken, letztere in böser Absicht dazwischenfahren. Was man für dämonisch hält, wird durch *Ausmerzung* aus der Gesellschaft entfernt. Das Ausmerzen erfolgt unverzüglich und häufig mit brutalen Mitteln. In der ersten Zeit nach ihrer Ankunft haben die Kleinen Mütter bei solchen Säuberungen mehrere Mitglieder verloren. Zuletzt ist es ihnen aber doch gelungen, die Bevölkerung davon zu überzeugen, daß ihr einziges Anliegen das Helfen ist. Inzwischen sind sie allem Anschein nach in die Gesellschaft integriert. Es kann sogar sein, daß ihre Anwesenheit eine günstige, stabilisierende Wirkung ausübt.«

»Angesichts dieser Informationen ist die Wahrscheinlichkeit gering, daß die Mutter unserer Äbtissin damals die Nacht der Flucht überlebt hat, oder?«

Troi nickte. »Ja, Captain, diese Einschätzung dürfte zutreffen. Dadurch wird Mutter Veronicas Einstellung zu ihrer telepathischen Begabung verständlicher. Es ändert sich deshalb aber nichts daran, daß sie einer mentalen Schulung bedarf.«

»Da bin ich völlig Ihrer Meinung«, stimmte der Captain zu, indem er ebenfalls nickte. »Ich bedanke mich für Ihre Berichterstattung, Counselor. Wie ich sehe, fällt für Sie erhebliche Mehrarbeit an. Sie sollen wissen, daß ich Ihren Einsatz zu würdigen weiß. Mutter Veronica könnte in keinen besseren Händen sein.«

Deanna empfand eine Regung der Dankbarkeit. Langsam verzog ihr Gesicht sich zu einem Lächeln, während sie und der Captain sich zu den Diensthabenden auf der Kommandobrücke zurückgesellten.

Kaum hatte Troi das Bereitschaftszimmer des Captains verlassen, da hob an der Operatorstation Lieutenant Commander Data den Blick. Der Androide wandte sich ihr zu. »Counselor«, sprach er sie an, »darf ich eine Frage an Sie richten?«

»Natürlich, Data.«

»Wenn ich nichts mißverstanden habe, ist eine der zwei an Bord befindlichen Nonnen vom Orden der Kleinen Mütter eine ungeschulte Telepathin, mit deren Unterweisung Sie jetzt begonnen haben. Ist das richtig?«

»Ja.«

»Dann sind Sie schon mit Ihrem Geist in mentalen Kontakt getreten. Wie unterscheidet er sich von anderen Psychen?«

»Ich weiß nicht, ob ich Ihre Frage richtig verstehe, Data. Meinen Sie, wie sie sich als Telepathin von anderen unterscheidet?«

»Nein, Counselor. Das Auftreten telepathischer Kommunikation und andersartiger psychischer Fähigkeiten ist bei zahlreichen Kulturen gut dokumentiert. Am aufschlußreichsten in bezug auf dies Thema sind vielleicht die einschlägigen Schriften der Vulkanier. Auf alle Fälle enthalten sie die präzisesten Untersuchungen. Was ich meine, ist Mutter Veronicas Bewußtsein als Nonne. Was hat sie dazu bewogen, sich für so ein Leben zu entscheiden?«

Das ist ja wieder einmal typisch für Data, dachte Troi. Sie ging zu ihrem gewohnten Platz links neben dem Captain und setzte sich. Unterdessen überlegte sie sich eine Antwort auf die Frage des Androiden.

»Die Frage, die Sie stellen, betrifft eigentlich jeden, Data«, sagte Troi nach kurzem Nachdenken. »Jeden Beruf und jede Berufung. Warum stehen wir« – sie bezog mit einer Handbewegung die gesamte Brückencrew mit ein – »in Diensten Starfleets? Wir sind aufgrund der Überzeugung hier, daß wir so das uns bestimmte Leben führen, der für uns richtigen Betätigung nachgehen... Weil wir uns dazu *berufen* fühlen.«

»Darin gebe ich Ihnen recht, Counselor«, räumte Data ein. »Aber außerhalb der Parameter unserer Starfleet-Dienstpflichten hat jeder von uns die Freiheit, ein sogenanntes normales Privatleben zu genießen. Meine Nachforschungen verweisen darauf, daß das für Nonnen nicht gilt.«

»Dann müssen wir uns als erstes mit der Frage befassen, was *›normal‹* überhaupt besagt«, entgegnete Troi. »Meine Mutter würde behaupten, daß ich kein normales Leben habe, weil es für sie alles andere als Normalität wäre... Ich dagegen empfinde es als völlig normal.«

»Darf ich dazu auch etwas äußern?« mischte sich Captain Picard ein.

»Selbstverständlich, Sir«, sagte Troi. Sie war gar nicht unfroh darüber, daß jemand anderes die Diskussion an sich riß.

»Zwar stimme ich dem, was Counselor Troi meint, durchaus zu«, erklärte Picard. »Trotzdem glaube ich, daß die Antwort auf Ihre Frage, Mr. Data, etwas differenzierter ausfallen sollte.«

Troi sah, wie Picard die Haltung einnahm, die sie bei sich seine Schulmeisterpose nannte: Er schlug die Beine übereinander, stützte die Ellbogen auf die Armlehnen des Kommandosessels. Eine Hand hob er, als könnte er mit dem Finger auf die Argumente zeigen, die er in den nächsten Augenblicken vorzutragen beabsichtigte. Die Counselor hielt die beiden für ein Paar, das sich glänzend ergänzte: den Androidenoffizier, der unablässig neues Wissen zu sammlen suchte, und den Captain und Philosophen, der allzu gerne, mochte er es zugeben oder leugnen, den Lehrmeister spielte.

»Betrachten Sie die Sache einmal unter folgenden Gesichtspunkten«, empfahl Picard dem Androiden. »Jede der mittlerweile nahezu zahllosen Kulturen, denen wir bisher begegnet sind, kennt irgendeine Art von Philosophie oder Religion, die sich mit der Frage nach dem Sinn des Daseins befaßt. Ist das denkende Leben mehr als ein kosmischer Zufall? Und wenn ja, welchen Zweck soll es erfüllen? Welchen Ursprung haben wir? Gibt es einen Gott? Ist der Tod das Ende oder ein Übergang? Wohin gehen wir? Das sind die Fragestellungen, mit denen jede Zivilisation bewußtseinsbegabter Lebewesen sich beschäftigt. Und in jeder davon gibt es Individuen, die ihr Dasein ausschließlich der Suche nach den Antworten widmen.«

»Und wie lauten die Antworten, Captain?« erkundigte Data sich mit der ehrlichen, vertrauensseligen Unschuld eines Knaben.

Unwillkürlich verzog Picard das Gesicht zu einem Ausdruck, der in Troi eine gewisse Fröhlichkeit erzeugte. Seine Augen weiteten sich; er blinzelte zweimal. Auf seinen Wangen zeichnete sich eine leichte

Blässe ab und er mußte schwer schlucken; mehrmals hüpfte sein Adamsapfel auf und ab. Commander Riker strich sich heftig über den Bart: wohl eine Gebärde, um seine Heiterkeit zu verheimlichen.

»Mr. Data«, brachte der Captain endlich mühevoll heraus, »ich behaupte nicht von mir, im Besitz endgültiger Wahrheiten zu sein. Ich weiß nur, was ich ganz persönlich glaube. Jede Person muß sich ihre Überzeugungen selbst erarbeiten.«

»Sehr wohl, Captain. Und wie?«

Picard atmete tief durch. »Mittels Studien ... gründlichem Nachdenken und Abwägen ... Anhand von Beten und Meditation, würden manche Leute raten ... Durch philosophische Erörterungen, bekäme man von anderen zu hören ... Oder durch Rückgriff auf die kulturellen Grundlagen ...«

»Aber in meiner Herkunft gibt es keine kulturellen Grundlagen, auf die ich zurückgreifen könnte, Captain«, wandte Data ein.

»Dann schlage ich vor, Sie verlegen sich auf Geschichtsstudien. Viele der größten Denker und bedeutendsten philosophischen Schriften sind aus Klosterschulen und klösterlicher Umgebung hervorgegangen. Schränken Sie sich aber nicht von vornherein auf bestimmte Lehren ein, Data. Sie sind in einer einzigartigen Situation. Wenige von uns können so frei von vorgefaßten Meinungen und Vorurteilen wie Sie diese Fragen anpacken.«

»Können Sie mir eine Anregung geben, Captain, womit ich den Anfang machen sollte?«

Ein zweites Mal holte Picard tief Atem. Er rutschte auf seinem Platz herum, schlug die Beine anders übereinander, als wäre sein Kommandosessel plötzlich unbequem geworden. Doch er durchdachte Datas Frage mit aller Gründlichkeit. Es gab so viele Schriften, die er schätzte: Platons Diskurse und Epiktets großartige Dialoge, das philosophische Werk *Tao-Te-King;* Thomas' von Aquin *Summa Theologica* sowie die mystische Vision in der *Wolke des Nichtwissens* – um nur einige, sehr wenige Werke zu nennen. Außerhalb der Erde gab es an Interessantem überdies die *Lehren des Katra* auf Vulkan und das *Xhari'a* des Felicus; ferner das *Orisha* der Yoruba, dessen Komplexität zu durchschauen er so lange gebraucht hatte, obwohl sie ihre Ideale der Einigkeit äußerst beredt zu formulieren verstanden; und nicht zu vergessen die Religion der Ik-Onkar, die ihren Gehalt nicht in Worten ausdrückten, sondern in symbolischen Formelzeichen zusammenfaßten.

»Nein, Mr. Data«, gab Picard schließlich zur Antwort. »Ich habe keine für Sie. Ich möchte Ihre Suche nicht beeinflussen. Nur eines will ich Ihnen empfehlen: Erforschen Sie die Denkmodelle so vieler Kulturen wie möglich, ehe Sie sich eine Meinung bilden.«

»Vielen Dank, Captain«, sagte Data, indem er sich wieder seiner Operatorstation zukehrte. »Ich werde entsprechend vorgehen.«

Joakal I'lium hockte in seiner Zelle, umgeben von nichts als der Stille seiner Gefangenschaft. Behandelt wurde er nicht schlecht; er erhielt Essen und Trinken, hatte Decken gegen die Kühle. Aber er blieb allein; er war so allein wie nie zuvor in seinem Leben.

Gleichzeitig jedoch war er paradoxerweise nicht allein. Auf eine Art und Weise, die er nie für möglich erachtet hätte, *fühlte* Joakal die Nähe seines Bruders. Fast konnte er in seinem Schädel Echos der Gedanken Beahorams hören.

Noch stärker als die Gedanken jedoch nahm er die Emotionen seines Zwillingsbruders wahr: heißes Auflodern von Zorn, grenzenlosen Triumph und finstere, bittere Rachsucht. Sie durchdrangen Joakal und ließen ihn zittern.

Oben im Großen Saal saß statt Joakal Beahoram am Kopfende der langen Ratstafel und musterte die daran versammelten, alten Männer. Der Ältestenrat hatte neunundzwanzig Mitglieder; Beahoram hinzugerechnet, waren sie dreißig Anwesende. Die Zahl dreißig galt als Symbol der Weisheit und göttlichen Erleuchtung; sie entsprach dem Alter, in dem man den König krönte und zum Absolutus erhob.

Da bin ich also, dachte Beahoram voller grimmiger Genugtuung. Es hat lange gedauert, aber endlich bin ich hier. Und ihr, ihr alten Trottel, bemerkt keinen Unterschied.

Tygar, der Älteste rechts von Beahoram, räusperte sich und entnahm einer Mappe vor sich auf der Tafel einige Papiere. Beahoram heftete den Blick auf den Mann.

»Sire«, sagte Tygar, »inzwischen haben wir die letzten Anträge der Familien erhalten, die zur Auswahl für die Teilnahme an Ihrer Krönung in Frage kommen. Mit Ihrem Einverständnis möchten wir sie heute morgen diskutieren. Die Zeit wird knapp. Wir müssen die Festlegungen treffen.«

Zum Zeichen der Zustimmung neigte Beahoram huldvoll den Kopf. Über die Ratstafel hinweg fiel sein Blick auf Aklier. Beahoram sah, daß die Hände des Ältesten leicht zitterten, als er auch aus seiner Mappe die Papiere holte.

Er ist nervöser als ich, dachte Beahoram. Wenn der alte Tropf nicht aufpaßt, verrät er uns vielleicht irgendwann.

Tygar räusperte sich noch einmal. Dann fing er an, die Eingaben vorzutragen. »Aus der Südregion ersucht das Haus Masalai um die Gunst, daß ihr Familienoberhaupt bei der Krönungsprozession mitziehen darf. Außerdem erbittet sie, das zeremonielle Gewand der Jugend empfangen und künftig tragen zu dürfen, das

Sie anläßlich der Feierlichkeit ablegen. Als Präzedenz verweist man auf die Ausübung der gleichen Funktion bei der Krönung sieben früherer Könige, darunter auch Ihres Großvaters, Nygaars des Dritten.«

»War das Haus Masalai auch bei der Krönung meines Vaters vertreten?«

»Nein. Damals war das Oberhaupt der Masalai selbst noch Jugendlicher und hatte kein Anrecht auf Teilnahme an der Krönungsfeierlichkeit. Deswegen fiel die Ehre dem Haus L'Snium zu, das auch diesmal unter den Antragstellern ist.«

»Welche Präzedenz nennen die L'Sniums?«

»Sie stützen sich auf entfernte Verwandtschaft mit Eurer Majestät. Es sind Ihre Verwandten siebten Grades mütterlicherseits. Darüber hinaus führen Sie die persönliche Freundschaft mit Ihrem Vater an.«

Beahoram fühlte, wie sein Magen sich zusammenkrampfte. Freunde seines Vaters – des Monarchen, der den Tod eines Sohnes anordnete. Verwandte der Mutter, die einen Sohn fortgab. Solche Leute wollte er in seinem Umkreis nicht dulden.

»Die Ehre fällt an das Haus Masalai zurück«, gab er laut bekannt.

»Ferner sind mehrere Anträge bezüglich der Ehre eingegangen, vor der Reifeweihe an Eurer Majestät Nachtwache beteiligt sein zu dürfen«, sagte Tygar. »Sämtliche Antragsteller sind als würdig einzustufen. Darum bitte ich Eure Majestät, die Entscheidung mit größter Sorgfalt abzuwägen.«

Hierbei handelte es sich um eine äußerst heikle Angelegenheit. Bis nach der Krönung mochte Beahoram niemanden außer Aklier um sich haben. Er schaute in die Runde. Aklier betrachtete starren Blicks die Unterlagen in seinen Händen. Auf seiner Stirn reihten sich Schweißperlen aneinander.

Beahoram ersparte es sich, die Ältesten noch länger

zu mustern. Statt dessen hüllte er sich in die Unnahbarkeit königlichen Hochmuts. »Darüber habe ich schon entschieden«, erklärte er. »Während der Nachtwache wird Aklier bei mir sein.«

Sofort entstand an der Beratungstafel Gemurmel. »Aber… aber Sire«, stotterte Tygar. »Das ist… höchst ungewöhnlich. Wir müssen die Gesuche…«

»Es ist *meine* Reifeweihe«, unterbrach Beahoram ihn in barschem Ton. »Und es ist eine *private* Nachtwache. Aklier ist seit jeher mein vertrauenswürdiger Berater und Freund. Gerade in der Nacht vor meiner Reifeweihe ist mir an seinem treuen Dienst sehr gelegen.« Beahoram richtete den Blick auf den Sprecher des Ältestenrates und ließ ihn kurz seinen langgehegten Groll spüren. »Bin ich der König«, fragte er schroff, »oder nicht?«

Tygar lenkte ein. »Doch… Eure Majestät… ja«, stammelte er.

Ein zweites Mal schaute Beahoram in die Runde. Jeden einzelnen der Ältesten sah er an. Einer nach dem anderen senkten sie den Blick.

Wie einfach alles ist, dachte Beahoram. Was für Dummköpfe diese Kerle doch sind. »Nächste Vorlage«, sagte er mit lauter Stimme.

Tygar blätterte in seinen Papieren, schob mehrere ungelesen beiseite. Während er wartete, schweiften Beahorams Gedanken zu dem Mann ab, der sein Bruder war und jetzt allein in einer Zelle in den Kellergewölben unter dem Palast saß. Genau wie Joakal fühlte auch Beahoram die Präsenz des Zwillingsbruders. Doch im Gegensatz zu Joakal zerbrach Beahoram sich deshalb nicht den Kopf. Vielmehr empfand er Befriedigung, ja sogar boshafte Schadenfreude.

Anders als Joakal hatte Beahoram sein Leben lang von der Existenz seines Zwillingsbruders gewußt. Er glaubte an die Sagen der alten Priesterkönige, die einen ungeheuer starken Geist gehabt hatten. Sie waren dazu fähig gewesen, die Gedanken ihrer Feinde zu erkennen und sie ihrem Willen zu unterwerfen. Er glaubte daran aus gutem Grund. Sein Lebtag lang hatte er die latente Macht in sich selbst gespürt. Er hatte an sie geglaubt, immer auf ihr Vorhandensein gebaut, sie mit seiner Willenskraft wirksam zu machen versucht.

Und heute konnte er die Gedanken Fremder deutlicher als je wahrnehmen. Er stand dicht vor dem Ziel. Nur die Krönung mit ihren Zeremonien mußte er noch hinter sich bringen; danach war seine Machtfülle vollkommen. Dann würde das volle Erwachen seiner Kräfte des Geistes erfolgen; dann erhielt er endlich die Möglichkeit, sich die Gedanken, die Erinnerungen seines Bruders anzueignen, das gesamte Wesen seiner Persönlichkeit. Er konnte sie ihm entwinden und in sich selbst aufnehmen.

Erst dann war er wahrhaftig der Absolutus: der Stellvertreter Gottes. Nichts war ihn aufzuhalten imstande. Er brauchte nur folgendermaßen vorzugehen...

Beahoram sammelte seinen Geist. Er stellte sich ihn als Lanze aus Licht vor und schleuderte sie in die Richtung des im Keller eingesperrten Mannes. Dabei konzentrierte er seinen Willen darauf, den Verstand seines Bruders zu unterjochen und ihn ihm auszusaugen.

Doch das Ergebnis war, als wäre er mit dem Schädel gegen eine Mauer gerannt. Schmerz durchstach Beahorams Hirn. Hinter seinen Augen schien ein Feuer aufzulodern. Ruckartig hob er die Hände an den Kopf und krümmte sich vornüber. Der Mageninhalt schoß ihm aus dem Mund auf den Fußboden. Er stürzte aus seinem Lehnstuhl.

Er hörte das Scharren der anderen Stühle kaum, ebensowenig das Gewirr der Stimmen, die nach Heilkundigen riefen. Er spürte kaum die Hände, die ihn umdrehten und anhoben. Alles, was er noch fühlte, war der sengende Schmerz hinter seinen Augen: die glutheiße Pein. Sie blendete ihn.

Stockwerke tiefer wand sich auch Joakal voller Qual auf dem Fußboden seiner Kerkerzelle.

8

Mutter Veronica stand auf Deck 35 vor der Tür zum Beobachtungszimmer. Sie wußte, daß drinnen Counselor Troi wartete, um mit ihr die heutige Lektion durchzunehmen. Und Mutter Veronica wußte, daß sie die Hilfe der Counselor benötigte.

Die Drangsal, der Mutter Veronicas Gemüt ausgesetzt war, hatte sich nicht verringert; das Ringen um ihren inneren Frieden und ihre geistige Gesundheit ging weiter. Trotzdem fürchtete sich die Ordensfrau, wie sie da allein im Korridor stand. Welche Erinnerungen galt es noch zu Bewußtsein zu bringen und zu verarbeiten? Welches Weh mußte sie noch erdulden?

»›Und ob ich schon wanderte im finstern Tal ...‹« flüsterte sie. Als wäre die Zeile aus dem Psalm für ihre Seele ein Schild gegen die Bedrängnis, tat sie den letzten Schritt auf die Tür zu. Die Tür glitt auf, und die Nonne trat ein.

Wie angenommen, wartete Troi schon. Die Ordensfrau versuchte, das Lächeln der Counselor zu erwidern; aber sie hatte damit kein Glück. Auf eine Geste Trois hin nahm sie Platz. Obwohl es ihr an Gelassenheit fehlte, faltete sie achtsam die Hände im Schoß. Sie hörte die Counselor aufseufzen.

»Mutter Veronica«, meinte Troi, »ich spüre, wie aufgewühlt Sie innerlich sind. Können Sie mir verraten, was ich tun muß, um Ihre Furcht zu zerstreuen?«

Mutter Veronica schüttelte den Kopf. Was sollte sie antworten? Daß sie sich nichts mehr wünschte, als daß diese lästige Eigenschaft aus ihrem Geist verschwand? Daß sie gern eine Psyche genau wie andere Leute hätte? Daß sie die Jahre, in denen sie darunter gelitten, ihr sogenanntes Talent verabscheut hatte, am liebsten ungeschehen gemacht hätte? Sie schüttelte den Kopf ein zweites Mal.

»Dann fangen wir einfach an«, sagte Troi. Mutter Veronica wandte ihr das Gesicht zu.

»Auch heute geht es darum«, erläuterte die Counselor, »zwischen uns beiden ein psychisches Band herzustellen, so wie wir es gestern getan haben. Diesmal wollen wir die erste Lektion zum Entwickeln der mentalen Abschirmung durchnehmen. In der Altsprache Betazeds heißt diese Übung *D'warshra.* Das bedeutet: Ort des Friedens und der Identität.«

»Des Friedens und der Identität«, wiederholte Mutter Veronica im Flüsterton. Genau danach sehnte sie sich schon ihr ganzes Leben lang. Sie merkte, wie ihre Furcht ein wenig nachließ. Als sie aufschaute, blickte sie direkt in Trois Augen. Nochmals lächelte die Counselor ihr zu.

»Fertig?« fragte Troi. Mutter Veronica nickte. Die Betazoidin streckte ihr die Hände entgegen. Die Nonne reichte ihr die eigenen Hände.

»Schließen Sie die Augen«, lautete auch heute Trois erste Weisung. »Denken Sie an nichts. Sie spüren es, wenn mein Geist Ihre Psyche erreicht. Haben Sie keine Furcht. Es geht alles gut. So, jetzt ...«

Unverzüglich fühlte Mutter Veronica Trois mentales Tasten. Dieses Mal war sie überrascht. Diese Verbindung gedieht umgehend weit über den schwachen Kontakt hinaus, den sie gestern so mühevoll zustandegebracht hatten. Vom ersten Moment an war das mentale Band stark und ermöglichte eine tadellose geistige Kommunikation. Die Nonne empfand diese mentale Gemeinsamkeit anders als sämtliche vorherigen Erlebnisse vergleichbarer Art. Sie hatte keine Ähnlichkeit mit der sonst gewohnten Sturzflut fremder Gedankeninhalte.

Es kam zu keinem furchterregenden Bombardement fremder Eindrücke; Wirrwarr und Schmerz blieben aus. Diese Berührung zwischen ihrem und Trois Geist war auf geradezu erfrischende Weise kühl und klar. Mutter Veronicas Furcht ebbte ab; nur ein wenig, aber immerhin.

Es ist soweit, erklärten ihr Trois Gedanken. *Der Geist jedes intelligenten Wesens, jedes denkenden Geschöpfs mit Ichbewußtsein, ist einzigartig. Er hat seine einmalige Form und Prägung. Um zu lernen zu können, wie man ihn abschirmt, müssen Sie ihn zuerst als ihren ureigensten Geist kennenlernen. Folgen Sie mir auf der Suche nach dem Bewußtsein, das ausschließlich und allein Ihres ist.*

Auf der Kommandobrücke diskutierte Data mit Lieutenant Worf. Der Klingone versuchte seine Empörung zu meistern und zu berücksichtigen, daß sein Offizierskamerad es nicht böse meinte.

»Ein Klingone *schwatzt nicht* über die Götter, die er verehrt«, brachte Worf endlich hervor. »Am wenigsten zu einem Angehörigen einer anderen Spezies.«

»Streng genommen kann man dagegen einwenden, Lieutenant«, erwiderte Data gelassen, »daß ich keiner Spezies angehöre und Ihr Einwand deshalb der Grundlage entbehrt.«

Worf biß die Zähne zusammen und überlegte sich einen neuen Ansatz. Takt war ein erlernbarer menschlicher Vorzug, mit dessen Aneignung er durchaus noch Probleme hatte. Der Klingone empfand ihn sowohl als schwierige wie auch irritierende Tugend.

»Ich glaube nicht«, entgegnete er schließlich, »daß Ihre … Programmierung Sie dazu befähigt, unsere Kriegergötter zu verstehen.«

»Ein interessantes Argument«, antwortete Data. »Auf Anregung des Captains habe ich meine Erforschung der religiösen und philosophischen Fragen nach dem Sinn der Existenz mit der Lektüre von Geschichtsbüchern begonnen. Weil der Captain und mein Erschaffer, Dr. Soong, beide Menschen sind, habe ich mich als erstes in die menschliche Geschichte vertieft. In der vergangenen Nacht habe ich mich über die Geschichte des Planeten Erde informiert, insbesondere im Zusammenhang mit der Entstehung der Mythen und Religionen. Zwar muß ich noch in zahlreiche esoterische Schriften Einblick nehmen, bin aber der Auffassung, mir inzwischen zu diesem Thema ein hinlängliches Grundwissen erarbeitet zu haben. Darum kann ich Ihnen entgegenhalten, daß viele irdische Kulturen Kriegsgötter kannten und bei ihnen kriegerische Befähigung hohes Ansehen genoß. An herausragender Stelle sind da die Azteken zu nennen, die in einem früher als Mittelamerika bezeichneten Gebiet wohnten. Dann die Baal-Anbeter im Nahen Osten, die keltischen Anhänger des Schädelkultus, die Gefolgsleute der nordischen Gottheiten Odin und Thor, die Samurai-Kultur Altjapans ...«

»Das reicht!« schnauzte der Klingone.

»Aber die Aufzählung ist noch weitgehend unvollständig, Lieutenant. Ich bin sogar darauf aufmerksam geworden, daß in der irdischen Geschichte nahezu jede Kultur in irgendeinem Abschnitt ihres Bestehens den Krieger als Vorbild propagiert hat. Selbst die Religionen, die von sich behaupteten, Frieden zu predigen, behielten sich in gewissen Phasen ihrer Entwicklung die Konzeption eines Heiligen Krieges vor. Gerade letzteres stufe ich als ziemlich verwirrend ein. Können vielleicht Sie es mir erklären?«

Wieder rang der Klingone mit seiner Ungeduld. »Ist das der Grund, warum Sie sich an mich wenden?« fragte er.

»Nein, Lieutenant. Der Captain hat mir außerdem vorgeschlagen, Gespräche mit vielen Leuten zu führen, bevor ich mir eine religiöse Meinung bilde. Ich erachte es als logisch, damit bei meinen Crew-Kameraden anzufangen. Die Bordbibliothek enthält sehr wenig über die klingonische Kultur und Geschichte, und über klingonische Religion beinahe nichts.«

»Ich bin kein *G'luuc'taha,* kein Lehrer des Göttlichen«, stellte Worf mit Nachdruck klar. Er wollte Data empfehlen, seine Recherchen bei jemand anderem fortzusetzen. Da aber entsann Worf sich an die etlichen Male, bei denen er und der Androide Seite an Seite gekämpft hatten. Gemeinsam hatten sie dem Tod ins Auge geblickt. Nach den Begriffen der klingonischen Kultur waren sie Waffenbrüder. Also gab er nach.

»Kommen Sie heute abend in mein Quartier«, meinte er zu Data. »Ich werde Sie über die Götter meines Hauses unterrichten. Aber im Rahmen einer *privaten* Einweihung. Sie dürfen niemandem etwas weitererzählen.«

»Danke, Lieutenant«, sagte Data, indem er sich umwandte. »Ich glaube, mein nächster Gesprächspartner ist Geordi.«

Data entfernte sich zum Turbolift. Hinter ihm stieß Worf ein gedämpftes Knurren aus.

»Noch mal, Data«, bat einige Minuten später Geordi LaForge. Er saß in der technischen Sektion und machte sich gerade Notizen über eines seiner Lieblingsprojekte, als der mit ihm befreundete Androide ihn aufsuchte. In seinen Gedankengängen wimmelte es so von Gleichungen zur Sensoranordnung, daß er sich unsicher blieb, Datas Frage richtig verstanden zu haben.

»Ich habe gefragt: Glauben Sie an einen Gott?«

Geordi legte Handcomputer und Stift hin; in den Überlegungen des Chefingenieurs verpufften Energiestromkurven wie gefächerte Partikelstrahlen. Eigentlich war er der Ansicht, an Datas exzentrische Fragestellungen gewöhnt zu sein. Trotzdem fühlte er sich diesmal völlig überrumpelt.

»Warum fragen Sie, Data?«

»Mein Schöpfer, Dr. Soong, hat seine religiösen Überzeugungen nicht in meine Programmierung mitaufgenommen. Vielleicht hatte er keine, oder er wollte mir die Freiheit lassen, meine eigenen Schlußfolgerungen zu ziehen. Ich weiß es nicht. Religion ist ein Aspekt der menschlichen Entwicklung, der bisher von meinen Betrachtungen ausgeschlossen gewesen ist.«

Geordi brauchte sich nicht erst danach zu erkundigen, wieso Data sich ausgerechnet jetzt dafür interessierte. Die Anwesenheit von Nonnen an Bord hatte viele Leute an Glaubensfragen erinnert.

»Und weshalb fragen Sie mich?« wollte Geordi erfahren.

»Der Captain hat mir geraten, mich darüber mit vielen Leuten zu unterhalten. Sie sind mein bester Freund. Liegt es da nicht nahe, mit Ihnen zu sprechen?«

»Doch, Data, klar, mit mir können Sie über alles reden. Bloß ist diese Frage nicht so leicht zu beantworten.«

»Dann glauben Sie an keinen Gott?«

»Oh, das hab' ich nicht gesagt. Der Begriff *Gott* bedeutet allerdings für verschiedene Leute etwas völlig Unterschiedliches. An einen Mann mit weißem Rauschebart, der irgendwo auf einem Thron sitzt, glaube ich nicht. Aber ich bin schon zu weit herumgekommen und habe zuviel Unglaubliches gesehen. Ich bin nicht der Meinung, das alles hätte gar keine tiefere Bedeutung, oder wir als intelligente Wesen wären nur eine Art kosmischer Zufall. *Ich* fühle mich jedenfalls *nicht* wie ein Zufallsprodukt.«

»Sie sind also gläubig?« fragte Data.

Geordi blies, den Mund wie zum Pfeifen gespitzt, den Atem aus den Lungen. »So einfach ist das nicht«, entgegnete er. »Auf die Weise, wie die Kleinen Mütter es sind, bin ich sicherlich nicht gläubig. Aber ich glaube an … an etwas, das dem Universum Form und Sinn verleiht. Und daran, daß es auch *in* uns etwas gibt, das uns dahin drängt, besser zu werden, als wir es sind … Und dabei hilft zu erkennen, daß alle Lebensformen Teil eines Ganzen sind.«

»Das ist keine allzu genaue Auskunft, Geordi.«

»Ich weiß, Data.« Der Chefingenieur zuckte mit den Schultern. »Aber eine gescheitere Antwort kann ich Ihnen nicht geben.«

9

»Es wird nicht gutgehen«, verhieß Aklier, während er in den Privatgemächern des Königs auf und ab schritt. »Seit Ihrem Zusammenbruch bei der Beratung sind sechs Tage verstrichen. Allmählich fragen sich die Ältesten, ob Sie zum Regieren taugen.«

»Aklier, es wird alles klappen«, widersprach Beahoram. Er stemmte sich aus dem wuchtigen, mit Brokat bezogenen Stuhl, in den er sich gelehnt hatte. An einer aus Holz geschnitzten Kommode in der Ecke goß er sich Wein in ein Glas.

Er hielt das Glas in die Höhe, bis man das Licht hindurchleuchten sah. Das Trinkgefäß war aus einem einzigen Flammkristall gefertigt worden. Man hatte es so geschliffen, daß der dunkelrote Kern sich im Stiel befand. Im Licht schien das Rot zu tanzen, als wäre es lebendig. Es verschoß flammenähnliche Strahlen durch die bernsteingelbe Flüssigkeit, die das Glas füllte. Besitzgierig schloß Beahoram die Faust um den Stiel.

Er hob den Wein an die Lippen und trank, leerte das Glas mit einem Schluck zur Hälfte. Dann stellte er es ab und schlenderte bedächtig durchs Zimmer. Seine Finger betasteten voller Habsucht alles, an dem er vorüberkam.

Seine Hand verweilte auf dem hohen Rücken des Lehnstuhls, auf dem er eben gesessen hatte. So wie das zweite Exemplar, sein Gegenstück, war er aus einem Block dunkel gemaserten Holzes geschnitzt und mit dickem Brokat in Karminrot und Goldgelb bezogen worden. Zwischen den beiden Stühlen stand ein niedriger Tisch aus dem gleichen Holz; seine Schnitzereien wiesen gleichartige Muster auf wie die Armlehnen und Beine der Stühle. In der Mitte hatte der Tisch eine Einlegearbeit aus leuchtendhellem, grün durchädertem Stein.

Beahoram wanderte weiter, nahm gewissermaßen durch Berühren das Inventar des Zimmers in Besitz. Mit einem Finger strich er über die vergoldeten Rahmen der an der Wand aufgereihten Gemälde. Er blieb stehen und besah sich das Fenster, das vom Fußboden bis unter die Zimmerdecke reichte. An beiden Seiten säumten schwere Vorhänge aus karminrotem und goldgelbem Brokat die im oberen Bereich mit Buntverglasung versehenen Fenster.

Während er zum Kamin ging, beobachtete Beahoram, wie seine Füße lautlos in das dicke, dichte Gewebe des dunkelroten Teppichs einsanken. Gegenwärtig brannte im Kamin kein Feuer. Doch in dem grüngeäderten Stein, aus dem er gebaut war, glomm Helligkeit. Lebenden Stein hatte man ihn in vergangenen Zeiten genannt. Er sah aus, als wäre einmal Feuer von ihm aufgesaugt worden und säße seitdem in ihm fest.

Beahorams Hand umklammerten das Kaminsims. Der Kamin gehörte jetzt ihm; alles hier gehörte von nun an ihm, so wie es immer hätte sein sollen.

Er drehte sich und bemerkte, daß Aklier ihn musterte. »Es wird gelingen«, bekräftigte Beahoram.

Vernehmlich schluckte der Älteste. »Sie haben zu häufig diese Kopfschmerzen gehabt«, gab er zu bedenken. »Erst im Rat, dann an vier Tagen noch viermal... Die anderen Ältesten reden darüber. Sie überlegen, ob die Kopfschmerzen nicht ein Fingerzeig Gottes sein könnten, der darauf hinweist, daß Sie nicht zum Absolutus erhoben werden dürfen. Falls so etwas sich wiederholt, kann es sein, daß der Rat sich woanders nach einem gottgewollten Herrscher umsieht.«

»Es wird sich nicht wiederholen. Ich hatte lediglich versucht, etwas zu erzwingen, wozu mein Geist noch nicht reif ist. Ich habe mich damit abgefunden und werde mit der Erledigung bis nach der Krönung warten. Dann wird mir die erforderliche Macht verfügbar sein.«

»Ich setze alles aufs Spiel, Beahoram. Wenn wir ertappt werden, ist mein Leben verwirkt. Vergessen Sie das nicht.«

Beahoram kniff die Lider zusammen. »Ich vergesse *nichts*«, antwortete er.

Jemand klopfte an die Tür. Nervös fuhr Aklier herum. Beahoram kehrte nonchalant zum Lehnstuhl zurück und nahm wieder Platz. Die Andeutung eines selbstzufriedenen Lächelns umzuckte seine Lippen.

»Herein«, rief er. Ein Page in königlicher Livree öffnete die Tür.

»Sire«, meldete er, indem er sich verbeugte, »Lady Elana E'shala ist da. Sie bittet, von Eurer Majestät empfangen zu werden.«

Beahoram schaute hinüber zu Aklier. Der Älteste schwitzte; seine verkrampfte Gestalt bebte fast vor Furcht. Doch Beahoram blieb von seiner Reaktion unbeeindruckt. Aklier war leicht aus der Ruhe zu bringen.

»Der Älteste und ich konferieren noch«, teilte Beahoram dem Pagen mit. »Wir läuten, sobald wir fertig sind.«

»Jawohl, Eure Majestät.« Der Junge machte wieder eine Verbeugung und verließ das Zimmer.

»Sie dürfen sie auf keinen Fall empfangen«, rief Aklier, kaum daß sich die Tür geschlossen hatte. »Sie kann uns alles verderben.«

»Wieso? Wer ist sie?«

»Die Frau, von der Ihr Bruder hoffte, daß sie ihn heiratet.«

»Dann muß ich sie mir ansehen. Sagen Sie mir alles über sie, was Sie wissen.«

»Beahoram, aber ...«

»Nennen Sie mich nicht so!« fuhr Beahoram den Ältesten durch zusammengebissene Zähne an. »Nie mehr. Also, heraus mit der Sprache!«

Nochmals hörte man Aklier laut schlucken. »Elana E'shala ist eine Adelstochter der Westregion. Sie und Ihr Bruder kennen sich seit neun Jahren und haben sich fast täglich getroffen. Joakal liebt sie von ganzem Herzen. Er hat sie gebeten, ihn zu heiraten, wenn er zum Absolutus gekrönt worden ist und eine Ehe eingehen darf. Ich glaube, Elana liebt Joakal gleichfalls. Allerdings ist sie sehr fromm. Vor einem Monat hat sie sich in ihr Elternhaus in der Westregion zurückgezogen, um ungestört entscheiden zu können, ob sie Ihren Bruder heiraten oder in den Tempeldienst eintreten soll. An sich war ihre Rückkehr erst für den Krönungstag angekündigt.«

Aklier verstummte. Ungeduldig wartete Beahoram. Aber der Älteste bewahrte Schweigen. »Und was weiter?« hakte Beahoram schließlich nach.

»Weiter?«

»Ja, weiter! Was können Sie mir an Persönlichem über sie verraten? Sie waren der Vertraute meines Bruders. Sie müssen doch alles wissen über diese Angelegenheiten.«

»Mehr weiß ich nicht. Es gab Dinge im Leben Ihres Bruders, die er nicht einmal mir anvertraut hat.«

»Egal.« Beahoram zuckte die Achseln. »Niemand bezweifelt, daß ich mein Bruder bin. Genauso wird es mit dieser Elana sein. Läuten Sie, Aklier.«

Das Ratsmitglied zog an der Klingelschnur. Wenige Sekunden später kam der Page wieder herein.

»Du kannst die Lady nun vorlassen«, sagte Beahoram.

Auch diesmal verneigte sich der Page, ehe er hinausging. Während des Wartens behielt Beahoram den Ältesten im Augen. Akliers Nervosität ärgerte Beahoram.

Wenn alles durchgestanden ist, dachte er, ersetze ich ihn durch jemanden, der mehr Mumm hat. Bestimmt läßt sich irgendein Unfall arrangieren, der mir Aklier vom Hals schafft.

Die Tür schwang auf. Beahoram lenkte seine Aufmerksamkeit von dem Ratsmitglied auf die Frau, die in diesem Augenblick eintrat. Als er sie sah, weiteten sich seine Augen ein wenig.

Sie war klein und zierlich. Als Bekleidung trug sie eine bauschige Hose und ein mit einer Schärpe umschlungenes Obergewand. Insofern ähnelte ihre Garderobe Beahorams und Akliers Kleidung, war jedoch im Blau und Silber ihrer Adelssippe gehalten.

Das Haar fiel ihr in goldblonden Locken bis fast an die Hüfte hinab. Ihre Augen waren vom gleichen Blau wie ihre Kleidungsstücke, hatten die Färbung eines wolkenlosen Himmels am frühen Abend. Selbst von weitem wirkten sie, als ob sie immerzu strahlten und funkelten.

Als sie Beahoram anlächelte, bildeten sich an ihren Mundwinkeln kleine Grübchen. Geringfügig besserte sich Beahorams Meinung von seinem Bruder. Was die weibliche Schönheit betraf, hatten sie anscheinend einen übereinstimmenden Geschmack.

»Elana«, sagte er, erprobte den Klang, den die Stimme aus seinem Mund hatte. Sie stürmte durchs Zimmer auf ihn zu. Er stand auf und umarmte sie.

»Ich konnte nicht mehr bis nach der Krönung warten«, erklärte sie leise, den Mund nah an seinem Ohr. »Du hast mir zu sehr gefehlt.«

»Ich habe dich auch vermißt«, log Beahoram.

Elana wich ein wenig zurück und forschte in seiner Miene. Plötzlich furchte eine Falte ihre Stirn.

»Wirklich, Joakal?« fragte sie. Schwach zitterte ihre Stimme.

Beahoram lächelte. Er ergriff ihre Hand, hielt sie fest, fühlte die Samtweichheit ihrer Haut.

»Ja natürlich«, beteuerte Beahoram. »Erzähl mir von deinem Aufenthalt daheim. Was hast du gemacht? Wen hast du getroffen? Du mußt mir alles erzählen.«

Noch einmal las Elana in seinem Gesicht. Sie blickte von ihm hinüber zu Aklier, der unauffällig an der Wand gegenüber stand; dann schaute sie wieder Beahoram an.

»Willst du ... willst du gar nicht meine Entscheidung erfahren?« erkundigte sie sich in unsicherem Tonfall.

»Nur wenn sie für mich ein Anlaß zur Freude ist«, antwortete Beahoram. Er bemühte sich, in seiner Stimme eine gewisse Spannung anklingen zu lassen.

Elana lächelte froh. »Ich habe eine freudige Nachricht für dich«, sagte sie. »Die schönste Nachricht, die wir uns vorstellen können. Ja, Joakal, ich will dich heiraten.«

Beahoram schloß sie zum zweitenmal in die Arme, schwelgte im Gefühl ihres Körpers. Seine Lippen suchten ihren Mund. Begierig küßte er Elana.

Auch sie wird mir zufallen, dachte er. Aber noch hatte er den Gedanken nicht gänzlich beendet, da spürte er, wie sich Elanas Haltung versteifte. Mit einem unterdrückten Aufschrei prallte sie zurück. Erneut erforschte ihr Blick sein Gesicht. Dann wandte sie sich ab und lief aus dem Zimmer.

Allmählich schwand das Tageslicht, und der Wind, der an jedem Spätnachmittag auffrischte, wehte schon stärker. Elana E'shala stand an der Tempeltreppe. Sie hüllte sich fester in ihren dunkelblauen Umhang und hielt den Kopf hoch erhoben. Den Tränen freien Lauf zu lassen, die ihr in die Augen quellen wollten, weigerte sie sich voller Trotz.

Sind erst drei Stunden verstrichen? wunderte sie sich. Ihr war zumute, als habe sich in diesen letzten Stunden ihr Leben in einer Weise verändert, wie sie es nie für möglich gehalten hätte. Erst drei Stunden war es hier, daß sie sich willig in Joakals Arme geworfen und ihm gesagt hatte, sie wolle ihn heiraten? Erst drei Stunden, seit er seine Lippen zu einem Kuß auf ihren Mund gepreßt hatte, dem keinerlei Liebe anzumerken gewesen war, sondern ausschließlich lüsterne Begehrlichkeit?

Bei diesem Kuß war Elanas Welt finster und still geworden. Ihr Herz war so kalt wie der eisige Wind, der gegen ihre Wangen blies, in ihren ohnehin geröteten, ermüdeten Augen brannte.

Nun mochte sie ihn nicht mehr heiraten. Der eine Kuß hatte alles umgestoßen. Sie hatte vor, den Tempel aufzusuchen und Dienerin Gottes zu werden. Allem Anschein nach war das doch ihre wahre Bestimmung.

Sie setzte den Fuß auf die unterste Stufe der Treppe und stieg hinauf, obwohl ihre Füße schwer wie Stein zu sein schienen. Entgegen ihrem Vorsatz, nicht mehr zu weinen, traten ihr neue Tränen im die Augen. Sie zwinkerte, aber vergeblich; der Schmerz saß zu tief.

O Joakal, klagte sie in Gedanken, was ist nur geschehen? Was hat dich so verändert?

Elana erreichte die oberste Stufe. Hinter den vier hohen Säulen auf dem Treppenabsatz des Tempelgebäudes klafften die Flügel des großen Portals. Zum erstenmal im Leben hatte Elana das Gefühl, daß der Tempel sie nicht willkommen hieß. Das Innere erweckte keinen einladenden Eindruck. Heute schien das Portal Ähnlichkeit mit einem riesigen Rachen zu haben, der danach lechzte, sie zu verschlingen – nach ihrem Leben gierte, ihrem Glück, ihrer Seele.

Elana schüttelte den Kopf, versuchte das Bild dieses unerwünschten Vergleichs aus ihrem Gemüt zu verscheuchen. Hier sollte nun ihr neues Heim sein. Die Liebe, die sie zu schenken hatte, die sie Joakal geschenkt hätte, gedachte sie Gott zu weihen. Sie mißachtete das Weh in ihrem Herzen und betrat erhobenen Hauptes den Tempel.

Als erstes empfing Schweigen sie; ein übermächtiges Schweigen. Es machte die Luft stickig. Man hätte meinen können, aus den steinernen Mauern und Deckengewölbe sickerte Stille. Sie schien mit dem Licht der Lampen, die in Wandnischen leuchteten, verwoben zu sein. Es verfinsterte die von Schatten düsteren Winkel vollends; dämpfte das Geräusch von Elanas Schritten, während sie den breiten Mittelgang durchquerte, das umfangreiche Gestühl passierte, das die Gläubigen zum Sitzen oder Knien benutzen konnten.

Vor dem Alter blieb Elana stehen und kniete sich vor die breiten Stufen. Weder Gebete noch Anrufungen bewegten ihr Herz. »Hier bin ich…« Mehr brachte sie nicht über die Lippen.

Auf den Knien blickte sie zum Altar empor, der sechs Stufen höher von seinem Sockel aufragte. Wie die Säulen des Tempelportals schimmerte auch der Altar im hellgrünen Glanz des Lebenden Steins. Mitten auf dem Altar stand die große, aus Gold gefertigte Schale, die die Empfänglichkeit des Geistes symbolisierte.

Mein Geist ist nicht empfänglich, dachte Elana. Ebensowenig mein Herz. In ihnen dreht sich alles nur um Joakal. Noch immer. Ich muß herausfinden, was geschehen ist. Selbst wenn seine Liebe zu mir erloschen ist, muß ich klären, was ihn derartig verändert hat.

Elana erhob sich von dem eiskalten Steinboden. Ruckartig verneigte sie sich vor dem Altar; dann wandte sie sich in die Richtung der kleinen Pforte, die links in die dem Tempel angebauten Klosteranlagen führte. Dort beabsichtigte sie ihren Dienerinneneid zu leisten. Dies war der Tempel, in dem dienen zu dürfen sie sich stets gewünscht hatte. Gleichzeitig konnte sie von da aus den Geliebten im Auge haben.

Elana traf Faellon, den Obersten Diener, in seinem Büro an. Er saß hinter einem Schreibtisch, dessen Ausstattung es ihm ermöglichte, die Alltagsangelegenheiten des Tempels abzuwickeln. Der Oberste Diener hatte einen Kranz schlohweißen Haars, leicht gebeugte Schultern unter seiner grünen Kutte, schläfrige Augen und einen unendlich geduldigen Gesichtsausdruck. Hinter den Computerterminals und Bildschirmen, die nahezu die ganze Tischplatte des hölzernen Pults bedeckten, wirkte er irgendwie fehl am Platz.

Elana setzte sich auf den Stuhl vor dem Schreibtisch und erzählte dem Obersten Diener alles. Sie fing mit ihren Kindheitsträumen an und beendete ihre Ausführungen mit dem Grund ihres Besuchs. Sie verschwieg nichts von ihren Hoffnungen, ihren Zweifeln, ihrem Leid.

Dabei entgingen ihr nicht die Emotionen, die sich, während sie sprach, in Faellons Miene widerspiegelten. Lange bevor ihre Worte versiegten, konnte Elana erkennen, wie die dulderhafte Resignation in der Haltung seiner Schultern und die Falten um seinen Mund nach und nach schlecht verheimlichte Langeweile bezeugten. Er versuchte, sie hinter weisem Nicken zu verhehlen. Dennoch merkte Elana schon nach einer Weile, daß Faellon ihre Darlegungen nicht mehr beachtete; entweder hörte er nicht zu, oder sie interessierten ihn nicht.

»Ich glaube, Tochter«, sagte er, sobald Elana schwieg, »Sie haben ein vorschnelles Urteil gefällt. Unser junger König konzentriert sich jetzt innerlich auf die Krönung, so wie es auch richtig ist. Er bereitet sich darauf vor, mit all der Weisheit begnadet zu werden, mit der Gott ihn segnen kann. Infolgedessen ist es nur natürlich, wenn er einen zerstreuten oder beschäftigten Eindruck auf Sie gemacht hat. Absolutus zu werden, bedeutet eine schwere Bürde.«

»Er war nicht unbedingt... zerstreut«, versuchte Elana ihm zu erklären. »Ich bin von ihm sehr huldvoll und gütig begrüßt worden. Er hat mich bei meiner Rückkunft willkommen geheißen. Aber als er mich angeschaut hat... da habe ich einem Fremden in die Augen gesehen. Es sind nicht Joakals Lippen gewesen, von denen ich geküßt worden bin...«

»Wie könnte er ein Fremder sein?« hielt Faellon ihr entgegen. Ohne Umstände tat er Elanas Eindrücke ab. »Tochter, Sie haben sich da in etwas Unsinniges hineingesteigert und sind jetzt völlig überdreht. Sie waren einige Zeit lang nicht in der Hauptstadt. Vielleicht wissen Sie noch nicht von den Kopfschmerzen, die Seine Majestät seit kurzem plagen. Wenn sie ihn heimsuchten, brach er zusammen und mußte halb bewußtlos zu Bett gebracht werden. Gott sei Dank sind sie anscheinend inzwischen verflogen. Es kann sein, daß darin die Erklärung für die Veränderungen zu suchen ist, die Sie bei ihm bemerkt haben. Wer weiß, was in diesen hochbedeutsamen, wichtigsten Tagen seines Lebens Gott seiner Seele zumutet?«

Elana hörte den Äußerungen des Obersten Dieners zu und wog sie gegen das ab, was ihre Intuition ihr eingab. Sie erkannte, daß dieser Erklärungsversuch nicht genügte. Hinter der merkwürdigen Verwandlung des Geliebten lauerte etwas anderes. Woher sie diese Überzeugung hatte, wußte sie nicht; aber sie war sich vollkommen sicher. Gleichzeitig wurde ihr klar, daß eine Fortsetzung der Aussprache mit dem Obersten Diener keinen Zweck hatte.

Faellon räusperte sich und wechselte das Gesprächsthema. »Tochter«, sagte er, »Sie haben die Absicht vorgetragen, in den Tempeldienst zu treten. Ich glaube nicht, daß Sie zu diesem Schritt wirklich bereit sind. Den Dienst an Gott muß man mit ruhigem, geläutertem Herzen beginnen. Bleiben Sie doch einfach bei uns, um für eine Zeitlang zu meditieren. Vielleicht gibt Gott Ihnen hier in der Stille des Tempels über den rechten Weg Aufschluß.«

Elana zögerte nur kurz. Wohin könnte sie sich sonst wenden? Sollte sie sich im Palast einquartieren, wie sie es normalerweise tat? Nein. Was sie in Joakals Augen gesehen hatte, machte es ihr unmöglich, im Palast zu wohnen. Wäre es klüger, an ihren Wohnsitz in der Westregion heimzukehren? Nein, noch nicht. Erst mußte sie die Wahrheit aufdecken.

»Ich bleibe«, sprach sie ihren Entschluß aus. »Vielen Dank, Oberster Diener.«

»Gut«, antwortete Faellon, indem er lächelte. Er drückte auf seinem Pult eine Taste. Gleich darauf kam eine ebenfalls in Grün gekleidete Tempeldienerin herein.

»Führen Sie Lady Elana in die Frauenunterkünfte und geben Sie ihr eine Dienerinnenkutte«, ordnete Faellon an. »Sie bleibt für einige Zeit bei uns.«

Wortlos trat die Tempeldienerin beiseite und hielt Elana die Tür auf. Als Elana aufstand, erhob sich auch Faellon.

»Denken Sie immer daran, meine Tochter«, empfahl er ihr, »daß Glaube der erste Schritt zur Weisheit Gottes ist.« Doch sein Rat klang hohl wie beliebiges Geschwätz, und tiefe Mattigkeit trübte seine Augen.

Nachdem Elana fort war, setzte Faellon sich wieder an sein Schreibpult und stützte den Kopf in die Hände. Mittlerweile war fast der Zeitpunkt für die abendliche Gebetsstunde da. In wenigen Minuten würden sämtliche Tempelbediensteten sich im Tempel versammeln – und andere Einwohner der Stadt, die eine Stunde mit Gott zu verbringen wünschten.

Faellon war klar, daß er nun auch in den Tempel zu gehen hatte. Er mußte vor den Altar treten und die große Goldene Schale in die Höhe heben, das Symbol des Gottesdienstes und Glaubens. In den zweiundzwanzig Jahren, seit er als Oberster Diener wirkte, hatte er bislang jeden Abend den Ritus vollzogen. Jeden Abend blickte er auf den Grund der großen Schale und versuchte die Mysterien zu verstehen, deren Inbegriff sie war; an jedem Abend bemühte er sich darum, den Zustand heiliger innerer Leere zu erlangen, der ihn für die Stimme Gottes wahrhaft empfänglich machen sollte.

Längst jedoch war er alt und müde. In letzter Zeit hatten seine Gebete sich gewandelt. Wie lange noch, o Gott? ging ihm von neuem die Frage durch den Kopf. Wie lange muß ich diesen Dienst noch leisten? Tag für Tag kommen Gläubige zu mir, um mir ihre Fragen, Sorgen und Zweifel vorzutragen. Ich erteile ihnen die Ratschläge, die mein Glaube mir weist. Aber meine Worte sind zu Worten geworden, die ich schon tausendmal gesprochen habe. Befreie mich von der Last, o Gott. Gewähre mir Ruhe.

Doch während er bedächtig seinen Schreibtisch verließ und aus dem Büro zu gehen sich anschickte, blieb jede Antwort auf sein Stoßgebet aus. Keine ermutigenden Eingebungen kamen seiner Seele; keine höhere Linderung streichelte sein Gemüt. Keine Stärkung vertrieb die Schwäche seines Herzens. Er fand sich damit ab, daß Gott das, was er mit ihm plante, noch nicht vollendet hatte.

An der Tür verharrte Faellon. Er senkte das Kinn, bis es sich in seine Brust bohrte. In einer Gebärde vollständiger Unterwerfung breitete er die Arme seitlich aus. Wenn mir kein Friede werden soll, o Gott, flehte er, schenke mir wenigstens die Kraft zum Durchhalten.

Beahoram stand vor der Kerkerzelle seines Bruders. Er wußte, daß er sich jetzt eigentlich auf den Besuch des Tempels vorbereiten müßte. Er hatte die Fassade der Frömmigkeit aufrechtzuerhalten, für die Joakal bekannt war. Aber er konnte der Versuchung nicht widerstehen, in den Kerker hinabzusteigen, um durch das kleine Gitterfensterchen der Zellentür zu lugen. Er sah Joakal in seiner engen Behausung hin und her laufen wie ein Tier im Käfig, das die Rückkehr in die Wildnis ersehnte.

Doch aus dem Korridor den Gefangenen stumm zu beobachten, war zuwenig. Beahoram wollte das Gesicht seines Bruders sehen, wenn er ihm enthüllte, daß Elana *ihn* besucht, *ihm* mitgeteilt hatte, wie gerne sie ihn zu heiraten bereit war; der Drang, seine Gewalt über Joakal zu beweisen, beherrschte Beahorams Magengrube wie quälender Hunger. Sein Herz fing zu hämmern an, während er den Schlüssel aus der Tasche nahm und die Zellentür aufsperrte.

Beahoram öffnete die Tür und betrat die Zelle. Voller Vergnügen bemerkte er die dunklen Ringe unter Joakals Augen, sein strähniges, verdrecktes Haar, den ungepflegten Bart. Er dagegen, Beahoram, war sauber und adrett, trug Joakals vornehme Kleidung.

Beahoram zog die Tür hinter sich zu und stapfte durch die enge Räumlichkeit. Er genoß die Weise, wie sein Bruder jede seiner Bewegungen mit den Augen verfolgte.

»Fühlst du dich wohl, Bruder?« erkundigte Beahoram sich in öligem, sardonischem Tonfall. »Ist dein neues Königreich nach deinem Geschmack?«

Unverändert schwieg Joakal. Seine einzige Reaktion bestand aus einem leichten Zusammenpressen der Lippen. Doch schon bei diesem Anblick hüpfte Beahorams Herz vor Triumph. Er trat noch einen Schritt näher.

»Bei mir war eine Besucherin«, sagte er, indem ein Lächeln seine Lippen verzog. »Eine wunderschöne Besucherin. Weißt du, wer sie war? Kannst du es dir denken? Elana. Die schöne Elana. Sie kam mit dem Bescheid, daß sie sich dazu entschlossen hat, dich zu ehelichen. Freust du dich? Ich bin außerordentlich erfreut. Sie hat so langes, seidenweiches Haar, es sieht geradezu wie Goldfäden aus. Ich kann's kaum erwarten, mein Gesicht in ihre Haare zu tauchen, mit den Händen über die weiche Haut ihres Nackens zu streichen… über ihre Schultern, den Rücken. Nach unserer Hochzeitsnacht wird auch sie dir verloren sein.«

Joakal sprang ihn an. Seine Fäuste griffen nach der Kehle des Bruders. Doch Beahoram war darauf gefaßt. Er rammte die Faust in Joakals Zwerchfell, so daß es ihm den Atem verschlug. Joakal sackte nieder. Die Augen weit aufgerissen, rang er um Luft.

Beahoram hob den Fuß und trat zu. Der Tritt traf Joakal in den Rücken. Vor Schmerzen krampfte er sich zusammen. Beahoram trat ihn noch einmal. Er fühlte sich dabei einfach so gut…

»Wenn ich dich umbringe«, knirschte er, »wird niemand es erfahren… Und es wird niemanden mehr scheren. Du bist ein *Nichts.*«

Indem er vor sich hinschnaufte, trat er zurück. Mit einer ungeheuren Willensanstrengung bekam er seine lebenslang angestaute Wut wieder unter Beherrschung. Noch nicht, sagte er sich. Aber bald. Er betrachtete seinen Bruder, der sich auf dem Fußboden krümmte. Beahoram empfand keinen Funken des Mitleids.

Auf dem Absatz machte er kehrt und verließ die Kerkerzelle.

10

Captain Jean-Luc Picard trat auf Deck 6, in der Nähe seines Quartiers, in den Turbolift, um sich zur Kommandobrücke befördern zu lassen. Gleich fing sein heutiger Dienst an. Aber kaum war der Lift gestartet, überlegte Picard es sich anders.

»Computer, stop«, befahl er. Sofort bremste die Liftkabine. Einige Augenblicke lang betrachtete er seine Schuhe und durchdachte seinen Entschluß. Schließlich hob er den Kopf und erteilte einen neuen Befehl.

»Deck sechzehn«, sagte der Captain. Der Turbolift änderte die Richtung.

Ein paar Sekunden später öffneten sich die Türflügel. Picard betrat in den Korridor. Er wußte, daß Mutter Veronica um diese Morgenstunde bei der Counselor saß. Schwester Juliana beschäftigte sich entweder mit Kindern oder widmete sich den Studien, denen sie seit einer Woche nachging.

Eine Woche lang befanden die beiden Vertreterinnen der Kleinen Mütter sich inzwischen an Bord der *Enterprise.* Die stille Anwesenheit der beiden Nonnen zog in dem Raumschiff Kreise. Sie hatte bei nicht wenigen Besatzungsmitgliedern Reaktionen hervorgerufen, besonders bei Lieutenant Commander Data. Zu sehen allerdings bekam man sie selten.

Picard selbst jedoch blieb sich der Gegenwart der zwei Kleinen Mütter ständig bewußt; so bewußt wie der Stätte, die jetzt sein Ziel darstellte. Mit einer gewohnheitsmäßigen Geste zog er seinen Uniformpulli zurecht, während er mit gleichmäßigen Schritten den Korridor entlangstrebte.

Er blieb vor der Tür genau gegenüber den Quartieren der beiden Kleinen Mütter stehen. Dahinter lag die Kapelle, die man auf seine Anordnung hin für die Benutzung durch die Ordensfrauen repliziert hatte. Der Captain zögerte nur für einen Moment. Dann trat er näher, bis die Sensoren des Bordcomputers ihn erfaßten und den Eingang öffneten.

Picard schlüpfte in die Kapelle. Ihm wurde zumute, als ob er zeitlich und räumlich in die Vergangenheit umkehrte; als würde er in die Jahre seiner Kindheit und das Zuhause seiner Jugend zurückversetzt. Schweigen umgab ihn, während er auf der Schwelle wartete, bis seine Augen sich den schummrigen Lichtverhältnissen angepaßt hatten.

Aber es war kein leeres Schweigen. Picard lauschte und lächelte. Für einen flüchtigen, ungewöhnlichen Augenblick des Phantasierens hatte er einen Eindruck, als ob das Schweigen sein Lächeln erwiderte – ganz als wäre es ein alter Freund, das ihn bei der Heimkehr willkommen hieß.

Es war viele Jahre her, seit Picard das letzte Mal durch die Pforte der kleinen Dorfkirche gegangen war, die dieser Kapelle als Vorbild gedient hatte; mehr Jahre, als nachzuzählen ihm behagte. Damals war er acht Jährchen alt gewesen. An einem heißen Sommertag war es geschehen.

Robert, sein älterer Bruder, hatte ihn wieder einmal geärgert, wie so häufig. Womit eigentlich, daran konnte Picard sich nicht mehr entsinnen. Aber damals hatte es ihm sehr viel ausgemacht. Der achtjährige Jean-Luc war vor seinem flegelhaften Bruder weggelaufen und hatte sich ein Versteck gesucht.

Das Kirchlein stand in der Mitte des Dorfs. Picard war nicht absichtlich zur Kirche gerannt. Doch er war in ihrer Nähe gewesen, als er Roberts Stimme viel zu dicht hinter sich hörte. Die Kirche hatte sich als Zuflucht angeboten. Jean-Luc hatte die Pforte geöffnet und war lautlos hineingehuscht.

Picard erinnerte sich daran, daß ihn auch damals als erstes die Stille begrüßt hatte. Nach der Hitze des Sommersonnenscheins hatte er die Kühle im Innern des Kirchenbaus als besonders erquickend empfunden. Schwach duftete es nach Weihrauch. Im Laufe der Jahrhunderte mußte der Geruch das Holz des Altars, der Kirchenbänke und Beichtstühle gründlich durchdrungen haben. Beim jungen Jean-Luc war Neugierde geweckt worden. Er ging vollends hinein.

Der ältere Picard der Gegenwart betrat die Kapelle nicht mit dem Zaudern eines achtjährigen Jungen. Vielmehr tat er es in der selbstsicheren Haltung eines Raumschiffkommandanten. Er nahm in der dritten Bankreihe Platz und betrachtete den Altar. Blumen und hohe Kerzenleuchter schmückten ihn. Die makellos weiße Altardecke schien vom Widerschein des Kerzenlichts zu strahlen.

Damals vor vielen Jahren war es genauso gewesen. Ihm war noch lebhaft erinnerlich, wie er als kleiner Junge den Altar, als er ihn zum erstenmal sah, angestarrt hatte. Alles hatte er angefaßt: die Altardecke, die Kerzen, das Altargitter. Für lange Minuten hatte er voller Faszination zu den bunten Glasfenstern aufgeschaut, sich die Statuen mit den davor aufgestellten Kerzen angesehen, die eingravierten Namen auf den in die Mauern eingelassenen, alten Grabplatten gelesen.

Die Schönheit dieser Stätte hatte ihn tief beeindruckt; die gleiche Wirkung hatte sich bei allen späteren Besuchen des Kirchleins eingestellt. Und auch heute blieb sie nicht aus.

Obwohl Picard von da an öfter in die kleine Kirche ging, hatte er nie irgendwem von seinem neuen Versteck erzählt. Zunächst war es für ihn nur ein Ort gewesen, an den er sich zurückziehen und in aller Ungestörtheit seinen Träumen von den Sternen nachhängen konnte.

Bald jedoch hatte das Bauwerk als solches sein Interesse erregt. Die Stille in der Kirche war von beinahe mystischer Natur. Picard wollte wissen, wann und wie man sie erbaut, wer sie errichtet hatte. Er stellte Nachforschungen an, um auf diese Fragen Antworten zu finden. Dadurch war sein Hang zum Historischen und zur Archäologie geweckt worden, der sich im Verlauf der nachfolgenden Jahre immer deutlicher ausgeprägt hatte.

Die Fakten über das Dorfkirchlein hatte der jüngere Picard in der Gemeindebibliothek in Erfahrung gebracht. Aber erst in älteren Jahren hatte er die Menschen verstanden, die jenseits der Fakten im Hintergrund blieben. Heute kannte sich Picard – als *Captain* – mit Pflichtbewußtsein und Diensttreue aus. Es spielte keine Rolle, daß ihn andere Ideale motivierten als die Männer und Frauen, die die Kirche gebaut, Jahrhunderte hindurch an ihrem Altar gedient und in ihren Bankreihen gebetet hatten. Die grundsätzliche Einstellung war die gleiche.

Picard sah darin ein gutes Erbe, und er war darauf stolz.

Der Captain stand auf und zupfte abermals an seiner Uniform; er zog sie an den Schultern zurecht und strich den Stoff mit der Hand glatt. Als er zum Ausgang gelangte, bemerkte er das Weihwasserbecken, das von einem kleinen Engel aus Messing geschmückt wurde. Mit einem Finger fuhr er sachte über die ausgebreiteten Schwingen des Engels.

Danach drehte er sich um. Ein letztes Mal schweifte sein Blick durch die Kapelle. Jetzt war er froh, sie aufgesucht zu haben. In etwas über einer Woche würden die Kleinen Mütter von Bord gehen. Dann mußte diese Räumlichkeit in ihren ursprünglichen Zustand retransformiert werden.

Vielleicht lasse ich das Programm dieser Kapelle in das Holo-Deck-Sortiment aufnehmen, überlegte Picard. Er kehrte in den Korridor zurück, und die Tür glitt hinter ihm zu.

Doch unterwegs zum Turbolift entschied er sich dagegen. Er gedachte das Bild des Kirchleins als liebe und geschätzte Erinnerung in seinem Herzen zu bewahren. Aber sein Weg führte in die Zukunft, lag nicht in der Vergangenheit; nicht einmal seiner eigenen Vergangenheit.

Troi erachtete die Fortschritte ihrer Klientin als ermutigend. Inzwischen hatte die Nonne sich die Grundlagen des *D'warsha* angeeignet. Jetzt war sie dazu fähig, den eigenen Geist, die eigenen Gedanken von der Vielfalt fremder mentaler Emissionen zu unterscheiden, die täglich auf sie eindrangen. Sie hatte es gelernt, eine elementare Form der Abschirmung zu errichten. Diese Schilde waren noch schwach, und bis auf weiteres forderte ihre Anwendung Mutter Veronica große Konzentration ab. Doch sie lernte fortwährend dazu.

Heute hatten Troi und ihre Schülerin mit der *Kitue*-Methode angefangen. Dies Verfahren hatte den Zweck, den mentalen Schutz zu stärken und die Nonne bei der Technik der willentlichen Nutzung zu unterstützen. Wie bei allen unteren Stufen der mentalen Ausbildung, die Trois Volk kannte, kombinierte auch diese Lektion telepathische Kommunikation sowie Anleitung mittels psychischer Bildprojektion. Als Repräsentation ihrer Persönlichkeit hatte Mutter Veronica das Bild eines Sees ausgewählt.

Betrachten Sie den Sonnenschein auf dem Wasserspiegel des Sees, führte Trois Bewußtsein die Schülerin durch die Lektion. *Verstärken Sie das Licht. Machen Sie es in Ihrem Geist heller … Noch heller, bis Sie das Wasser nicht mehr sehen. Denken Sie daran, daß der See ein Sinnbild Ihrer Psyche ist. Das Licht ist eine Scheidewand, die Ihren Geist separiert und beschützt. Das Licht ist ein Schild. Er gehört Ihnen und kann von Ihnen eingesetzt werden … So, nun lassen Sie das Licht abschwächen, bis Sie wieder den friedlichen See erkennen.*

Mutter Veronicas Aufmerksamkeit ließ nach. Die geistigen Bilder verblaßten. Troi seufzte auf, trennte ihre Psyche vom Bewußtsein der Nonne und öffnete die Augen.

»Das war ein langer Morgen«, sagte sie. »Aber Sie haben echte Fortschritte erzielt.«

Mutter Veronica gab keine Antwort. Man merkte ihr nicht einmal an, ob sie die Worte der Counselor gehört hatte. Sie starrte nur vor sich hin ins Nichts. Ihre rechte Hand betastete das hölzerne Brustkreuz. Erst nach einem längeren Moment gespannten Schweigens wandte sie sich Troi zu.

»Wie lange dauert es noch?« wollte sie wissen. »Wie lange muß ich noch warten, bis ich meinen Geist verschließen kann und niemand mehr erfahren muß, daß ich … Telepathin bin?«

Bei den letzten Worten senkte Mutter Veronica die Stimme und schaute ins Leere. Troi stieß einen unterdrückten Laut der Versonnenheit aus. Sie hatte gehofft, es käme dahin, daß die Ordensfrau ihre Begabung verstand und akzeptierte.

Troi dachte über eine geeignete Antwort nach. Selbst ihr als ausgebildeter Psychologin fielen nicht jederzeit die richtigen Worte ein. Bei Mutter Veronica hatte sie damit sogar besondere Schwierigkeiten. Zu viele, im Lauf eines ganzen Lebens angehäufte Schichten der Furcht panzerten die Seele der Nonne. Wurden sie nicht erkannt und abgebaut, konnte nicht mehr viel

Zeit vergehen, bis die Äbtissin unter der Last ihrer Selbstvorwürfe zusammenbrach.

Troi war klar, daß sie irgend etwas sagen mußte.

»Wovor fürchten Sie sich denn noch?« erkundigte sich die Counselor. »Graut es Ihnen davor, Ihr Talent wirklich zu nutzen? Oder haben Sie das Gefühl, das Ihrer Mutter gegebene Versprechen zu brechen?«

Ruckartig hob Mutter Veronica den Kopf. Sie stand auf und ging ans Sichtfenster, lehnte die Stirn an die transparente Trennwand.

»Als Ihre Mutter Ihnen das Versprechen abgenommen hat, wußte sie kein anderes Mittel, um für Ihre Sicherheit zu sorgen«, erklärte Troi der Nonne. »Es war ein Akt der Liebe, aber gleichzeitig der Hoffnungslosigkeit. Der Grund dafür ist seit langem hinfällig. Es ist allerhöchste Zeit für Sie, sich davon freizumachen. Ihre Mutter sah nicht die Tragweite dessen, was Sie von Ihnen verlangte. Wer *kein* Telepath ist, kann unmöglich wissen, welche Belastung unter ungünstigen Umständen eine solche Gabe bedeutet.«

»*Sie* sind es, die nichts versteht«, erwiderte Mutter Veronica leise.

»Ich verstehe Sie durchaus«, widersprach Troi. »Mir ist klar, daß Jahre der Unwissenheit und des Aberglaubens Sie daran gehindert haben, auf die Wahrheit zu stoßen.«

»Aber ich will gar keine Wahrheit!« schrie Mutter Veronica. »Ich will nichts als meinen Frieden.«

Sie drehte sich um und verließ das Beobachtungszimmer.

Troi sah die Türflügel sich hinter Mutter Veronicas Gestalt schließen. Sie fühlte sich, als wäre plötzlich in ihrem Innern irgend etwas geschrumpft. Sie hob den Blick und betrachtete die unpersönlich schönen Sterne, die außerhalb des Sichtfensters schimmerten. Der Dopplereffekt verzerrte sie zu Streifen.

Die Counselor empfand das aufrichtige Bedürfnis, der Ordensfrau zu helfen. Nie zuvor war es ihr dermaßen wichtig gewesen, jemandes Not zu beenden. Doch Troi wollte Mutter Veronica nicht nur beibringen, ihren Geist abzuschirmen. Noch mehr lag ihr daran, ihr zu vermitteln, wie sie in ihrer Einzigartigkeit einen Anlaß zum Frohsein finden konnte.

Troi wußte, daß es gelegentlich Probleme bereitete, etwas zu akzeptieren, sogar sich selbst zu akzeptieren. Es hatte eine Zeit gegeben, in der auch sie, genau wie die Nonne, ihr Talent als wertlos abgetan hatte. Durch ihre Mutter war sie vom Gegenteil überzeugt worden.

Troi war zwölf Jahre alt und damit in dem Alter gewesen, in dem bei den meisten betazoidischen Kindern die psychische Begabung manifest wurde. Da hatte sie gemerkt, sie würde niemals eine vollwertige Telepathin sein.

Mit dieser Erkenntnis waren Gefühle des Isoliertseins und der Unzulänglichkeit aufgetreten. Wenn die anderen Kinder ihre traditionellen Gedankenspiele betrieben, die ihr Talent förderten und ausprägten, war Troi davon ausgeschlossen geblieben – allerdings nur von ihren Gedanken, nicht ihren Emotionen. Doch die bei ihr im Entfalten begriffene Empathie-Fähigkeit hatte bewirkt, daß sie das Mitleid und die Geringschätzung der Gleichaltrigen nur um so grausamer spürte.

Ihre Mutter hatte gewußt, wie ihr zumute war; ihre Mutter hatte es *immer* gewußt. Eines Abends, während Deanna Troi auf ihrem Bett lag und weinte, war ihre Mutter in ihr Zimmer gekommen. Sie nahm Deanna in die Arme, als wäre sie noch eine Fünfjährige.

»Möchtest du mir erzählen, was dir solchen Kummer macht?« hatte ihre Mutter gefragt.

Deanna hatte den Kopf geschüttelt.

»Dann will ich es dir sagen. Du weinst, weil du

glaubst, du bist anders. Deshalb fühlst du dich einsam und ungeliebt. Habe ich recht?«

»Ich wäre ganz einfach gern wie alle andern«, jammerte Deanna im kläglichen Tonfall eines gekränkten Kindes.

»Du meinst, wie deine Freundinnen und Freunde«, entgegnete ihre Mutter. »Denke mal einen Moment lang nach, mein Kleines. Warum möchtest du wie alle anderen sein? Entsinne dich an die Leute, die du gerne magst. Sage mir, sind sie etwa ein Abklatsch irgendwelcher anderen?«

Deanna überlegte. Als erstes dachte sie an ihren Vater. Niemand im Universum war wie ihr Vater; jedenfalls in Deannas Augen nicht. Groß und stark war er, aber gleichzeitig freundlich. Er hatte den Verstand eines Genies – und trotzdem Sinn für Humor. Stets lachte er über das, was er die Albernheit des Daseins nannte. Sein Geist blieb stumm. Aber weder verursachte es ihm Unbehagen, noch schüchterte es ihn ein, inmitten eines Volks von Telepathen zu leben.

Und dann hatte Deanna ihre Mutter. Sie schaute die Frau an, die neben ihrem Bett stand. Ihre Mutter war eine direkte, eindrucksvolle Person, die sofort jeden dominierte. Die einzige Ausnahme blieb ihr Mann. Ihre Lebensfreude beeinflußte jede Situation.

Deanna liebte beide Eltern. Doch momentan litt sie noch zu nachhaltig unter der Ablehnung durch ihre Altersgenossinnen. Gegenwärtig bedeutete es Deanna Troi keinen Trost, das Kind zweier so *einmaliger* Individuen zu sein.

»Ich will überhaupt nicht anders sein«, hatte sie gequengelt.

Gedämpft hatte ihre Mutter gelacht und wieder die Arme um sie geschlossen. »Ach, Deanna, jeder ist anders«, hatte ihre Antwort gelautet. »Das ist eines der kostbarsten Geschenke, mit denen die Götter des Universums uns segnen. Sei dankbar dafür, mein Kleines, daß du anders bist.«

»Werde ich denn je Telepathin?« hatte Deanna gefragt und sich mit dem Handrücken die Tränen aus den Augen gewischt.

»Eine gewisse telepathische Befähigung wird wahrscheinlich verspätet zum Durchbruch gelangen. Immerhin bist du ja meine Tochter. Dein größtes Talent wird die Telepathie aber nie sein. Allerdings weiß ich von deinen Lehrern, daß du eine sehr hohe Empathie-Einstufung hast. Die Herausforderung besteht für dich darin, diese Fähigkeit zu trainieren. Und Mitglieder unserer Familie weichen vor *keiner* Herausforderung zurück. *Wir* stellen uns jeder Aufgabe. So, und nun gehen wir nach unten. Wir machen uns heiße Schokolade und besprechen, wo du deine Ausbildung antreten könntest. Empathen müssen ihren Geist genauso schulen wie Telepathen.«

Deanna Trois Mutter hatte recht behalten. In den nachfolgenden Jahren bildeten sich bei Deanna langsam begrenzte telepathische Fähigkeiten heraus. Auf Betazoiden machten sie keinen sonderlichen Eindruck. Troi konnte sich auf mentaler Ebene mit anderen Telepathen verständigen. Besonders leicht fiel es ihr bei Verwandten und Personen, denen sie gefühlsmäßig nahestand. Das mußte ihr genügen.

Auch ihr Empathie-Talent entfaltete sich. Ihre Mutter ermöglichte es ihr, auf Betazed bei einigen der hervorragendsten Lehrmeister zu studieren. Deannas Tüchtigkeit überraschte alle. Die Betazoiden waren für ihre telepathischen und empathischen Fähigkeiten bekannt, doch Trois Empathie-Einstufung war eine der höchsten seit zwei Jahrhunderten. Als sie beschloß, die Psychologie zu ihrem Beruf zu machen, hatte sie ihren Weg gefunden, um ihre Gabe zu nutzen. Diese Tätigkeit hatte Sinn und bereitete ihr überwiegend Freude.

Und vor allem, verdeutlichte sich Troi, indem sie sich an Bord der *Enterprise* in ihren Sessel lehnte, habe ich gelernt, was meine Mutter mich zu lehren begann, noch ehe sie es in Worte gefaßt hat. Ich habe mir ein Selbstwertgefühl erworben. Genau das ist es, was auch Mutter Veronica benötigt. Aber ich weiß nicht, wie ich es ihr vermitteln soll.

Trois Insignienkommunikator piepste und riß sie aus ihren Überlegungen. »Hier Troi«, meldete sie sich.

»Counselor«, drang die Stimme des Captains aus dem Gerät, »wir treten gleich in Subraum-Kommunikation mit Capulon IV. Ich hätte gerne, daß Sie beim ersten Funkkontakt dabei sind.«

»Jawohl, Sir«, antwortete Troi. »Ich komme sofort.«

»Ist Mutter Veronica noch bei Ihnen?«

»Nein, Sir. Unsere Sitzung wurde vor ein paar Minuten beendet.«

»Capulons König selbst hat die Kleinen Mütter gebeten, auf seinem Planeten tätig zu werden. Deshalb bin ich der Auffassung, Mutter Veronica sollte auch zugegen sein. Würden Sie sie wohl mitbringen?«

»Jawohl, Sir«, wiederholte Troi und desaktivierte den Kommunikator. Als sie aufstand und sich zur Tür wandte, hatte sie ein ungutes Gefühl im Magen. Mit Sicherheit war sie die letzte Person, die die Ordensfrau nun zu sehen wünschte.

11

Nur widerstrebend willigte Mutter Veronica ein, Troi auf die Kommandobrücke zu begleiten. In beklemmend-peinlichem Schweigen durchmaßen die beiden Frauen die Korridore des Raumschiffs. Die Nonne verweigerte sich jedem Versuch Trois, eine Unterhaltung anzuknüpfen.

Auf der Kommandobrücke blieb Mutter Veronica nahe der Turbolift-Tür stehen, während Troi die Rampe hinab in den vorderen Bereich ging. Dort nahm sie ihren Platz links vom Captain ein. Picard gab Lieutenant Worf einen Wink. Der Klingone kontaktierte den Planeten auf der Grußfrequenz.

»Antwort geht ein«, meldete der Sicherheitsoffizier.

»Visuelle Übertragung«, befahl der Captain. Sofort wich auf dem großen Wandbildschirm der Anblick der Sterne dem überdimensionierten Gesicht eines jüngeren Mannes in voller Blüte. Hinten war sein schwarzes, lockiges Haar länger als vorn; einige krause Strähnen umwallten den hohen Kragen seines Gewands. Schnurr- und Kinnbart umrahmten den Mund und das geradlinige Kinn, betonten die vollen Lippen und unterstrichen die feingeschnittenen Gesichtszüge.

Picard schwang sich aus dem Kommandosessel und trat auf den Bildschirm zu. »Ich bin Captain Jean-Luc Picard, Kommandant des Raumschiffs *Enterprise* und Repräsentant der Vereinten Föderation der Planeten«, stellte er sich vor.

»Meinen Gruß, Captain. Ich bin … Joakal I'lium.«

Troi fragte sich, ob noch jemandem das kaum merkliche Stocken vor der Nennung seines Namens aufgefallen sein mochte; und ob jemand außer ihr das Berechnende in den von schweren Lidern überschatteten Augen des jungen Königs sah.

»Auch ich grüße Sie, Majestät«, sagte der Captain. »Ich betrachte es als große Ehre, daß Sie das Subraum-Funkgespräch persönlich mit uns führen. Die *Enterprise* wird pünktlich zu Ihrer Krönung eintreffen.«

Der König schielte zur Seite. »Ich bin mir nicht sicher, ob das erforderlich ist, Captain«, entgegnete er. »Während meine Krönung herangerückt ist, sind bei mir nach und nach Zweifel an der Zweckmäßigkeit des Abkommens entstanden, die ich in meiner Jugend mit Ihnen abgeschlossen habe. Inzwischen halte ich es für ungewiß, ob der Eintritt in die Föderation für unser Volk wirklich das beste ist. Wir haben eine sehr alte Kultur. Dank allgemeiner Unterordnung unter die Gesetze und unseren Gott können wir auf viele Generationen des Friedens zurückblicken. Der Eintritt in Ihre Föderation könnte das ändern.«

Seine Worte bereiteten Picard eine völlige Überraschung. Troi spürte, wie Fassungslosigkeit den Captain durchzuckte. Zudem sah man ihm die Bestürzung daran an, daß er sich ein wenig höher aufrichtete.

Dennoch bewahrte der Captain eine ruhige Miene, während er dem König antwortete.

»Es ist das höchste, gesetzlich abgesicherte Prinzip unserer Föderation«, konstatierte Picard im diplomatischsten Ton, »uns in die kulturellen Eigenheiten unserer Mitglieder nicht einzumischen. Die Föderation hält viel von kultureller Differenziertheit und achtet die dadurch bedingte Unterschiedlichkeit.«

»Das ist erst einmal nur eine Behauptung, Captain.«

Voller Mißbehagen rutschte Troi im Sessel hin und her. Der König emanierte Falschheit in solchen Wellen, daß die Empathin sie beinahe mit bloßem Auge wahrnehmen konnte.

»Ich glaube, Majestät«, schlug Picard vor, »vielleicht sollten wir uns treffen und Ihre Sorgen diskutieren.«

»Natürlich, Captain«, stimmte der König zu. »Sie und Ihre Crew sind auf Capulon willkommen. Aber ich kann Ihnen nicht garantieren, daß ich den Vertrag unterschreibe.«

»Ich nehme Ihre Vorbehalte zur Kenntnis, Majestät. Ich hoffe, es gelingt uns, gemeinsam eine Lösung auszuarbeiten, die Ihr Volk und die Völker der Föderation doch noch zueinanderführt.«

Sobald der Funkkontakt endete, sprang Troi aus dem Sessel. »Er verheimlicht etwas, Captain«, sagte sie, als Picard sich ihr zudrehte. »Und er lügt.«

»In welcher Hinsicht? Haben Sie eine Ahnung? Was sind Ihre Eindrücke?«

»Konkretes kann ich nicht sagen... Nur was ich schon erwähnt habe.«

Hinter ihrem Rücken hörte Troi ein Keuchen. Sie wandte sich um und sah Mutter Veronica noch an der Turbolift-Tür stehen. Die Nonne war vor Schrecken und Grauen weiß im Gesicht. Sie rang um Atem. Troi eilte zur ihr, dichtauf gefolgt vom Captain.

Langsam schüttelte Mutter Veronica immer wieder den Kopf. Ihre Augen widerspiegelten noch deutlich das Entsetzen, daß ihr durch das verursacht worden war, was sie telepathisch aus dem Geist des Königs empfangen hatte.

»Welcher Haß«, flüsterte sie. Ihre Stimme klang, als drohten die Worte sie zu ersticken. »Finsternis... Schwärzester Haß. Zwei Männer... eine Kammer... Einsamkeit. Rache. Zuviel, zuviel...«

Sie fuhr herum und floh in den Turbolift. Die Türflügel schlossen sich, ehe Troi ihr folgen konnte.

Die Counselor blickte den Captain an. »Gehen Sie ihr

nach«, befahl der Captain. »Beruhigen Sie sie und versuchen Sie zu erfahren, was sie entdeckt hat. Danach kommen Sie schnellstens zu mir ins Bereitschaftszimmer.«

»Ja, Captain«, erwiderte Troi.

Es dauerte über fünfzehn Minuten, bis Troi sich im Bereitschaftszimmer des Captains einfand. Will Riker war dort und führte mit dem Captain eine Diskussion, die sie schon einmal gehabt hatten.

»Es wäre mir lieber, Sir«, sagte Riker, »Sie würden es sich anders überlegen.«

»Das kann ich nicht, Will, selbst wenn ich es wollte. Und ich will es nicht.«

»Aber wenn man berücksichtigt, Captain, daß die Einstellung des Königs sich dermaßen verändert hat ...«

Picard hob eine Hand und brachte seinen Ersten Offizier zum Schweigen. »Lassen Sie es gut sein, Will. Vielen Dank, daß Sie sich um mich Sorgen machen, aber es ist wirklich überflüssig. Sie sind ein tüchtiger Offizier. Niemand zweifelt an Ihrer Befähigung. Aber der Gesinnungswandel des Königs zeigt, daß ein diplomatisches Herangehen an die Lage wichtiger denn je geworden ist. Ich verfüge über reichhaltigere Erfahrungen in Vertragsverhandlungen. Schon das verlangt, daß ich die Landegruppe leite.«

»Dann seien Sie zumindest damit einverstanden, daß ich Ihnen eine Sicherheitsgruppe mitschicke.«

Der Captain schüttelte den Kopf. »Das Erscheinen einer Sicherheitsgruppe könnte als Beleidigung der Regierung ausgelegt werden. So ein Risiko kann ich nicht eingehen. Also, wenn es sonst nichts zu besprechen gibt ... Counselor Troi und ich haben auch noch etwas zu erörtern.«

»Jawohl, Captain«, sagte Riker leicht mißgestimmt. Er machte auf dem Absatz kehrt und stapfte zum Bereitschaftszimmer hinaus. Kaum war die Tür zugeglitten, erwiderte der Captain Trois Blick.

»Manchmal habe ich den Eindruck, Commander Riker vergißt, daß ich im Laufe meines Werdegangs schon mehr als eine Landegruppe befehligt habe.« Troi bemerkte bei ihm mit geduldiger Nachsicht vermischte Belustigung.

Picard bot Troi einen Platz an. Danach kontaktierte er übers interne Kommunikationssystem Data. »Mr. Data«, fragte er, »können Sie mir die verbleibende Flugdauer nach Capulon IV nennen?«

»Bei der gegenwärtigen Geschwindigkeit beträgt sie acht Tage, siebzehn Stunden und zwölf Minuten, Sir.«

»Und wenn wir die Warpgeschwindigkeit auf Stufe sieben steigern?«

Data antwortete fast ohne Zögern. »Zweiundzwanzig Stunden und neun Minuten, Sir.«

»Danke, Mr. Data. Also Warp sieben.« Picard kam herüber und setzte sich neben Troi auf das schmale Sofa, das zum Mobiliar seines Bereitschaftszimmers gehörte.

»Counselor«, meinte er, indem er sie ansah, »ich möchte, daß auch Sie mich hinunter auf den Planeten begleiten. Meines Erachtens spricht einiges dafür, daß wir Ihre spezielle Begabung dort gut gebrauchen können. Da der König die Kleinen Mütter nach Capulon IV gebeten hat, bin ich der Ansicht, wir sollten auch Mutter Veronica mitnehmen. Wie ist ihr jetziger Zustand?«

»Sie ist völlig verstört«, erteilte Troi Auskunft. »Mehr als sie im ersten Schreck auf der Kommandobrücke von sich gegeben hat, konnte ich an Informationen nicht aus ihr herausholen.«

»Wie verlaufen Ihre Sitzungen mit ihr?«

»Sie hat den Umgang mit schwachen mentalen Schilden erlernt. Ich bin mir nicht sicher, ob sie bei ernsthafter Beanspruchung ausreichen.«

»Ich halte es für dringend geboten, daß wir möglichst bald auf Capulon IV eintreffen. Könnten Sie in den nächsten Stunden noch etwas für sie tun?«

»Ich weiß es nicht, Captain. Versuchen kann ich's. Aber das Ergebnis hängt von Mutter Veronica ab.«

»Bitte erklären Sie mir das genauer.«

Troi rückte sich in ihrer Ecke des Sofas zurecht und schlug die Beine übereinander. »Um innerhalb so kurzer Zeit Fortschritte zu erzielen«, erläuterte sie, »muß auf den regulären Aufbau der Lektionen verzichtet werden. Statt dessen muß ich eine beträchtliche Menge an Informationen direkt in Mutter Veronicas Hirn introjizieren. Sie haben selber gesehen, wie außer sich sie war... Und Sie hat noch andere ungelöste Probleme, die ebenso zu ihrer inneren Unruhe beitragen. Ich kann nicht vorhersagen, ob sie fähig oder willens ist, mit mir eine so tiefe telepathische Verbindung einzugehen, wie sie erforderlich ist.«

»Aber falls Sie Erfolg haben, wird Mutter Veronica uns dann auf den Planeten hinabbegleiten können?«

»Ich glaube, sie wird ungeachtet ihrer persönlichen Situation mitkommen, Captain«, äußerte Troi. »Capulon IV aufzusuchen, ist ja der Zweck ihrer Reise. Und Mutter Veronica hat ein stark ausgeprägtes Pflichtbewußtsein.«

»Bitte widmen Sie ihr so viel Zeit, wie es Ihnen überhaupt möglich ist«, sagte der Captain. »Bei den Verhandlungen mit dem König könnte ihre Anwesenheit von höchster Wichtigkeit sein.«

Zur gleichen Zeit lag Joakal I'lium, der wahre König von Capulon IV, wie ein Fötus eingerollt in einem Winkel seiner Kerkerzelle. Seit Stunden hatte er sich nicht mehr geregt. Mehrere Tage lang hatte er kaum etwas gegessen. Allmählich untergrub die Gefangenschaft seine Kräfte.

Jedesmal nachdem Beahoram ihn besucht und verhöhnt hatte, war es Joakal schwerer gefallen, sich niederdrückender Stimmungsanwandlungen zu erwehren. Alles hatte Beahoram ihm fortgenommen, sogar Elana. Unablässig kreiste dieser Gedanke durch Joakals Gehirn, raubte ihm allmählich die Hoffnung und das Leben.

Als ein weiteres Mal der Schlüssel im Schloß knirschte, sparte Joakal sich die Mühe, nur den Blick zu heben. Was hätte er davon? Sein Bruder kam ausschließlich, um ihn voller boshafter Schadenfreude zu verspotten; um ihn an all das zu erinnern, was er verloren hatte. Joakal krümmte sich noch mehr zusammen und mißachtete das Geräusch der Schritte.

Ein Stiefel stieß ihn in den Rücken. »Setz dich«, forderte Beahorams Stimme. Joakal tat nichts. Er erhielt einen brutaleren Stiefeltritt, der eine empfindliche Stelle seiner Wirbelsäule traf. Joakal verkniff sich ein Ächzen.

»Setz dich, sage ich dir, oder ich stell' dich mit anderen Methoden auf die Beine!«

Langsam entfaltete Joakal seine Gliedmaßen. Er wälzte sich herum und raffte sich auf, bis er saß und mit dem Rücken in der Ecke der Zelle lehnte.

Diesmal war Beahoram nicht allein erschienen. Er hatte Aklier dabei. Dazu außerstande, die triumphale Häme im Gesicht seines Bruders zu verkraften, heftete Joakal den Blick auf den Ältesten. Bei den wenigen Malen, die Aklier ihn in der Zelle aufgesucht hatte, war aus dem Munde des Ratsmitglieds kein Wort gekommen. Er hatte das Essen abgestellt und war jedesmal sofort gegangen.

Jetzt dagegen erwiderte Aklier den Blick Joakals mit Betroffenheit und Bedauern. Vielleicht gesteht er mir heute, dachte Joakal, warum er an mir Verrat verübt hat.

»Du hast nichts gegessen, Brüderlein«, stellte Beahoram fest. Der Klang seiner Stimme zerriß das flüchtige, insgeheime Einvernehmen zwischen Joakal und dem Ältesten. »Das kann ich nicht dulden. Es wäre möglich, daß du verreckst, während ich dich noch brauche. Einmal hab' ich dich schon gewarnt... Entweder du ißt, oder ich zwinge dich eigenhändig dazu. Hast du mich verstanden?«

Joakal nickte. »Was willst du von mir?« erkundigte er sich in müdem Ton.

»*Ich* will gar nichts, Brüderchen. Ich dachte, daß *du* das Allerneueste erfahren möchtest. Ich habe heute mit dem Captain des Föderationsraumschiffs gesprochen. Es wird rechtzeitig zu meiner Krönung da sein. Aber ich unterzeichne den Vertrag nicht. Wieder verpufft einer deiner Träume, Bruder.«

Joakal hob den Kopf und schaute endlich seinem Bruder in die Augen. Ein paar Sekunden lang starrten die beiden sich an. Dann schüttelte Joakal bedächtig den Kopf.

»Meine Träume...«, sagte er versonnen. »Was verstehst denn du schon von den Träumen, die ich mein Leben lang hatte...?«

Beahorams Lider wurden schmal. Er preßte die Lippen zu einem dünnen Strich zusammen, bevor er antwortete.

»Oh, über dein Leben weiß ich Bescheid«, entgegnete er. »Du hast hier im Palast herumgesessen. Die Lakaien sind nur so gesprungen, um dir jeden Wunsch zu erfüllen. Du warst von einem Luxus umgeben, wie die meisten Leute ihn sich gar nicht vorstellen können.«

Joakal betrachtete die Miene seines Zwillingsbruders. Inzwischen brachte die Ähnlichkeit des Gesichts ihn nicht mehr aus der Fassung. Er nickte. »Du hast recht«, gestand er Beahoram zu. »Ich habe in einem Palast gewohnt. Aber das ist alles, was du siehst, nicht wahr? Du siehst die Kleider und die Möbel, und du denkst:

Hui, so ist das Leben eines Königs. O nein, das ist aber nicht alles!«

Mühsam rappelte Joakal sich empor. Sein Zorn wuchs. Anders als zuvor, als Beahoram ihm von Elanas Besuch erzählt hatte, erlitt er diesmal keinen Wutausbruch. Solche Wutanfälle verloderten rasch; und ihre Asche hieß Verzweiflung. Was jetzt in ihm gloste, war ein stetes Feuer der Erbitterung. Es erwärmte seine Seele und verlieh seinen Worten kraftvollen Nachdruck.

»Du hast erwähnt, du hättest deinen Vater sich zu Tode rackern sehen«, sagte er. »Weißt du was? Mir ist es genauso ergangen. Ich habe mitangesehen, wie sich mein Vater – *unser* Vater – an jedem Tag seiner Regierungszeit mit Arbeit und Sorgen herumschlug. Seine Gedanken galten immer dem Wohl des Volkes, über das Gott ihn zum Regenten eingesetzt hatte. Die Macht, nach der du gierst, ist keine Gnade. Sie ist eine Bürde. Sie bedeutet nichts als Verantwortung. Ihre Konsequenz ist ein Leben des Dienens, ganz ähnlich wie im Tempel.«

Beahoram prustete vor Lachen. Joakal sah ein, daß sein Bruder von seinen Ausführungen kein Wort begriff oder glaubte.

»Hast du jede Vorstellung von einem individuellen Leben verworfen, Beahoram?« fragte Joakal. »Darauf mußt du nämlich verzichten, wenn du dir die Krone aneignest.«

»Individuelles Leben, pah!« schnob Beahoram. »Was hat mein eigenes Leben mir jemals eingebracht?«

»Du hast die gleichen Chancen wie jeder gehabt.«

»Du irrst dich!« schnauzte Beahoram. »Es hat mir *nichts* eingebracht. Aber das ist jetzt vorbei. Nun fällt mir *alles* zu. Du bist ziemlich gut im Schwafeln. Aber deine schönen Worte können nicht verhindern, daß nun ich an der Reihe bin mit dem Wohlleben.«

Beahoram drehte sich auf dem Absatz um und ging hinaus. Nach kurzem Zögern wandte auch der Älteste sich ab.

»Aklier, bitte warten Sie«, rief Joakal ihm nach. Langsam kehrte das Ratsmitglied um.

»Wie geht es Elana, Aklier?« fragte Joakal. »Bitte sagen Sie es mir…«

»Sie ist verschwunden. Seit Wochen hat niemand sie mehr gesehen.«

Sie ist in den Tempel gegangen, mutmaßte Joakal. Also wird Beahoram sie doch nicht heiraten.

Der Älteste hatte sich wieder umgedreht und überquerte gerade die Schwelle. Noch einmal rief Joakal ihn zurück.

»Sagen Sie mir, warum Sie mich verraten haben, Aklier. Ich habe Sie für meinen Freund gehalten… Ihnen vertraut.«

Der Älteste musterte den König. Sein Blick forschte in Joakals verhärmtem Gesicht.

»Sie wäre jetzt nur zwei Jahre älter als Sie«, meinte er leise.

»Wer?«

»Meine Tochter.«

»Ihre Tochter. Ich verstehe nicht, wen Sie meinen, Aklier. Sie haben doch gar keine Tochter.«

»Ja, Sie verstehen nichts.« Akliers Stimme verfiel in einen barschen Ton. Sie drang aus einer Gemütsverfassung zwischen Zorn und Leid hervor. Seine Augen nahmen einen kalten Ausdruck an. »Beahoram hat recht. Es gibt zuviel im Leben des Volkes, das Sie nicht verstehen. Lassen Sie mich es erklären. Meine Frau und ich hatten einmal eine Tochter… Unser einziges Kind. Aber es kam taub und blind zur Welt. Nach dem Gesetz war sie unvollkommen. Abnorm.« Man hätte meinen können, er drohte an dem letzten Wort zu ersticken.

»Dem Gesetz zufolge durfte es nicht am Leben bleiben. Ich bin ein Ältester, ein Diener des Gesetzes. Ich brauchte mein Kind lediglich dem Tempel auszuliefern. Natürlich wußte ich, es bedeutete den Tod. Meine Frau hatte sich eine große Familie gewünscht, mit vielen Kindern. Aber so etwas mochte sie kein zweites Mal riskieren. Der Kummer hat sie verfrüht ins Grab gebracht. Trauer und Enttäuschung verzehrten sie, sie siechte dahin. Beahoram versteht, was da geschehen ist. Er versteht es so, wie es sonst niemand auf dieser Welt kann. Er hat versprochen, dieses Gesetz aufzuheben, wenn er Absolutus ist. Um das zu erreichen, war und bin ich zu allem bereit... Auch zum Verrat an Ihnen.«

»Aklier, noch ist es nicht zu spät«, gab Joakal zur Antwort. »Ich hatte schon lange vor, mit diesem Gesetz Schluß zu machen. Und ebenso mit anderen Gesetzen, die ich nicht gutheiße. Deshalb habe ich die Föderation darum ersucht, ein Raumschiff nach Capulon zu senden... Damit ich bei der Verwirklichung dieser Änderungen Unterstützung finde. Und nun will Beahoram die Föderationsvertreter unverrichteter Dinge abweisen. Aklier, hören Sie auf mich...!«

Nachdenklich wanderte Akliers Blick durch die Kerkerzelle. Zuletzt schaute er erneut ins Gesicht des Königs. »Wie soll ich Ihnen glauben können?« meinte er. »Sie würden alles versprechen, um freigelassen zu werden.«

Schroff wandte Aklier sich um und verließ die Zelle, zog hinter sich die Tür zu. Mit einem Knacken rastete das Schloß ein. Langsam rutschte Joakal an der Wand hinab zurück auf den Fußboden.

12

Als Troi achtzehn Stunden später ihr Quartier aufsuchte, war sie völlig erschöpft. Achtzehn lange und strapaziöse Stunden waren es gewesen, in denen sie mit Mutter Veronica gearbeitet hatte; das Ziel war gewesen, ihr das Wesentliche aus den Lektionen einzutrichtern, die sich gewöhnlich über acht Tage erstreckt hätten. Diese Frist wäre Troi unter normalen Umständen noch geblieben, um die Nonne gründlich vorzubereiten. Dann hätte sie sie auf einen umfassenden Kenntnisstand bringen können.

Was das Resultat betraf, war Troi nicht allzu optimistisch. Der kurze Kontakt mit der Psyche des Königs hatte Mutter Veronicas ganze Furcht vor ihrem Telepathietalent erneuert. Für Troi hatte es sich als außerordentlich schwierig erwiesen, zwischen sich und der Ordensfrau die unumgängliche mentale Verbindung herzustellen.

Troi betrat ihr Bad. Nun wollte sie nichts mehr als ihr rosa Lieblingsnachthemd anziehen, das Haar lösen und schlafen: sich tiefen, ungestörten Erholungsschlaf gönnen.

Wenige Minuten später kroch sie ins Bett. Während sie sich unter der Decke ausstreckte, spürte sie, wie die Verkrampfung ihrer Muskeln sich lockerte. Für einen Moment dachte sie an die Patienten, deren Termine sie hatte absagen müssen. Sorge hatte sie nur in bezug auf Fähnrich Marshall.

Ich werde überprüfen, ob ich seine nächste Sitzung

noch heute durchführen kann, überlegte Troi. Sie wälzte sich auf die Seite und drückte das Kopfkissen unter ihrer Wange zurecht.

Da fiel es ihr wieder ein. Ich muß heute mit dem Captain hinunter nach Capulon, entsann sie sich. Also muß Fähnrich Marshall bis morgen warten. Aber ich vereinbare mit ihm einen neuen Termin, sobald wir zurück sind.

Allmählich verschwammen ihre Gedanken. In ihrem Leib breitete warme, weiche Dunkelheit sich aus und umfing schließlich auch ihren Geist. Sie schlief ein.

Aus dem sanften Schlummer geweckt wurde sie durch die Stimme des Captains. »Picard an Counselor Troi«, sagte er.

»Hier Troi«, meldete sich Deanna, ohne die Augen aufzuschlagen.

»Counselor, wir sind soeben in den Orbit um Capulon IV eingeschwenkt. In dreißig Minuten beamen wir hinab. Geben Sie bitte Mutter Veronica Bescheid?«

»Jawohl, Captain«, antwortete Troi gewohnheitsmäßig.

»Ausgezeichnet. Picard Ende.«

Mit gedämpftem Aufstöhnen öffnete Troi die Lider und schaute aufs Chronometer: 15:37. Sie setzte sich auf und versuchte die Benommenheit des Schlafs abzustreifen. Nur sechs Stunden, dachte sie. Noch immer fühlte sie sich körperlich und geistig ausgelaugt.

Troi stieg aus dem Bett und ging ins Bad, um sich ein wenig kaltes Wasser ins Gesicht zu spritzen. Sie hoffte, daß sie genug Kraft fand, um den heutigen Dienst zu bewältigen.

»Computer«, sagte sie, während sie durchs Zimmer tappte, »Mutter Veronica lokalisieren.«

»Mutter Veronika ist in Gasteinrichtung sechzehn D.«

Sie befindet sich in der Kapelle, erkannte Troi. Fünf Minuten lasse ich ihr noch zum Beten. Dann sage ich es ihr. Hoffentlich fühlt sie sich den Anforderungen besser als ich gewachsen.

Will Riker und Schwester Juliana begleiteten Troi, Captain Picard und Mutter Veronica in den Transporterraum. Troi und Picard traten auf die Transportplattform. Sie warteten, während Schwester Juliana sich mit leisen Worten des Zuspruchs und einer kurzen Umarmung von der Äbtissin verabschiedete. Troi hoffte, daß diese Zeichen der Anteilnahme und Zuneigung die Ordensfrau für die bevorstehende Unterredung mit dem König innerlich ausreichend bestärkten.

»Beamen«, befahl Picard. Unverzüglich flimmerte das energetische Transferfeld auf; der Transporterraum verschwand im Gleißen kinetischer Molekülwellen. Ein paar Herzschläge später standen die drei Landegruppenmitglieder in einem Empfangssaal des königlichen Palastes auf Capulon IV.

In wenigen Schritten Abstand hatte sich eine Abordnung des hiesigen Ältestenrates zur Begrüßung aufgestellt. Kaum hatte sich das Leuchtphänomen des Transportstrahls verflüchtigt, trat einer der Ältesten vor.

»Willkommen auf unserem Planeten, Captain Picard«, sagte er, indem er zum Gruß drei Finger der rechten Hand an die Mitte der Stirn hob. »Ich bin Aklier von der Adelssippe Ti'Kara. Seine Majestät, König Joakal, hat uns damit beauftragt, Sie zu empfangen. Würden Sie mir bitte folgen?«

Es freut ihn nicht im geringsten, uns zu sehen, dachte Troi. Unsere Ankunft flößt ihm sogar Furcht ein. Eilends erkundete sie mit ihrem empathischen Wahrnehmungsvermögen das Innenleben der drei übrigen Ratsmitglieder. Bei ihnen entdeckte sie jedoch nichts als Interesse. Sie waren frei von der Anspannung, die Troi bei Aklier bemerkte.

Neugierig behielt sie den nervösen Adeligen unter

Beobachtung. Was hat er wohl zu verheimlichen? überlegte sie.

Die Ältestendelegation ging durch den Palast voraus. Picard hatte sich zu den Männern gesellt. Troi hingegen blieb im Hintergrund. Sie legte darauf Wert, in Mutter Veronicas Nähe sein. Die Counselor erachtete es als nicht ausgeschlossen, daß die Nonne heute ähnlich wie gestern auf der Kommandobrücke auf den König reagierte.

Troi achtete aufmerksam auf Mutter Veronicas Verhalten, während sie den Empfangssaal verließen und durch die langen Korridore des Palasts strebten. Sie wollte nicht die ersten Anzeichen übersehen, falls die Ordensfrau die Nerven zu verlieren drohte.

Mutter Veronica dagegen würdigte Troi keines Blicks. Sie hielt den Blick starr geradeaus gerichtet. Den Mund hatte sie zusammengepreßt, und sie umklammerte das Holzkreuz auf ihrer Brust wie einen Talisman.

Schließlich erübrigte Troi doch ein gewisses Maß an Aufmerksamkeit für die Umgebung. Obwohl sie in einem Raumschiff lebte und durch die Sichtfenster jederzeit die Galaxis sehen konnte, fühlte sie sich von der Größe und Ausgedehntheit des Palastes beeindruckt. Wuchtige, schwarze Türen säumten die Korridore, die sie durchschritten; die Türen waren gut und gerne viereinhalb Meter hoch und drei Meter breit. Ihre Verzierung bestand aus geschnitzten, unbekannten Symbolen.

Sämtliche Mauern wie den Fußboden hatte man aus steinernen Quadern errichtet. Adern aus einer dunkleren Substanz durchzogen die Steine und glommen in hellgrünem Glanz. Weil die weißliche Helligkeit der unter der Decke aufgehängten Kronleuchter diesen Schimmer nicht völlig überstrahlte, entstanden leicht gespenstische Lichtverhältnisse.

Die Deckengewölbe ragten zehn Meter hoch über Troi empor. Angesichts solcher Ausmaße fühlte sie sich ziemlich klein. Zudem rief das hohe Alter des Palastes, bei ihr eine gewisse Ehrfurcht hervor.

Der Weg durch die Korridore endete vor einem Portal, an dem zwei Lakaien warteten. Sie trugen eine schwarze Livree. Nur an der rechten Brustseite der Montur war in Karminrot und Goldgelb ein Raubvogel aufgenäht. Sie öffneten die großen Türflügel, die leichter einwärtsschwangen, als Troi vermutet hatte; zudem verursachten sie kein Geräusch. Hinter dem Portal lag der Audienzsaal. Dort erwartete der König die Landegruppe.

Als Troi den Saal betrat, fühlte sie sich von der Riesigkeit des Raums geradezu überwältigt. Die Decke war über zwanzig Meter hoch, hatte also ungefähr die doppelte Höhe der Korridore. Viermal so weit, wie die Decke hoch war, standen die Mauern auseinander. Allein die Größe des Audienzsaals bereitete Troi Beklemmungen. Es schien, als wagte man sich in eine riesenhafte Höhle. Fenster gab es keine; ebenso fehlten Blumen, prunkvolle Gemälde oder farbenprächtige Wandgehänge. Nichts war vorhanden, was dem Saal etwas Freundlichkeit oder Frische hätte verleihen können.

Umgehend bekam die Counselor Kopfweh. Ihr war zumute, als ob das ganze Gewicht der Gewölbe auf ihr lastete.

Troi zwang sich dazu, den Mann anzusehen, auf den die Ältesten und die Landegruppe zuhielten. Fünf Stufen einer Empore führten zu einem Thron hinauf, den man aus dem gleichen, grün geäderten Stein wie das Gemäuer geschaffen hatte. Während sie sich näherte, fiel Troi auf, daß der Thron kunstvoll gehauene, fließend geometrische Muster aufwies.

Der König rührte sich beim Erscheinen der Gäste nicht im mindesten. Sein Gesicht zeigte ein Lächeln, doch fand es weder Ausdruck in seinen Augen, noch konnte es seine düsteren Empfindungen vertuschen.

Es macht ihn nur wütend, daß wir da sind, konnte Troi wahrnehmen. Endlich erhob sich der König vom Thron und stieg die fünf Stufen der Empore herab. Seien Sie vorsichtig, Captain, dachte Deanna. Der Mann ist gefährlich.

»Es hat Uns überrascht, Captain«, lautete das erste Wort des Königs, »als Sie Uns davon benachrichtigt haben, daß Ihr Raumschiff im Orbit ist. Wir hatten noch nicht mit Ihnen gerechnet. Seien Sie Uns trotzdem willkommen.«

»Danke, Eure Majestät«, antwortete der Captain. Er erwiderte das Lächeln des Königs. Aber für Trois Ohren klang Picards Stimme nach wachsamer Zurückhaltung. Sie fragte sich, ob auch der Captain spürte, daß sich hinter den Äußerungen des Königs irgend etwas verbarg. »Bitte gestatten Sie mir, Ihnen meine Offiziere vorzustellen«, fügte Picard hinzu. »Das ist Lieutenant Commander Deanna Troi.«

Troi trat um einen Schritt vor und verbeugte sich vor dem König. Sie empfand es als auffällig, daß der Captain nicht ihre Berufsbezeichnung, sondern ihren Starfleet-Dienstgrad genannt hatte.

»Und das ist Mutter Veronica, die für Capulon vorgesehene Äbtissin der Kleinen Mütter. Eure Majestät hatten darum gebeten, daß einige Mitglieder des Ordens hierherkommen.«

Die Counselor spürte, wie ein Ruck der Verblüffung und des Schreckens den König durchfuhr. Aus schmalen Lidern musterte er die Nonne. Er erinnert sich nicht daran, daß er sie herbestellt hat, erkannte Troi. Er weiß nicht einmal, wer sie ist.

Deannas Blick fiel auf Mutter Veronica. Noch immer umklammerte die Ordensfrau ihr Holzkreuz. Seit die Landegruppe auf Capulon materialisiert war, hatte sie kein einziges Mal die Hand von dem Kreuz genommen. Aus Konzentration machte sie eine verkrampfte Miene.

Troi konnte nur hoffen, daß die Anstrengungen der vergangenen Wochen – vor allem der letzten achtzehn Stunden – sich auszahlten. Sie versuchte die Emotionen der Äbtissin zu spüren; doch Mutter Veronicas Geist blieb ihr verschlossen.

Knapp nickte der König der Nonne zu. Dann schenkte er seine Beachtung wieder Picard. »Captain Picard«, fragte er, »gibt es einen Grund, aus dem Sie sich dafür entschieden haben, vor dem verabredeten Zeitpunkt hier anzukommen?«

»Ja, Eure Majestät«, bestätigte Picard. »Bei unserem letzten Gespräch haben Sie Zweifel daran angedeutet, daß der Vertrag mit der Föderation Ihrem Volk von Nutzen ist. Darum habe ich mir die Freiheit genommen, früher als geplant einzutreffen. Dadurch finden wir genug Zeit, glaube ich, um den Vertrag gemeinsam durchzuarbeiten und Ihre Bedenken zu diskutieren.«

»Das beweist enormen Weitblick von Ihnen, Captain«, entgegnete der König. »Eine derartige Erörterung ist allerdings heute nicht mehr möglich. Wir haben für Sie und Ihre Begleitung im Palast Gästezimmer vorbereitet. Morgen sehen wir uns wieder.«

Der König wandte sich um. Er erstieg die Stufen, nahm erneut auf dem Thron Platz und gab den Ältesten einen Wink.

»Aklier wird Ihnen Ihre Zimmer zeigen«, sagte der König, indem er mit der Hand auf den Genannten wies. »Sie dürfen Unsere Gegenwart nun verlassen.«

Steif verneigte sich Picard. Falls den Captain diese unvermutete Abfuhr ärgerte, war er ein zu erfahrener Diplomat, um es zu zeigen.

»Ich freue mich auf unsere morgige Aussprache, Majestät«, antwortete er in gleichmäßigem Ton. Dann drehte er sich um und entfernte sich zum Ausgang. Troi sah, wie die Ältesten den Mann auf dem Thron verdutzt anblickten, ehe sie dem Captain nacheilten.

Troi und Mutter Veronica folgten. Die Counselor merkte, daß Picard beim Hinausgehen weder nach links noch rechts schaute. Statt dessen schritt er aufrecht geradeaus, bis sie in den Korridor zurückgekehrt waren und die Flügel des Portals sich hinter ihnen geschlossen hatten.

Auf dem Rückweg durch die langen Korridore spürte Troi von neuem, wie immer wieder Anwandlungen der Furcht Akliers Bewußtsein plagten. Nervös rang er die Hände, während er verzweifelt nach den richtigen Worten suchte, um den Captain zu besänftigen. Troi hörte achtsam zu.

»Ich bedaure es zutiefst, falls Seine Majestät den Eindruck der Ungnädigkeit erweckt haben sollte«, plapperte Aklier nahezu atemlos daher. »Bitte haben Sie für die Situation Verständnis, Captain Picard. Sie sind unerwartet und zu einem sehr ungünstigen Zeitpunkt angekommen. Der König und wir alle hier sind durch die Vorbereitungen für die Krönung außergewöhnlich stark beansprucht. Heute nacht hält Seine Majestät im Tempel feierliche Wache. In der Frühe findet das Zeremoniell der Reifeweihe statt. Es ist dem König einfach unmöglich, in Ruhe mit jemandem zu reden, bevor diese beiden Riten vollzogen worden sind. Ich bitte Sie, Captain, nehmen Sie meine Entschuldigung an. Berücksichtigen Sie, daß Ihre Ankunft erst in sieben Tagen eingeplant gewesen ist.«

Während er auf Picard einredete, führte der Adelige die Besucher durch ausgedehnte Korridore und schließlich ein Treppenhaus hinauf; von einem oberen Stockwerk verlief ein weiterer Korridor zu den Gastzimmern. Die Türen standen offen und gaben den Blick in prächtig möblierte Räume frei.

Zum erstenmal seit dem Transfer aus der *Enterprise* auf den Planeten machte Mutter Veronica den Mund auf; sie sprach die Counselor an. »Bitte bleiben Sie bei mir«, sagte sie leise.

Troi lächelte der Nonne zu und wandte sich an Aklier. »Das dritte Zimmer wird nicht gebraucht«, teilte sie ihm mit.

»Wie es Ihnen beliebt«, sagte der Älteste und beehrte Troi mit einer andeutungsweisen Verbeugung. »Wegen der Tempel-Nachtwache Seiner Majestät ist heute abend kein offizielles Bankett angesagt. Darum wird das Abendessen Ihnen auf den Zimmern serviert. Sollten Sie darüber hinaus irgend etwas wünschen, brauchen Sie nur zu läuten. Ein Diener wird sich um Ihr Wohlergehen kümmern.«

»Vielen Dank für Ihre Hilfe«, sagte der Captain. »Wir brennen darauf, uns eingehender mit Seiner Majestät unterhalten zu dürfen.«

Der Älteste deutete nochmals eine Verneigung an. Dann drehte er sich um und entschwand eilig durch den Korridor. Sobald er außer Hörweite war, gab der Captain der Counselor und Mutter Veronica durch ein Zeichen zu verstehen, daß sie in sein Zimmer mitkommen sollten.

»Also, Counselor«, meinte er, als sie alle drei saßen. »Was können Sie mir über die Situation berichten?«

»Der König ist sehr arrogant«, erläuterte Deanna. »Das ist vielleicht nicht ungewöhnlich. Aber zudem steckt er voller Unmut. Unsere Anwesenheit ist ihm zuwider. Das gleiche gilt für das Ratsmitglied namens Aklier. Zwar sind die anderen Adeligen und die Bediensteten, denen wir begegnet sind, auch etwas überrascht über unsere vorzeitige Ankunft gewesen, aber Aklier … Aklier war regelrecht der Panik nah. Und der König war stinksauer. Und noch etwas, Captain. Als Sie ihm Mutter Veronica vorgestellt haben, ist der König völlig verdutzt gewesen. Er kann sich überhaupt nicht daran erinnern, die Kleinen Mütter hergebeten zu haben. Mutter Veronicas Anblick hat ihn richtig erschreckt.«

»Er hat einen doppelten Geist«, sagte die Nonne. Troi und Picard schauten sie an. Mutter Veronica wich ihren Blicken aus. Sie saß starr und gerade da, die Augen auf die Wand gegenüber gerichtet; oder auf irgendeinen fernen Punkt jenseits der Mauer.

»Was haben Sie gesagt?« fragte der Captain.

»Einen doppelten Geist«, wiederholte die Ordensfrau. »Daß er einen doppelten Geist hat.«

»Mutter Veronica, bitte sehen Sie mich an«, forderte Troi die Nonne auf. »Schildern Sie mir genau, was Sie im Bewußtsein des Königs bemerkt haben. Es ist sehr wichtig.«

Langsam wandte die Äbtissin ihren Blick Troi zu. »Ich habe getan, was mir von Ihnen beigebracht worden ist«, erklärte die Nonne. Sie sprach leise und stockend, als müßte sie sich jedes Wort erst überlegen. »Das heißt, meine Psyche gegen seine Gedanken abgeschirmt. Einige davon sind aber zu stark gewesen.« Ihre Stimme sank zu einem Flüstern ab. »Zu stark«, wisperte sie ein zweites Mal. Dann verstummte sie.

»Was waren das für Gedanken?« hakte Troi nach. »Was haben Sie aus ihnen ersehen?«

Wieder schien Mutter Veronica auf irgendeinen unendlich weit entfernten Punkt zu starren. »Der König … Sein Gemüt ist finster, seine Gedanken …« Sie schloß die Lider und schüttelte sich regelrecht. Ihre Atemzüge zitterten.

»Sein zweiter Geist ist abgesondert«, sagte sie, ohne die Augen zu öffnen. »Er ist begraben. Ich habe Licht gesehen, aber jetzt schwindet es. Mehr weiß ich nicht … Und mehr will ich auch gar nicht wissen.«

Picard schaute Troi an. »Können Sie mir dafür eine Erklärung nennen, Counselor?« fragte der Captain. »Ist es denkbar, daß der König unter irgendeiner Art von Geistesgestörtheit leidet?«

»So etwas wie Schizophrenie, meinen Sie? Nein, das

bezweifle ich, Captain. So was hätte ich gespürt. Und in keinem der Berichte, den die Kulturanalyse-Spezialisten im Laufe der Jahre angefertigt haben, steht irgend was über ungewöhnliche mentale Kräfte oder Geisteszustände. Allerdings ist uns über die Bewohner dieses Planeten noch relativ wenig bekannt. Es kann sein, daß mit der Reifeweihe eine echte psychische Veränderung einhergeht. Es wäre vorstellbar, daß wir in so etwas wie einer Übergangsperiode eingetroffen sind.«

»Na, egal was sich hier abspielt«, meinte Picard, »ich will hoffen, daß morgen alles klarer wird.« Er berührte den Insignienkommunikator auf seiner Uniform. »Picard an *Enterprise*«, sagte er.

»Hier *Enterprise,* Commander Riker«, erhielt er fast unverzüglich Antwort. »Ich dachte nicht, daß ich so bald von Ihnen höre, Captain.«

»Unsere erste Begegnung mit dem König war ziemlich kurz, Nummer Eins«, informierte Picard den Ersten Offizier. »Anscheinend kann er erst für uns Zeit abzweigen, wenn er in der kommenden Nacht eine feierliche Tempel-Nachtwache und morgen früh seine Reifeweihe durchgestanden hat.«

»Soll ich Sie und die anderen zurück aufs Schiff transferieren lassen, Sir?« wollte Riker erfahren.

»Nein. Uns sind vom König im Palast Gästezimmer zur Verfügung gestellt worden. Ich halte es für diplomatischer, wir beziehen sie. Ich melde mich wieder, wenn ich morgen mit dem König gesprochen habe.«

»Aye, Captain. Riker Ende.«

Aklier kehrte in den Audienzsaal zurück. Sobald er eintrat, schickte Beahoram die Lakaien fort. »Alles hinaus«, ordnete er an, »außer Aklier.« Er wandte sich an den Ältesten. »Sie werden mir bei der Vorbereitung auf die Nachtwache behilflich sein.«

Aklier vollführte eine Verbeugung. »Ganz wie Eure Majestät wünschen«, sagte er.

Der Saal leerte sich. Kaum waren die beiden Männer allein, stand Beahoram vom Thron auf und kam die Stufen der Empore herab. Wortlos sah Aklier zu, wie Beahoram hin und her stapfte. Wiederholt klatschte er verdrossen die Rechte auf den Oberschenkel. Dann neigte er auf einmal den Kopf und fuhr sich mit den Händen durchs Haar; die Gebärde erinnerte so sehr an seinen Bruder, daß Aklier der Atem stockte.

Schließlich drehte Beahoram sich auf dem Absatz um und dem Ältesten zu. Angesichts des Ausdrucks in seinen Augen prallte Aklier unwillkürlich einen Schritt zurück.

»Wir müssen schleunigst handeln«, äußerte Beahoram. »Sonst wird alles mißlingen.«

»Wieso? An sich hat sich doch nichts geändert. Ist es nicht besser, wir verfahren nach Plan? Zumal ja jetzt die Föderationsabgesandten da sind.«

Beahoram musterte das Ratsmitglied. Aklier merkte, wie sein Herz zu pochen anfing, als der Jüngere die Lider zusammenkniff.

»Sie sind ein Dummkopf, Aklier. *Alles* hat sich geändert, gerade weil die Föderationsvertreter jetzt hier sind. Die Frau in dem braunen Gewand ...«

»Mutter Veronica«, half Aklier ihm nach.

Beahoram nickte. »Diese Mutter Veronica ... Sie ist für uns eine Gefahr. Ich weiß nicht, wie sie es gemacht hat, aber ich konnte spüren, wie sie nach meinem Geist tastete ... Weshalb haben Sie zu mir nie erwähnt, daß mein Bruder diese ›Kleinen Mütter‹ zu uns bestellt hat?«

»Weil ich es nicht wußte. Joakal hatte zahlreiche Pläne für die Zeit nach seiner Erhebung zum Absolutus. Andeutungen hat er von sich gegeben, aber sich nie deutlicher darüber geäußert ... Außer vielleicht gegenüber Elana.«

»Leider ist es inzwischen zu spät für irgendwelche vorbeugenden Maßnahmen«, sagte Beahoram, indem er seine unruhige Wanderung fortsetzte. »Jetzt *sind* die Föderationsvertreter da, also dürfen wir nicht untätig bleiben. Auch die andere Frau, die mit den schwarzen Augen, verkörpert für uns eine Bedrohung. Als sie mich angeschaut hat, wäre ich zu schwören bereit gewesen, sie sähe jedes meiner Geheimnisse … Diese Leute müssen noch vor der Krönung beseitigt werden.«

Aklier keuchte. »Wir können sie doch nicht einfach … ermorden. Da ist noch die Crew des Raumschiffs … und die gesamte Föderation …«

»Nein, das können wir nicht«, brummte Beahoram. Er schlug sich noch einige Male die Hand auf den Schenkel, als würde es ihm beim Nachdenken helfen.

Endlich hatte er einen Entschluß gefaßt. »Sorgen Sie dafür, daß heute beim Abendessen etwas in ihren Wein gemischt wird, das sie betäubt. Es muß ein starkes Mittel sein. Sie sollen stundenlang schlafen. Nach Monduntergang, wenn im Palast alles im Bett liegt, schaffen wir sie in den Kerker hinunter. Dort lassen wir sie samt Joakal bis nach der Krönung schmoren. Wenn die Krönung vorbei ist, verbieten ihnen die Gesetze der Föderation, uns in die Quere zu kommen.«

»Wie soll ich …?« stammelte Aklier. »Wen könnte ich …?«

Verächtlich schnob Beahoram. »Muß ich denn dauernd für Sie mitdenken? Bestechliche Bedienstete gibt es immer und überall. Suchen Sie sich welche und lassen Sie sie die Drecksarbeit machen. Es sind nun einmal Sie, der sich damit befassen muß. Ich habe ja meine Nachtwache abzusitzen.«

»Ich soll doch während der Nachtwache bei Ihnen sein.«

»Das ist egal. Wenn jemand den Tempel aufsucht, dann meinet- und nicht Ihretwegen. Für Sie ist es leichter, sich zwischendurch einmal wegzuschleichen, als für mich. Ich muß ununterbrochen dort sein, damit die Tempeldiener mich die ganze Nacht lang sehen können. Vorwärts, Aklier, gehen Sie und beeilen Sie sich! Seien Sie vor Sonnenuntergang zurück.«

Aklier verneigte sich und verließ den Audienzsaal. Im Korridor lehnte der Älteste sich an die Wand und wartete, bis sein Herzklopfen abebbte. Er hob die Hand an die Stirn und wischte die Schweißperlen der Nervosität ab, die sich darauf angesammelt hatten. Er sah, daß seine Finger zitterten.

Nichts lief so ab, wie er es sich vorgestellt hatte.

13

Der eine Mond Capulons stand hoch am Himmel, der zweite ging gerade auf, während die Sonne sich senkte und langsam hinter dem fernen Horizont verschwand. Vor den Privatgemächern des Königs hatten sich sämtliche Ältesten – ausgenommen Aklier – sowie dreißig höhere Tempeldiener unter Führung Faellons versammelt.

In dem Augenblick, als die Sonne ganz untergegangen war, pochte der Oberste Diener an die Tür des Königs. Sofort wurde geöffnet; im Türrahmen erschien Aklier. Hinter ihm stand der ganz in Weiß gekleidete König. Er trug keine Juwelen oder sonstigen Ornat. Nur einen langen, karminroten Überwurf hatte er sich zum Schutz gegen die Kühle im Tempel um die Schultern geschlungen.

»Es ist Zeit«, sagte Faellon, drehte sich um und ging voran. Aklier und Beahoram folgten ihm durch die beiden Reihen der Zeugen, die sich ihnen nacheinander anschlossen.

Sobald die Kolonne sich ordnungsgemäß aufgestellt hatte, trat Aklier ins zweite Glied, ließ Beahoram und Faellon an die Spitze. Sechzig Personen waren sie, dreißig Diener Gottes, dreißig Diener des Volkes, die den König zum Ort seiner Nachtwache geleiteten; sechzig machte das doppelte der heiligen Zahl dreißig aus.

»O Licht des Gottes«, intonierte Faellon, »scheine uns, auf daß wir in der Dunkelheit nicht straucheln.«

Wie ein Mann setzte der Zug sich in Bewegung. Die

Prozession gab ein farbenfrohes Bild ab. All die langen, dunkelgrünen Kapuzenkutten der Tempeldiener glichen einer Smaragdkette; die Ältesten prunkten in den Farben ihrer Häuser, präsentierten sich in einer Vielfalt prächtiger Farben und schöner Stoffe; und vorn sah man den König in makellosem, leuchtendem Weiß und kräftigem Karminrot.

Die Stiefel der Ältesten dröhnten laut genug auf dem Steinboden, daß sie das Schlurfen der weichen Sandalen übertönten, die die Tempeldiener an den Füßen hatten. Die Prozession verließ den Palast und marschierte in die blauen und blauroten Schatten der Dämmerung. Auf dem Großen Platz vor dem Palast, den sie überquerte, blieben die Leute stehen. Einige berührten zur Ehrenbekundung mit drei Fingern die Stirn; andere fielen auf die Knie. Alle schauten sich den Aufzug mit der Freude und Hoffnung an, die der junge König schon vor längerem in den Herzen geweckt hatte.

Zu guter Letzt erreichte der Zug den Tempel und stieg die Freitreppe empor. Als Faellon zwischen den vier Säulen stand, die das Tempeltor säumten, streckte er die Hände inbrünstig himmelwärts.

»Sei unserem Wirken huldvoll gesonnen, o Allgewaltiger Gott«, rief er laut und in dramatischem Tonfall. »Leite und behüte uns, wenn wir Deinen Tempel betreten und den Gesetzen nacheifern, die Du unseren Ahnen offenbart hast.«

Er ließ die Arme sinken, führte den Zug durchs Portal in den Tempel und durch den langen Mittelgang. Vor dem Altar blieb er stehen. Nachdem er sich tief verbeugt hatte, wandte er sich um. Auf sein Zeichen hin kniete der König nieder.

Paarweise traten die übrigen Begleiter des Königs näher. Andächtig verteilten die Ältesten sich im Gestühl. Die Tempeldiener entfernten sich, indem jeder von ihnen sich vor dem Altar verneigte, zur linken

Seite schritt und eine verborgene Treppe hinaufstieg. Sie gesellten sich zu den restlichen Tempelbediensteten auf dem Balkon. Von dort oben konnten sie die weihevolle Zeremonie mitverfolgen, die die Nachtwache einleitete, die der König vor seiner Reifeweihe halten mußte; sie hatten die Aufgabe, auf dem Balkon die Ergänzungen zu den feierlich-rituellen Gebetsformeln des Obersten Dieners zu singen.

Sobald jeder sich an seinem Platz befand, wandte Faellon sich wieder dem Altar zu und stieg die sechs Stufen hinauf. Noch einmal verbeugte er sich vor seinem Gott und küßte den kalten Stein des Altars. Dann ergriff er die Goldene Schale und hob sie hoch über seinen Kopf.

»Ohne Dich sind wir leere Gefäße, o Gott«, erklang seine Stimme.

»Komm und schenke Deinem Volke Erfüllung«, sang der Tempeldiener-Chor.

»Nach Deinen Tugenden trachten wir, o Gott.«

»Komm und gewähre Deinem Volke Tugend.«

»Weise uns den Weg der Weisheit, o Gott.«

Faellon rezitierte die komplette Litanei der Anrufung, und nach jeder Zeile des Bittgebets hallten die Antworten des Chors durch den Tempel, bis ein einziger, langgezogener Ruf des Flehens durch das Bauwerk zu schallen schien. Als die Litanei endete, drehte Faellon sich um und brachte die Goldene Schale dem noch auf den Knien befindlichen König. Er reichte sie seinen entgegengestreckten Händen.

»In dieser Nacht, eure Majestät, flieht Euch die Jugend«, deklamierte Faellon. »Mit der Sonne kommt die Bürde der Reife über Euch. Laßt Euch dies heilige Gefäß zum Vorbild dienen. Macht Herz und Verstand leer, wenn Ihr in der Nacht in Gottes heiligem Tempel kniet. Werdet so empfänglich wie diese stets leere Schale. Nur so kann Gottes Weisheit in Euch strömen.

Nur dann werdet Ihr für die Beschwernisse Eurer Zukunft bereit sein. Denn nicht nach Eurem Wissen dürft Ihr herrschen, sondern Ihr müßt regieren nach der Weisheit Gottes.«

Kurz legte Faellon dem König zum Segen die Handflächen auf den Scheitel. Dann wandte er ihm zum letztenmal den Rücken zu. Die Zeremonie war vorüber; nun begann die Nachtwache.

Sämtliche Ältesten standen auf und verließen den Tempel. Die einzige Ausnahme war Aklier, der als Zeuge zurückbleiben mußte. Auch die Tempeldiener entfernten sich vom Balkon. Niemand sprach ein Wort. Bald waren nur noch Aklier und der junge König im Tempelsaal zugegen. Aklier kniete in der ersten Bank, Beahoram vor dem Altar. Der König starrte auf den Grund der Goldenen Schale.

Etliche Minuten verstrichen. Das Schweigen vertiefte sich zu vollkommener Stille.

Schließlich stellte Beahoram die Schale auf den Fußboden, hockte sich auf die Altarstufen und stieß ein Aufstöhnen aus. Dann wandte er sich an den Ältesten.

»Ist alles arrangiert worden?« fragte Beahoram.

Der Klang seiner Stimme schreckte Aklier aus seinem reuevollen Grübeln. »Es ist alles vorbereitet«, bestätigte er, ohne den Blick zu heben.

»Gut.« Beahoram stand auf und reckte die Glieder. »Das wird eine endlos langweilige Nacht«, nörgelte er. »Ich wollte, ich hätte wenigstens was zu essen.«

Er schlenderte zu Aklier, setzte sich neben ihm auf die Bank und stemmte die Beine gegen die Fußstütze. »Haben Sie Ihre Flasche dabei?« fragte er. »Geben Sie sie mir.«

Aklier langte in die Tasche und holte das silberne Fläschchen heraus. Er hatte es mit starkem, bernsteinbraunem Wein gefüllt und ihn zu trinken beabsichtigt, um sich für die kommende Nacht Mut einzuflößen. Widerwillig überließ er nun den Wein Beahoam.

Elana hatte während der Zeremonie unter den Tempelbediensteten gesessen und war mit ihnen aus dem Gebäude gegangen. Jetzt kehrte sie allein in den Tempel zurück. Joakal hatte sich auf unbegreifliche Weise in eine Person verwandelt, die sie niemals heiraten konnte. Dennoch hatte sein Anblick, wie er vor dem Altar kniete, ein wenig die schmerzliche Sehnsucht gestillt, die sie seit Wochen marterte. Ihre Augen und ihr Herz schmachteten danach, ihn zu sehen. Darum schlich sie ohne einen Laut nochmals auf den Balkon.

Joakal kniete nicht mehr vor dem Altar, wo sie ihn zuletzt gesehen hatte. Vielmehr flegelte er, der Gott stets die gleiche Liebe und Verehrung entgegengebracht hatte wie sie, sich auf eine Bank. Er hatte sogar die Beine ausgestreckt. Seine ganze Haltung drückte Geringschätzung gegenüber der geweihten Umgebung aus.

Elana beobachtete, wie er ein silbernes Flakon an die Lippen hob und trank. Er trank in Gottes Gegenwart! Als sie das sah, wäre Elana fast ein Aufschrei entfahren.

Sie hatte das Empfinden, von Finsternis umfangen zu werden. Fast hatte sie sich im Laufe der vergangenen Wochen eingeredet, Faellon sei im Recht; beinahe hätte sie auch geglaubt, hinsichtlich der Veränderung Joakals ein vorschnelles Urteil gefällt zu haben. Doch hier erblickte sie unwiderlegbare Beweise eines krassen Persönlichkeitswandels.

Elana hob die Hand an den Mund und biß auf einen Finger. Nur so hatte sie die Chance, das Schluchzen zu unterdrücken, das sich ihrer Kehle zu entringen drohte. Ein Teil ihrer selbst wollte fortlaufen, sich ein für allemal von dem Schmerzlichen abwenden, das sich ihr darbot. Ein anderer Teil ihres Ichs – der Teil, der an der Sehnsucht nach Joakal litt – bestand darauf, noch ein wenig zu bleiben. Während sie innerlich um eine Entscheidung rang, hörte sie von unten Worte heraufdringen.

»Haben Sie das Schlafmittel?« Die Frage ertönte nur halblaut, aber deutlich; es war Joakals Stimme. Doch irgendwie klang sie rauher, als Elana sie in Erinnerung hatte.

»Ja«, lautete die Antwort. Diesmal erkannte Elana die Stimme des Ältesten Aklier.

»Wen haben Sie als Helfer gewonnen?«

»Möchten Sie das wirklich wissen? Solange Sie davon keine Kenntnis haben, kann Ihnen niemand etwas vorwerfen, falls die Sache mißlingt.«

»Wenn ich nicht Bescheid weiß, bin ich von der Gnade anderer Leute abhängig, Aklier. Soweit will ich es nie mehr kommen lassen. Also raus mit der Sprache!«

Elana beugte sich vor, um die Unterhaltung besser belauschen zu können. Ihre Tränen trockneten, während sie sich auf die leisen Worte konzentrierte.

»Tymlan ist der Diener, der ihnen das Essen serviert. Die Arbeit in der Küche ist ihm widerwärtig. Ich habe ihm genug Geld für die Kaution zur Aufnahme in die Palastgarde versprochen. Er braucht ihnen nur die Tabletts zu bringen. Das Schlafmittel schütte ich selbst in den Wein.«

»Und wer schleppt sie hinunter in den Kerker, wenn sie schlafen?«

»Tymlan, ich und Benget, der Hauptmann meiner Leibwache.«

»Was haben Sie Ihrem Hauptmann versprochen?«

»Meine Nichte und ihre Mitgift. Benget ist ein höchst ehrgeiziger Mann.«

»Reicht das aus, um uns das Schweigen dieser Kerle zu erkaufen?«

»Ja. Ich habe keinen Zweifel daran gelassen, daß alle etwaigen künftigen Erpressungsversuche aussichtslos sind und sie sterben werden, falls sie etwas ausplaudern.«

»Sehr tüchtig, Aklier. Ich war mir gar nicht so sicher, ob Sie für diese Angelegenheit genügend Mumm haben. Es freut mich, daß ich mich geirrt habe.«

Plötzlich erscholl aus Joakals Brust rohes Gelächter, das Elana nahezu das Herz zerriß. Als es verklungen war, redete er weiter.

»Wir sperren die Föderationsleute in dieselbe Zelle wie Joakal. Wird das nicht eine großartige Überraschung für ihn sein? Ich wünschte, ich könnte das Gesicht meines Bruders sehen, wenn Sie ihm die Bewußtlosen vor die Füße legen und so all seinen Träumereien die Grundlage entziehen. Er wollte ja mit ihnen reden. Soll er doch bis nach der Krönung so viel mit ihnen quasseln, wie's ihm paßt. Wenn ich im Anschluß an die Krönung im Vollbesitz all meiner Macht und Kräfte bin, kann ich aus Joakals Geist alles erfahren, was ich wissen muß. Jeden Plan, jeden Traum, jede Einzelheit seiner Erinnerungen. Danach hat er womöglich nicht mehr genug Verstand zum Reden, geschweige denn zum Träumen und Planen.« Erneut ertönte Gelächter. »Ich habe gesiegt. Joakal ist so gut wie erledigt. Ich bin auf der ganzen Linie Sieger.«

Fassungslos lehnte Elana sich zurück. Dieser Mann, der die Gewänder des Königs trug, der mit der Stimme des Königs sprach – er war überhaupt nicht Joakal!

In diesem Moment wich die Dunkelheit aus Elanas Dasein. Der Fremde, dessen Lippen sie so gierig-lüstern geküßt hatten, war Joakals Bruder. Aus irgendeinem Anlaß suchte er Rache. Elana durchschaute nicht, was für all das die Erklärung sein mochte. Doch sie wußte, daß dieser Mann sich täuschte.

Noch konnte Joakal geholfen werden. Sie konnte ihm beistehen. Und genau das gedachte sie zu tun. Egal wie. Sie beugte sich wieder vor und belauschte den weiteren Verlauf des Gesprächs.

»Es ist besser, Sie gehen jetzt«, sagte der falsche Joakal. »Nehmen Sie einen Hintereingang und achten Sie darauf, daß niemand Sie sieht. Wenn Sie fertig sind, kommen Sie zurück. Ich will eingehend informiert werden.«

Elana sah den Ältesten aufstehen und sich zu einer Nebenpforte des Tempels entfernen. Sie sprang auf, um ihm zu folgen. Zum Glück hatte sie Schuhe mit weichen Sohlen an, die kaum ein Geräusch verursachten; und die dunkelgrüne Kutte erlaubte es ihr, sich unauffällig und verstohlen durch die Schatten zu bewegen.

Während Aklier zu der Seitenpforte strebte, huschte Elana vom Balkon die Treppe hinunter und schlüpfte zum Haupttor des Tempels hinaus. Oben auf dem Balkon war die Luft warm gewesen. Im Vergleich dazu empfand Elana nun die Abendluft als nachgerade eisig. Es fröstelte sie ein wenig.

Sie zog sich die Kapuze über das blonde Haar, während sie die Freitreppe hinabeilte. Zügig umrundete sie den Tempelbau. Dabei versuchte sie, sich vorwiegend in den Schatten zu halten, und hoffte, daß das Licht der beiden Monde sie nicht verriet.

Elana sah Aklier durch die Pforte den Tempel verlassen. So wie sie lief auch er vorzugsweise in den Schatten. Aber im Gegensatz zu ihr bewegte er sich nicht leise. Seine Stiefel scharrten und dröhnten auf der Steinpflasterung der Gassen, der Stoff seiner Kleidung raschelte. Akliers Verhalten bedeutete für Elana eine Erleichterung. Sie konnte ihm nicht nur mühelos auf den Fersen bleiben, sondern es kaschierte auch alle Geräusche, die sie selbst ab und zu hervorrief.

Sie verfolgte Aklier durch die Gäßchen auf den Rückseiten der Häuser bis zum offen zugänglichen Innenhof des Palastgebäudes. Dort war sie oft Hand in Hand mit Joakal umherspaziert. Aber nun schien der Hof nicht mehr so schön zu sein, wie sie ihn im Gedächtnis hatte. Die als Mosaik gestalteten Fliesen des Palasthofs gaben für ihr Vorhaben ein Risiko ab. Sie reflektierten den Mondschein und erhellten das Umfeld zu stark, als daß sie den Hof ungesehen hätte überqueren können.

Elana mußte abwarten, bis Aklier den Palast betreten hatte, ehe sie ihm nacheilen konnte. O Gott, flehte sie im stillen, laß meine Absicht gelingen!

Aklier verließ die Schatten und schritt frech über den Palasthof. Natürlich, warum nicht? überlegte Elana. Wer würde es sich schon erlauben, einen Ältesten anzusprechen und nach dem Woher und Wohin zu fragen? Sie spähte ihm nach, bis er den gegenüberliegenden Flügel des Gebäudes erreichte. Dort öffnete er eine Pforte und verschwand in dem Palast.

Elana holte tief Atem, bevor sie loslief. Fortgesetzt erflehte sie in Gedanken Gottes Beistand. An der Pforte wartete sie einen Moment lang, bis ihre Atmung sich wieder normalisiert hatte. Dann ging sie hinein.

Sie gelangte zu einer Hintertreppe, die von der Küche zu den restlichen Räumlichkeiten des Palasts führte. Von unten hörte sie die Köche und das übrige Küchenpersonal schwatzen, gelegentlich Teller und Töpfe klirren und klappern. Aklier war nirgends zu sehen, und Elana wußte nicht, wo sie ihn suchen sollte.

Sie stellte einige Überlegungen an, um eventuell zu erraten, in welchen Zimmern die Föderationsabgesandten untergebracht worden sein könnten; doch sie gab bald auf, der Palast war einfach zu groß. Statt dessen schlich sie sich in die erste Etage hinauf und versteckte sich im erstbesten Zimmer. Sie ließ die Tür einen Spaltbreit offen, so daß sie das Treppenhaus beobachten konnte. Dann setzte sie sich auf den Fußboden und wartete. Um in den oberen Stockwerken Mahlzeiten zu servieren, mußte das Personal diese Treppe benutzen. Wenn Aklier sich mit einem Mitglied des Küchenpersonals zu treffen beabsichtigte, mußte es höchstwahrscheinlich hier geschehen.

Sekunden dehnten sich zu ereignislosen Minuten. Allmählich zerrte die Tatenlosigkeit an Elanas nerven. Weil sie jetzt die Wahrheit kannte, drängte es sie dazu, etwas zu unternehmen, um ihrem Liebsten zur Freiheit zu verhelfen. Doch momentan konnte sie nichts tun außer abwarten. Mit aller Willensanstrengung beherrschte sie ihre Ungeduld.

Schließlich hörte Elana von der Treppe Stimmen. Sie kniete sich neben den Türspalt und versuchte, obwohl ihr Herz laut klopfte, etwas zu verstehen.

Zwei Bedienstete trugen große, mit Speisen beladene Tabletts herauf. Aklier war nicht bei ihnen. Elana stand auf und folgte den beiden. Vorsichtig hielt sie sich um etliche Schritte hinter ihnen, blieb regelmäßig hinter Ecken des Korridors in Deckung. Zudem begünstigte die Sorglosigkeit der Bediensteten die Verfolgung.

In der zweiten Etage bogen sie in den dortigen Korridor ab. Achtsam schob Elana den Kopf um die Ecke. Da sah sie Aklier vor den Gästezimmern die Bediensteten abpassen. Elana ging wieder in die Knie. So konnte sie die Vorgänge beobachten, ohne sich in Augenhöhe zu befinden.

Aklier grüßte die Bediensteten. Er nahm einem der beiden das Tablett ab und schickte ihn fort. Der Bedienstete machte kehrt und lief zurück in Richtung Treppe.

Panik drohte Elana zu packen. Wo konnte sie sich verstecken? Sie sprang auf und eilte die Treppe zum dritten Stockwerk empor. Dort wartete sie von neuem ab. Gemächlich zählte sie bis hundert und danach rückwärts bis eins. Sie vermutete, daß der Bedienstete währenddessen genug Zeit hatte, um in die Küche zurückzukehren, bevor sie in die zweite Etage zurücklief.

Sie traf gerade rechtzeitig wieder ein, um zu sehen, wie Aklier dem anderen Burschen einen Umschlag aushändigte. Anschließend pochte der Älteste an eine Tür und trat ein.

Elana hockte sich an die Wand und ließ langsam die Luft aus den Lungen entweichen. Sollte sie sich an die Föderationsabgesandten wenden und sie über Akliers Hinterlist aufklären? Allerdings kannten die Fremden sie nicht. Welchen Grund hätten sie, ihr zu glauben? Oder wäre es sinnvoller, nun in den Tempel zurückzueilen und nochmals zu versuchen, Faellon davon zu überzeugen, daß hier etwas nicht mit rechten Dingen zuging? Elana schüttelte den Kopf. Der Oberste Diener hatte seinen Standpunkt klargemacht. Ihn umzustimmen, würde zu lange dauern, falls überhaupt eine Aussicht bestand, es zu schaffen.

Für Elana gab es jedoch den Ausschlag, daß es sowohl auf die eine wie auch die andere Weise unmöglich bliebe, Joakal zu finden. Sie begriff, die einzige Chance dafür war, Aklier nicht aus den Augen zu lassen.

Wenig später hörte sie erneut die Stimme des Ältesten. Er wünschte den Gästen eine gute Nacht. Hastig eilte Elana ins Erdgeschoß hinab.

Gleich darauf kamen Aklier und der zweite Bedienstete die Treppe herunter. Kurz verharrten die beiden an der Pforte ins Freie. Aklier flüsterte etwas, das Elana nicht verstand. Danach entfernte der Bedienstete sich zur Küche. Aklier öffnete die Tür und trat in die Nacht hinaus.

Er geht in den Tempel zurück, schlußfolgerte Elana. Sie beschloß, ihn auch diesmal erst den Innenhof überqueren zu lassen, ehe sie ihm folgte. Ihre Absicht war es, sich im Tempel auf den Balkon zurückzuschleichen. Dort wollte sie beobachten und lauschen, bis sie darüber Klarheit gewann, wie sie ihrem Liebsten die Freiheit wiedergeben konnte.

Picard, Troi und Mutter Veronica aßen gemeinsam in der Suite des Captains zu Abend. Aklier hatte sich für die schlichten Speisen entschuldigt. Immerhin jedoch glich das Abendessen durchaus einem kleinen Festmahl. Es bestand aus gegrilltem Geflügel in dicker, scharfer Soße, drei Schüsseln warmen, buntgemischten Gemüses, frischgebackenem Brot, zwei Sorten Käse und einem Körbchen Obst; dazu gab es eine Karaffe goldbraunen, süßlichen Weins.

Für Trois Geschmack war die Soße etwas zu üppig, um zu Geflügel zu passen. Aber das genau mundgerecht gekochte Gemüse schmeckte ihr köstlich. Das Brot war noch warm. Eingebackene rote Getreidekörner machten es besonders knusprig. Der Käse – einer war würzig, einer weich und mild – ließ sich gut zum Obst essen.

Sie bemerkte, daß Mutter Veronica, genau wie sie, nicht vom Geflügel aß. Der Captain dagegen verzehrte seine Portion mit Behagen. Es erinnere ihn an die Art, sagte er, wie seine Mutter gekocht habe. Die Konversation während der Mahlzeit verlief ebenso angenehm wie informativ; sie drehte sich hauptsächlich um das Wirken des Ordens der Kleinen Mütter.

Gegen Ende des Essens merkte Troi, wie ihr die Lider schwer wurden. Es fiel ihr zusehends schwerer, sich auf Picards und Mutter Veronicas Worte zu konzentrieren. Sie sah, wie der Captain ein Gähnen unterdrückte.

»Ich glaube, wir sind alle reichlich müde, Captain«, sagte sie. »Mutter Veronica und ich sollten wohl allmählich in unsere Zimmer gehen.«

»Hmmm …«, machte der Captain, nachdem er ein zweites Mal gegähnt hatte. »Ja, Counselor, vielleicht haben Sie recht.« Er stand auf, die Frauen gleichfalls. »Vielen Dank für Ihre Gesellschaft. Es war ein sehr netter Abend.«

»Gute Nacht, Captain«, wünschte ihm Troi.

Als Troi sich zur Tür wandte, hörte sie auch die Nonne einen Gutenachtgruß murmeln, aber ziemlich undeutlich. Troi schaute sie an. Mutter Veronica hatte gerötete Wangen, und ihre Augen waren leicht glasig geworden.

Deanna dachte an den Wein. Den Eindruck, übermäßig stark zu sein, hatte er nicht erweckt. Andererseits war er etwas anderes als der Synthehol, den man an Bord der *Enterprise* trank. Außerdem hatten sie und Mutter Veronica in den vergangenen vierundzwanzig Stunden kaum eine Pause gehabt.

Als sie sich in ihrer Suite befanden, bemerkte Troi, daß die Nonne nur noch zu recht unsicheren Schritten imstande war und regelrecht zum Bett schlurfte. Schwerfällig sank die Ordensfrau auf die Knie, neigte den Kopf und vertiefte sich in ihr Abendgebet. Troi suchte das Nachthemd, das sie mit von der *Enterprise* heruntergebeamt hatte, und ging sich umziehen.

Mit jeder Sekunde, fiel Troi auf, wurden ihre Bewegungen langsamer. Ihre Glieder gehorchten ihr immer weniger. Als sie, gehüllt in ihr helles, pinkfarbenes Nachthemd, die Uniform überm Arm, ins Schlafzimmer zurückkehrte, konnte sie nur noch mit Mühe die Augen offenhalten. Das Bett schien kilometerweit entfernt zu stehen.

Die Counselor sah, daß Mutter Veronica beim Beten eingeschlafen war; ihr Kopf ruhte auf dem Bett, die Arme hatte sie vor sich ausgestreckt. Troi warf die Uniform auf einen Stuhl. Sie wollte die Nonne auf das Bett wälzen. Doch nach dem ersten Schritt geriet sie plötzlich aus dem Gleichgewicht. Sie konnte kaum noch… einen Fuß… vor den anderen… setzen…

Besinnungslos sackte Deanna Troi auf den Fußboden nieder.

14

Fünftausend Kilometer über der Planetenoberfläche schwebte die USS *Enterprise* mit exakter, störungsfreier Zuverlässigkeit in ihrem geosynchronen Orbit. An Bord war es Nacht, so daß der Computer die Beleuchtung in den Korridoren und Gemeinschaftsräumen auf Minimalstärke gedämpft hatte. Dadurch simulierte er die normale irdische Nachtperiode.

Die Beta-Wache, die Dienstschicht von 16 Uhr bis Mitternacht, näherte sich dem Ende. Aber noch immer fand Will Riker, der zeitweilig das Kommando über die *Enterprise* ausübte, keinen Schlaf.

Er wanderte durch die ausgedehnten Korridore des Raumschiffs; sein Ziel war der Gesellschaftsraum des zehnten Vorderdecks. Unterwegs mußte er ständig den Drang unterdrücken, wieder auf die Brücke zu gehen. Zwar fing seine nächste Schicht erst in zehn Stunden an, doch als gegenwärtiger Kommandant war er im Prinzip permanent im Dienst. Er wußte jedoch, daß man seine Anwesenheit auf der Brücke jetzt nur als Störung empfände. Man sähe darin ein Zeichen mangelnden Vertrauens zu den momentan dort eingesetzten Crewmitgliedern.

Anlaß für Rikers Unruhe lieferte keineswegs der Dienstplan oder irgendein Besatzungsangehöriger. Seine Gedanken galten Picard und Troi, die sich drunten auf dem Planeten aufhielten. Keine seiner heutigen Aktivitäten hatte seine Sorge vertreiben können, nicht einmal die Stunde, in der er Posaune gespielt hatte.

Riker hatte stets Bedenken, wenn der Captain beschloß, eine Landegruppe persönlich anzuführen, selbst wenn es um einen allem Anschein nach so harmlosen Auftrag wie den gegenwärtigen ging. Die Sicherheit des Captains fiel unter Rikers Verantwortung; sie zu garantieren, zählte zu seinen Pflichten als Erster Offizier. Riker zeichnete sich durch Offenheit und Umgänglichkeit aus, und darum mochte ihn die Besatzung sehr. Er konnte spontan und unbefangen auf die entwaffnendste Weise lächeln. Dennoch nahm William T. Riker seinen Dienst sehr ernst.

Erneut rief Riker sich in Erinnerung, daß der Captain hinsichtlich diplomatischer Verhandlungen nun einmal über die größeren Erfahrungen verfügte. Wenn es Schwierigkeiten gibt, tröstete sich Riker, versteht er sich zu helfen. Jean-Luc Picard hat schon jede Menge gefahrvoller Abenteuer überstanden und ist noch immer am Leben.

Doch daß Riker über all das Bescheid wußte, beschwichtigte seine Beunruhigung nicht im geringsten. Er vermochte seine Besorgnis einfach nicht zu verdrängen. Nicht umsonst hatte Picard ihn einmal mit einer Glucke verglichen.

Putt-putt-putt, dachte Riker in einer Anwandlung selbstkritischen Humors. Mir der Rechten strich er sich über den Bart. Die Geste war längst zu einer so eingefleischten Gewohnheit geworden, daß er sie nicht mehr bewußt wahrnahm. Will betrat den Turbolift und nannte dem Bordcomputer das Deck. Er hoffte, daß Guinan etwas Kluges einfiel, das seine überdrehten Gedankengänge beschwichtigte.

Will Riker war nicht die einzige Person an Bord, der ein paar Worte mit Guinan wechseln wollte. Data befand sich schon im Gesellschaftsraum. In mancherlei Beziehung blickte der Androide auf verwirrende zweieinhalb Wochen zurück. Von buchstäblich jedem, der von ihm auf seiner Suche nach Aufschluß über Spiritualität und Religion bisher angesprochen worden war, hatte er eine andere Auskunft bekommen.

Außer mit Worf und Geordi hatte er mit noch vielen Besatzungsmitgliedern geredet. Nicht jeder, mit dem er sich unterhalten hatte, war Anhänger irgendwelcher religiöser Überzeugungen gewesen. Manche hatten dergleichen vielmehr weit von sich gewiesen.

Für andere bedeuteten Religion und religiöse Praktiken keine Angelegenheit persönlichen Glaubens mehr; sie kannten sie nur noch aus der Tradition und der Familiengeschichte. Damit erinnerten sie Data an etwas, das Keiko und Miles O'Brien kurz vor ihrer Hochzeit erwähnt hatten.

Keikos Familie hielt noch den tradionell orientierten Ryobu-Shintoismus in Ehren, der den shintoistischen Mystizismus mit den Lehren des Buddhismus vereinte. O'Brien stammte von irischen Katholiken ab. Data wußte, daß diese beiden Religionen, historisch betrachtet, zueinander im Widerspruch, stellenweise sogar in krassem Gegensatz standen. Aber anders als ihre Vorfahren störten Keiko und Miles O'Brien sich nicht an den Unterschieden. Sie freuten sich vielmehr über ihre Verschiedenheit und bewerteten sie als Bereicherung ihrer Ehe.

Data wünschte, Keiko und Miles wären noch an Bord, so daß er eingehender mit ihnen darüber hätte diskutieren können.

Auch mit Beverly Crusher hatte der Androide ein Gespräch geführt. Ihre Ansichten waren ein Spiegel ihrer idealistischen und tiefen Zuneigung zu allen Lebensformen, aber gleichzeitig so individuell und wenig faßbar wie Geordi LaForges Standpunkte. Zu den übrigen Personen, mit denen Data Unterredungen gehabt hatte, gehörten unter anderen Verwaltungsoffizier Joshua Stern, ein Anhänger der alten irdischen Religion des Judaismus, und der Maschinist Thomas Greyhound, der angab, von einem altamerikanischen Stamm namens Sioux abzustammen. Beide hatten Data aus dem reichhaltigen Sagenschatz erzählt, der einen Bestandteil von Geschichte und Selbstverständnis ihrer kulturellen Herkunft bildete.

Data stufte sowohl die bei seinen Recherchen ermittelten Ungleichheiten wie auch die Ähnlichkeiten als faszinierend ein. Aber nichts von den Informationen, die er aus seiner Lektüre der Fachtexte sowie den Befragungen seiner Bordkameraden gewonnen hatte, verhalf ihm zu irgendeiner persönlichen Erleuchtung.

Als Data auf einem Barhocker Platz nahm, wischte die Wirtin des Gesellschaftsraums wieder einmal heiter-gelassen die ohnehin blitzblanke Theke. Guinan legte den Lappen weg und kam zu Data.

»Ich habe mich schon seit einer Weile gefragt«, sagte Guinan, »wann Sie zu mir kommen.«

»Wie bitte?«

»Data, inzwischen weiß jeder im Schiff über Ihre … Forschungen Bescheid.« Guinans Mundwinkel zuckten, als wollte sie schmunzeln; doch anscheinend verkniff sie es sich. »Manche Leute bewundern Sie, andere amüsieren sich über Sie. Ich denke mir, es war unvermeidlich, daß Sie sich irgendwann damit beschäftigen. Darum habe ich mir überlegt, wann Sie sich wohl an mich wenden.«

»Ich habe viele Fragen.«

»Ich weiß.«

»Und es macht Ihnen nichts aus, sie mir zu beantworten?«

»Nein.«

»Erlauben Sie mir, daß ich mich bedanke«, sagte Data. »Bei vielen Leuten, die ich deswegen angesprochen habe, ist mir ein gewisses Zögern aufgefallen.«

»Das ist nur natürlich, Data.«

»Inwiefern?«

»Weil etliche – sogar diejenigen, die sich in Glaubensdingen an eine altbewährte Tradition halten – einige Zeit dafür opfern müssen, ihren Glauben mit ihren Erfahrungen auf einen Nenner zu bringen.«

»Und bei Ihnen ist das nicht der Fall?«

Wieder umspielte ein halbes Lächeln den Mund der rätselhaften fremdrassigen Frau. »Doch, ich auch«, gestand sie ein. »Nur hatte ich schon mehr Zeit. Ich habe darin Übung. Also stellen Sie mir Ihre Fragen.«

»Glauben Sie an Gott?« wünschte Data als erstes zu wissen.

»Ja.«

»Welchen?«

»Es gibt nur einen, Data.«

»In den letzten Tagen habe ich am Computer mit höchster Lesegeschwindigkeit sämtliche relevanten Schriften über die Mythen und Religionen der Erde durchgesehen. Außerdem habe ich mir die Kenntnis der entsprechenden vulkanischen Lehren und eines Großteils der einschlägigen betazoidischen Literatur angeeignet. Dabei bin ich auf die Namen von mehreren Tausend Gottheiten gestoßen.«

»Nein, Data. Es war ein und derselbe Gott.«

»Wenn es sich um lediglich einen einzigen Gott handelt, wie erklären Sie dann die Vielfalt von Definitionen und Kulten, von denen jeder behauptet, auf göttliche Eingebung zurückzugehen?«

Guinan faltete auf der Theke die Hände und musterte den Androiden. Data, dessen Programmierung keine Ungeduld vorsah, wartete reglos und stumm, bis die Wirtin ihre Worte gewählt hatte.

»Sie haben das Entscheidende übersehen, Data«, meinte sie zu guter Letzt.

»Ich wüßte es sehr zu schätzen«, entgegnete der Androide, »würden Sie es mir erläutern.«

»Entscheidend ist, Data, daß das… *Etwas,* diese Macht, die wir Gott nennen, sich jeder Definition entzieht. Gott ist nur ein Name, eine gute, kurze und einfache Bezeichnung, um sich viele Namen zu sparen. Ob man in ihm eine Kraft sieht oder ein Wesen, ob man ihn für männlich, weiblich oder androgyn hält, ob man seine Eigenschaften in tausenderlei unterschiedliche Aspekte zerlegt oder sie in einem allmächtigen Wesen vereinigt – davon bleibt Gott, der wahre Gott, völlig unberührt.«

»Dann hat niemand mit seinem Glauben recht.«

»Im Gegenteil, Data. Jeder hat recht.«

»Und wie kann man unter diesen Umständen wissen«, erkundigte sich Data, »welcher Form des Glaubens man sich anschließen soll?«

»Da müssen Sie es wie wir alle machen, Data. Richten Sie sich nach Ihrem Herzen.«

»Aber ich habe kein Herz, Guinan.«

Diesmal lächelte Guinan wirklich. »O doch, Sie haben eines, Data«, erwiderte sie.

Data wirkte ratlos. »Ich bin ein technisch konstruiertes Lebewesen aus Komponenten, die …«

»Doch, Sie haben ein Herz, Data«, bekräftigte Guinan. »Keinen Muskel in der Brust, aber ein Herz.«

»Diese Behauptung verstehe ich nicht.«

»Lassen Sie einmal mich ein paar Fragen äußern, Data«, sagte Guinan. »Wäre Geordi in Gefahr, und Sie könnten ihn nur retten, wenn Sie die Beendigung Ihrer Existenz hinnehmen – täten sie es trotzdem?«

»Ja, aber das …«

Guinan hob die Hand. »Oder wenn es Worf wäre, Captain Picard oder jemand anderes von uns?«

»Selbstverständlich, aber …«

»Als Keiko und O'Brien an ihrem Hochzeitstag Probleme hatten, haben Sie da nicht Ihre eigenen Interessen zurückgestellt und sich bemüht, Ihnen zu helfen?«

»Sie sind meine Freunde.«

»Sarjenka ist von Ihnen gerettet worden, das kleine Mädchen. Sie haben den Captain dazu überredet, zur Abschwächung der tektonischen Spannungen, die Sarjenkas Planeten zu zerstören drohten, die Anlagen unseres Schiffs einzusetzen. Dabei war sie nur per Subraum-Kommunikation als ferne Stimme zu hören.«

»Sie benötigte unsere Hilfe.«

»Genau das meine ich, Data. Ich habe nie erlebt, daß Sie jemanden im Stich gelassen hätten. Das ist Liebe, Data. Das heißt es, ein Herz zu haben. Sie verwechseln das Gefühl der Liebe, das innerlich erwärmende, verschwommene Gefühl, eine Person zu lieben, mit der Realität. Aber Liebe besteht nicht allein aus dieser Emotion. Bei Liebe geht es auch um Entscheidungen und Handlungen. Deshalb sage ich, Sie haben ein Herz. Und so wie wir alle müssen Sie ganz einfach zu erkennen lernen, was Ihr Herz Ihnen rät.«

»Wie?«

»Das kann niemand für ein anderes Individuum beantworten.«

»Schönen Dank, Guinan«, antwortete Data und rutschte vom Barhocker. »Sie haben mir erheblichen Stoff zum Nachdenken gegeben.«

»Ich will Ihnen noch etwas sagen, Data«, meinte Guinan. »Sind Sie bei all Ihrer Lektüre auch auf die Lehrmeinung gestoßen, daß der Mensch – beziehungsweise das intelligente Leben – als Gottes Ebenbild erschaffen worden sei?«

»In mehreren Religionsformen und Philosophien.«

»Sie wird Ihnen noch zahllose weitere Male begegnen. Wenn der Mensch das Abbild Gottes ist, und Sie als Abbild des Menschen geschaffen worden sind ... müssen Sie dann nicht auch als Teil Gottes gelten?«

Indem sie lächelte, griff Guinan sich wieder das Tuch und machte sich abermals ans Wischen der Theke. Data neigte den Kopf leicht zur Seite. Sein positronisches Gehirn durchdachte ihre letzte Frage auf mehreren Ebenen gleichzeitig. Er hörte, wie sich hinter ihm die Eingangstür öffnete. Dann erkannte er Commander Rikers Schritte.

Der gegenwärtige *Enterprise*-Kommandant schwang sich zur Linken Datas, zwei Plätze weiter, auf einen Barhocker. Der Androide sah, wie die Wirtin des Raumschiffs das Wischtuch erneut fortlegte und sich vor ihren offenbar von Sorgen geplagten Gast stellte.

»Was darf es sein, Commander?« fragte sie.

»Am liebsten würde ich mich ein bißchen unterhalten, Guinan.«

Guinan schenkte Data ein knappes Mona Lisa-Lächeln. Dann beugte sie sich über die Theke Riker entgegen. »Gerne, Commander. Geht's um etwas Bestimmtes?«

15

Die Kopfschmerzen waren es, die Troi endlich aus der undurchdringlichen Nebelhaftigkeit, die sie umgab, ins Bewußtsein zurückholten. Obwohl sie vollkommen still dalag, hatte sie einen Eindruck, als galoppierten hundert Pferde durch ihr Hirn. Mehr fühlte sie anfangs nicht. Sogar die geringfügige Bewegung, die durch ihre Atemzüge entstand, bedeutete eine Qual.

Erst nach und nach spürte sie auch wieder die übrigen Vorgänge in ihrem Körper. Ihre Zunge schien geschwollen, ihr Mund mit Watte gefüllt zu sein. Und sie fror. Den Fußboden, auf dem sie lag, bedeckte nicht der dicke Teppich, an den sie sich aus den Gästezimmern entsann.

Vorläufig dazu außerstande, sich zu regen, blieb sie einfach liegen, beschränkte sich darauf, die letzten ihr erinnerlichen Ereignisse zu rekonstruieren. Sie hatten mit dem Captain zu Abend gegessen, Wein getrunken. Mutter Veronica war an der Bettkante eingeschlafen …

Neben sich hörte Troi ein Stöhnen. Vom Captain? Sie schlug die Augen auf. Obwohl das schwache Licht ihr wie mit Dolchen ins Hirn zu stechen schien, ließ sie sie offen, bis sich ihr Blickfeld klärte und sie sich die Situation ansehen konnte.

Sie lag auf kaltem, hartem Steinboden. Überall ringsum sah sie nichts als Stein: Fußboden, Mauern, Decke, alles bestand aus rohen Quadern. Es war der gleiche leuchtende, grün gemaserte Stein, den sie aus den Korridoren und dem Audienzsaal des Palasts kannte. Das helle Schimmern tauchte die Räumlichkeit in gespenstisches Licht; sie verfärbte die Gesichter der zwei anderen Landegruppenmitglieder, die mit ihr auf dem Boden lagen.

Mit äußerster Vorsicht setzte Troi sich auf; dabei hatte sie das Gefühl, alles rundum würde um sie kreiseln. Sie hob die ausgekühlten, zittrigen Finger an die Stirn und rang mit einem Anfall von Übelkeit. Der Captain stöhnte ein zweites Mal und machte ebenfalls Anstalten, sich aufzuraffen.

»Lassen Sie sich Zeit, Captain«, warnte sie ihn.

»Counselor …?« Picards Stimme klang heiser. Deanna sah die Muskeln in seinem Kinn sich verkrampfen, während er die Zähne zusammenbiß und sich hochstemmte. Er öffnete die Lider nur einen Spalt und schaute Troi an.

»Was ist passiert?« fragte er.

»Ich glaube, wir sind betäubt worden.«

»Genauso war es«, ertönte aus einer hinteren Ecke eine Männerstimme. Troi wandte den Kopf. Zu schnell; sofort bereute sie die Hast und schloß die Augen.

»Wer sind sie?« hörte sie den Captain fragen, während sie ein zweites Aufwallen von Übelkeit niederrang. Aus der Ecke erscholl ein schrilles Auflachen. Selbst in ihrer momentanen Verfassung bemerkte Troi die Anklänge der Hysterie und finsteren Verzweiflung, die in dem Lachen mitschwangen.

Zum zweitenmal machte Troi die Augen auf; dieses Mal fiel es ihr auf Anhieb leichter, die Umgebung zu erkennen. Sie sah in der Ecke einen Mann kauern. Er ähnelte einem alptraumhaften Abklatsch des Königs.

Sein Gelächter erstickte. »Ich bin Joakal I'lium«, antwortete er, »König von Capulon IV.«

»*Sie* sind der König?« entfuhr es dem Captain. »Aber wer ist dann …?«

»Mein Bruder«, erklärte Joakal I'lium. »Ein Zwillingsbruder, von dem ich bis vor kurzem nicht einmal etwas ahnte. Aber er war der Ansicht, nun sei er dran mit dem Regieren. Also hat er mich mit Hilfe eines verläßlichen Komplizen in den Kerker eingesperrt. Er hat meinen Platz eingenommen. Mein ganzes Königreich besteht jetzt nur noch aus dieser Zelle.«

Während der Mann redete, griff sich der Captain, wie Troi sah, an die linke Brust. Vermutlich beabsichtigte er den Insignienkommunikator zu aktivieren und Hilfe herzubeordern. Aber ähnlich wie Troi in ihr Nachthemd war Picard seinen Schlafanzug geschlüpft, ehe das Betäubungsmittel seine volle Wirkung entfaltete. Beide hatten sie keine Kommunikatoren greifbar. So ohne weiteres durften sie keine Hilfe erhoffen.

Mühselig raffte der Captain sich auf. Troi beobachtete, wie die Farbe aus seinem Gesicht wich, während er unsicher auf die Füße kann. Unwillkürlich streckte sie einen Arm aus, um ihn zu stützen. Aber sofort wurde ihr von neuem schlecht. Picard winkte ab. Er torkelte durch die Räumlichkeit, seine Hände tastete am Gemäuer entlang.

»Es gibt keinen Fluchtweg, Captain Picard«, stellte der König fest. Der Captain warf ihm einen Blick der Verblüffung zu.

Der Jüngere nickte. »Ja, ich weiß, wer Sie sind«, sagte er. »Als Sie heruntergebracht worden sind, hat man mich darüber in Kenntnis gesetzt. Sie vergeuden Ihre Zeit. Ich habe längst an jedem einzelnen Stein dieses Lochs gezerrt. Tausendmal habe ich an der Tür gerüttelt. Wir sind die... Gäste meines Bruders, bis er sich etwas Neues überlegt.«

Auf Trois anderer Seite regte sich nun endlich auch Mutter Veronica. Rasch widmete Troi ihrer Aufmerksamkeit der Nonne. Sie kroch zu der Äbstissin und sprach verhalten auf sie ein, um ihr während der ersten, schmerzlichen Momente des Erwachens Mut zu spenden.

Picard beendete seine Untersuchung der Zelle. Er kam zu Troi und hockte sich neben sie auf den Fußboden. Deanna half gerade der Ordensfrau dabei, sich erst einmal hinzusetzen. Die Nonne hielt die Lider geschlossen. Ihr Gesicht war aschfahl.

»Geht's einigermaßen?« fragte Picard die Counselor. Troi nickte. »Und Mutter Veronica?«

»Sicher erholt sie sich gleich«, lautete Trois Einschätzung. »Sie hat gestern abend nur sehr wenig Wein getrunken, aber fast nichts gegessen. Wahrscheinlich hat das Betäubungsmittel deshalb auf sie um so stärker gewirkt.«

Knapp nickte Picard, ehe er sich Joakal zuwandte. »Ich möchte über alles informiert werden«, sagte er in einem entschiedenen Tonfall.

Der König zuckte mit den Schultern. »Ich erzähle Ihnen gerne, was ich sagen kann«, gab er zur Antwort. »Leider weiß ich nicht genau, wie lange ich schon hier festsitze oder was seitdem alles geschehen ist. Aber es sind inzwischen Wochen verstrichen, so viel ist klar... Seit Wochen bin ich allein in dieser Zelle gefangen...«

Seine Stimme verklang. Nach einigen Augenblicken des Schweigens ging plötzlich ein heftiger Ruck durch seinen Körper. Er besann sich auf die Gegenwart und schilderte der Landegruppe seine Gefangennahme, Beahorams Besuche in der Kerkerzelle und Akliers Verrat.

»Sie haben erwähnt, daß Beahoram Ihr Zwillingsbruder ist und Sie ursprünglich nichts von ihm wußten«, sagte Picard, sobald Joakal schwieg. »Bitte erklären Sie mir diese seltsamen Umstände.« Auch diesmal duldete der Ton des Captains keinen Widerspruch.

»Um das zu begreifen«, entgegnete Joakal, »müssen Sie das Brauchtum unseres Volkes verstehen.«

»Wir sollten uns einem möglichst umfassenden Einblick verschaffen, ja«, bestätigte Picard. »Wenn wir hier raus wollen, müssen wir alles erfahren, was Sie wissen.«

Unversehens sprang Joakal auf. »Es gibt keinen Ausweg!« schrie er. Er stapfte ein paar Schritte hin und her, raufte sich mit beiden Händen das verfilzte, strähnige Haar.

»Kann sein, Sie haben schon kapituliert«, meinte Picard. »Wir nicht.«

Der König blieb stehen. Einen Moment lang stand er vollkommen still da. Dann zuckte er nochmals mit den Schultern und ließ sich in die Ecke zurücksacken.

»Wenigstens vertreibt das Reden ein bißchen die Zeit«, murmelte er, offenbar weniger zu der Landegruppe, als im Selbstgespräch. Noch einmal versank Joakal für lange Minuten in tiefes Schweigen. Troi fragte sich, was er zu sagen haben könnte, das die Lage erklärte.

»Unser Brauchtum ...«, wiederholte der König schließlich versonnen. »Unsere Gesellschaft und unsere Gesetze beruhen auf dem, was wir als Gottes Willen ansehen. Alles was wir sind und haben, ist im Laufe von Jahrhunderten durch unseren Glauben geprägt worden. Die ältesten Lehren unserer Religion erzählen uns von einer Zeit, als Gott noch auf diesem Planeten wandelte und direkten Umgang mit der von ihm erschaffenen Welt pflegte. Damals herrschte nichts als Frieden, behaupten die Lehren. Alles existierte in vollkommener Harmonie. Unendlich lange Zeitalter hindurch blieb dieser Zustand der Welt erhalten. Bis Gott zu seinem Wohnsitz im Himmel heimkehrte ... Er überließ es den Bewohnern dieser Welt, für seine Schöpfung zu sorgen.«

Joakal verstummte und forschte in den Mienen seiner Zuhörer. Troi spürte, mit welcher Eindringlichkeit er sie musterte. Er versuchte ihnen anzusehen, wieviel von seinen Darlegungen sie akzeptieren konnten. Sein Gesichtsausdruck bezeugte tiefen Ernst, während seine Augen beinahe Flehentlichkeit widerspiegelten.

Andeutungsweise nickte Captain Picard ihm zu. »Auf meinem Heimatplaneten kennen wir einen ähnlichen Mythos«, sagte er. »Und vergleichbaren Versionen sind wir vielerorts in der Galaxis begegnet.«

»Aha ... dann kennen Sie also Gott.« Joakal lächelte auf eine Weise, durch die etwas von der Mattigkeit aus seinem Gesicht wich. »Freut mich zu hören.«

Sein Bekenntnis zur Gläubigkeit rührte Troi. Angesichts eines Universums voller Wissenschaft und Technik klangen seine einfachen Worte naiv. Doch oft hinterließen schlichte Worte, geradeso wie Worte der Liebe und Barmherzigkeit, den stärksten Eindruck. Was hatte es also wirklich mit dem Glauben auf sich? sinnierte die Counselor. War der schlichteste gleichzeitig der überzeugendste Glaube?

Joakal schöpfte Atem und setzte seine Ausführungen fort.

»Weiter steht in den Lehren, daß Gott, ehe er unsere Welt verließ, dem Volk ein Geschenk gewährte. Er schloß unsere Seelen füreinander auf, eine Gabe, die die alten Schriften Geist-Einigkeit nennen. Sie überliefern uns, daß wir diese Gabe erhalten haben, um die uns anvertraute Welt behüten zu können. Aber nachdem Gott nicht mehr in unserer Mitte wandelte, dauerte der Friede nicht an. Wir zerfielen in eine Vielzahl kleiner Königreiche, von dem jedes nach der Herrschaft über die anderen gierte. Im Verlauf von Jahrhunderten verdrängte die Wissenschaft immer mehr den Vorrang der Religion. Technologie und Technik breiteten sich über den Planeten aus. Kriege kamen und gingen. Jedesmal wurden sie schlimmer. Bald verwendeten wir unsere wissenschaftlichen Kenntnisse, die sich so vorteilhaft für unsere Welt hätten nutzen lassen, um uns gegenseitig zu Millionen hinzumetzeln…«

Wieder verstummte Joakal und rieb sich mit den Händen die Augen. »Dann folgten die letzten Kriege«, fügte er nach kurzem Schweigen hinzu. »So grausame Kriege, daß sie schrecklicher waren als der Tod. Sie fanden vor hundert Generationen statt. Der Stand unserer Wissenschaft hatte an ihrer Grausamkeit sehr wohl einen Anteil, aber die furchtbarste Waffe stammte aus uns selbst. Deshalb nennt man diese Auseinandersetzungen die Psycho-Kriege. Sie wurden mit eben der Gabe ausgefochten, die Gott uns zur Erhaltung des Friedens geschenkt hatte.«

Joakal seufzte und lehnte den Kopf an die Mauer. Seine Lider blieben geschlossen.

»Die älteren Geschichtsbücher beschreiben das Grauen der Psycho-Kriege noch mit aller Genauigkeit«, sagte er. »Es müssen Jahre der gräßlichsten Vorkommnisse gewesen sein. Die Befähigung zur Geist-Einigkeit war in eine Waffe verwandelt worden, vor der es für niemanden Sicherheit gab. Alle Gedanken und Pläne ließen sich dem Geist des Gegners entwinden. Die Schwachen konnte man zum Dienst an den Starken zwingen. Sogar ihre Körper gegen ihren Willen zu manipulieren, war möglich. Friedliebende Personen deformierte man zu Marionetten der Vernichtung. Über eine Generation lang zogen sich die Psycho-Kriege hin. Dann begann unsere Geistesbegabung nach und nach zu verschwinden. Immer mehr Kinder ohne die Befähigung zur Geist-Einigkeit wurden geboren. Gott nahm uns das Geschenk fort, das er uns einst gewährt hatte… Da erst packte Furcht die Bevölkerung, Furcht vor Gott und seinem Zorn. Man verwarf die Wissenschaften und hielt sich nur noch an die, die unentbehrlich waren, um den totalen Zusammenbruch des Planeten zu verhindern. All das, was Kommunikation, Transportwesen, die nötigste Wärmetechnik und Wasserversorgung betraf. Das Volk drängte wieder in die alten Tempel. Es erflehte von den Tempeldienern, ihnen den Weg zur Versöhnung mit Gott zu weisen. Man brachte Opfer dar. Die Königreiche stürzten eines nach dem anderen, bis wir uns wieder zu einem Volk zusammengeschlossen hatten. Aber das alles nützte nichts. Unsere Geistesbegabung war endgültig fort. Deshalb rief man nach wirksameren Maßnahmen. Man verabschiedete neue Gesetze, die der König erließ und der Tempel sanktionierte. Diese Gesetze verlangten, daß jedes unvollkommene Leben aus unserer Gesellschaft ausgemerzt werden müßte. Nichts blieb davon ausgenommen, nicht einmal unsere Kinder. Jedes anomale Kind setzte man zum Sterben auf der Tempeltreppe aus. Auch die Geburt von Zwillingen galt als unnormal. *Das* war unser letztes, größtes Opfer, um die Aussöhnung mit Gott zu erreichen. Darin sah man das einzige Mittel, um Gott die Tiefe unseres Glaubens und die Aufrichtigkeit unserer Reue zu beweisen ...«

Mehrere Sekunden hindurch hörte man als einziges Geräusch in der Zelle die schweren Atemzüge ihrer Insassen. Joakal öffnete die Augen und erwiderte die Blicke der Landegruppenmitglieder.

Die letzten Worte des Königs hinterließen bei Troi stärkste Betroffenheit. Sie schaute sich um und sah das eigene Grauen sich in den Mienen ihrer Begleiter spiegeln, besonders bei Mutter Veronica. Die Bleichheit ihrer Wangen und die Fiebrigkeit ihrer Augen waren nicht nur Nachwirkungen des Betäubungsmittels; es war auch ein Anzeichen ihres Entsetzens über das Gehörte.

»Und dieses Gesetz ...«, setzte der Captain zu einer Frage an.

Joakal nickte. »Es ist noch in Kraft. Ach, wir haben es ein wenig ritualisiert. Heutzutage liegen die Kinder nicht mehr auf den Tempelstufen, bis sie tot sind. Sie werden auf die weiche Tour euthanasiert und in besonderen Krypten unter dem Tempel bestattet ... Gott zurückgeschickt, heißt es. Eben das ist der Grund, warum ich bei den Kleinen Müttern darum ersucht habe, ihre Aktivitäten auf Capulon auszudehnen. Ich wollte, daß sie mir bei der Abschaffung dieses Gesetzes Rückhalt verleihen ... und anderer Gesetze, die auf diesem Planeten seit langem den Fortschritt bremsen. Doch jetzt ist es zu spät.«

»In keinem der uns bekannten Berichte über Ihre Kultur ist dies Gesetz erwähnt worden«, bemerkte Picard.

»Würden Sie, Captain, denn zulassen, daß jemand so etwas über Ihr Volk erfährt?« hielt Joakal ihm entgegen. »Würden Sie auch nur unter sich offen darüber sprechen, statt lediglich in den allgemeinsten Umschreibungen? Glauben Sie nicht auch, daß Ihre Kulturspezialisten, als sie den Ausdruck ›Gott zurückgeschickt‹ hörten, dachten, die Kinder seien auf normale Weise verstorben? Aber Sie haben gefragt, was Beahoram mit alldem zu tun hat. Er kam bei der Entbindung als zweiter aus dem Leib unserer Mutter. Darum sollte er sterben. Statt dessen jedoch ist er wiedergekehrt, um meinen Platz einzunehmen. Bald wird es unmöglich sein, es noch irgendwie abzuwenden.«

»Wieso?« fragte der Captain unwirsch. »Weshalb können Sie sich dagegen nicht wehren? Warum sollten Sie keine Aussicht mehr haben, für Ihren rechtmäßigen Anspruch einzustehen und zurückzugewinnen, was er ...«

Joakal stieß ein harsches Lachen aus. Es zeugte von trostloser, sardonischer Belustigung. »Sie durchschauen die Lage nicht, Captain«, entgegnete er. »Die Fähigkeit der Geist-Einigkeit tritt heute in wenigen Fällen wieder auf, bleibt aber unter der Bevölkerung sehr selten. Sie ist auch nicht mehr so stark wie in früheren Zeiten. Immerhin kommt sie jedoch wieder häufig genug vor, um beim Volk Hoffnung zu nähren. Dieser Sachverhalt ist es, der diesem unseligen Gesetz solche Popularität und damit Stütze verleiht.«

»Wann und bei wem zeigt sich das Talent?« erkundigte sich Picard. »Kann man in dieser Hinsicht Vorhersagen machen?«

Der junge König schüttelte den Kopf. »Normalerweise geht jemand, der bei sich Zeichen der alten Begabung feststellt, in den Tempeldienst. Allerdings behaupten nicht alle Tempeldiener von sich, sie zu haben. Und bei denen, die eindeutig darüber verfügen, ist sie ziemlich schwach.«

»Und wo ist der Zusammenhang mit Beahoram?«

»Der erste Ahne meines Hauses, nach dem ich benannt bin, war einmal in dieser Stadt Oberster Diener des Tempels. Plötzlich geschah etwas mit ihm, während er vor dem Altar stand. Irgend etwas erleuchtete seinen Geist und stattete ihn wieder mit dem vollen Umfang der alten Kräfte aus. Den Schriften ist nicht genau zu entnehmen, was tatsächlich passiert ist; sie führen es auf das Eingreifen Gottes zurück. Damals wurde mein Ahne zum König und Absolutus ausgerufen. Seitdem regiert ununterbrochen meine Familie den Planeten. Jedesmal, wenn man den König zum Absolutus erhob, hat Gott ihm das Geschenk auf die gleiche Weise zurückgegeben. Der Absolutus ist der einzige Bewohner Capulons, dem Gottes Geschenk noch heute im ganzen ursprünglichen Maß zuteil wird.«

Erneut verstummte Joakal. Er wandte das Gesicht aufwärts und schloß fest die Augen, als wäre das die einzige Möglichkeit, um dem Verzweifeln standzuhalten. »Ich sollte der dreißigste König des Hauses I'lium werden«, sagte er. »Damit hätte ich die heilige Zahl erreicht, und unter dem Eindruck dieser Symbolkraft wäre es mir gelungen, das Volk besseren Zeiten entgegenzuführen. In ein neues Zeitalter ... Das war mein großer Traum. Nun aber wird an meiner Stelle Beahoram herrschen.«

Troi hatte während der langen Erläuterungen des Königs ruhig dagesessen und den Gordischen Knoten seiner Emotionen auf sich wirken lassen. Seine Gefühle hatten sich von düsterer Verzweiflung über Resignation zu Schuldbewußtsein und zuletzt wieder deprimierter Ratlosigkeit gewandelt. Kaum hatte er das letzte Wort gesprochen, beugte Troi sich vor. In ihren Augen blitzte plötzliches Verstehen.

»Captain«, rief sie, »jetzt paßt alles zusammen.«

»Was, Counselor?«

»Alles ... Die Eindrücke der Arroganz und Bösartigkeit, die ich von Beahoram empfing, der ›doppelte Geist‹, den Mutter Veronica telepathisch wahrgenommen hat. Der zweite Geist des Doppels ist niemand anderes als Joakal.«

Troi kniete sich vor den Captain, so eifrig war ihr daran gelegen, ihm alles verständlich zu machen. »Begreifen Sie nicht, wie es sich verhält, Captain?« fragte sie. »Beahoram ist Telepath, Joakal auch. Ich bin mir sicher, daß die meisten Bewohner Capulons noch immer Telepathen sind. Nur dürfte ihre Fähigkeit hinter mentalen Schilden verborgen sein, von denen niemand mehr weiß, wie man sie senkt. In derartigen Kriegen, wie Joakal sie beschrieben hat, konnten nur diejenigen überleben, die ihren Geist abzuschirmen lernten. Die Schutztechnik wird dann von Generation zu Generation weitervermittelt worden sein, bis sie ...« Deanna suchte nach dem passenden Ausdruck. »Bis sie sich zum Instinkt entwickelte, einem evolutionären Produkt des Überlebensdrangs. Dadurch mußten die wenigen, die ihre psychischen Gaben noch anzuwenden verstanden, bewundernswert mächtig erscheinen ... Wie Günstlinge Gottes selbst.«

Der Blick des Captains ruhte auf Troi. Die Counselor sah ihm geradezu an, wie er in Gedanken verschiedene Eventualitäten abwog. »Und was geht Ihres Erachtens vor«, fragte er, »wenn man den König zum Absolutus einsetzt?«

»Joakal hat erwähnt, daß viele von denen, die in den Tempeldienst eintreten, ihre telepathischen Fähigkeiten zurückerlangen, wenigstens zum Teil. Meine Vermutung lautet, daß sich bei der Krönung, wenn der König der willige Fokus so vieler, für einen gemeinsamen Zweck geballter psychischer Energie ist, das gleiche vollzieht. Diese Energie ist das auslösende Moment und hebt die Blockade auf, die das Talent des Königs hemmt.«

»Könnten Sie und Mutter Veronica das nicht hier und jetzt auch für Joakal leisten?«

»Ich weiß es nicht, Captain«, antwortete Troi. »Aber ich bin bereit, es zu versuchen.« Sie schaute Mutter Veronica an. Die Nonne schrak zurück.

»Nein«, jammerte die Ordensfrau mit unterdrückter Stimme. »Ich … So etwas kann ich nicht tun.«

Troi sah den Captain an. »Lassen Sie mich erst einmal mit ihr reden«, meinte sie zu ihm.

Picard nickte und setzte sich zum König. Mehr Privatsphäre konnte er den beiden Frauen unter den Gegebenheiten einer Kerkerzelle nicht einräumen.

Joakal ließ die Augen geschlossen. »Es wird nicht gelingen«, sagte er, sobald der Captain neben ihm hockte.

»Woher wollen Sie das wissen?«

»Weil es eine Gabe Gottes ist, und Sie sind nicht seine Diener.«

»Mutter Veronica ist eine Dienerin Gottes. Ihr Leben und das ihrer Ordensschwestern, ihre Arbeit, ihr gesamter Orden, alles ist dem Dienst an Gott gewidmet und verschworen.«

»Aber ist es derselbe Gott? Der wahre Gott?«

Auf einmal erinnerte Picard sich an seinen Zweiten Offizier. Hatte Data inzwischen seine Antworten auf diese und ähnliche Fragen gefunden? Andeutungsweise schmunzelte der Captain.

»Gibt es mehr als eine Wahrheit?« fragte er. »Und gilt nicht jeder Dienst an der Wahrheit ein und demselben Zweck?«

»Ein kluges Argument, Captain«, gestand Joakal ein. Er rang sich zu einem schwachen Lächeln durch. »Vielleicht hat Ihre Absicht doch eine Erfolgsaussicht.«

Es war kurz nach Sonnenaufgang. Die Angehörigen des Ältestenrats, alle zur Krönung des Königs in die Stadt gereisten Adeligen sowie zahlreiche hohe Beamte und Wirtschaftsführer hatten sich im Tempel versammelt, um dem Abschlußzeremoniell der königlichen Reifeweihe beizuwohnen.

Elana saß wieder mit den Tempelbediensteten auf dem Balkon. Unten näherte der Ritus sich dem Ende. Die Person, von der sie wußte, daß sie in Wirklichkeit Joakals Zwillingsbruder war, hatte gerade seine Männer-Langweste erhalten. Doch in Elanas Augen sah das in dunklem Karminrot gefärbte Kleidungsstück aus, als wäre es mit Blut besudelt, Joakals Blut. Durch das Rot trat das Unschuldsweiß, in dem Beahoram die Nachtwache abgesessen hatte, gänzlich in den Hintergrund.

Faellon hatte die Arme zur letzten Anrufung erhoben. Elana hörte jedoch nicht zu. Sie beobachtete Beahoram und Aklier.

In den dunkelsten Stunden der Nacht, nach Untergang des einen Monds und während auch der zweite Mond sank, war sie Aklier ein zweites Mal in den Palast gefolgt. Dort hatte sie mitangesehen, wie er und seine Handlanger die reglosen Gestalten der Föderationsabgesandten aus den Gästezimmern schleiften. Elana hatte heraufzufinden versucht, wohin sie die Besinnungslosen schafften, aber sie im Labyrinth der Korridore und Hintertreppen schließlich doch aus den Augen verloren.

Sie hatte den festen Vorsatz gefaßt, sich das kein zweites Mal unterlaufen zu lassen. Heute, morgen, übermorgen, ja solang es eben nötig war, beabsichtigte sie, die beiden Männer auf Schritt und Tritt zu beschatten, bis sie sie zu Joakal führten.

Das Abschlußgebet des Obersten Dieners verklang. Doch ehe er das Abschiedswort an die Versammlung richten konnte, erhob Beahoram sich von den Knien, unterbrach das Ritual vor der vollständigen Beendigung. Er kehrte sich dem halbgefüllten Gestühl zu.

»Mein Volk«, rief er mit so lauter Stimme, daß sie durch den Tempel hallte, »meine Freunde, jetzt ist meine lange Nachtwache vorüber. Mit ihr sind die Jahre meiner Jugend dahingegangen. Hinter mir liegt keine leichte Nachtwache. Während der Stunden, die ich vor dem Altar kniete, mußte ich Gott nicht nur die Absichten für meine Zukunft, sondern für die Zukunft unseres gesamten Planeten unterbreiten. Wir sind an einem Scheideweg angelangt. Der Entschluß, den ich bald zu fällen habe, wird das Dasein vieler künftiger Generationen beeinflussen. Wie Ihnen bekannt ist, umkreist ein Raumschiff unsere Welt. Im Palast warten Abgesandte einer gewaltigen interstellaren Organisation, der Vereinten Föderation der Planeten, auf die Unterzeichnung eines Beitrittsvertrags. Im Verlauf meiner langen Nachtwache erbat ich für diese Entscheidung unablässig und inbrünstig Gottes Weisung und Weisheit. Nur eine Antwort kam mir. Ich glaube, daß die Stimme Gottes sie mir eingegeben hat.«

Beahoram schwieg und ließ seine Worte auf die Zuhörer einwirken. Von nun an mußte ihnen jeder Befehl aus seinem Mund als Ausdruck göttlicher Führung gelten. Er wartete noch ein paar Sekunden.

»Man höre den Ratschluß Gottes, der mir in den ausgedehnten Stunden der Gewissenserforschung zugekommen ist: Die Krönung darf nicht erst am vorgesehenen Termin stattfinden. Sie muß heute nachmittag vollzogen werden. In der dritten Stunde nach dem Zenit der Sonne.«

Wieder verstummte Beahoram, diesmal um das halblaute Stimmengewirr der Bestürzung und Überraschung verebben zu lassen, das durch den Tempel rumorte. Schließlich verklang das Geraune.

Hinter Beahoram war Faellon ein Keuchen entfahren. »Eure Majestät, aber bis dahin sind es nur noch neun Stunden… In so kurzer Frist können wir uns nicht vorbereiten.«

Beahoram drehte sich um und musterte den Obersten Diener. »Sie müssen es«, erwiderte er. Er kehrte sich wieder der Versammlung zu.

»Ich weiß, daß es für uns alle schwierig sein wird, innerhalb so kurzer Zeit alle Vorbereitungen zu treffen«, sagte er. »Mir ist klar, wieviel Arbeit damit verbunden ist. Aber ich kann Gottes Stimme, so wie ich sie vernommen habe, weder verleugnen noch mißachten. Ich stehe hier vor Ihnen als jemand, der sich die schwere Last der Krone und Amtstracht des Absolutus aufzubürden bereit ist. Dennoch wäre ich ohne weiteres bis zu dem zunächst bestimmten Zeitpunkt zu warten bereit, hätte nicht ein Höherer als ich etwas anderes gefordert.«

Beahoram wandte sich von neuem dem Altar zu und kniete in demütigem Gebaren nieder. Nach einem Moment fassungslosen Schweigens beeilte sich der Oberste Diener, dem König seinen Segen zu spenden und das Abschlußwort zu sprechen. Er streckte die Arme über die Versammelten aus.

»Das Lichte Gottes bescheine eines jeden Gläubigen Weg«, rief er feierlich. »Wandelt in Frieden und Weisheit. Möge Gott uns allen Kraft schenken.«

Faellon drehte sich zum Altar um. Die Anwesenden, die sich eingefunden hatten, um Zeugen des Zeremoniells zu sein, schlenderten aus den Bankreihen und strebten zum Hauptausgang. Keinerlei müßiges Geplauder kam auf. Zu sehr beschäftigte die Leute Beahorams Ankündigung. Alle fragten sich, welche tiefere Bedeutung sie haben mochte.

Oben auf dem Balkon verließen auch die Tempeldiener ihre Plätze. Alle außer Elana.

In neun Stunden – dieser Gedanke kreiste ununterbrochen durch ihr Gehirn. In nur neun Stunden. Bevor diese Zeitspanne verstrichen war, mußte sie Mittel und Wege ersonnen haben, um die vorgezogene Krönung zu vereiteln.

Sie mußte Joakal finden.

16

Troi hatte mehrere Minuten gebraucht, um Mutter Veronica zu überreden. Der Counselor war klar gewesen, daß sie auf die Unterstützung der Nonne nicht verzichten konnte, wenn sie versuchte, den in König Joakals Geist verschütteten Schatz zu bergen. Ein dermaßen schwieriges Unterfangen vermochte sie keinesfalls allein durchzuführen. In Anbetracht der Vergangenheit Mutter Veronicas hatte sie allerdings Verständnis für ihr Zögern. Folglich gab sie sich alle Mühe, um ihr so behutsam wie möglich darzulegen, was sie da anpacken mußten.

Jetzt saßen Troi, Mutter Veronica und Joakal schon seit geraumer Weile in einem kleinen Kreis und hielten sich an den Händen. Sie hatten die Augen geschlossen. Ihre Gesichter, besonders Trois Miene, widerspiegelten höchste Konzentration.

Mittlerweile waren von ihr bei Joakal mehrere Techniken erprobt worden, die sie im Laufe ihrer jahrelangen Ausbildung auf Betazed gelernt hatte. Bisher war jedes Ergebnis ausgeblieben. Zum erstenmal seit mehreren Jahren wünschte sich Troi, sie hätte vollentwickelte telepathische Fähigkeiten.

Mutter Veronica hatte zugestimmt, wenn auch widerwillig, daß Troi erneut eine mentale Verbindung mit ihrem Geist herstellte. Doch obwohl die psychische Kraft der Ordensfrau Trois Kräfte verstärkte, erwies es sich jetzt doch als Hemmnis, daß die Äbtissin keine mentale Schulung gehabt hatte.

Deanna konnte mit ihr keine wirkliche Zusammenarbeit zustandebringen. Ein Teil von Mutter Veronicas hielt sich auf Distanz. Gelegentlich wurde ihr Abscheu davor, mit ihrem Geist in die Gedankenwelt eines anderen Lebewesens einzudringen, nahezu übermächtig. Dann mußte Troi sich durch störungsintensive emotionale Emanationen der Nonne tasten, während sie gleichzeitig versuchte, eine Lücke in Joakals mentaler Abschirmung ausfindig zu machen.

Schließlich ließ Troi Joakals und Mutter Veronicas Hände los und öffnete die Augen.

In einigem Abstand von den dreien saß der Captain. Er hatte zugeschaut und auf ein Gelingen gehofft. Nun erwiderte Troi seinen Blick und schüttelte angesichts seiner sorgenvollen Miene den Kopf.

»Tut mir leid«, sagte sie. »Joakals Abschirmung ist zu stark. Es sind mentale Schilde, Sir. Nachdem ich seinen Mentalzustand jetzt erkundet habe, gibt es für mich keinen Zweifel mehr.«

»Aber ich habe etwas gespürt«, meldete sich Joakal zu Wort. Er überlegte, suchte nach dem richtigen Wort. »Eine Art von innerer Regung ... oder etwas Ähnliches.«

»Was sagen Sie dazu, Counselor?« fragte der Captain.

»Kann sein, Sir«, antwortete Troi in neutralem Tonfall. Sie hatte keine solche Reaktion bemerkt. Immerhin nahm sie nun jedoch zum erstenmal, seit die Landegruppe in der Kerkerzelle erwacht war, bei dem jungen König eine positive emotionale Tendenz wahr.

»Vielleicht klappt es besser, wenn wir uns ausgeruht haben und die Nachwirkungen des Betäubungsmittels abgeklungen sind«, meinte sie, fügte jedoch keine Aufmunterung hinzu. Weder wollte sie die noch vorhandene Hoffnung ersticken, noch unberechtigte neue Hoffnungen wecken.

Nochmals blickten sie und der Captain sich in die Augen. Sie sah, daß Picard genau verstand, was sie unausgesprochen gelassen und warum sie es verschwiegen hatte.

»Na gut, Counselor«, äußerte er. »Ich vermute, Sie haben recht. Ich jedenfalls leider noch immer unter scheußlichen Kopfschmerzen.«

»Es müßte bald soweit sein, daß jemand mit Essen kommt«, sagte Joakal. »Zwar muß ich meine Gefangenschaft in reichlich ungemütlicher Umgebung durchleben, aber Beahoram besteht hartnäckig darauf, daß ich nicht hungere.«

Picard nickte. »Dann schlage ich vor, wir gönnen uns eine Erholungspause, bis das Essen da ist.«

Das Quartett verteilte sich in der engen Zelle. Während Troi nach einer Möglichkeit suchte, es sich auf dem kalten Steinboden bequem zu machen, holte Joakal aus einem Winkel zwei der Decken, die man ihm überlassen hatte. Er entrollte eine davon auf dem Fußboden.

»Bitte«, sagte er und zeigte an, daß Troi und Mutter Veronica sie benutzen sollten. Die andere Decke reichte er Troi, damit die sie über sich breiten konnte.

Deanna war für seine Fürsorge von Herzen dankbar. Ihr Nachthemd war dünn und schützte sie nicht im mindesten gegen die Kälte der Kerkerzelle. Mutter Veronica hingegen trug noch ihre Kutte, in der sie unter der Einwirkung des Betäubungsmittels eingeschlafen war; allem Anschein nach spürte sie die Kühle nicht. Troi beneidete sie um das schwere Kleidungsstück.

»Vielen Dank«, sagte Deanna und lächelte dem König zu, während sie sich in die dicke, warme Decke kuschelte. Mutter Veronica kauerte sich zu ihr. Joakal gesellte sich zum Captain, der mit dem Rücken an der Wand lehnte. Picard hatte die Arme auf der Brust verschränkt und die Lider geschlossen.

»Vielleicht können Sie uns, während wir uns ausruhen, besser über Ihre Welt und Ihr Volk informieren«, sagte er, ohne die Augen aufzuschlagen.

»Natürlich, Captain, gern«, antwortete Joakal. »Was interessiert Sie am meisten?«

»Ich stelle es Ihnen völlig frei, was Sie zur Sprache bringen. Uns wird alles von Nutzen sein.«

Troi beobachtete das Mienenspiel des jungen Königs, während dieser darüber nachdachte, was er erzählen könnte. Ihr Kontaktversuch mit seiner Psyche hatte sie, obwohl die Bemühungen unter diesen Umständen oberflächlich geblieben waren, für die Nuancen seines Gefühlslebens sensitiviert. Sie wußte, welche tiefe Kränkung diese Kerkerhaft für ihn bedeutete.

Doch inzwischen erahnte sie auch die Widerstandsfähigkeit seines Geists. Vorher war Joakals Gemüt ausschließlich von Niedergedrücktheit beherrscht gewesen. Schwärzeste Melancholie, ab und zu nur mit Aufwallungen bitteren Zorns vermischt, hatte ihn erfüllt. Doch jetzt war er nicht mehr allein, und er sah wieder einen Hoffnungsfunken, wie winzig er auch sein mochte. Und sofort hatte er jeden Gedanken an Kapitulation verdrängt.

Troi ließ die Lider sinken und verlagerte ihre Aufmerksamkeit auf Mutter Veronica. Die Counselor spürte die körperliche und geistige Ermüdung der Nonne. Die Aufregungen der letzten Zeit, die zweifelsfrei das krasse Gegenteil ihres vorherigen Lebensstils darstellten, forderten bei der Ordensfrau ihren Tribut.

Trotzdem verfügte sie, ähnlich wie der König, über einen festen inneren Kern der Beharrung, ein ebenso widerstandsfähiges wie auch flexibles Kraftzentrum. Bei den gemeinsamen Sitzungen an Bord der *Enterprise* hatte Troi diesen unverwüstlichen Mittelpunkt oft gefühlt. Auch als die Nonne ihre Abneigung gegen derartige Verfahren überwand und Troi die Kontrolle über ihre telepathische Begabung zugestand, war er wieder zu spüren gewesen. Daß sie sich nicht jederzeit zu so viel Selbstüberwindung durchringen konnte, blieb vorerst irrelevant.

Troi hörte Kleidung rascheln, als Joakal die Haltung wechselte. Anscheinend war er sich jetzt darüber im klaren, was sich zu erzählen lohnte. »Vieles von dem, was ich Ihnen schildern kann, wissen Sie sicherlich schon dank Ihrer Vorbereitung auf Ihren Besuch«, sagte er zur Einleitung. »Jedenfalls hätte ich an Ihrer Stelle mich drauf eingestellt, Captain, und bestimmt sind Ihnen die Erfordernisse der Diplomatie nicht fremd. Deshalb gehe ich davon aus, daß Ihnen die Statistiken über unsere Industrie und Landwirtschaft, die Bevölkerungsdaten und die soziopolitische Hierarchie bekannt sind. Sicher kennen Sie auch die wichtigsten religiösen Aktivitäten sowie unsere gesellschaftlichen Sitten und Bräuche. Habe ich recht?«

»Haben Sie«, bestätigte der Captain.

Ein zweites Mal änderte Joakal geräuschvoll die Sitzhaltung.

»Ich habe schon erwähnt, daß die Lehren unserer Religion das Fundament unserer Gesellschaft bilden. Obwohl die Religion teils harte Gebote über uns verhängt, sind wir kein gefühlloses Volk. Vielmehr sind wir eine Volksgemeinschaft, die sich im Grunde genommen nichts anderem als den Tugenden der Weisheit geweiht hat. An jedem unserer Tempel hat das Portal vier Säulen. Für uns symbolisieren sie die vier Gesichter der Weisheit: Geduld, Ehrlichkeit, Gnade vor Recht, Glaube. Man nennt die Säulen die Wächter der Tugend. Sie sind errichtet worden, um uns daran zu mahnen, wonach wir trachten und welche Werte wir in Ehren halten.

Mein Vorfahre, dessen Namen ich Ihnen ebenfalls schon genannt habe, König Joakal I'lium der Erste, war ein wahrhaft großer König, der sich durch echte Weisheit auszeichnete. Er war ein Vorbild dafür, wie jeder von uns sein möchte. Von den vielen Anekdoten, die seine Regierungszeit überdauert haben, ist die folgende Geschichte mir am liebsten:

Damals gab es in der Königlichen Hauptstadt zwei Bäcker. Beide gehörten alten, geachteten Familien an. Beide besaßen alteingesessene Bäckereien. Beide hatten den Ruf, die leckersten Backwaren der Welt zu verkaufen. Irgendwann beschlossen diese zwei Bäcker, einen Wettbewerb um den Titel des Meisters aller Bäcker zu veranstalten. Schiedsrichter sollte der König sein.

Am Tag des Wettbewerbs erschienen die Bäcker im Palast, um dort die Backstube der königlichen Küche zu benutzen und danach auf die Entscheidung des Königs zu warten. Sie buken den ganzen Tag hindurch, verwendeten geheime Rezepte und Fertigkeiten, die sie sich während der Jahre ihrer Konkurrenz ausgedacht hatten. Die Produkte ihrer Anstrengungen präsentierten sie dem König. Zahlreiche Zuschauer waren zugegen, während der König das Gebackene probierte. Er kostete ein Stück Backwerk nach dem anderen, lobte den vorzüglichen Geschmack, die erlesene Beschaffenheit und das feine Aroma. Er aß von Dutzenden verschiedener Brote, Semmeln und Kuchen, Keksen, Torten und Pralinen, bis er schlichtweg keinen Bissen mehr hinabbekam. Zu guter Letzt setzte er sich auf den Thron und widmete sich in vollkommener Schweigsamkeit dem Nachdenken über das verlangte Urteil. Minute um Minute verstrich. Schließlich konnten die beiden Bewerber die Spannung nicht mehr ertragen. Sie baten ihn um seinen Entscheid, wer von ihnen der großartigste Bäcker sei.

König Joakal sah sich die zwei Bäcker an. Unglücklich runzelte er die Stirn. ›Heute habe ich Delikatessen verzehrt‹, sagte er, ›wie ich sie mir davor nur im Traum ausmalen konnte. Sogar für Gott selbst muß es eine Versuchung sein, wieder zu uns herabzusteigen, um diese Düfte zu schnuppern und von diesen unglaublichen Schmackhaftigkeiten zu naschen. Doch trotz allem ist es mir unmöglich zu entscheiden, wer von euch der bessere Bäcker ist. Jeder von euch beiden hat dem anderen gewisse Vorzüge voraus. Der unvergleichliche Meister aller Bäcker könnte nur sein, wer all eure Tüchtigkeit in einer Person vereint.‹ Die Bäcker ließen die Köpfe hängen und gingen. Aber innerhalb eines Monats hatten sie eine gemeinsame Bäckerei eröffnet. Sobald sie eingesehen hatten, daß sie voneinander lernen konnten, war ihr Konkurrenzdenken erloschen. Die ganze Stadt genoß die Vorteile ihrer neuen Partnerschaft.«

Auf dem Fußboden zwischen den weichen Decken ausgestreckt, hatte Troi der Erzählung des Königs zugehört. Seine verhaltene, kultivierte Stimme trug zu ihrer Entspannung bei, als ob jemand einem müden Kind ein Schlafliedchen vorsänge. Nachdem Joakal verstummt war, trieb sie innerlich in die Gefilde ab, wo der Schlaf harrte, um ihren willigen Geist mit seinem an Träumen reichen Mantel zu umfangen.

Wut loderte auf wie eine Stichflamme. Sie schoß mit explosiver Gewalt hinter Trois Augen empor und sengte ihr den Schlummer aus der Psyche. Schlagartig schrak sie aus dem Schlaf. Neben ihr entrang sich Mutter Veronica ein Stöhnen. Die Counselor packte sie am Arm.

Bitte bewahren Sie Ruhe, übermittelte sie der Nonne auf geistiger Ebene. Dazu verwendete sie das schwache, aber zwischen ihnen schon vertraute geistige Band, das sie während der langen Stunden des mentalen Trainings auf der *Enterprise* geknüpft hatte. *Lassen Sie mich lauschen.*

Vorsichtig öffnete Deanna ein Auge. Sowohl der Captain wie auch Joakal standen auf den Beinen, und zwar vor … Beahoram.

In der direkten Konfrontation war die vollständige Ähnlichkeit der beiden Männer um so augenfälliger. Doch die Gefühle, die inneren Qualitäten von Geist und Seele, die Troi wahrnehmen konnte, unterschieden sich so deutlich, wie sich ihre Gesichter unverkennbar glichen. Zudem hatte Beahorams Stimme – er sprach gerade – eine Schärfe, wie sie Troi bei Joakal nicht aufgefallen war; nicht einmal unmittelbar nach ihrem Erwachen in der Zelle, als er sich noch im Zustand ärgster Verzweiflung befunden hatte.

»Ihre Drohungen verfangen bei mir nicht, Captain Picard«, sagte Beahoram. »Ebensowenig habe ich Angst vor Ihrer Föderation. Ich kenne Ihre Erste Direktive. Wenn man mich gekrönt hat, bin ich der rechtmäßige Herrscher Capulons. Aufgrund Ihrer Gesetze und beeideten Regeln dürfen Sie sich nicht in die Angelegenheiten unserer Kultur einmischen, wenn ich Sie zum Abflug auffordere. Und genau das werde ich tun… Eigentlich bin ich Ihnen für Ihr Hiersein dankbar, Captain, sogar so dankbar, daß ich Ihnen das Leben zu schenken beabsichtige. Aber bilden Sie sich auf meine Dankbarkeit nicht zuviel ein. Ich bringe sie Ihnen lediglich entgegen, weil Ihre Anwesenheit mir einen Vorwand für die Vorverlegung der Krönungsfeierlichkeit liefert. Schon in wenigen Stunden werde ich zum Absolutus von Capulon IV gekrönt.«

»Das… das kannst du doch nicht machen«, stotterte sein Bruder.

»O doch, das kann ich, Brüderchen«, widersprach Beahoram. Verkniffenen Blicks betrachtete er Joakals Gesicht. Troi fühlte, wie Beahoram eine neue Woge von mit Haß vermengtem Zorn emanierte. Sie schien wie ein Brecher durch die Zelle zu branden. »Ich habe behauptet, ich bräuchte Gottes volle Weisheit, um entscheiden zu können, ob wir der Föderation beitreten oder nicht. Niemand hat sich getraut, dagegen Einwände zu äußern.«

Beahoram wandte sich wieder an Picard. Seine Stimme nahm einen Tonfall schmieriger Förmlichkeit an, die schlimmer war als die offene Feindschaft, mit der er zu seinem Bruder sprach.

»Natürlich kann ich sie und Ihre Begleitung nicht freilassen«, stellte er klar, »ehe ich meinem Bruder den Inhalt seiner Psyche extrahiert habe. Ich bezweifle, daß danach noch genug von ihm übrig ist, um als Thronanwärter Ihrer Unterstützung wert zu sein, selbst wenn die Föderationsgesetze es Ihnen erlaubten.«

»Beahoram, was Sie da vorhaben«, wandte der Captain ein, »unterscheidet sich nur unwesentlich von Mord.«

Der Usurpator lachte. Sein Auflachen klang finster und grausam. »Mord? Nein, es ist Gerechtigkeit. Leben gegen Leben. Als Kind ist mir die Zukunft, das rechtmäßige Leben als Königssohn hier im Palast, geraubt worden. Nun wird ihm die Zukunft genommen und mir gegeben. Das ist ausgleichende Gerechtigkeit.« Beahorams Blick fiel erneut auf Joakal. »Und bald, Brüderlein, gehört mir alles.«

Auf dem Absatz machte er kehrt und entfernte sich zur Zellentür. Als die Tür ins Schloß fiel, setzte Troi sich auf. Picard und Joakal schauten sie an. Die Wangen des jungen Königs waren blaß geworden. Deanna spürte die Klauen des Entsetzens, die sich langsam in seinen Geist krallten.

»Beahoram glaubt, was er sagt, Captain«, erklärte die Counselor. »Er ist tatsächlich der Überzeugung, einer Art von Gerechtigkeit zum Sieg zu verhelfen. Seine Rachsucht ist so groß, daß sie zum hauptsächlichen Aspekt seiner Identität geworden ist. Seine Persönlichkeit ist dadurch dermaßen verzerrt, daß er nicht über seine aktuellen Pläne hinausdenken kann. Es ist ihm gleich, wer dafür leiden muß, wenn er nur bekommt, was ihm, wie er glaubt, zusteht.«

»Egal welche Motive Beahoram hat«, sagte der Captain, »wir können nicht einfach untätig hier herumsitzen und warten. Haben Sie und Mutter Veronica sich genügend erholt, um ... noch einen Versuch durchzuführen? Wie haben Sie es genannt? Um in Joakals Geist den ›verschütteten Schatz‹ zu bergen?«

Troi heftete den Blick auf die Nonne. Wie der König war Mutter Veronika sichtlich aufgewühlt und im Gesicht weißlich. Die Ausstrahlungen finsterer, negativer Emotionen, durch die Troi geweckt worden war, hatten die Psyche der Ordensfrau mit quälender Intensität heimgesucht.

Plötzlich ertönten vor der Zellentür leise, huschende Geräusche. Eine Frauenstimme flüsterte Joakals Namen. Er stürzte zur Tür.

»Elana«, rief er. Während die Landegruppe erstaunt zusah, versuchte er erregt, mehr als nur die Hand durch das kleine, vergitterte Fensterchen der Tür zu schieben. Weiße, zierliche Händchen ergriffen seine Finger, streichelten sie, und Joakal koste diese so unvermutet erschienen Hände. Unwillkürlich mußte Troi lächeln, als sie auf einmal eine psychische Welle der Freude durch die Zelle brausen fühlte.

»Joakal ...!« Die Stimme der Frau zeugte von Freudentränen. »Endlich habe ich dich gefunden. Gott sei bedankt ... Ich habe dich gefunden.«

»Wie, Elana? Erzähl mir, was vorgegangen ist! Wie hast du ...?«

»Ach, Joakal, hast du etwa geglaubt, ich würde nicht merken, daß *er* nicht du ist? Ich bin früher als beabsichtigt in die Hauptstadt zurückgekehrt. Ich habe dich aufgesucht, um dir mitzuteilen, daß ich deine Frau werden will. Aber derjenige, den ich angetroffen habe, war nicht du.«

Elanas Stimme zitterte, als wäre der Frau das schmerzliche Erlebnis noch in lebhafter Erinnerung. Kurzes Schweigen folgte. Danach klang ihre Stimme wieder kräftig und deutlich.

»Ich ging in den Tempel«, fügte sie hinzu. »Dort habe ich mich bemüht, den Obersten Diener davon zu überzeugen, daß etwas nicht stimmt. Er wollte mir aber nicht glauben. Anschließend bin ich für eine Weile in der Obhut des Tempels geblieben, habe gegrübelt und gebetet, mir zu erklären versucht, wie du dich derartig verändert haben konntest. Aber dann hatte letzte Nacht dein Bruder seine Nachtwache … die eigentlich deine Nachtwache hätte sein müssen. Ich saß auf einem Balkon und habe gelauscht. Auf diese Weise habe ich die Wahrheit erfahren, wer er ist und welche Pläne er verfolgt. Seitdem hatte ich ununterbrochen nur ein Ziel, nämlich dich zu finden … Joakal, ich liebe dich!«

»Elana … Ich dachte, ich hätte dich für immer verloren. Das hat mir bei allem das furchtbarste Leid bereitet.« Wieder suchte er mit den Händen engeren körperlichen Kontakt herzustellen.

Captain Picard räusperte sich. »Entschuldigen Sie, Eure Majestät«, sagte er in formellem Ton zum König. »Die Zeit ist knapp.«

Joakals ließ eine Hand Elanas los und drehte sich um. »Ja richtig, stimmt«, gestand er ein und bat Picard mit einem Wink zur Tür. »Captain Picard, das ist Elana, Erste Tochter des Hauses E'shala.«

»Sehr angenehm, Gnädigste«, äußerte Picard kurz angebunden. »Ich bedaure die schäbigen Umstände unseres Kennenlernens.« Er überlegte, wie es möglich wäre, Joakals Gedanken auf die dringenderen Probleme zurücklenken.

Elana nahm ihm die Mühe ab. »Joakal«, sagte sie, »dein Bruder hat die Krönung auf den heutigen Nachmittag vorgezogen.«

»Ich weiß. Vorhin war er hier. Wir müssen unbedingt aus dieser Zelle fliehen.«

»Sage mir, was ich tun soll.«

Joakal raufte sich mit der freien Hand das Haar, während er nachdachte, dann kratzte er sich am Bart. Picard trat näher zur Zellentür.

»Glauben Sie, daß es Ihnen möglich wäre, in unsere Gästezimmer zu gelangen?« fragte er Elana. »Dort hängen unsere Uniformen mit den Kommunikatoren. Wenn wir sie hätten, könnten wir unser Raumschiff kontaktieren. Dann würde man uns Hilfe schicken.«

Elana schüttelte den Kopf. »Es wimmelt im Palast von Leuten. Gegenwärtig ist einfach viel zuviel Betrieb. Ich würde erkannt.«

»Gibt es irgendwo in der Stadt ein anderes Kommunikationssystem, das sich gefahrlos benutzen ließe?«

Einen Moment lang überlegte Elana. »Ich habe in der Stadt Freunde«, meinte sie. Aber danach schüttelte sie nochmals den Kopf. »Nein, ihre Geräte sind bestimmt zu schwach. Nur die Geräte im Palast sind leistungsstark genug, um Ihr Raumschiff zu erreichen ... Und die im Tempel.«

Elanas Miene wurde lebhaft. »Faellon hat eines in seinem Büro«, sagte sie. »Bis zur Krönung sind es nur noch wenige Stunden. Wahrscheinlich ist man dort gegenwärtig so beschäftigt, daß es mir eigentlich möglich sein müßte, es unbemerkt zu benutzen.«

»Ausgezeichnet«, kommentierte der Captain. Gewohnheitsmäßig zog er das Kommando an sich. »Nun hören Sie mir bitte gut zu. Mein Raumschiff trägt den Namen *Enterprise.* Der Erste Offizier ist Commander Riker. Erklären Sie ihm, wo wir sind und warum wir gefangengehalten werden. Er weiß, was er zu tun hat. Führen Sie nur ein kurzes Gespräch und gehen Sie keine unnötigen Risiken ein. Sie sind unser einziges Bindeglied zur Freiheit. Ich danke Ihnen.«

Picard kehrte der Tür den Rücken zu, um Elana und Joakal noch ein wenig Zeit für sich zu lassen. Während das Paar sich einige Minuten lang im Flüsterton über persönliche Angelegenheiten austauschte, hockte Picard sich zu Troi und Mutter Veronica. Er sah, daß Deanna lächelte.

»Was stimmt Sie so heiter, Counselor?« fragte er.

»Die Freude der beiden ist einfach ansteckend«, erklärte Deanna. »Sie lieben sich wirklich.«

»Es ließe sich wahrhaftig erheblich leichter in der Galaxis leben«, bemerkte dazu Mutter Veronica, »wären die Gemüter aller Wesen von so liebevollen Gedanken erfüllt.«

Troi nickte. Mit wieder ernsterer Miene blickte sie die Nonne an. »Wir haben schon ein beträchtliches Stück Arbeit geschafft«, konstatierte die Counselor. »Ihre geistige Abschirmung ...«

Mutter Veronica schüttelte den Kopf. Ihr Gesichtsausdruck zeugte von Mattigkeit. »Die schlimmsten Eindrücke kann ich inzwischen abblocken«, sagte sie. »Aber manche Gedanken sind zu stark. Beahorams Haß auf seinen Bruder und seine Rachgier ... Fast wäre ich ohnmächtig geworden. Joakals und Elanas Liebe dagegen ... Die Ausstrahlung ihrer starken Gefühle sind wie Sonnenschein, dessen Wärme man auch im Schatten spürt.«

»Wir wollen hoffen«, merkte der Captain an, »daß sie auch in unsere Situation wieder ein bißchen Sonnenschein bringen.«

17

Abermals ging Elana in den Tempel. Sie schob sich seitwärts in eine Bankreihe und kniete in einer Haltung frommer Andacht nieder. Obwohl sie in Gedanken nur halb ausformulierte Gebete um Beistand und Erfolg an Gott richtete, beobachtete sie verstohlen die Betätigungen der anwesenden Tempeldiener.

Überall im Tempel wurden Vorbereitungen für die Krönung getroffen. Die Freitreppe vor dem Hauptportal, die Eingangshalle, die große innere Tempelhalle mitsamt dem Mittelgang und Gestühl, der Balkon für den Tempeldiener-Chor, der erhöhte Altarbereich – alles mußte gesäubert und gereinigt werden, ehe am Nachmittag die feierliche Zeremonie stattfinden konnte.

Die für Großfesttage reservierten, ebenso uralten wie prunkvollen Altargehänge und Altardecken mußten den Aufbewahrungsschränken entnommen, ausgeschüttelt, gelüftet und frisch gebügelt werden, bevor man sie verwenden durfte. Sämtliche langen, mit den Farben und Wahrzeichen der dreißig Adelshäuser verzierten Banner hatte man zu entrollen, auf Schäden zu prüfen und unter dem Deckengewölbe des Tempels aufzuhängen, fünfzehn auf jeder Seite. Ferner blieb noch die Aufgabe zu erledigen, die Königsgewänder, Regalia und geweihten Instrumentarien der Krönung herzurichten und für das Zeremoniell bereitzulegen.

Während die übrigen Tempelbediensteten in aller Eile ihren jeweiligen Tätigkeiten nachgingen, kümmerte Faellon sich persönlich um den Altar und die heilige Goldene Schale.
Beide mußten ebenfalls geputzt und poliert werden. Diese Arbeit war jedoch ausschließlich dem Obersten Diener vorbehalten. Es ermutigte Elana, Faellon außerhalb seines Büros stark beschäftigt zu sehen.

Nachdem sie ein letztes Mal ein Stoßgebet um reibungsloses Gelingen gen Himmel sandte, erhob sie sich von den Knien und strebte zum am Ende des Mittelgangs gelegenen Altarbereich. Links gelangte man zu den Unterkünften der Tempeldiener und Faellons Büro. Elana wich einigen Bediensteten aus, die gebückt den Boden putzten. Sie versuchte ihre Nervosität zu verbergen, indem sie jeden grüßte, der sie ansah, fleißig nickte und lächelte.

Auf dem Weg nach vorn empfand sie den Mittelgang als endlos lang. Dann aber stand sie doch etwas zu plötzlich vor dem Altar. Wie gewohnt verbeugte sie sich, um Gott die Ehre zu erweisen. Als sie sich aufrichtete, bemerkte sie, daß Faellons Blick auf ihr ruhte.

Sofort wurde Elanas Kehle trocken. Ihr Herz hämmerte so wild in ihrer Brust, verursachte in ihren Ohren ein so lautes Rauschen, daß sie sicher war, Faellon müßte es hören. Aber er lächelte nur, nickte ihr zu und setzte die Säuberung des Altars fort.

Es dauerte volle zwei Sekunden, bis Elana merkte, daß er sie nicht mehr beachtete. Sie unterdrückte einen Laut der Erleichterung. Angestrengt konzentrierte sie sich darauf, gänzlich locker und unbefangen zu wirken, während sie sich nach links wandte und auf die kleine Tür zu den Anbauten zuhielt.

Ihre Füße, so schien es, wollten zu rennen anfangen; ihre Gedanken drängten sie zur Eile. Doch Elana zwang sich zur Ruhe und zu langsamen Bewegungen. Sie täuschte vor, nichts anderes im Sinn zu haben, als ihr Zimmer aufzusuchen und dort ein wenig zu meditieren.

Aber sobald Elana die Tür durchquert und hinter sich geschlossen hatte, packte sie unversehens das Zittern. Sie lehnte sich rücklings an die Wand, bevor die Knie unter ihr nachgeben konnten. Daß die Mauer ihr so festen Halt, so solide Stütze bot, machte sie heilfroh.

Nur wenige Schritte trennten sie vom Eingang zu Faellons Büro. Argwöhnisch betrachtete Elana die Tür, als hätte diese die Macht, sie abzuweisen. Zum erstenmal im Leben hatte Elana echte Furcht. Furcht um sich selbst, für den Fall, daß man sie ertappte; und um Joakal, ja die ganze Bevölkerung des Planeten. Welche Zukunft hatten sie alle noch, gelang es nicht, Beahorams Absichten zu verhindern?

Elana atmete gründlich durch und nahm allen Mut zusammen. Kurz entschlossen und in aller Hast betrat sie das Büro des Obersten Dieners.

Weil Faellon nicht an seinem Schreibtisch saß, kam die Räumlichkeit Elana diesmal wesentlich größer und viel, viel stiller vor. Sie merkte, daß sie den Atem anhielt. Stoßartig entließ sie die Luft aus der Brust und eilte zu Faellons Kommunikationskonsole.

Die Anlage unterschied sich von allem, was Elana an vergleichbaren Geräten kannte. Sie setzte sich in den hohen Lehnstuhl des Obersten Dieners, stützte das Kinn in die Hand und besah sich die Kontrollen. Irgendwie mußte sich die Anlage ja einschalten und bedienen lassen.

Kostbare Sekunden reihten sich zu Minuten. Unbemerkt verstrich die Zeit, während Elana sich die Kontrollen anschaute. Endlich glaubte sie zu wissen, wie man die Anlage einschaltete. Alles weitere hingegen blieb ihr ein Rätsel. Unter dem Hinweisschildchen *Tempel* gab es vierzehn Knöpfe, sechs unter *Palast* und achtzehn unter *Stadt*. In der Mitte der Kontrollen hatte es allerdings noch siebenundzwanzig weitere Knöpfe – Elana zählte sie –, über deren Zweck nichts Aufschluß lieferte.

Wofür sind sie? fragte sich Elana. Ihre Enttäuschung wuchs. Gleichzeitig fühlte sie sich unter immer stärkerem Zeitdruck. Was wohl passiert, wenn ich die falschen Knöpfe drücke? überlegte sie. Ob ein Alarm ausgelöst wird? Und wenn dann Wächter gelaufen kommen? Die Tür automatisch abgesperrt wird?

Konnte sie es wagen, das Risiko auf sich zu nehmen? Oder sollte sie lieber davon absehen?

Elana kaute auf der Unterlippe. Sie war sich dessen bewußt, daß mit jedem Augenblick des Zögerns die Zeit verflog, die Gefahr sich erhöhte. Sie mußte handeln. Ob mit vorteilhaften oder üblen Folgen, sie mußte nun etwas tun.

Ihre Hand zitterte nur ganz leicht, während sie die Fingerkuppe auf den untersten Knopf der Konsole drückte. Sie hoffte, es war der EIN-Schalter.

Der Bildschirm wurde hell. Lautlos sandte Elana ein Dankgebet zu Gott empor. In bezug auf diesen Knopf war sie sich ziemlich sicher gewesen. Aber von nun an war sie aufs Raten angewiesen. Sie hatte keine andere Wahl, als die Knöpfe der Reihe nach auszuprobieren. Dabei mußte sie sich darauf verlassen, daß sie bei Falschverbindungen den Kontakt jedesmal rasch genug trennen konnte, um nicht erkannt zu werden. So hatte sie weiterzumachen vor, bis sie das Föderationsraumschiff am Apparat hatte.

Elana schloß die Lider. Vor dem geistigen Auge sah sie Joakals Gesicht, wie es sie hinter den Gitterstäben angeblickt hatte. In der Erinnerung spürte sie noch einmal seine Finger, die sich in ihre verklammert hatten, während er ihr zuflüsterte, daß er sie liebte ... Sie hatte bezweifelt gehabt, solche Worte je wieder von ihm hören zu dürfen. Sich daran zu entsinnen, flößte ihr neuen Mut ein. Sie hob die Hand ein zweites Mal an die Konsole.

»Elana!« fuhr eine Stimme sie an. »Was treiben Sie da?«

Elana schaute hoch. In der Tür stand Faellon. Langsam wurde in seinem sonst so gutmütigen Gesicht die Überraschung von unübersehbarer Verärgerung verdrängt.

»Was treiben Sie da?« wiederholte er, indem er ins Büro trat.

Elana spürte, wie ihr das Blut aus den Wangen wich. Die nach der Konsole ausgestreckte Hand zuckte an ihren Mund. Sie sprang auf; der Stuhl scharrte über den Fußboden. In dem gespannten Schweigen schien das häßliche Geräusch besonders laut zu klingen.

»Ich ... ähm ...« Mehr brachte Elana im ersten Schreck nicht heraus. Faellon kam auf sie zu. Hinter ihm schloß die Tür sich von selbst. Indem der Oberste Diener sich näherte, wich Elana immer weiter vor ihm zurück, bis sie in den Kniekehlen die Stuhlkante spürte. Weiter zurück konnte sie nicht; und jetzt wollte sie es auch nicht mehr. Um Joakals willen unterdrückte sie ihre Furcht.

»Faellon, Sie müssen mir zuhören«, sagte sie. Ihre Stimme klang weit kraftvoller, als Elana sich fühlte. »Der Mann, der behauptet, er sei der König, der Mann, den Sie heute ins höchste, machtvollste Amt des Planeten einsetzen wollen, ist ein Betrüger. Er ist gar nicht Joakal, sondern sein Bruder ... Sein Zwillingsbruder.«

Wenige Schritte vor Elana blieb Faellon stehen. Wieder wechselte sein Gesichtsausdruck. Der Ärger verschwand. Statt dessen zeigte seine Miene jetzt tiefe Traurigkeit. Gemächlich schüttelte er den Kopf.

»Mein liebes Kind«, entgegnete er, »ich dachte, daß die Zeit, die Sie bei uns zubringen, Ihre irrigen Vorstellungen heilt. Ich habe gehofft, daß Gott Sie von Ihrem Wahn genesen läßt. Jetzt sehe ich, das ist nicht der Fall. Das bereitet mir wahren Kummer.«

»Nein!« schrie Elana. Die Verzweiflung machte ihre Stimme schriller, als es ihr lieb war; sie senkte ihre Lautstärke.

»Faellon«, fing sie noch einmal an, »von Wahnvorstellungen kann keine Rede sein. Ich habe den echten Joakal gesehen. Er sitzt in einer Kerkerzelle unterm Palast gefangen. Auch die Föderationsabgesandten sind dort eingekerkert. Joakals Bruder will ihn bis nach der Krönung festhalten.«

»Und was dann, Elana?« fragte Faellon halblaut. »Was hat sein Bruder danach vor?«

Elana erkannte, daß Faellon ihr noch immer keinen Glauben schenkte. Dennoch sprach sie weiter. Trotz allem hoffte sie, ihm noch irgendwie verdeutlichen zu können, daß sie ihm Tatsachen vortrug.

»Er hat vor, Joakals Geist psychisch auszusaugen und seinen Platz als Absolutus zu usurpieren.«

Nochmals schüttelte Faellon den Kopf. Seine Augen bekamen einen noch grämlicheren Ausdruck. »Elana«, erwiderte er leise, »es gibt keine Zwillinge auf der Welt. Und die Macht, die Sie fürchten, die Fähigkeit, einen fremden Geist auszurauben, zählt zu den Gaben, die Gott in seiner Weisheit dem Volk genommen hat. Nicht einmal der Absolutus verfügt noch über diese Befähigung.«

»Faellon, aber ich habe mit eigenen Ohren gehört, wie …«

Der Oberste Diener hob die Hand und gebot Elana Schweigen. »Ich habe die Tiefe Ihres Leids verkannt, als Sie zu mir gekommen sind«, sagte er. »Ich mache mir Vorwürfe, weil mir nicht aufgefallen ist, wie sehr es Ihr

Gemüt schon verwirrt hat. Es wäre meine Pflicht gewesen, mehr zu tun, um Ihnen beizustehen.«

Während er Elana fest in die Augen blickte, als wollte er sie mit purer Willenskraft daran hindern, sich vom Fleck zu rühren, drückte Faellon einen der vielen Knöpfe unter dem Schild mit der Aufschrift *Tempel.* Gleich darauf wurde die Tür seines Büros nochmals geöffnet. Auf der Schwelle standen zwei Tempeldiener.

»Es tut mir leid, Elana«, beteuerte Faellon. »Aber ich muß zu Ihrem eigenen Schutz gewisse Maßnahmen ergreifen.«

Er gab den Tempeldienern einen Wink. Elana sah die beiden Männer sich nähern.

»Nein, warten Sie! Faellon, ich kann beweisen, was ich sage!«

Ihr Geschrei hielt die Männer nicht fern. Sie umrundeten den Schreibtisch. Elana sprang fort, prallte jedoch gegen Faellon. Seine Fäuste umfaßten ihre Oberarme. Elana hätte es nicht für möglich erachtet, daß in der greisenhaften, gebrechlichen Gestalt des Obersten Dieners noch so viel Kraft steckte.

»Bringt sie in ihr Zimmer«, ordnete Faellon an. »Sorgt dafür, daß Sie dort bleibt. Der Geist unserer lieben Schwester in Gott ist wirr geworden. Wir müssen sie vor sich selbst schützen.«

Nun packten die Hände der zwei anderen Tempeldiener Elana an den Armen. Faellon tat einen Schritt rückwärts. Die Männer zogen sie rücksichtsvoll, aber unaufhaltsam zur Tür.

»Faellon, bitte tun Sie's nicht«, rief Elana. »Hören Sie auf mich! Begleiten Sie mich in den Palast! Dort kann ich Ihnen beweisen, daß ich die Wahrheit sage.«

»Nach der Krönung unterhalten wir uns weiter, mein Kind«, versicherte der Oberste Diener, als Elana zwangsweise die Tür erreichte. »Ich verspreche Ihnen, wir finden eine Methode, um Ihre seelische Gesundheit wiederherzustellen. Sie müssen den Glauben bewahren, Elana.«

Elana schloß die Lider und ließ den Kopf hängen. Für den Moment war sie geschlagen; aber nur vorläufig. Sie hatte nicht vor, so schnell endgültig aufzugeben.

Sie hob den Kopf und erwiderte Faellons Blick. »Sie täuschen sich«, sagte sie, während einer der Tempeldiener die Tür öffnete. »Sie irren sich vollständig. Ich soll glauben, sagen Sie? Das will ich nicht ... Auf jeden Fall, was Ihre Art zu glauben angeht. *Ihr* Glaube hat Sie blind für die *Wahrheit* gemacht.«

Dann zerrte man sie hinaus, und Faellons Bürotür fiel ins Schloß.

Sobald man die Tür geschlossen hatte, setzte der Oberste Diener sich umständlich an seinen Schreibtisch. Der Vorfall erschütterte ihn schwer. Wie hatte er angesichts der Verfassung Elanas so gleichgültig sein können? wunderte er sich besorgt.

Er hatte in ihren Äußerungen lediglich den Ausdruck von Ausschweifungen der Phantasie gesehen, wie sie allzuoft mit überschwenglicher Leidenschaft und unerwiderter Liebe einhergingen. Als Oberster Diener des größten Tempels dieser Region hatte er sich häufiger mit solchen Fällen zu befassen gehabt. Die unterschiedlichsten Personen wandten sich um Rat und auch Hilfe anderer Art an ihn, und normalerweise verstande er es, ihnen irgendwie behilflich zu sein.

Aber Elana ... Mit ihr hatte es mehr auf sich. Was mochte sie hier in seinem Büro vorgehabt haben? Was war ihre Absicht gewesen? Faellon starrte die Kommunikationskonsole an, als könnte sie ihm die erwünschte Antwort erteilen.

Der Bildschirm war noch in Betrieb. Doch nichts

zeigte an, wen Elana hatte anrufen wollen, oder zu welchem Zweck. Faellon drückte den AUS-Schalter, so daß der Bildschirm erlosch, und lehnte sich in den Stuhl.

Wie konnte Elana nur auf derartig lächerliche Ideen verfallen sein? überlegte Faellon. Ein Zwillingsbruder des Königs! Aber auf Capulon gab es keine Zwillingsbrüder oder -schwestern; wenigstens keine lebenden. Das Gesetz verbot es strengstens. Ja, das Gesetz... Daher mußte Elana diese lachhaften Einfälle haben.

Faellon wußte, daß Joakal in den vergangenen Jahren viel Zeit damit verbracht hatte, sich in die überlieferten Gesetzestexte zu vertiefen. Er selbst hatte dem König etliche der ältesten, obskureren Schriften zum Lesen zur Verfügung gestellt. Wahrscheinlich hatte auch Elana darin gelesen. Die Möglichkeit von Zwillingsgeburten mußte sich ihrem Unterbewußtsein eingeprägt haben; jetzt diente sie ihr als Erklärung für das, was sie als verändertes Verhalten des Königs wahrnahm.

Damit sah Faellon das Geheimnis vorerst als aufgeklärt an. Mit der Hand fuhr er sich über die müden Augen. So viel hatte er noch zu tun... Er hatte das Büro lediglich aufgesucht, um im Lager des Tempels zusätzliche Putzmaterialien zu ordern. Als er den Knopf drückte, der die Verbindung zum Lagerverwalter herstellte, fühlte er die Bürde seiner Jahre wie eine Last auf den Schultern.

Ich werde für das alles zu alt, dachte er. Zu alt und zu müde. Ich kann den Dienst nicht mehr so versehen, wie ich es müßte. Einmal will ich meine Pflicht noch erfüllen. Aber dann ernenne ich meinen Nachfolger.

Faellon schloß die Lider und ließ den Hinterkopf an die Stuhllehne sinken. Auf seinem Gesicht breitete sich ein Lächeln aus, durch das seine zerfurchte Miene milder wirkte.

Übermorgen reiche ich meinen Abschied ein, entschied er. Danach werde ich nur noch einen ganz geruhsamen Aushilfsdienst im Tempel meines Heimatdorfs versehen. Um diese Jahreszeit ist die Nordregion so wunderschön. Ich möchte gerne den Wasserfall von Ennys wiedersehen...

Auf der Kommandobrücke der *Enterprise* wurde Will Riker immer unruhiger. Der Vormittag ging zu Ende, und bis jetzt hatte weder der Captain noch Deanna sich gemeldet. Alle Versuche, sie zu kontaktieren, waren vergeblich gewesen. Glucke oder nicht, allmählich wurde Riker ziemlich ungeduldig.

»Lieutenant Worf«, rief er dem auch für die Kommunikation verantwortlichen Sicherheitsoffizier zu, »nehmen Sie Verbindung mit den Palast auf. Wir müssen herausfinden, was dort unten eigentlich los ist.«

»Keine Antwort, Sir«, sagte der Klingone einen Moment später.

»Versuchen Sie's weiter, Lieutenant.«

»Aye, Sir.«

Riker schnitt eine mürrische Miene. So etwas sah dem Captain gar nicht ähnlich. Die Situation mißfiel Riker. Ja wirklich, sie behagte ihm überhaupt nicht.

»Endlich reagiert der Palast, Commander«, teilte Lieutenant Worf mehrere Minuten später mit. Riker nickte und stand auf; unbewußt ahmte er die Bewegung nach, mit der Picard stets am Uniformpulli zog.

»Visuelle Übertragung, Lieutenant«, befahl Riker. Augenblicklich verschwand das inzwischen vertraute Rund des Planeten vom Wandbildschirm; an seiner Stelle erschien das überlebensgroße Brustbild eines älteren Mannes.

»Ich bin Commander William Riker an Bord der USS *Enterprise«,* erklärte Riker, den die scheinbare Größe seines Gesprächspartners nicht im geringsten einschüchterte. »Ich versuche die Mitglieder der Landegruppe zu kontaktieren, die gestern nachmittag auf Ihren Planeten gebeamt worden sind. Aber ich kann sie nicht erreichen. Wissen Sie dafür eine Erklärung?«

»Meinen Gruß, Commander. Ich bin Aklier, Ältester des Hauses Ti'Kara und Angehöriger des Ältestenrats. Bitte verzeihen Sie, daß ich erst jetzt auf Ihren Anruf antworte. Man hat mich gerade erst davon in Kenntnis gesetzt, daß wir schon seit einer Weile ein Signal Ihres Kommunikationssystems erhalten.«

»Keine Ursache«, sagte Riker, indem er jeden Anklang der Ungeduld aus seiner Stimme fernhielt. »Wie erwähnt, wir versuchen vergeblich, mit unserem Captain in Kontakt zu treten. Er hat sich heute morgen nicht gemeldet.«

»Das kann sein, Commander. Daß ich Ihren Anruf verspätet beantworte und Sie nichts von Ihrem Captain gehört haben, hat ohne Zweifel ein und denselben Grund. Heute morgen hat die Nachtwache geendet, die unser König vor seiner Reifeweihe halten muß, und danach hat im Tempel der Reifeweihe-Ritus stattgefunden. Im Tempel sind keine Kommunikatoren erlaubt, weil sie die Gläubigen bei ihrer Gott zukommenden Andacht belästigen könnten. Wenn der Captain und das übrige … Wie nennen Sie es? Wenn Ihre Landegruppe an der Zeremonie teilgenommen hat, war es ihr nicht möglich, Sie anzurufen.«

»Wann ist der Ritus zu Ende gegangen?« fragte Riker.

»Erst vor wenigen Minuten. Seitdem herrscht hier das größte Durcheinander, weil …«

»Es ist sehr ungewöhnlich, daß der Captain uns nach Abschluß der Zeremonie nicht sofort kontaktiert hat«, unterbrach Riker den Capuloner. »Mit Ihrer Erlaubnis würde ich gern eine zweite Landegruppe in den Palast beamen. Wir müssen uns davon überzeugen, daß die Sicherheit unserer Delegation gewährleistet ist.«

»Commander, Capulon IV ist ein friedlicher Planet«, entgegnete Aklier im Tonfall gemäßigter Entrüstung. »Ich versichere Ihnen, daß Ihre Abordnung wohlauf ist. Die Entsendung einer zweiten Landegruppe muß ich leider ablehnen, weil sie uns momentan im Weg wäre. Wie erwähnt, es ist hier unerwartet alles durcheinandergeraten. Durch göttliche Weisung, die dem König während der Nachtwache erging, ist die Krönung auf heute nachmittag vorverlegt worden. Seine Majestät muß umgehend mit der vollen Weisheit Gottes ausgestattet werden. Nur so lassen sich die Ungewißheiten beheben, die es hinsichtlich des Vertrags mit Ihrer Föderation noch gibt. Ich weiß, daß auch Ihr Captain daran das größte Interesse hat. Ihre Landegruppe befindet sich wahrscheinlich gegenwärtig mit dem König in Klausur, um den Vertrag noch einmal zu diskutieren. Vermutlich hat sie noch keine Gelegenheit gehabt, um die Kommunikatoren aus den Gästezimmern zu holen. Am besten dürfte es sein, Commander, Sie gedulden sich noch ein wenig. Ich bin mir sicher, es wird sich bald alles klären.«

»Ältester Aklier«, hielt Riker ihm entgegen, »zwei weitere unserer Crewmitglieder können Ihre Vorbereitungen doch wohl nicht ernsthaft behindern.«

»Ich bedaure sehr, Commander. Der Palast ist sehr groß, so daß wir ihnen Führer zuteilen müßten. Aber im Moment können wir niemanden entbehren. Außerdem glaube ich, daß es ein Affront gegen Seine Majestät wäre, wollten wir eine Beratung mit Ihren Gesandten stören. Und ich bin der Überzeugung, daß eine solche Beratung inzwischen tatsächlich begonnen hat. Wenn Sie mich nun entschuldigen würden, Commander … Ich muß mich wieder um meine pflichtgemäßen Aufgaben kümmern. Guten Tag, Commander.«

Die Verbindung wurde getrennt, der großflächige Wandbildschirm dunkel. Danach zeigte er von neuem das Abbild des Planeten. Will Riker setzte sich wieder in den Kommandosessel. Er kratzte sich am Kinn und strich sich versonnen durch den Bart.

Es hat sich alles sehr plausibel angehört, dachte er. Trotzdem glaube ich kein Wort. Ich bin nun einmal eine alte Glucke.

18

Nach dem Gespräch mit dem Föderationsraumschiff hatte Aklier sich fluchtartig in seine Palastwohnung zurückgezogen. Dort blieb er während der ganzen Mittagszeit. Er wußte, er hätte die Vorbereitungen für die Krönung und das anschließende Bankett überwachen müssen. Doch er brachte es nicht über sich, den Mitbewohnern seiner Welt, den Mitbürgern, die er betrog, unter die Augen zu treten.

Nun rückte die entscheidende Stunde heran. Allzu bald würde man ihn zu der Prozession rufen, die Beahoram zum Tempel und zum Vollzug des althergebrachten Rituals zu geleiten hatte. Dann mußte er den letzten Teil seiner Rolle dabei spielen, Beahoram zum Absolutus seines Volkes zu krönen und ihn zu Gottes Stellvertreter zu erheben.

Aber Aklier empfand nicht das geringste der Befriedigung, die er sich einmal von dieser hochwichtigen Stunde versprochen hatte. Freude wollte sich nicht einstellen, ebensowenig der Eindruck, Bedeutendes zu leisten. Statt dessen stapfte Aklier, während er wartete, ruhelos auf dem dicken Teppich seiner unweit der Königsgemächer gelegenen Palastwohnung auf und ab. Seine sorgenvollen Gedankengänge ließen ihn keinen Frieden finden.

Schließlich warf Aklier sich in einen Sessel und bedeckte mit den Händen das Gesicht. Er hatte von Anfang an gewußt, daß Beahoram anders war als Joakal. Seine Achtlosigkeit gegenüber diesen Unterschieden hatte er selbst verschuldet. Jetzt erkannte Aklier, daß er in seinem Drang, das verhaßte Gesetz zu beseitigen, ein Auge zuviel zugedrückt hatte.

Er hob den Kopf. Neben ihm stand auf dem Tisch das Glas Wein, das er sich vor Stunden eingeschenkt und dann vergessen hatte. Er nahm das Glas, hob es gierig an die Lippen. Nicht gegen den Durst seiner Kehle trank er, sondern um den Durst seiner Seele zu stillen.

Aklier stellte das Glas ab; der Durst jedoch blieb. Zweifel immer neuer, noch quälenderer Art plagten ihn. War Beahoram schon immer so hartherzig, ja grausam gewesen, wie er sich in letzter Zeit aufführte? fragte sich Aklier. Noch vor einem Monat hätte er die Frage verneint. Jetzt war er sich weniger sicher.

Aklier entsann sich daran, wie er Beahoram zum erstenmal vor sechzehn Monaten gesehen hatte. Bei einem Aufenthalt in der Westregion-Hafenstadt Ceevat war es gewesen. Der Adelige hatte dort das Ausladen von für den königlichen Haushalt bestimmten Waren beaufsichtigt. Beahoram hatte im Frachthafen gearbeitet.

Aklier war sofort auf diesen Mann aufmerksam geworden; sein Gesicht zeigte die größte Ähnlichkeit mit den Gesichtszügen des Königs. Dieser Anblick hatte dem Ratsmitglied den längst vergessenen Tag von Joakals Geburt in Erinnerung gerufen. Nachdem Aklier sich zusammengereimt hatte, was geschehen sein mußte, arrangierte er ein geheimes Treffen mit dem jungen Hafenarbeiter.

Zumindest hatte er damals angenommen, es von sich aus arrangiert zu haben. Jetzt zog er andere Möglichkeiten in Betracht. Beahoram hatte sich äußerst bereitwillig zu der Zusammenkunft bereiterklärt. Die Umstände seiner Geburt waren ihm seit langem bekannt gewesen. Hinzu kam, daß er sogar über das Schicksal von Akliers Frau und Tochter Bescheid gewußt hatte. Diese Merkwürdigkeit hatte der Adelige damals übersehen – so nachhaltig war er vom Durchdenken seiner Pläne beansprucht gewesen, der Aussicht, ein lange gehegtes Ziel durchsetzen zu können.

Akliers frische Zweifel ließen ihm keine Ruhe. Hatte in Wirklichkeit Beahoram das Treffen angebahnt? Jedenfalls hatte er sich am Tag ihres Kennenlernens unübersehbar in Akliers Blickfeld gerückt.

Hätte ich nicht reagiert, mich nicht an ihn gewandt, überlegte er, wäre dann unsere Begegnung auf andere Weise zustandegekommen? Sind alle seine Worte und Taten, die ich als Zeichen seiner Hingabe an die Sache ausgelegt habe, etwa Berechnung gewesen? Spricht dafür nicht, daß er die Vergangenheit meiner Familie kannte? Zahllose Familien allerorts auf dem Planeten müssen Kinder Gott und dem Gesetz opfern. Wieso war Beahoram gerade über meine private Tragödie informiert?

Aklier starrte das fast leere Glas an. Der winzige Schluck, der sich noch in dem kristallenen Trinkgefäß befand, war dunkelrot – von blutroter Farbe.

Bald würde er Blut an den Händen haben. Nein, er hatte längst blutbefleckte Hände. Das Blut seiner Tochter klebte daran, die er eigenhändig zum Tempel getragen und dem Tod überantwortet hatte. Daß die Gesetze dieser Welt es ihm vorschrieben, war einerlei; seine Hände blieben blutbesudelt.

Und zusätzlich hatte er den Tod seiner Frau verschuldet. Kummer und Hoffnungslosigkeit hatten ihr Siechtum verursacht. Und jetzt erhöhte er seine Schuld um die Verbrechen des Betrugs, Hochverrats und der Gotteslästerung.

Diese Vorstellung erfüllte ihn mit eisiger Kälte. Wenn Gott ihm nicht verzieh, durfte er nichts ins Jenseits eingehen, würde er in alle Ewigkeit von denen getrennt, die er liebte. Niemals käme es zur Wiedervereinigung mit Frau und Kind.

Aklier schleuderte das Weinglas von sich, es klirrte gegen die Wand und zerschellte. Langsam sickerte der Rest des roten Weins die Mauer hinab.

Der Älteste sprang auf und wandte sich ab; doch in seinem Mund hielt sich ein bitterer Nachgeschmack des Weins. Noch bitterlicher waren die Gedanken, die ihm unaufhörlich durch den Kopf kreisten.

Ich habe meinen König und mein Volk verraten, dachte Aklier, während er ein paar unsichere Schritte tat. Meinem Glauben und meinem Gott bin ich untreu geworden. Plötzlich straffte er den Rücken. Ich täte es wieder, sagte er sich. Ich würde alles tun, um unsere Welt von diesem elenden Gesetz zu befreien. Um mein Ilayne gegebenes Versprechen einzulösen, will ich ohne Murren dem Ewige Dunkel entgegenblicken.

Dann jedoch kehrten seine Zweifel zurück, und seine Schultern sanken wieder herab. Und wenn Beahoram nun lügt? Wenn er mich nur benutzt, um auf den Thron zu gelangen? Wenn er nicht beabsichtigt, seine Zusagen einzuhalten? Was soll werden, falls ich alles gewagt habe und zum Schluß nichts erreiche? Was dann?

Am liebsten hätte Aklier sich gar nicht mit diesen Gedanken beschäftigt. Doch es war nicht ausgeschlossen, daß sie auf die Wahrheit hinausliefen. Die Falten, die ihn von Jahrzehnten gezeichnet hatten, schienen sich noch tiefer in sein Gesicht zu graben. Plötzlich sah er wie ein steinalter Greis aus.

Könnte ich nur zu Joakals guten Absichten Vertrauen finden, überlegte er, indem er das Umherwandern wiederaufnahm. Ich hätte mich an Joakal wenden und mit ihm reden sollen. Allerwenigstens zugehört hätte er mir. Ich war ja sein Freund.

Aklier blickte empor an die Zimmerdecke. Fest kniff er die Lider zusammen, versuchte den Schmerz zu bezwingen, der seine Seele marterte.

Ach Joakal, warum hast du mich nicht in deine Pläne

eingeweiht, bevor ich Beahoram begegnete, statt sie mir erst danach zu offenbaren? Warum hast du mir nichts erzählt, ehe du in den Kerker gesperrt worden bist? Du hast gesagt, es käme Unterstützung. Aber wie hätte ich dir glauben können? Ich dachte, das wären nur Ausreden. Da trafen auf einmal die Föderationsabgesandten ein, und mit ihnen Vertreterinnen der Kleinen Mütter. Ich hätte dir vertrauen sollen, Joakal. Ich hätte wissen müssen, daß du mich nicht anlügst.

Noch mehrere Male wanderte Aklier im Zimmer umher. Ihm war klar, daß die von ihm selbst getroffenen Entscheidungen ihm keine Wahl mehr ließen. In dieser Hinsicht war er genauso ein Gefangener wie Joakal.

Aklier blieb stehen. Unversehens keimte in ihm ein Fünkchen Hoffnung. Er verharrte reglos, als könnte die kleinste Bewegung es zum Erlöschen bringen. Durch eine Vorgehensweise ließ sich vielleicht noch alles rückgängig machen.

Seine Hand fuhr zu der tiefen Hosentasche hinab. Er spürte das Gewicht des Zweitschlüssels, den ihm Beahoram ausgehändigt hatte.

Ich schleiche mich in den Kerker, dachte er, indem er schwer schluckte. Ich gehe in den Kerker und befreie die Gefangenen. Dann überlasse ich mich Joakals Gnade. Sicherlich wird er Verständnis haben. Ich will nicht, daß ihm etwas zustößt. Ich wollte überhaupt nie, daß irgendwer Schaden nimmt. Mir ging es nur darum, daß …

Jemand klopfte an Akliers Tür. Sein Atem stockte ihm in der Kehle. Seine gerade erst aufgekommene Entschlossenheit verflog.

Er wandte sich um und strebte mit müden, schwerfälligen Schritten zur Tür. Draußen stand ein livrierter Lakai.

»Die Prozession formiert sich, Ältester«, sagte der Palastbedienstete respektvoll. »Sie werden um Ihr Erscheinen gebeten.«

Stumm nickte Aklier. Zu spät, schoß es ihm immer wieder im Takt seines Herzschlags durch den Kopf. Zu spät.

Zu spät…

Beahoram stand in seinen Gemächern. Er hielt die Arme nach den Seiten ausgestreckt, während die Kämmerer an seinen Prunkgewändern letzte Hand anlegten. Wie für seine Nachtwache war er auch diesmal in Weiß gekleidet.

Allerdings trug er jetzt keine einfache Hose und kein schlichtes Übergewand aus gebleichtem Stoff. Diese Kleidung war aus Brokat, gewoben aus schimmernder Seide; den Raubvogel, das Wappentier seines Hauses, hatte man Weiß auf Weiß hineingestickt. Die Knöpfe an der Vorderseite des Übergewands bestanden aus mit Diamanten umsäumten Rubinen. Weitere Rubine leuchteten wie dunkle Flämmchen an den Manschetten und rund um den hohen Stehkragen. Die Stiefel waren aus weichem, rotem Leder gefertigt.

Ein Kämmerer kniete vor Beahoram und wickelte ihm eine karminrote Schärpe um die Taille. Ein zweiter wartete in wenigen Schritten Abstand mit dem langen Mantel aus weißem Brokat, der um Beahorams Schultern geschlungen werden sollte. Auf die Rückseite des Mantels war in Gold der gleiche Raubvogel gestickt; Rubine bildeten Schnabel, Auge und Klauen. Ein dritter Diener stand in der Ecke; in seinen Händen glänzte der uralte, goldene Kronreif der capulonischen Königswürde, verziert mit nur einem einzigen Rubin. Dieser Reif sollte Beahorams Haupt schmücken, wenn er in den Tempel einzog.

Binnen kurzem war seine Einkleidung vollständig beendet. Die Kämmerer traten beiseite, damit Beahoram sich in dem hohen Spiegel betrachten konnte.

Beahoram vermochte sich ein Lächeln nicht zu verkneifen. Er sah im wahrsten Sinne des Wortes majestätisch aus. Alles paßte genau zu der Rolle, die er übernommen, aber die nun zu seinem wirklichen Leben werden sollte. Bald würde es niemandem auch nur im Traum einfallen, sich in bezug auf ihn Fragen zu stellen, an ihm zu zweifeln. Was er erträumt und geplant, worauf er hingearbeitet hatte – alles wurde nun wahr.

Von der Tür ertönte ein diskretes Pochen. Beahoram nickte. Ein Kämmerer ging öffnen. Im Flur stand ein junger Lakai in Livree.

»Die Prozession steht bereit, Sire«, sagte er mit tiefer Verbeugung. »Ihr Eintreffen wird erwartet.«

»Prächtig«, meinte Beahoram. Er strebte zur Tür, um dem Bediensteten zu folgen.

Der Lakai führte ihn durch den Korridor zur Haupttreppe des Palastgebäudes. Dort trat er beiseite. Beahoram stieg allein die Treppe hinab.

Er schritt die Stufen gemächlich hinunter. Sein langer Mantel breitete sich hinter ihm aus wie ein riesiger Fächer. Die Seide seiner Brokatgewänder und der Juwelenschmuck schimmerten in der Beleuchtung des Eingangssaals. Einer nach dem anderen drehten sich die unten versammelten Ältesten um. Sie ließen sich aufs Knie sinken und huldigten ihm mit tiefen Verneigungen.

Mitten auf der Treppe verharrte Beahoram und betrachtete voller Triumph die Vielzahl vor ihm geneigter Häupter. Schon sah er in ihren Händen die Schwerter und Zepter, Amtsgewänder und -ketten, Kronen und Stolen, mit denen er gleich versehen werden sollte. Seine Gedanken überschlugen sich. Innerlich lachte, jubelte und jauchzte Beahoram.

Er hatte gesiegt.

Weder fühlte Troi ihren Körper, noch die Hände, von denen sie wußte, daß sie sie fest gepackt hielt. Seit einigen Stunden war die einzige wahrnehmbare Realität für sie die psychische Welt, durch die sie streifte. Sie forschte in Joakals Geist nach einem Zugang in die verborgenen Zonen. Soviel war klar: Irgendwo lag der Schlüssel versteckt, mit dem das volle Potential der mentalen Kräfte des jungen Königs erschlossen werden konnte.

Noch nie hatte Troi vor einer schwierigeren Aufgabe gestanden. Zweimal schon hatte sie geglaubt, die gesuchte Passage sei gefunden; doch beide Male war ihr weiteres Vordringen durch neue, gestaffelte Abschirmungen abgeblockt worden. Derartigen Konfigurationen mentaler Schilde war sie nie zuvor begegnet. Nicht einmal ihre betazoidische Spezialausbildung lieferte ihr irgendeinen Aufschluß, wie sie sich überwinden ließen.

Die Bemühungen erforderten ein gewaltiges Maß an psychischer Energie. Troi wußte, daß sie ohne Unterstützung den Kontakt längst hätte abbrechen müssen. Nur infolge Mutter Veronicas Hilfsbereitschaft war dieser ausgedehnte Versuch überhaupt durchführbar. Ob sie letzten Endes Erfolg oder keinen hatten – Troi war der Nonne in jedem Fall dankbar.

Für Troi handelte es sich um strapaziöse Arbeit; für Mutter Veronica jedoch war es ein Alptraum, aus dem es kein Entrinnen gab.

Jeder Gedanke, jedes geistige Bild und jede Erinnerung, die von Joakal zu ihr überströmte, rief in ihr das Grauen all der Jahre wach, in denen sie sich vergeblich abgemüht hatte, frei von den Gedankenausstrahlungen Fremder zu werden. Alle ihre schreckensvollen Erfahrungen wurden in ihr verdichtet, verstärkt und verzerrt. So wie sie in Joakals Gedankenwelt eindrang, floß gleichzeitig umgekehrt Joakals Gedankeninhalt in sie über; ein ununterbrochener Austausch fand statt.

Daß möglicherweise ihr aller Leben vom Gelingen abhing, änderte nichts. Mutter Veronica empfand jede Sekunde des mentalen Kontakts als eine die Seele zerrüttende Prüfung. Es kostete sie pausenlose Selbstüberwindung, ihn nicht einfach zu beenden. Dabei hätte sie sich lieber in die hinterste Ecke der Zelle verdrückt und darum gefleht, in Ruhe gelassen zu werden.

Und Troi erlebte jede Sekunde des Ringens mit, das in der Ordensfrau tobte.

Wäre es möglich gewesen, hätte Troi der Äbtissin die Quälerei erspart. Bedauerlicherweise war es nicht möglich. Ausschließlich mit Mutter Veronicas Rückhalt hatte Troi eine Aussicht auf einen Durchbruch. Sie konnte ihr Wissen und ihre Fähigkeiten anwenden, ähnlich wie es ein Chirurg tat; doch der Geist der Nonne gab quasi ihr Skalpell ab. Ihr telepathisches Talent verkörperte das Werkzeug, das die Counselor benutzen mußte, wollte sie einen Weg durch Joakals geistige Schilde bahnen.

Troi fühlte den ungelinderten Abscheu der Nonne gegen das Unterfangen, tief in das Bewußtsein des jungen Königs einzudringen. Gedankenbilder, Stimmen, Bruchstücke von Gesprächen, halb erinnerte Textzeilen prasselten wirr aus Joakals Geist hervor, schossen durch Mutter Veronicas Geist und weiter in Deannas Psyche. Troi nahm sie lediglich zur Kenntnis und beachtete sie dann nicht mehr.

Es handelte sich um nur oberflächliche Erinnerungen der Art, wie man sie jederzeit auch mit jedem gut justierten Neuroscanner feststellen konnte. Zumindest ließ sich ihr Vorhandensein messen, obwohl sich die Inhalte der Einsichtnahme entzogen.

Im Laufe der Stunden, in denen die drei jetzt schon den mentalem Kontakt aufrechterhielten, hatte Troi allen diesen vordergründigen Erinnerungsfetzen keinerlei Beachtung geschenkt. Sie waren vollkommen wertlos.

Abermals versuchte die Counselor das neurosynaptische Netzwerk ausfindig zu machen, das in Joakals Gehirn zum Telepathiezentrum führen mußte. Erneut wurde der Weg ihr versperrt. Ihr mentales Tasten wurde abgewiesen, als ob Wasser gegen eine massive Mauer klatschte. Ihr und Mutter Veronicas Geist wurden zurückgeworfen.

Es hatte keinen Zweck. Troi beendete den Kontakt. Bei Rückkehr der physischen Wahrnehmung spürte sie als erstes die Eiseskälte ihres Körpers; dann das Zittern der Erschöpfung, das von Mutter Veronicas Gestalt ausging. Troi sah der Nonne an, wie die Plackerei der vergangenen Stunden sie ausgelaugt hatten. Auch Joakals Gesicht war inzwischen von einer kränklich-bleichen Fahlheit, die in keinem Zusammenhang mit dem hellgrünen Lichtschein stand, den das Mauergestein abstrahlte.

Nur der Captain, der nun ihre Meldung erwartete, hatte noch überschüssige Kräfte. Troi fühlte, wie sie in gleichmäßigen, kraftvollen psychischen Wellen von ihm emaniert wurden. Sie saugte sie auf, weil sie ihr Halt gaben wie ein Rettungsleine.

Ehe sie den Blick des Captains erwiderte oder auf seine noch unausgesprochenen Fragen antwortete, schloß sie noch einmal die Lider. Bewußt atmete sie mehrere Male tief ein und aus, um die bedrückende Enttäuschung über ihr Scheitern aus ihrem Gemüt zu verdrängen.

Wieder mußte sie ihr Versagen melden. Sie hatte schon zu viele Fehlschläge zugeben müssen.

Zumindest brauchte sie das Mißlingen nicht in Worte zu fassen. Der Captain sah es ihrem Gesicht an, bemerkte es an ihrem Schweigen. Er stand auf, lockerte die Muskulatur in Rücken und Beinen. Vom langen Sitzen, während er gewartet und zugeschaut hatte, waren ihm die Gliedmaßen steif geworden. Aber er hatte die Konzentration des Trios nicht beeinträchtigen wollen. Nun lief er in der Zelle umher.

»Es tut mir leid, Sir…«, setzte Troi zu einer Erklärung an, doch Picard unterbrach sie.

»Sie haben es versucht, Counselor«, sagte er. »Sie alle haben sich jede erdenkliche Mühe gegeben, und mehr kann man von niemandem verlangen. Wir müssen uns eben etwas anderes überlegen. Aber erst, wenn Sie sich ausgeruht und etwas gegessen haben.« Er deutete auf das mittlerweile vergessene Tablett mit Brot, Käse und einer Karaffe Wasser, das Beahoram bei seinem letzten Besuch dagelassen hatte.

Deanna brachte ein schwaches Lächeln zustande und nickte. Daß weder in den Worten noch den Gedanken des Captains irgendwelche Vorwürfe zum Ausdruck kamen, war für sie eine große Erleichterung.

»Dann sind wir uns ja einig«, fügte Picard hinzu, bückte sich, ergriff das Tablett und brachte es herüber.

Indem er näher trat, spürte Troi nochmals seine Ausstrahlung der Kraftfülle. Sogar hier im Kerker war und blieb er der *Captain*, hatte er das Kommando, behielt er trotz der Gefangenschaft sich und die Situation unter Kontrolle. Dahinter steckten die unerhörte Kraft und der unüberwindliche Wille, die es ihm erlaubt hatten, sich zu guter Letzt doch gegen die Borg zu behaupten; aufgrund dieser Eigenschaften hatte er damals nicht nur die eigene Freiheit wiedererrungen, sondern die gesamte Föderation gerettet.

Niemals war Troi sich mehr als in diesem Moment ihrer Bewunderung für den Captain bewußt gewesen; nie war es ihr deutlicher als in diesen Augenblicken, welche Dankbarkeit sie Starfleet dafür entgegenbracht, unter Jean-Luc Picard dienen zu dürfen.

19

Nach Elanas anfänglicher Flucht aus dem Palast und vor dem Mann, den sie jetzt unter dem Namen Beahoram kannte, hatte man ihr in der dritten Etage des Tempeldiener-Quartiers an der Rückseite des Tempels ein abgeschiedenes Zimmerchen zugewiesen. Dort hätte sie, war ihr gesagt worden, die geeignete Unterbringung zum Meditieren. Inzwischen war das Zimmer zu einem Gefängnis geworden, das sich kaum von Joakals Kerkerzelle unterschied.

Die Tempelbediensteten, die sie nach der Entdeckung in Faellons Büro durch die Korridore geführt hatten, waren nicht unbedingt grob zu ihr gewesen. Allerdings verhielten sie sich auch nicht so nachlässig, daß Elana hätte ausreißen können. Jetzt standen sie im Flur beiderseits der abgesperrten Tür Wache.

In den vergangenen Stunden ihrer erzwungenen Untätigkeit hatte Elana gefleht und getobt, ihrer Wut gegen Gott und seinen Obersten Diener ungehemmten Lauf gelassen. Sie hatte gegen die Tür getrommelt und geschrien, bis ihre Kehle heiser war und ihr die Hände schmerzten. Danach hatte sie bittere Tränen des Zorns vergossen.

Mittlerweile saß sie nur noch auf der Bettkante und starrte ihre Füße an. Ihre Gefühlsausbrüche hatten sich erschöpft. Ab und zu rollte ihr noch eine Träne die Wange hinab und tropfte unbemerkt auf die Hände, die schlaff in ihrem Schoß lagen. Elana hätte nicht zu erklären vermocht, was die Tränen zum Fließen brachte;

sie empfand längst keine Wut und keine Trauer mehr. Die Tränen quollen ihr einfach so aus den Augen.

Im Tempel hallte ein Trompetenstoß und kündete den Einmarsch der Krönungsprozession an. Selbst als er das zweite Mal erklang, durchdrang er noch nicht die Nebelwand, die Elanas Bewußtsein zu umgeben schien. Aber die dritte und letzte Fanfare schreckte sie auf. Wie Dunstschwaden bei kräftigem Wind und in heißem Sonnenschein zerstoben, fegte sie den düsteren Trübsinn fort, der ihre Willenskraft lähmte. Elana erkannte, daß sie weder aufgeben durfte noch konnte.

Sie verschwendete keine Zeit damit, sich über ihre Phase untätiger Niedergeschlagenheit zu ärgern. Für so etwas war die Zeit jetzt viel zu kostbar. Selbstvorwürfe konnte sie sich, wenn es sein mußte, noch später machen. Elana hob den Kopf. Sie schlug die Augen auf; aus irgendwelchen inneren Reserven strömten ihr frische Kräfte zu.

Ihr Blick suchte nach irgend etwas Aussichtsreichem, das sie bislang übersehen haben mochte. Der Fluchtweg durch die Tür war ihr verwehrt, und sie befaßte sich nicht weiter mit dieser Eventualität. Den einzigen anderen Ausweg bot das Fenster. Sie hatte schon einmal hinausgeschaut, aber keine Chance gesehen. Doch nun trat sie nochmals ans Fenster.

Das Kopfsteinpflaster des ummauerten Tempelgeländes lag gut und gerne fünfundzwanzig Meter tiefer. Fast fühlte Elana sich von der Unerreichbarkeit der Freiheit verhöhnt. Zum Hinabspringen war es zu hoch. Kein Baum stand in der Nähe, an dem sie hätte hinunterklettern können. An der Mauer wucherte kein Efeu. Es fehlten auch Rankengitter. Elana sah nichts als senkrechten, kalten, harten Stein.

Gedämpft hörte sie den melodischen Wechselgesang aus der Tempelhalle herübertönen, mit dem die Tempeldiener die Eröffnung des Krönungszeremoniells begleiteten. Elana beugte sich weiter aus dem Fenster, forschte nach einer Gelegenheit zur Flucht, irgendeiner Aussicht auf Entkommen.

Etwa einen Meter fünfzig unterhalb ihres Fensters ragte ein schmales, nicht mehr als fünfzehn Zentimeter breites Sims aus der Mauer. Es markierte den Unterrand des Stockwerks. Drei oder vier Meter darunter verlief ein zweites, gleiches Sims. Beide Gesimse führten an der vollen Breite der Mauer entlang.

Ob sie es schaffen konnte, daran hinabzusteigen? überlegte Elana. Vielleicht war es möglich, wenn sie die Finger in die Ritzen zwischen den Quadern krallte und die Zehen auf die Simse stellte, sich längs des Gemäuers zu schieben, unter Umständen sogar bis um die Ecke des Gebäudes. War das der richtige Weg, um aus dem Arrest zu entfliehen?

Elana kehrte dem Fenster den Rücken zu; sie lehnte sich an die Wand des Zimmers und schloß die Lider. Was sie da erwog, war blanker Irrsinn. Doch sie sah keine Alternative. Aber habe ich dazu genügend Kraft? fragte sie sich. Habe ich genug Mut?

Noch während sie sich die Fragen stellte, wurde ihr klar, daß sie es schlicht und einfach versuchen mußte. Es nicht gewagt zu haben, könnte sie sich nie und nimmer verzeihen. Damit zu leben, wäre sie nicht imstande.

Sie verzichtete auf weiteres Nachdenken. Statt dessen beugte sie sich vor und zog die Schuhe aus. Den Saum ihrer Dienerinnenkutte raffte sie von hinten zwischen den Beinen hindurch nach vorn und verknotete den Zipfel mit der um ihre Taille gewickelten Schärpe. Dann schwang sie sich zum Fenster hinaus.

Für einen Moment hockte sie auf der Fensterbank und lauschte auf die Umgebung. Sie hörte den Gesang aus dem Tempel und Stimmen von Kindern, die in der Nachbarschaft beim Spiel lachten und juchzten; Vögel trillerten vor der Geräuschkulisse der Stadt. Elana vernahm die Laute des Lebens.

Falls sie abstürzte, war ihr Leben vorbei; darüber war Elana sich völlig im klaren. Aber wurde Beahoram nicht aufgehalten, blickte sie ohnehin keinem lebenswerten Dasein mehr entgegen. Sie versuchte die plötzliche Mulmigkeit in ihrer Magengegend zu mißachten. Sie vollführte eine halbe Drehung und ließ sich an der Fensterbank hinab.

Dabei schrammte der Stein der Fensterbank über ihren Bauch. Vor Panik schlug ihr Herz schneller, während sie mit den nackten Füßen nach dem Sims tastete. Verlief es tiefer, als es von oben gewirkt hatte? Was sollte werden, wenn sie nun gar nicht bis dorthin gelangte? Brachte sie ausreichende Kraft auf, um sich wieder hineinzuziehen? Oder mußte sie hängen, bis ihre Finger taub wurden und sie in den Tempelhof stürzte, in den Tod?

Binnen weniger Sekunden jagten diese Gedanken Elana durch den Kopf. Sie hörte den eigenen Atem rasseln, fühlte den Stein der Mauer an ihrem Leib. Eigentlich wollte sie sich mit derartigen Gedanken gar nicht beschäftigen. Sie gab sich alle Mühe, sich ausschließlich auf das notwendige Handeln zu konzentrieren; auf jeden wertvollen Zentimeter, den sie hinter sich brachte.

Endlich berührten ihre Zehen den steinernen Vorsprung. Ihre Schultern befanden sich noch in der Höhe der Fensterbank; sie hätte noch einen Arm ins Zimmer strecken können. Sie lehnte die Wange ans kalte Mauerwerk und wartete ein Weilchen lang ab, bis das beschleunigte Pochen ihres Herzens sich einigermaßen normalisierte.

Sie schaute nicht nach unten, als sie sich an den nächsten Abschnitt der Flucht machte. Solang es nicht unbedingt sein mußte, hatte sie überhaupt nicht vor hinabzublicken. Statt dessen betrachtete sie aufmerksam die großen Quadersteine der Mauer dicht vor ihrem Gesicht, um mit äußerster Sorgfalt günstige Stellen zu suchen, an denen ihre Hände Halt fanden.

Die schweren Steinblöcke hatten sich einmal nahtlos aneinandergefügt. Aber Sonnenschein und Wind sowie die Unwetter verstrichener Jahrhunderte hatten die harten Kanten des Steins abgeschliffen, verwitterte Fugen und Risse hinterlassen. Elanas Verzweiflung wich neuer Hoffnung. Sie empfand wieder Zuversicht. Jetzt neigte sie zu der Ansicht, daß sie den Abstieg bewältigen konnte.

Zentimeterweise entfernte sie sich von dem Fenster zur Seite. Mit dem linken Arm hielt sie sich noch an der Fensterbank fest; mit der Rechten tastete sie sich langsam auf dem Sims nach rechts. Ihre Finger fühlten über die Quadern, bis sie die erste Fuge erreichten, an der sie sich leicht anklammern konnte. Dann nahm sie die Linke von der Fensterbank und zog sie an der Mauer entlang nach.

Zentimeter um Zentimeter rückte sie auf dem Sims seitwärts. Vorsichtig schob sie stets erst die eine, dann die andere Hand weiter, bemühte sich um einen Bewegungsablauf, der den größten Erfolg versprach. Sie durfte sich keinen Fehler erlauben.

Währenddessen schärften sich ihre Sinne, bis sie unter ihren Fingerspitzen jedes Staubkörnchen spürte, jedes Tröpfchen Tau. Sie beachtete nichts anderes als die Mauer; dachte an nichts außer daran, wo sie sich nun mit der Hand festklammern konnte, und an das nächste Seitwärtsschieben des Fußes.

Infolge der nach oben gestreckten Armen fingen ihre Schultern zu schmerzen an. Ihre Handteller wurden schweißig, die Fingerspitzen wund. Aufgrund der unnatürlichen Balancehaltung, die sie einnehmen mußte, taten ihr bald die Wadenmuskeln weh. Nach kurzem rann ihr Schweiß den Nacken hinab und sammelte sich zwischen ihren Schulterblättern.

Als Elana meinte, sie könnte nicht mehr durchhalten, gelangte sie endlich zur Ecke des Gebäudes. Dort waren von den Steinmetzen der längst vergessenen Ära, in der man den Tempel erbaut hatte, bildliche Darstellungen ihres Glaubens tief in die Ecksteine gemeißelt worden. Elana kannte diese Bildhauerarbeiten so gut, daß sie ihr Vorhandensein schon lange nicht mehr bewußt wahrgenommen hatte.

Nun boten sie ihr eine zeitweilige Zuflucht zum Verschnaufen. Sie konnte an der Ecke stehen und ihre vor Überanstrengung schmerzenden Muskeln ausruhen.

Zum erstenmal, seit sie zum Fenster hinausgestiegen war, traute sich Elana, sich umzugucken. In zwanzig Metern Entfernung sah sie die nächste Ecke des Gebäudes; das bedeutete zwanzig weitere Meter der gleichen gefährlichen Kletterei.

Aber hinter der Ecke, so wußte Elana, war es nur noch ein kurzes Stück bis zu dem überdachten Laubengang zwischen Tempel und Tempeldiener-Quartier. Schaffte sie es, aufs Dach des Laubengangs zu steigen, war sie in Sicherheit. Von dort aus konnte sie sich einen weniger strapaziösen Weg nach unten suchen. Und jetzt bezweifelte sie nicht mehr, daß es ihr gelang.

Das Pochen und Ziehen in ihren Händen und Beinen hatte nachgelassen. Entschlossen setzte Elana sich von neuem in Bewegung.

Während Elana wie eine Spinne an der Außenmauer des Tempeldiener-Quartiers entlangkroch, stand Faellon in der Tempelhalle vor dem Altar. Die anfänglichen Hymnen und Bittgesänge, die den Einzug des Königs in den Tempel begleiteten, waren jetzt beendet. Die seit jeher weitervererbten Insignien befanden sich in den Händen der Krönungsbeamten. Jeder dieser Gegenstände mußte zum Altar gebracht, gesalbt, gesegnet und anschließend seiner ordnungsgemäßen Bestimmung übergeben werden.

Der König lag der Länge nach ausgestreckt auf einer karminroten Decke aus Seide und wartete darauf, daß geweihte Hände ihn aufrichteten und in seinen neuen Rang erhoben. Alles war so, wie es sein sollte.

Und doch spürte Faellon, während er seine Hände über die große Goldene Schale hielt, um zum Gelingen des Rituals Gottes Segen und Macht zu erbitten, wie sich in seinem Gemüt etwas regte. Für viele Jahre hatte es still geschlummert. Die Empfänglichkeit, die Faellon ursprünglich dazu bewogen hatte, sein Leben dem Tempeldienst zu widmen, kehrte zu ihm zurück. Während der Jahre, in denen er von ihr keinen Gebrauch gemacht, die alltägliche Routine sie zugeschüttet hatte, war sie allmählich verkümmert. Danach hatte sie ihn schließlich für lange Zeit im Stich gelassen.

Jetzt gab sie ihm das Gefühl einer Warnung. Irgend etwas stimmte nicht. Finsternis überschattete den Krönungsritus. Der Oberste Diener spürte unterschwellige Spannung und Furcht anwachsen. Sie standen mit dem Ernst und der Feierlichkeit des heiligen Rituals in keinem Zusammenhang.

Im Laufe der zweiundzwanzig Jahre, die Faellon schon als Oberster Diener tätig war, hatte er zahlreiche königliche Zeremonien vollzogen. Dazu zählten unter anderem die Bestattungsfeiern für Joakals Vater und Mutter sowie Joakals Einsetzung zum König vor neun Jahren. Er entsann sich noch gut an die Gefühle, die damals von dem jungen König ausgegangen waren, an seine Emotionen.

Heute hingegen bemerkte er seltsamerweise etwas völlig anderes. Diese Wahrnehmung erschreckte Faellon. Er mochte nicht mehr Gottes Stimme hören oder ihr Ausdruck verleihen; er legte nur noch Wert darauf, seine letzte Pflicht am König zu erfüllen. Dann wollte er sich in ein geruhsames Privatleben zurückziehen.

Aber seine Empfindsamkeit ließ diese reibungslose Abwicklung nicht zu. Er versuchte, sich gegen die Eindrücke zu wehren. Doch sie strömten auf ihn ein, als überschwemmte Wasser einen Damm. Zuerst glichen sie lediglich einem Rinnsal. Rasch jedoch schwollen sie zu einem wilden Sturzbach an.

Die vier Tempeldiener, die am Altar standen, um Faellon bei seinen Verrichtungen zur Hand zu gehen, warteten auf die fälligen Handlungen. Der Oberste Diener spürte ihre Ungeduld. Dachten sie etwa, er zögerte, weil er den Wortlaut der Zeremonie vergessen hatte? fragte sich Faellon. Fiel die häßliche emotionale Ausstrahlung im Tempelsaal auch ihnen auf?

Oder bilde ich mir sie nur ein? überlegte Faellon. Sind das bloß Hirngespinste eines ausgelaugten, alten Mannes? Er hoffte es.

Die Adeligen, Zuschauer und sonstigen Teilnehmer des Rituals warteten gleichfalls schon auf Faellons nächste zeremonielle Handlung. Da und dort störte das Rascheln von Kleidung die Stille, wo Anwesende schon unruhig wurden.

Faellon senkte den Blick auf seine Hände, danach in die Goldene Schale. Dann hob er die Hände gleichzeitig mit seinem Augen empor zum Himmel, in dem Gott wohnen sollte. Seine Stimme hallte laut und drang bis in den hintersten Winkel des Tempels.

»O höchster und erhabenster Gott, der Du über allen Dingen und allem Leben stehst, heute treten wir vor Dich, um gemäß den Worten und Gesetzen, die Du unseren Vorvätern mitgeteilt hast, Joakal I'lium in den Stand des Absolutus zu erhöhen. Er ist unser König. Aber allein Deine Macht, hier gespendet und empfangen, kann ihm die Gnade der Weisheit verleihen, deren es bedarf, um über Dein Volk zu herrschen.«

Faellon ließ die Arme nach den Seiten sinken, bis er sie waagerecht ausgestreckt hielt; nun kamen zwei der Tempeldiener heran. Beide hatten eine kleine Kristallschale und ein Kännchen mit aromatisiertem Wasser in den Händen. Jeder goß ein paar Tropfen in eine Handfläche Faellons und fing in dem Kristallschälchen auf, was hinabfloß. Während das Wasser kühl auf seine Haut troff, setzte er die Gebete fort.

»In der Zeit vor unserer Zeit«, rief er andachtsvoll, »war Deine Schöpfung eine Welt der Reinheit. Rein war die Luft und rein das Wasser. Rein waren die Herzen und Seelen Deines Volkes. Führe uns zurück in diese Vollkommenheit, auf daß wir nicht Deine Gesetze mit Füßen treten.«

Die symbolische Waschung war vollbracht; die beiden Tempeldiener wandten sich ab. Damit war Faellon hinlänglich darauf vorbereitet, die Gefäße zu berühren, die bei der Erhöhung des Königs Verwendung fanden.

Nun drehte der Oberste Diener sich seinen Gehilfen zu. Sie traten näher. Jeder trug ein Fläschchen aus Kristall. Ein Fläschchen enthielt Wasser, eines Rotwein; das dritte Öl und das vierte einen geruchsintensiven flüssigen Duftstoff. Aus jedem Behältnis wurde eine kleine Menge in die Goldene Schale gefüllt. Mit diesem Gemisch sollten Schwert, Zepter, Krone, Ringe, Amtskette und zu guter Letzt auch der König selbst gesalbt werden.

Nach der Salbung würde man dem König die zwei Roben des Höchsten Dienstes um die Schultern legen; die eine war ein Symbol für den Dienst an Gott, die andere für den Dienst am Volk. Ihr Gewicht sollte ihn an die Schwere seiner künftigen Verantwortung gemahnen. Im Anschluß daran zog man ihm die Stiefel aus und statt dessen leichte, weiche Halbschuhe aus goldenem Zwirn an; sie gaben ein Symbol für den Heiligen Weg ab, den er fortan beschreiten sollte.

Zum Schluß würde man dem König den Kronreif vom Kopf nehmen. Die Altardiener, an erster Stelle Faellon, hatten den König zu umringen und die Hände an ihn zu legen. Somit wurden sie der geistige Kanal, durch den Gottes Macht sich ergießen und den König erleuchten konnte. Erst dadurch verwandelte er sich in den Absolutus, in Gottes Stellvertreter.

Sobald der König mit seiner vollständigen Machtfülle ausgestattet war, setzte man ihm die endgültige Krone aufs Haupt, überreichte ihm Zepter und Schwerter. Danach waren Erhöhung und Krönung vollendet, und es blieben nur noch die Schlußgebete zu sprechen, ehe der Auszug aus dem Tempel erfolgte.

Während Faellon von seinen Gehilfen die Opfergaben in die Goldene Schale träufeln ließ, beobachtete er ihre Gesichter. Noch einmal versuchte er herauszufinden, ob sie – so wie er – das Gefühl hatten, es sei etwas nicht in Ordnung. Aber sie beschäftigten sich mit nichts als ihrer Aufgabe; keiner von ihnen erwiderte seinen Blick.

Erneut wandte Faellon sich um, wieder dem Altar zu. Nun mußte er die Goldene Schale noch einmal emporheben und das Gebet zur Heiligung des Inhalts sprechen.

Kaum hatte er das getan, da glitt die Schale ihm beinahe aus den Händen. Eine geistige Flut völlig unangebrachter Emotionen brandete gegen sein Gemüt an. Ungeduld, anmaßende Überheblichkeit und Unglaube rangen mit Reue, Gram und Furcht.

Fallons Blick schweifte über die Versammlung. Woher stammen diese Gefühlsregungen? fragte er sich. Vom König konnten sie nicht kommen. Faellon kannte den König schon, solange Joakal lebte. Von Unglauben und Furcht war er ebenso frei wie von Anmaßung. Jemand anderes mußte die Quelle dieser Emotionen darstellen, jemand unter den Zuschauern.

Wie ist an einem Tag wie heute so etwas möglich? überlegte Faellon. Und wieso quälte ihn gerade heute die Wiederkehr geistiger Kräfte, an denen er gar kein Interesse mehr hatte? Er faßte den Vorsatz, sie *nicht* zu beachten.

Der Oberste Diener stellte die Goldene Schale auf den Altar. Mit einem diskreten Wink gab er Anweisung, ihm die vier Schwerter der Tugend zum Salben zu bringen. Er tauchte die Finger in die dunkle, dickliche Flüssigkeit auf dem Grund der Schale.

Bevor er den Mund ein weiteres Mal zum Beten öffnen konnte, verdrängten unvermutet Elanas Worte, die sie in seinem Büro geäußert hatte, die beunruhigenden Fragen und lästigen fremden Emotionen. Hatte Gottes Stimme aus ihr gesprochen? Hatte er ihre Vorhaltungen als Warnung zu verstehen? Verließ er sich zu sehr auf gehaltlose Formen der Frömmigkeit, so daß er die Wahrheit, wo sie sich zeigte, nicht mehr zu erkennen vermochte?

Aber wie lautete die Wahrheit? Wessen vorgeblicher Wahrheit konnte er glauben?

Faellon betrachtete die vier Schwerter in den Fäusten der Ältesten, die jetzt zu Füßen der Altarstufen warteten. Die Schwertspitzen deuteten auf den Obersten Diener. Er mußte sie salben und segnen, ehe sie den Nacken des auf dem Fußboden hingestreckten Königs berühren durften. Voller uneingeschränkten Vertrauens schauten die Ältesten Faellon an.

In ihren Blicken spiegelte sich eine Wahrheit wider, die sich über Generationen hinweg bewährt hatte. Hier war der Glaube so präsent, als könnte man ihn mit Händen greifen.

Faellon entschied, daß seine insgeheime Unsicherheit warten mußte, bis der Tag vorüber war und er seine Pflicht getan hatte. In diesem Moment stand sein Entschluß fest. Morgen würde er seine Abdankung einreichen. Er hatte lange von diesem Moment geträumt, doch jetzt kannte er kein Zurück mehr. Er wollte in die Hügel der Nordregion heimkehren und in Zukunft nur noch kontemplativ über die Geheimnisse des Glaubens nachsinnen. Heute vollführte er seine letzte Pflicht, seinen abschließenden Dienst.

Faellon gab ein Zeichen, um sich das erste Schwert reichen zu lassen.

20

Troi merkte nicht, daß sie döste, bis die Stimme des Captains in das stille Dunkel tönte, in dem sie zu schweben schien. Als sie die Augen aufschlug, sah sie ihn neben sich in der Hocke; leise sprach er auf sie ein. Die Counselor mußte erst ein paarmal blinzeln, ehe sie ihn deutlich erkannte; die Augen bereiteten ihr Schwierigkeiten, und auch ihr Gehirn, so schien es, mochte nicht so recht funktionieren.

»Es tut mir leid, Counselor«, beteuerte Picard. »Ich wünschte, ich könnte Ihnen noch etwas mehr Ruhe gönnen. Aber ich brauche Ihre Hilfe.«

Die Worte des Captains verscheuchten die letzten Reste der Schläfrigkeit aus Trois Bewußtsein. Abgesehen von den Stunden des vom Betäubungsmittel bewirkten Schlummers, hatte sie wenig Erholung gehabt. Hinzu kamen die langen, mühseligen Stunden der mentalen Arbeit mit Joakal und Mutter Veronica. Infolge dieser Belastungen hatte Deanna den Eindruck, inzwischen kaum noch auf Kraftreserven zurückgreifen zu können.

Sie setzte sich aufrecht hin und fuhr sich mit der Hand über die Augen. Mit aller Willenskraft hielt sie die Müdigkeit, die sie ständig einzulullen drohte, in Schach.

»Was ist?« fragte sie. »Was ist passiert?«

»Nichts«, antwortete der Captain. »Das ist ja eben unser Problem. Ich glaube, wir müssen uns mit der Tatsache abfinden, daß es Elana mißlungen ist, das Schiff zu kontaktieren.«

Troi nickte. »Und was sollen wir Ihrer Ansicht nach nun unternehmen?«

»Sicher bin ich mit nicht, Counselor. Ich weiß nur, daß Beahoram demnächst wiederkommt, wie er es angekündigt hat. Und ich für meinen Teil habe keine Lust, noch länger bloß hier herumzusitzen und auf ihn zu warten.«

Die Ausstrahlung der Entschlossenheit, die der Captain verbreitete, verfehlte keineswegs ihre Wirkung auf Troi. Als sie Picards Zuversicht spürte, umzuckte ein schwaches, mattes Lächeln ihre Lippen.

»Sie haben also einen Plan«, sagte sie.

Picard schnob. »Na, ich will nicht behaupten, meine Idee wäre so gut, daß man sie schon als regelrechten Plan bezeichnen kann«, entgegnete er. »Aber unter den gegebenen Umständen halte ich es für besser, irgend etwas zu machen, als überhaupt nichts.«

Ein zweites Mal nickte Deanna. Plötzlich ahnte sie, daß bei dem Vorhaben, das der Captain vorzuschlagen beabsichtigte, auch physische Gewalt eine Rolle spielte. Diese Einsicht rief bei ihr Unruhe hervor. Obwohl sie regulär ausgebildete Starfleet-Offizierin war, hatte sie sich in den Nahkampfkünsten nie sonderlich hervorgetan. Aber sie gedachte zu tun, was getan werden mußte.

Der Captain begann seine Absicht zu erläutern. »Was ich mir ausgedacht habe«, betonte er, »erfordert genaues Timing. Wenn der erste Versuch keinen Erfolg hat, werden wir damit gar keinen Erfolg haben.«

»Verstanden«, sagte Troi. Ihre Aufmerksamkeit wuchs.

»Beahoram wird wieder aufkreuzen«, erklärte Picard, »aber ich bezweifle, daß er für das, was er dann im Sinn hat, Augenzeugen haben möchte. Das ist unsere Chance. Wenn er kommt, müssen Sie und die anderen direkt in seinem Blickfeld sitzen. Sie unterhalten sich, und zwar leise, als ob ich schliefe. Wir rollen die

Decken so zusammen, daß es aussieht, als hätte ich mich darin eingewickelt. Der Trick ist etwas heikel, darum müssen sie davor sitzen, damit er die Decken nicht genau erkennen kann. In Wirklichkeit lauere ich aber hinter der Tür. Sobald Beahoram hereinkommt, steht Joakal auf und fängt mit ihm Streit an, um ihn abzulenken. Dann packe ich ihn von hinten. Daß die Tür sich nach innen öffnet, ist ein Vorteil. Sonst bräuchten wir es erst gar nicht zu versuchen. Trotzdem bleibt zu hoffen, daß Beahoram sich so sehr mit Joakal beschäftigt, daß er auf nichts anderes achtet.«

Während Deanna dem Captain zuhörte, malte sie sich in Gedanken den Ablauf der Aktion bildlich aus. Picard hatte recht. Alles hing vom richtigen Timing ab.

Zudem war ihr klar, daß weder Mutter Veronica noch Joakal eine Hilfe dabei sein würden, Beahoram zu überwältigen. Die körperlichen Kräfte des Königs hatten unter der langen Gefangenschaft deutlich gelitten. Troi sah ein, daß sie selbst zupacken und dem Captain beistehen mußte. Andernfalls sah es ganz so aus, als sollte Beahoram mit seinem Betrug durchkommen.

»Haben Sie irgendwelche Vorschläge, Counselor?« erkundigte sich Picard, riß damit Deanna aus ihren unerfreulichen Überlegungen.

»In bezug auf Ihren Plan? Nein, Sir. Aber …« Trois Blick fiel auf Mutter Veronica. In zusammengekrümmter Haltung lag die Nonne da und schlief. Ob sie dazu bereit wäre, sich noch einmal auf mentaler Ebene mit Troi zu vereinen?

»Vorher würde ich gerne noch etwas anderes versuchen, Captain«, sagte Troi.

»Und das wäre, Counselor?«

»Sind Sie über die … Beziehung informiert, die Will Riker und ich einmal hatten?« fragte Troi.

Picard räusperte sich. »Ich glaube, den meisten von

uns ist geläufig, daß Sie und Commander Riker ... sich einmal nahestanden.«

»Bei meinem Volk ermöglicht die Art von innigem Verhältnis, wie Will und ich es damals eingegangen waren, es den Beteiligten, einander die Gedanken und Gefühle auch geistig mitzuteilen. Rasse oder telepathische Begabung sind dabei unerheblich. Auch Will und ich waren auf mancherlei Weise dazu fähig. Ich möchte versuchen, ob ich ihn mental erreichen kann.«

»Halten Sie das für durchführbar?«

»Beschwören kann ich es nicht, Sir. Aber wenn Mutter Veronica mir noch einmal hilft, können wir es wenigstens probieren.«

»Also gut, Counselor. Gehen Sie an die Arbeit.«

Troi nickte und beugte sich zu Mutter Veronica hinüber. Die Äbtissin schlief tief und fest. Dunkle Ränder unter ihren Augen und straffe Falten seitlich von Nase und Mund zeugten unübersehbar von den durchgestanden Strapazen. Gerade als Deanna ihr ins Gesicht schaute, furchte die Nonne ihre Stirn, als ränge sie im Traum mit einem Dämon.

Der Counselor war es unangenehm, sie nun zu wecken. Notgedrungen legte sie trotzdem eine Hand auf Mutter Veronicas Schulter, rüttelte sie sacht und nannte den Namen der Ordensfrau.

Unterdrückt stöhnte Mutter Veronica. Troi wiederholte ihren Namen. Diesmal öffnete Mutter Veronica die Lider. Sie drehte ein Stück weit den Kopf und blickte die Counselor an.

Es betrübte Troi, in den Augen der Nonne einen Ausdruck der Furcht zu erkennen, sobald sie sah, wer sich über sie beugte. Die Counselor merkte, daß die Nonne befürchtete, es könnte von ihr verlangt werden, noch einmal in den Geist des jungen Königs einzutauchen. Deanna spürte ihr Leid und ihren Widerwillen, dann jedoch Entschiedenheit und Ablehnung.

»Nein«, versicherte Troi ihr rasch. »Damit geben wir uns nicht noch mal ab.«

Troi fühlte eine mentale Welle der Erleichterung von der Ordensfrau ausgehen. Mutter Veronica streckte die Glieder, setzte sich müde auf und wandte sich der Counselor zu. Offenbar war sie noch zu benommen, um wirkliche Neugier zu empfinden. Sie wartete einfach darauf, was die Counselor zu sagen haben mochte.

»Der Captain hat für Beahorams Rückkehr einen Plan«, teilte Troi ihr mit. »Es ist ein guter Plan. Vielleicht bietet er uns die einzige Chance zur Flucht. Er läuft darauf hinaus, Beahoram gewaltsam außer Gefecht zu setzen. Vorher möchte ich es allerdings noch mit etwas anderem versuchen. Dazu brauche ich Ihre Unterstützung.«

Mutter Veronica senkte den Kopf. Troi empfand ihre wachsame Zurückhaltung wie einen Stich in die eigene Seele. Das war nicht das Ergebnis, für das sie sich dermaßen mit der Äbtissin abgemüht, ihr beizubringen versucht hatte, wie sie ihre Psyche mental abschirmen konnte.

»Entsinnen Sie sich an den Tag, an dem wir mit den Lektionen angefangen haben?« fragte Troi. »Damals habe ich Ihnen einiges über die positiven Anwendungsmöglichkeiten der Telepathie erzählt. Zum Beispiel, daß es machbar ist, über weite Entfernungen hinweg Hilfe zu alarmieren. Genau das will ich nun versuchen. In unserem Raumschiff ist jemand, der einmal zu mir in engster persönlicher Beziehung gestanden hat. Ich glaube, es könnte gelingen, mit ihm geistig in Verbindung zu treten. Zumindest hoffe ich es ...«

Mutter Veronica lenkte den Blick zur Seite. Zartfühlend legte Deanna ihr eine Hand auf den Arm. »Ich kann Sie vollauf verstehen. Wüßte ich einen anderen Weg, würde ich Sie nicht belästigen. Aber ich bezweifle, daß ich es allein schaffe.«

Die Äbtissin rührte sich nicht. Troi spürte den inneren Konflikt, den die Nonne jetzt abermals durchmachte. Not und Neigung rangen gegeneinander, Glaube und Hilfsbereitschaft standen gegen Angst und Furcht. Die Counselor war sich klar darüber, daß Mutter Veronica vor einer rein individuellen Entscheidung stand; sie mußte ganz allein zu einem Entschluß gelangen.

»Schon oft im Leben habe ich um die Kraft gebetet«, meinte die Nonne, »nur noch einen einzigen Tag durchhalten zu können... Wie oft habe ich nur einen Tag des Friedens erfleht, einen Tag ohne die Stimmen anderer Menschen in meinem Kopf. Jahr um Jahr hat Gott es vorgezogen, mein Gebet nicht zu erhören.« Sie heftete den Blick auf Troi. »Und genauso ist es auch heute... Was habe ich zu tun?«

Troi entließ den gestockten Atem aus der Brust. Sie schenkte der Ordensfrau ein stilles Lächeln und hoffte, daß es ermutigend auf sie wirkte. Dankbar drückte sie Mutter Veronicas Arm.

»Öffnen Sie mir ganz einfach Ihren Geist«, sagte Deanna zu ihr. »Das geistige Band, das wir brauchen, unterscheidet sich kaum von dem, das wir auf der *Enterprise* beim Unterricht benutzt haben. Wir übermitteln die Nachricht gemeinsam. Sind Sie soweit?«

Mutter Veronica bekreuzigte sich, ehe sie der Counselor die Hände hinhielt. Troi ergriff sie und schloß die Lider. Auf mentaler Ebene tastete sie nach dem zwischen ihr und der Nonne inzwischen latent etablierten psychischen Band, um ihren Geist und die Psyche der Ordensfrau in eine Tandemfunktion zu bringen. Die Verbindung kam mühelos zustande.

Ob es Ihnen klar ist oder nicht, meinte sie im geistigen Bereich zu Mutter Veronica, *Ihre Fähigkeiten haben zugenommen. Ihr Talent wird stärker und entwickelt sich fort. Sie könnten damit viel anfangen ... wenn Sie es nur wollten.*

Die Nonne antwortete mit keinem Gedanken. Troi beließ es dabei. Statt dessen konzentrierte sie sich auf Will Riker, auf das Gefühl der Berührung zwischen ihrem und seinem Geist; sie entsann sich an früher, an die wunderbare, schöne Zeit ihrer Gemeinsamkeit.

Imzadi, sandte Troi ihren Ruf aus. Die Erinnerung an die Empfindung ihrer zwei ineinander verschlungenen Seelen vertiefte sich zusehends. Sie hatte sich ihrem Gedächtnis bestens eingeprägt. *Imzadi, hilf mir. Komm zu mir. Ich brauche dich. Imzadi …*

Zur gleichen Zeit näherte sich Elana dem Ende ihres Fluchtwegs. Wenigstens hoffte sie, es bald geschafft zu haben. Längs der Außenmauer des Tempeldiener-Quartiers war sie zu dem überdachten Laubengang geklettert, der den Wohnbereich mit dem Tempelgebäude verband. Von dort aus hatte sie das Tempeldach erstiegen. Oben kam sie schneller voran. Inzwischen befand sie sich an der Vorderseite des Bauwerks. Nun brauchte sie nur noch hinabzugelangen, ohne gesehen zu werden, und einen Alarm auszulösen; dann war sie frei.

Sie kauerte an der Ecke des Dachs über der Eingangshalle. Die Wächter der Tugend, die vier mit zahlreichen Darstellungen behauenen Säulen auf der Freitreppe des Hauptportals, stützten den flachen Giebel. Wenn Elana zu einer dieser Säulen kroch, konnte sie an ihr hinabrutschen.

Bürger überquerten den vor dem Tempel gelegenen Platz. In Kürze würde sich eine gewaltige Volksmenge versammeln, um sich die Krönungsprozession anzuschauen und dem neuen Absolutus zuzujubeln. Elana war sich darüber im klaren, daß es jetzt oder nie sein mußte.

Sie krabbelte die Dachschräge hinunter. Dabei blieb sie so geduckt, wie es nur ging, um keine Aufmerksamkeit zu erregen. Die Passanten auf dem Platz behielt sie im Auge, aber nur soweit sie es wagen durfte; seit langem wucherndes Moos machte die Dachziegel glitschig. Wiederholt mußte sie ausschließlich auf ihre Hände und Füße achten und konnte nur hoffen, daß niemand sie sah.

Sie erreichte die Dachkante. Flach auf die Schindeln geschmiegt, erbat sie von Gott, daß er sie nicht im Stich lassen, ihr etwas zusätzliches Glück und noch ein wenig mehr Kraft gewähren möge.

Anscheinend erhörte Gott ihr Stoßgebet. Unten auf dem Platz entfernten sich die Passanten. Auf einmal war er völlig leer.

Elana stemmte sich auf Hände und Knie hoch. Während sie tief Atem holte, drehte sie sich um und schwang die Beine über die Dachkante. Ihre Füße baumelten in der Luft. Endlich jedoch berührten sie Stein. Sofort schlang Elana die Beine um die Säule. Indem sie sich mit aller Gewalt an sie klammerte, machte sie sich an den Abstieg.

Ähnlich wie in die Ecksteine des Tempeldiener-Quartiers hatte man auch den Säulen die vielfältigsten Symbole tief eingemeißelt. Elanas Finger fanden leicht Halt. Andererseits zerschrammten die Reliefs ihr die Innenseiten der Oberschenkel und Waden. Schnell wurde ihr Abwärtsrutschen zu einer grauenhaften Quälerei. Bald klebte ihr Blut am Stein. Trotzdem wagte sie es nicht, sich aufhalten zu lassen.

Die Schmerzen brannten immer fürchterlicher. Elanas Haut schien zu glühen und zu schwelen. Schließlich konnte sie es nicht mehr ertragen. Ihre Beine lösten sich wie von selbst von der Säule, und die letzten zwei oder eineinhalb Meter sprang sie auf den oberen Absatz der Freitreppe hinunter.

Ein neuer Schmerz durchstach ihren linken Fußknöchel. Zunächst vermochte Elana sich nicht mehr vom Fleck zu bewegen. Es verschlug ihr schlichtweg den Atem.

Nein, schrie es in ihrem Kopf. Wenn man sie nun erwischte, war alles vergeblich gewesen. Mühsam raffte sie sich auf und humpelte die Stufen hinab. Bei jedem Schritt schoß ein Schmerz wie eine Flamme in ihr Bein und entlockte ihr zusammen mit den übrigen, schon vorher erlittenen Blessuren halblaute Schluchzer. Tränen traten ihr in die Augen, liefen ihr übers Gesicht.

Sie biß sich auf die Lippe, zwang sich trotz der Qualen zu regelmäßigem Atmen und zum Weiterhinken. Sie mußte in den Palast. Irgendwie mußte sie jemanden finden, der ihr half.

Will Riker saß im Bereitschaftszimmer des Captains am Tisch und starrte auf den Computermonitor. Er hatte das Bedürfnis, sich die Zeit zu vertreiben und seine Gedanken mit etwas zu beschäftigen. Deshalb las er seit einer Weile die Berichte über sämtliche bisherigen Kontakte mit Capulon IV, die schon abgeschlossenen Verträge sowie die neueren Geschichtstexte des Planeten. Doch inzwischen wanderten die Seiten schon seit Minuten ungelesen über die Bildfläche.

Endlich desaktivierte Riker den Monitor. Er konnte sich nicht konzentrieren. Seit Stunden wartete er darauf, daß der Captain sich meldete. Immer wieder hatte er sich mit beschwichtigenden Argumenten zu beruhigen versucht, angefangen bei Picards hervorragender persönlicher Ausbildung und seinen einmaligen Fähigkeiten bis hin zu Starfleets Erster Direktive. Trotz allem wurde er nicht das Gefühl los, daß etwas schiefging. Und jetzt war er mit seiner Geduld, die ohnehin nie zu seinen ausgeprägtesten Vorzügen gezählt hatte, am Ende.

Riker schob den Stuhl vom Tisch zurück und stand auf, schaute zum Sichtfenster hinaus. Hier konnte er lediglich den Rand des Planeten sehen. Umgeben von der Unendlichkeit des Alls, bot Capulon einen Anblick, der das Herz jedes Poeten und auch jedes Starfleet-Offiziers rühren konnte. Normalerweise bildete Will Riker da keine Ausnahme. Vom Tag seines ersten Trainigsflugs als frischer Kadett an hatte er gewußt, daß seine Heimat zwischen den Sternen lag, daß er dort seine größte Freude fand.

Heute jedoch zog nicht einmal die Schönheit des Weltraums ihn in den Bann. Mit einem Aufstöhnen wandte er sich ab und strebte zu der Tür, die zur Kommandobrücke führte.

Die Brücke. Der Kommandosessel. Noch längeres Warten. Noch mehr Sorgen. Wieder ließ das Gluckenhafte seines Charakters ihm keinen Frieden.

Mit ihrem gedämpften Zischen glitten die Türflügel auseinander. Will Riker betrat die Brücke und begegnete sofort dem Blick des Sicherheitsoffiziers. Der Klingone äußerte kein Wort. Aber Riker sah ihm den Unmut über die Situation so unmißverständlich an, als ob er das eigene Spiegelbild erblickte. Und dies stumme Einvernehmen bewog Riker zu seinem nächsten Entschluß.

»Lieutenant Worf«, befahl er, während er die Kommandobrücke durchmaß, »kontaktieren Sie nochmals den Palast. Es ist höchste Zeit, daß wir ein paar Antworten bekommen.«

»Aye, Sir«, sagte der Klingone voller Eifer. Seine Körperhaltung und das Glitzern seiner Augen bezeugten deutlich, wie sehr er die Entscheidung des Ersten Offiziers guthieß.

Riker schwang sich in den Kommandosessel. Er machte sich innerlich auf eine etwaige Konfrontation mit dem Palastschranzen gefaßt, der den Anruf der *Enterprise* entgegennahm. Diesmal gedachte Riker das Gespräch nicht zu beenden, bevor er seinen Willen durchgesetzt hatte.

Plötzlich sträubten sich ihm im Genick die Haare. Er strich mit der Hand über seinen Nacken. Aber das Kribbeln ließ nicht nach. Im Gegenteil, es wurde stärker. Man hätte meinen können, ihm wäre von irgendwem Juckpulver zwischen die Schultern gestreut worden.

Riker zuckte und wand sich. Nichts half gegen das Jucken. Er fuhr aus dem Kommandosessel hoch und lief auf der Brücke umher. Die restliche Brückencrew, merkte er, beobachtete ihn. Das war ihm egal. Sein Mißvergnügen wuchs ständig. Schon stand er dicht davor, Dr. Crusher zu verständigen, als er schlagartig begriff, worum es sich bei diesem Jucken handelte.

Deanna? fragte er sich. Er versuchte sich an das zu erinnern, was sie ihm beigebracht hatte, um seine Psyche ihrem mentalen Tasten zu öffnen. Früher war es ihm ziemlich leichtgefallen.

Imzadi? dachte er. Mit einem Mal verharrte er still und stumm mitten auf der Kommandobrücke. Er ließ die Lider sinken und forschte auf geistiger Ebene nach Deanna. Was die übrigen Anwesenden sahen oder dachten, blieb ihm einerlei.

Falls Deanna ihn brauchte, kam es einzig und allein darauf an, daß er ihren mentalen Hilferuf hörte. Imzadi? wiederholte er in Gedanken. Im folgenden Moment spürte er schwach, aber unverkennbar, wie Deannas geistige Wesenheit nach ihm suchte.

Ich komme, Deanna, antwortete er, ohne zu wissen, ob sie ihn empfing. *Halte durch, ich komme.*

Er wandte sich an Lieutenant Worf. »Beenden Sie die Kontaktierungsbemühungen«, ordnete er an, »und begleiten Sie mich in Transporterraum drei. Veranlassen Sie, daß sich dort eine mit Phasern bewaffnete Sicherheitsgruppe einfindet. Wir beamen auf den Planeten hinab, ob es denen da unten paßt oder nicht. Irgendwas ist da oberfaul, und ich will feststellen, was genau es ist. Mr. Data ...« Über die Schulter blickte er hinüber zu dem Androiden. »Sie übernehmen das Kommando.«

Will Riker verzichtete darauf, sich davon zu überzeugen, daß der Androide seinen Posten an der Operatorstation verließ und im Kommandosessel Platz nahm. Er bezweifelte nicht im geringsten, daß auch in seiner Abwesenheit an Bord der *Enterprise* alles mit höchster Effizienz ablief. Was er bemerkte, war der Glanz der Kampfbereitschaft in Worfs Augen, als der Klingone sich ihm im oberen Brückenbereich anschloß. Riker wußte, daß man das gleiche Funkeln in seinen Augen sehen konnte.

Halte aus, Deanna. Wir kommen.

21

Unter Verwendung der von der ersten Landegruppe genannten Koordinaten transferierten Riker, Worf und eine sechsköpfige Sicherheitsgruppe sich von der *Enterprise* hinab in einen der Empfangssäle des Palastes. Dieses Mal erwartete keine Abordnung des Ältestenrats die Ankömmlinge. Der Saal war leer; durch die Fenster fiel der spätnachmittägliche Sonnenschein und schuf große Flächen aus Licht und Schatten.

Mit einem Blick verschaffte Will Riker sich einen Überblick, sah sich über die Schulter nach seiner Begleitung um. Die Sicherheitsgruppe hatte mit gezückten Phasern die Bereitschaftsposition eingenommen. Lieutenant Worf hielt Phaser und Tricorder in den Händen.

Riker wartete ab, während Worf den Tricorder hin und her bewegte, die Meßparameter adjustierte. Der Sicherheitsoffizier versuchte, durch die dicken Steingemäuer, die sie umgaben, das Kom-Signal des Captains aufzufangen. Unterdessen spürte Riker den halbbewußten geistigen Ruf, der ihn zum Handeln getrieben hatte, zunehmend deutlicher.

Halte durch, Deanna, dachte er ein weiteres Mal. Er hoffte, sich noch an genug von dem zu erinnern, was sie ihn gelehrt hatte, und er ihr mitteilen konnte, daß er auf dem Weg zu ihr war.

»Geortet, Commander«, meldete endlich Worf. Knapp nickte Riker. Er eilte voraus zu der hohen Tür des Saals. Weil er keine Ahnung hatte, was sich auf der anderen Seite verbarg, öffnete er sie mit äußerster Vorsicht.

Aus einigem Abstand hörte er Stimmen und Schritte; doch in dem Flur, in den die Tür mündete, hielt sich niemand auf. Riker schlüpfte aus dem Saal. Sehr zügig, aber leise schlossen sich die übrigen Landegruppenmitglieder an. Sobald sie alle acht im Korridore standen, gab Riker dem Klingonen mit einem Wink zu verstehen, daß er mit dem Tricorder vorangehen sollte.

Worf hatte sich schon darauf eingestellt. Er führte die Kameraden durch das Labyrinth der Korridore, bog stets mit unerschütterlicher Gewißheit nach links oder rechts ab. Die Geräuschkulisse der Palastbewohner und ihres Personals gewann an Lautstärke: Stimmen riefen Anweisungen, Pfannen klapperten, Teller klirrten. Einmal wurde eine Tür aufgemacht, und Riker blickte im Vorbeihasten in die vor Überraschung weit aufgerissenen Augen eines livrierten Bediensteten. Der Commander erachtete es als unangebracht, Zeit mit Erklärungen zu verschwenden. Statt dessen hoffte er, daß sie den Captain fanden, ehe der Lakai die Palastwachen alarmierte.

Die Landegruppe bog um noch eine Ecke und gelangte zu einer Treppe. Hier tönte der Lärm aus der Küche, wo man gegenwärtig wohl das Krönungsbankett vorbereitete, am lautesten. Das erklärt die leeren Flure, schlußfolgerte Riker. Er und die anderen beeilten sich die Treppe hinauf.

Riker nahm jedesmal zwei Stufen auf einmal und wünschte sich, sie könnten irgendwie schneller vorwärtskommen. Der Diener hatte möglicherweise schon die Wachen verständigt. Es dauerte einfach zu lange, den Captain ausfindig zu machen.

Worf blieb stehen. »Hier«, brummte er und deutete auf zwei Türen. Die Sicherheitsgruppe teilte sich, drei

Mann scharten sich um Worf, drei um Riker; vier Mann bezogen vor jeder Tür Aufstellung. Riker sah dem Klingonen in die Augen. Es bedurfte keiner Worte. Gleichzeitig stießen sie die Türen auf.

In den Zimmern trafen Riker und seine Sicherheitswächter jedoch niemanden an. Eilends durchsuchten sie die Suite, öffneten Schlafzimmer-, Badezimmer- und sogar Schranktüren. Nichts wies auf einen Kampf hin. Das Mobiliar stand ordentlich und unbeschädigt an seinem Platz. Ebensowenig gab es allerdings irgendeinen Hinweis auf den Verbleib der Landegruppe.

Riker sah Deannas Uniform neben einem Stuhl auf dem Fußboden liegen. Am Uniformpulli hing noch der Insignienkommunikator.

»Tja, Fehlanzeige«, kommentierte Riker. An der Spitze seiner Männer kehrte er in den Flur zurück.

Dort kam ihm Worf entgegen. So wie Riker Deannas Uniform über dem Arm trug, erschien der Klingone mit Captain Picards Uniform. Der Commander tippte auf seinen Insignienkommunikator und aktivierte die Kom-Verbindung zum Raumschiff.

»Riker an *Enterprise*«, sagte er ins Gerät.

»Hier *Enterprise,* Commander Data«, drang die Meldung aus dem Apparat.

»Wir haben die Uniform des Captains gefunden, aber keine Spur von ihm selbst oder den anderen. Stellen Sie noch eine Sicherheitsgruppe zusammen. Sie soll sich abrufbereit halten. Und wenn wir den Palast Stein für Stein abtragen müssen, ich finde unsere Leute.«

»Jawohl, Commander. Sicherheitsgruppe wird aufgestellt.«

»Riker Ende.« Will wandte sich an Worf. »Wie lautet Ihre Empfehlung, Lieutenant?«

»Der Captain und Counselor Troi hätten ihre Unterkünfte *niemals* von sich aus ohne Uniform verlassen. Sie müssen in der Nacht verschleppt worden sein. Wir sollten nach unten umkehren und einen Palastlakaien als Führer nehmen. Wahrscheinlich hält man den Captain und die Counselor an einer Örtlichkeit fest, die weniger leicht zugänglich als diese Zimmer ist.«

»Einverstanden«, entschied Riker, indem er nickte. »Dann mal los.«

Auf dem Weg, den die *Enterprise*-Landegruppe zuvor genommen hatte, eilte sie nun durch das Palastgebäude zurück. Beiläufig lauschte Riker auf Schritte oder Rufe. Doch alles blieb ruhig und still. Aufgrund seiner erst kurz zuvor beendeten Lektüre war ihm bekannt, daß der Palast über eine Wachkompanie verfügte. Wieso war noch kein Alarm gegeben worden?

Die Landegruppe stieg das Treppenhaus hinab und durchquerte wieder – diesmal jedoch in umgekehrter Richtung – den Korridor, an dessen einem Ende man zur Küche gelangte. Vom Erdgeschoß führte eine andere Treppe ins Tiefgeschoß.

Plötzlich sah Riker jemanden im Schatten lauern. Er hob die Hand, und seine Begleiter hielten ruckartig an. Alle Phaser zielten auf die nur halb sichtbare Gestalt.

Langsam drehte sie den Kopf. Ehe Riker irgendwelche sonstigen Einzelheiten unterschied, erkannte er die Furcht in den Augen – den Augen einer Frau. Wirres Haar umrahmte ein blasses, verschmutztes Gesicht. Die Frau richtete sich auf. Mit einem Blick registrierte Riker die zerrissene grüne Kutte, die Schrammen und blauen Flecken, die Anzeichen der Erschöpfung und übrigen Spuren einer längeren, grauenvollen Strapaze.

»Wer sind Sie?« flüsterte die Frau.

»Ich bin Commander William Riker, Erster Offizier der *Enterprise*«, gab Will zur Antwort. Eine Hand auf der Brust, lehnte die Frau sich an die Mauer. Für einen Moment schien, als würde sie ihn Ohnmacht sinken.

»Gott hat mich erhört«, seufzte die Frau. Als sie Riker wieder ins Gesicht blickte, war alle Furcht aus ihrer

Miene verschwunden. »Ich weiß, wo Ihr Kommandant ist ... Helfen Sie mir ...!«

Sie drohte zusammenzusinken. Riker sprang zu ihr und fing sie auf, ehe sie auf den Fußboden sacken konnte. Als er sie auf die Arme hob, bemerkte er ihre blutigen Hände, den geschwollenen linken Fußknöchel und ihre Zierlichkeit. Sie war noch schmaler als Deanna.

Deanna, dachte er erneut, sandte seine Mitteilung mit aller geistigen Kraft aus. *Ich bin fast da.*

»Wo?« fragte Riker.

»Unten in den Kerkergewölben«, antwortete die Frau. »Aber verirren Sie sich nicht in die Küche. Wir müssen durch den Weinkeller und die Vorratslager. In dem Keller, wo man die reparaturbedürftigen Gobelins lagert, gibt es eine Geheimtür. Sie führt in das Gewölbe unter dem Keller und zu der Zelle mit den Gefangenen.«

»Weshalb helfen Sie uns?« wollte der Commander erfahren.

»Weil Joakal bei ihnen ist«, lautete die leise, aber nachdrückliche Auskunft der Frau. Auf einmal blitzte aus ihren Augen eine Leidenschaft, die Riker zu der Einsicht bewog, daß er diese Person lieber nicht zur Feindin haben mochte.

»Den Rest erkläre ich Ihnen unterwegs«, beteuerte sie. »Wir müssen uns nämlich beeilen. Und seien Sie auf der Hut. Im Palast gibt es Verräter. Nicht jeder wünscht die Befreiung des wahren Königs.«

Riker wandte sich um und schaute Worf an. Der befehlsgewohnte Tonfall der Frau nötigte ihm ein Schmunzeln ab. »Sie haben's gehört, Lieutenant«, sagte er. »Also vorwärts.«

So unauffällig wie möglich versuchte die Gruppe am Kücheneingang vorüberzuschleichen. Schon glaubte Riker, sie kämen unbemerkt vorbei; doch als der letzte

Sicherheitswächter die offene Tür passierte, fielen ein paar Teller zu Boden. Im nächsten Augenblick erscholl Geschrei. Da haben wir den Salat, dachte Riker.

»Wir halten Ihnen alles vom Leib, bis Sie den Captain gefunden haben, Commander«, versicherte Worf. »Hier sind wir in einer leicht zu verteidigenden Position.«

Riker nickte. »Kontaktieren Sie die *Enterprise,* falls Sie Verstärkung benötigen«, antwortete Riker. Was die Rückendeckung betraf, vertraute er dem Klingonen. Er senkte den Blick auf die Frau, die er noch immer auf seinen Armen trug.

»Wohin?« fragte er. Sie wies ihm mit einer Handbewegung die Richtung. Riker verfiel in Laufschritt, während hinter ihm Phaserschüsse zischten.

Riker lief mit der Frau durch die Kellerräume des Palasts, die sich als ebenso komplizierter Irrgarten von Gängen wie die Korridore der Obergeschosse erwiesen. Wie versprochen, informierte die Frau ihn über ihre Identität und das Schicksal der Landegruppe. Zudem schilderte sie ihm ihre Flucht aus dem Tempel – was ihre Blessuren erklärte. Außerdem wußte sie einen Grund dafür, weshalb der Diener, von dem Riker gesehen worden war, keinen Alarm geschlagen hatte: Er mußte einer der Komplizen des Thronräubers sein.

Schließlich gelangten sie in den Abstellraum mit den Wandbehängen. Elana zeigte Riker die Geheimtür. Sie war abgeschlossen.

»Ich muß Sie für einen Moment absetzen«, sagte Riker zu Elana. »Können Sie stehen?«

Sie nickte und biß die Zähne zusammen. Weil Riker wußte, daß er ihr Schmerzen verursachte, ließ er sie möglichst vorsichtig direkt vor einer Wand hinabgleiten, so daß sie sich daran abstützen konnte. Dann hakte er den Phaser vom Gürtel. Um das Schloß zu eliminieren, war nur ein kurzer Schuß erforderlich. Anschließend nahm Riker die Frau wieder auf seine Arme.

Über zwei Treppen stiegen sie in die kühlen Kerkergewölbe des Palasts hinunter. Der Zweck dieser Kammern ließ sich unmöglich mißverstehen. Es gruselte Riker. Bei der Vorstellung, daß Deanna in einem solchen Loch festsaß – überhaupt irgendwer in derartigen Löchern gefangen sein könnte –, wurde ihm schier übel.

»Dort entlang«, wies Elana den Weg. »Es ist die sechste Zelle rechts.«

»Captain«, rief Riker noch im Laufen. »Deanna!« Für einige Sekunden, in denen dem Commander des Herz zu stocken drohte, kam keine Antwort. Dann jedoch hörte er die Stimme des Captains.

»Hier, Nummer Eins.«

Riker erreichte die Zellentür. Zum zweitenmal ließ er Elana von seinen Armen gleiten.

»Gehen Sie von der Tür weg«, rief Riker den Eingesperrten zu, ehe er nochmals den Phaser einsetzte. Dieses Schloß hielt etwas länger als das oben an der Geheimtür. Winzige Fünkchen stoben, während das Metall in der Hitze des Phaserstrahls schmolz. Endlich zerbarst das Schloß. Riker packte das Gitterfensterchen der Tür und schob sie einwärts. Die Gefangenschaft hatte ein Ende.

Bevor Riker die Zelle betreten konnte, stürzte ein jüngerer Mann heraus und an ihm vorbei zu Elana. Er zog sie in seine Arme. Riker hörte die beiden überglücklich miteinander flüstern, während er in die Zelle ging. Dort erwarteten ihn Picard, Troi und Mutter Veronica.

Sie standen beisammen, sahen verfroren und müde aus. Doch es erleichterte Riker, als er sah, daß sie allem Anschein nach unversehrt geblieben waren; weder wiesen sie Verletzungen auf noch irgendwelche anderen Anzeichen einer Mißhandlung.

Riker nickte Mutter Veronica und dem Captain zu, aber sein Blick galt ausschließlich Deanna. Sie schaute ihm entgegen. Ihr Lächeln verriet ihm, daß sie sich wohlauf befand.

Riker hielt ihr die Uniform hin. »Imzadi«, sagte er so leise, daß nur Deanna es hören konnte, als sie die Uniform nahm. Dann wandte er sich an den Captain.

»Leider habe ich Ihre Uniform nicht dabei, Sir«, meldete er. »Lieutenant Worf hat sie in Verwahrung.«

»Und wo ist der Lieutenant?«

»Er deckt oben unseren Rückzug, Sir.«

»Ausgezeichnet«, lobte Picard. »Gehen wir hinaus, damit die Counselor sich umziehen kann. Ich mache Sie mit dem König bekannt. Unsere Aufgabe hier ist noch lange nicht beendet.«

Der Captain packte Riker am Oberarm, als hätte er lediglich eine freundschaftliche Geste im Sinn; doch er schob Riker mit spürbarem Nachdruck zum Ausgang. Will konnte der Versuchung nicht widerstehen, er blickte sich noch einmal über die Schulter nach Deannas Lächeln um. Im nächsten Moment stand er im Flur. Der Captain schloß die Tür ein ganzes Stück weit, um der Counselor Gelegenheit zum Umkleiden zu geben.

»Eure Majestät«, sprach Picard den jungen Mann an, der bei Elana kauerte und den Arm um ihre Schultern geschlungen hatte. »Erlauben sie mir, Ihnen meinen Ersten Offizier vorzustellen, Commander William Riker. Will, das ist Seine Königliche Majestät, Joakal I'lium, König von Capulon IV.«

»Eure Majestät…« Zackig verneigte sich Riker. »Elana hat mich schon über alles informiert.« Er sah den Captain an. »Eine Sicherheitsgruppe unter Befehl von Lieutenant Worf ist oben an der Küche positioniert. Eine zweite Sicherheitsgruppe hält sich auf der *Enterprise* in Abrufbereitschaft.«

»Dann verschwinden wir hier«, sagte Picard, »sobald die Counselor soweit ist.«

»Bin schon fertig«, rief Troi, indem sie aus der Kerkerzelle kam. Jetzt trug sie wieder ihre gewohnte Uniform. Das Nachthemd hatte sie sich über die Schulter geworfen. Zwar waren ihre Füße noch nackt, aber sie wirkte ganz so, als fühlte sie sich schon erheblich wohler in ihrer Haut. Mit ihr verließ Mutter Veronica die Zelle. Sie hielt sich dicht bei der Counselor. Unwillkürlich fragte sich Riker, wer da eigentlich wem als Stütze diente.

Knapp nickte Picard, ehe er gewohnheitsmäßig erneut das Kommando übernahm. »Counselor«, erklärte er, »ich will, daß Sie, Mutter Veronica, der König und Elana in gefährlichen Situationen nach Möglichkeit im Hintergrund bleiben. Ist das klar?«

»Ja, Sir.«

»Gut.« Picard wandte sich an Riker. »So, Commander, dann können wir ...«

Riker war darauf gefaßt, Elana auf dem längsten Teil des Rückwegs in die Obergeschosse wieder tragen zu müssen. Doch als er auf sie zutrat, hob Joakal eine Hand und winkte ihn zurück.

»Danke, Commander Riker«, sagte der König. »Aber ich kümmere mich selbst um Elana.«

»Wie Sie wünschen, Eure Majestät.« Riker wartete, bis der König Elana beim Aufstehen geholfen und sie auf seine Arme gehoben hatte. Danach warf er dem Captain einen letzten Blick zu und führte die Gruppe zur Treppe und durch das verschlungene Gangsystem des Kellers. Endlich näherten sie sich der Küche. In deren Umkreis herrschte seltsame Ruhe.

»Lieutenant Worf?« rief Riker.

»Hier, Sir«, dröhnte die Stimme des Klingonen durch die Stille.

Die Gruppe, allen voran Riker, bog um die letzte Ecke. Voraus sahen sie Worf und seine Männer lässig am Kücheneingang lehnen. Nirgends waren Bedienstete oder Wachen zu sehen. Nur ein Palastdiener lag bewußtlos auf dem Fußboden ausgestreckt. Worf grinste sein Kriegergrinsen.

»Machen Sie Meldung, Lieutenant«, befahl der Captain.

»Jawohl, Sir. Einige Angehörige des Palastpersonals wollten Commander Riker verfolgen. Daraufhin haben wir mehrere Warnschüsse abgefeuert. Weil die Leute unbewaffnet waren, haben wir an die Decke geschossen. Der Mann da« – Worf deutete auf den Hingestreckten – »hat sich nicht abschrecken lassen. Aber er ist nur betäubt. Als er zusammenbrach, haben sich die anderen zurückgezogen. Seitdem sind sie nicht mehr gesehen worden.«

»Hervorragend, Lieutenant«, sagte Picard.

Anscheinend merkte Worf erst jetzt, daß der Captain im Schlafanzug umherlief. Leicht verlegen holte der Klingone Picards Uniform und händigte sie ihm aus. Rasch streifte Picard sie über das, was er schon trug.

Hinter ihm ließ der König Elana aus seinen Armen gleiten. Sobald sie auf dem Fußboden saß, kam er zu Picard. »Captain«, meinte er, »lassen Sie mich mit den Leuten reden. Sie sind meine Untertanen. Ich habe für sie die Verantwortung. Bestimmt hören sie auf mich.«

Picard zögerte, durchdachte die Möglichkeit, daß es zu gewaltsamen Auseinandersetzungen kommen mochte. »Na gut«, sagte er schließlich. »Aber ich bitte Sie, Majestät, sich nicht offen zu zeigen, bis die Gewißheit besteht, daß Sie etwas erreicht haben. Falls man Ihnen nicht glaubt und irgendein Bewaffneter …«

»Man wird mir Glauben schenken, Captain.« Joakal unterbrach Picard, bevor er den Satz beenden konnte. »Vertrauen Sie mir.«

Joakal wagte sich vor, bis er neben dem Klingonen stand. Worfs in höchster Konzentration angespannter Körper bezeugte, daß er sich bereithielt, um den König im Notfall augenblicklich in die Deckung zurückzureißen.

»Yesta?« rief Jakal. »Sind Sie da? Können Sie mich hören?«

»Ich bin *Hauptmann* Yesta«, erwiderte eine tiefe Stimme. »Wer ruft nach mir? Weshalb haben Sie sich der Autorität der Palastwache widersetzt?«

»Yesta, ich bin froh, daß Sie hier sind, mein alter Freund«, freute sich der König. »Achten Sie aufmerksam auf meine Stimme, dann merken Sie, wer ich bin. Sie kennen mich seit meiner Kindheit und haben schon meinem Vater gedient. Wer bin ich, Yesta?«

»Ihre Stimme klingt, als wären Sie der König. Aber Sie sind ein Betrüger. Der König befindet sich zu seiner Krönung im Tempel.«

»Nein, Yesta«, widersprach Joakal. Zu voller Größe aufgerichtet, trat er vor. Worf langte nach ihm, um ihn zurückzuziehen, doch Joakal schüttelte seine Hand ab. In stolzer, majestätischer Haltung gab er sich den Blikken preis. Trotz seines momentan verwahrlosten Äußeren wirkte er durchaus wie ein König.

»Ein Betrüger ist der Mann, der sich im Tempel meinen Platz anmaßt«, stellte Joakal klar, indem er langsam vorwärtsschritt. »Kommen Sie zu mir, Yesta. Schauen Sie mich an. Reden Sie mit mir. Dann begleiten Sie mich in den Tempel. Dort gedenke ich zu beweisen, daß ich bin, wer ich zu sein behaupte.«

Aus der Küche kam ein stämmiger Mann mit dunklen, grau gesträhnten Haaren zum Vorschein. Über einer weiten Hose und einem schlichten, schwarzen Gewand trug er eine Langweste aus dickem, braunem Leder. Auf die rechte Brustseite der Langweste war ein Emblem gestickt. Um seinen Hals hing eine schwere Kette, offenbar eine Amtskette. Als einzige Waffe führte er eine lange, mit Metall beschlagene Keule.

Halblaut unterhielten sich er und Joakal. Es fielen

nur ein paar kurze Sätze. Dann sank der Hauptmann der Palastwache vor Joakal aufs Knie und hob dem König mit beiden Händen die Keule entgegen. Joakal legte zum Zeichen seiner Huld eine Hand auf die Waffe, bevor er sich umdrehte und die *Enterprise*-Landegruppe herbeiwinkte.

»Yesta und seine Männer geleiten uns zum Tempel«, teilte der König mit. »Aber wir sollten uns beeilen. Wir müssen dort sein, ehe die Krönung vollzogen ist.«

Zum Palast hinaus gingen Joakal und Captain Picard Seite an Seite voran. Ihre Begleitung folgte als geschlossene Gruppe.

Ein *Enterprise*-Sicherheitswächter trug Elana auf den Armen. Troi blieb in ihrer und Mutter Veronicas Nähe. Die tiefe Erschöpfung, die sie bei beiden Frauen spürte, bereitete ihr Sorge. Ihre eigene Müdigkeit konnte sie durchaus noch für eine Weile überwinden. Aber wenn alles vorbei war, schwor sie sich, wollte sie sich ein ausgedehntes Bad gönnen, tüchtig essen und zu guter Letzt in Wärme und Sicherheit lange, lange schlafen.

Die Gruppe ließ im Palast völlig verwirrtes Küchenpersonal zurück. Sie eilte durch mehrere Straßen und über den Vorplatz des Tempels, ohne sich um die verdutzten Mienen der Passanten zu scheren. Hastig erstieg sie die hohe Freitreppe zum Hauptportal des Tempelgebäudes.

Aus dem Tempelinnern hörte man Musik und Gesang schallen. Auf dem Treppenabsatz verharrte Joakal kurz und legte die Hand an eine der Tugendwächter-Säulen. Er blickte sich um und Elana in die Augen. Troi spürte die Empfindungen der Liebe zu Elana, die ihn durchströmten.

Dann tat er die letzten Schritte zum Tempelportal und stieß es mit beiden Händen auf, so daß die Torflügel weit einwärtsschwangen. Seine Begleitung blieb um einige Schritte hinter ihm; Joakal hatte das Vorrecht, als erster den Tempel zu betreten.

Energisch durchquerte der junge König die Eingangshalle. Hocherhobenen Hauptes betrat er die Tempelhalle und den langen Mittelgang.

»Halt«, rief er mit lauter, gebieterischer Stimme. »Im Namen Gottes, der über allem thront, des Gottes, dessen Namen Gerechtigkeit und Wahrheit lauten, unterlaßt diesen rechtswidrigen Ritus!«

Überall im Tempel erstarben die Stimmen, wandten sich die Gesichter Joakal zu. Am Altar hatte Faellon gerade den Kronreif von Beahorams Stirn nehmen wollen, um zum feierlichsten Teil des Zeremoniells überzugehen, der Handauflegung zum Zwecke des Segnens. Jetzt fuhr er vor Betroffenheit einen Schritt zurück. Er wäre gestrauchelt, hätte nicht ein anderer Tempeldiener ihn aufgefangen.

Joakal durchmaß den Mittelgang, bis er den Altarraum erreichte. Auf der dritten Altarstufe saß Beahoram auf einem mit prunkvollen Überwürfen behangenen Polsterstuhl. Er hatte sich noch nicht gerührt.

Hinter ihm hob Faellon den Kopf und begegnete Joakals Blick. Joakal sagte kein Wort. Seine Gegenwart allein klagte Faellon an und fällte über ihn das Urteil.

Fassungslos schüttelte der Oberste Diener langsam den Kopf. Sein Gesicht erbleichte. Nur mit Mühe konnte er seinen Blick von den Gesichtszügen der beiden jungen Männer reißen.

Er schaute zu der gemischten Gruppe von Palastwächtern und Föderationsvertretern hinab, die sich inzwischen im Mittelgang gesammelt hatte. Er sah Elana auf den Armen eines Uniformierten. Faellon bemerkte Schmutz und Blut an ihren Händen, ihre zerschrammten Wangen, das aufgelöste Haar und die Löcher in ihrer Kleidung. Scham packte ihn. Er bedeckte das Gesicht mit den Händen.

Beahoram stand auf. »Wer bist du?« fragte er, während Wut in seinen Augen gloste. »Was hat das zu bedeuten?« schrie er.

Endlich entzog Joakal seinen Blick dem Obersten Diener und richtete ihn auf Beahoram. »Es bedeutet, Bruder«, antwortete Joakal, »daß es mit deiner Betrügerei ein Ende hat.«

Beahoram wandte sich an die Ältesten, die ihn umstanden, die Krönungsbevollmächtigten, die die großen Schwerter hielten. »Ergreifen Sie den Kerl!« brüllte er.

Die Adeligen bewegten sich nicht von der Stelle. Wie zuvor bei Faellon, huschten auch ihre Blicke unablässig zwischen den beiden so ähnlichen Mienen der Zwillingsbrüder hin und her. Ein leichtes Schmunzeln hob Joakals Mundwinkel. Beahoram sah es. Seine Erbitterung wuchs, und sein Gesicht verzerrte sich zu einer Fratze.

»Verhaftet diesen Mann!« schrie er noch einmal. »Ich, der König, befehle es!«

Beahoram machte einen Schritt auf Joakal zu. Seine erhobenen Fäuste wollten sich um Joakals Hals schließen und ihn zu Tode würgen. Joakal regte sich nicht. Er nahm den Blick nicht von Beahorams Grimasse. Die ironische Belustigung, seine einzige Waffe, schwand nicht aus seiner Miene, während Beahoram näher kann.

Dieser Anblick schreckte endlich Tygar, den Sprecher des Ältestenrats, aus seiner Starre und trieb ihn zum Handeln. Er verließ seinen Platz auf den Altarstufen. Seine Hände hielten das große Schwert der Weisheit. Er streckte die Klinge zwischen die beiden Brüder.

»Unter Berufung auf unsere Gesetze«, verkündete er, »erkläre ich diese Krönung als beendet. In einer Stunde wird der Ältestenrat sich im Großsaal versammeln. Dann werden wir herausfinden, wer in Wirklichkeit der König ist.«

Beahoram spannte die Muskeln, als hätte er vor, über

das Schwert hinweg seinen Bruder anzuspringen. Tyger entging sein Vorhaben nicht. Er hob das Schwert ein zweites Mal. Diesmal zeigte die Spitze auf Beahorams Gurgel.

Joakal betrachtete die Miene seines Zwillingsbruders über dem mörderischen Stahl. Er sah den Haß, der unvermindert in Beahorams Augen glühte. Aber dieser Haß machte auf ihn keinen Eindruck mehr.

Allmählich verbreiterte sich das angedeutete Schmunzeln, das für keine Sekunde aus seinen Gesichtszügen gewichen war; es wurde zu einem harten, kalten Lächeln.

22

Tygar schaute hinauf zu Faellon, doch der Oberste Diener rührte sich nicht. Nach wie vor stand er mit in den Händen verborgenem Gesicht da. Offensichtlich war er zu erschüttert, um noch Anweisungen an seine Untergebenen, die Tempelbediensteten, geben zu können. Geistesgegenwärtig behielt Tygar die Initiative.

»Gibreh, Kithia, Leboath«, rief er die drei anderen Ältesten, die sich mit ihm auf den Altarstufen bereitgehalten hatten. Sofort kamen sie an seine Seite. Gleichzeitig hoben sie – wie ein Mann – die Schwerter und umringten Joakal und Beahoram.

Tygar ging zu den anderen Ältesten und ließ sie die übrigen Insignien auf dem Altar ablegen. Dort sollten sie unter der Aufsicht Yestas und seiner Männer bleiben, bis die Krönung tatsächlich vollzogen werden konnte. Die Mehrheit der Ältesten war zunächst starr vor Verblüffung. Nun erledigten sie sofort und voller Eile alles Erforderliche. Sie kannten das Gesetz so gut wie Tygar. Jeder von ihnen wußte, was es zu tun galt.

Auch Faellon fühlte sich inzwischen wieder zum Handeln fähig. Während mehrere Ratsmitglieder die seit Generationen vererbten Krönungsutensilien und königlichen Insignien zum Altar trugen, besprach der Oberste Diener sich rasch und im Flüsterton mit seinen Gehilfen. Tygar wandte sich an die vor Staunen baffe Versammlung.

»Gemäß der Gesetze unserer Ahnen«, gab er bekannt, »ist die Krönungszeremonie vorzeitig beendet worden. Sie wird erst fortgesetzt, wenn wir in Übereinstimmung mit Gottes Willen die Wahrheit ergründet haben. Sie können den Tempel verlassen oder dürfen bleiben. Aber es ist niemandem gestattet, die Maßnahmen des Ältestenrats zu stören. Niemandem ist es erlaubt, mit einem der Beteiligten zu sprechen oder auf andere Weise mit ihm in Verbindung zu treten, weder mit Ältesten und Tempeldienern noch mit den Thronbewerbern, bis Gerechtigkeit geschehen ist. Jeder Verstoß gegen diese Verfügung widerspricht den Gesetzen unserer Welt und wird bestraft.«

Tygar wandte sich ab, ohne auf das Gemurmel zu achten, das unter den Anwesenden anschwoll. Er sah, daß sich um die beiden Männer, von denen jeder behauptete, der König zu sein, inzwischen ein dichter Kreis aus Tempeldienern und Ältesten gebildet hatte. Er nickte ihnen zu, ehe er Yesta ein Zeichen gab. Der Hauptmann der Palastwache führte seine Männer zum Altar und ließ sie rings um die alten Kostbarkeiten Posten beziehen. Nochmals nickte Tygar.

»Zum Palast«, kommandierte er. Die um die zwei Brüder aufgestellte Schar formierte sich zu einer Eskorte. Tygar vollführte auf dem Absatz eine Kehrtwendung und strebte allen voran zum Tempel hinaus.

Sobald man die beiden Aspiranten fortgebracht hatte, machte die Aufregung der Leute sich hörbar Luft. Anwesende sprangen auf, das bis dahin gedämpfte Getuschel steigerte sich zu lautstarken Spekulationen und Fragen. Hitzige Diskussionen brachen aus. Während der Lärm wuchs, nutzte Picard die Gelegenheit, um seine Begleiter zu sich zu winken.

»Nummer Eins«, sagte er zu Riker, »Sie, Lieutenant Worf und die Sicherheitsgruppe kehren ins Raumschiff zurück. Aber seien Sie für den Fall, daß Sie hier gebraucht werden, zum Retransfer bereit.«

»Und was machen Sie und Deanna, Sir?«

»Ich glaube, Counselor Troi und ich sollten bleiben.«

»Und Mutter Veronica?«

Picard drehte sich der Nonne zu. Sie stand gesenkten Blicks, die Hand an dem Brustkreuz, das ihr um den Hals hing, bei der Counselor. Nun hob sie langsam den Kopf, sah erst den Captain an, danach Troi.

»Ob hier oder dort«, meinte sie teilnahmslos, »macht keinen Unterschied.«

»Gut«, antwortete Picard. »Es kann sein, daß wir Sie brauchen.« Dann ging er zu Elana, die immer noch ein Sicherheitswächter auf den Armen trug.

»Elana«, erklärte der Captain, »mir fehlen die Worte, um Ihnen ausreichend meinen Dank und meine Bewunderung ausdrücken zu können. Wenn Sie dazu bereit sind, Commander Riker in unser Raumschiff zu begleiten, kann unser medizinisches Personal Ihre Verletzungen schnell und effektiv heilen. Ich versichere Ihnen, daß Sie zur Sitzung des Ältestenrats rechtzeitig zurück sind.«

»Danke, Captain«, seufzte Elana mit müdem Lächeln. »Ich nehme Ihr Angebot an.«

Picard tippte an seinen Insignienkommunikator. Es freute ihn regelrecht, wieder den leisen Aktivierungston des Geräts zu hören. »Picard an Transporterraum«, sagte der Captain.

»Hier Tuttle, Transporterraum.«

»Transporterchefin, Commander Riker und seine Landegruppe sind an Bord zurückzubeamen. Sie bringen einen verletzten Gast mit. Bitte benachrichtigen Sie Dr. Crusher.«

»Aye-aye, Captain.«

»Danke, Transporterchefin. Picard Ende.«

Riker und seine Sicherheitsgruppe sonderten sich ein

wenig ab, um einen ungefährlichen Transfer zu ermöglichen. »Diesmal bleibe ich mit Ihnen in Kontakt, Nummer Eins«, versprach Picard.

Riker grinste. »Ich bitte darum, Captain«, gab er zur Antwort. Er berührte auf seinen Insignienkommunikator. »Wir sind bereit, Transporterchefin. Transfer für neun Personen.«

Unverzüglich ertönte das altbekannte Flirren; eine Sekunde lang schien es silbernes Licht zu regnen, im nächsten Moment war die Gruppe fort. Picard wandte sich an Counselor Troi.

»Ich denke, wir sollten in unsere Quartiere im Palast zurückkehren. Ich habe keine Ahnung, wie's Ihnen geht, aber ich habe Hunger und Durst, und meine Füße sind kalt wie Eis.«

Troi lächelte. »Einverstanden, Captain.«

Eine Stunde später versammelte sich der Ältestenrat in dem Audienzsaal, wo der falsche König Captain Picard, Troi und Mutter Veronica empfangen hatte. Jetzt stand das Trio zum zweitenmal vor der hohen Tür des Saals und wollte hinein. Doch Tygar verweigerte den Zutritt.

»Sie stammen nicht von dieser Welt«, stellte der Sprecher des Ältestenrats fest. »Diese Angelegenheit und ihr Ausgang betreffen Sie nicht.«

Hinter seinem Rücken hörte Picard das Summen des Transferphänomens. Aber er drehte sich nicht um. Er wußte, es war Elana, die von Bord zurückkehrte. Seine Aufmerksamkeit blieb Tygar gewidmet.

»Ich bin vollkommen gegenteiliger Meinung«, erwiderte er dem Ältesten. »Der Ausgang ist für mich und die Föderation sehr wohl von großer Wichtigkeit. Wir haben Sie auf Einladung des Königs und des Ältestenrats aufgesucht, um einen Beitrittsvertrag zu unterzeichnen. Statt dessen hat man uns mit Gift betäubt und verschleppt, ein Usurpator hat uns in ein Kerkerloch gesperrt ...«

»Nichts davon ist bisher bewiesen, Captain.«

»Glauben Sie etwa nicht, was Sie mit eigenen Augen gesehen haben?«

»Was ich *glaube,* ist unerheblich, Captain«, entgegnete Tygar. »Wir haben *Gesetze.* Der Gegenstand der Untersuchung, die der Rat durchzuführen hat, umfaßt wesentlich mehr als die Frage der Identität oder eventuell an Ihnen und Ihren Begleitern verübte rechtswidrige Handlungen. Einer dieser Zwillinge dürfte überhaupt nicht am Leben sein. Da er aber nun einmal lebt, müssen wir ermitteln, wer von beiden sich am besten zum Regieren eignet. Und dies Problem muß in Einklang mit dem *Gesetz* geklärt werden.«

»Hätten Sie dort unten bei uns in der Zelle gesteckt ...«

»Gibt es Schwierigkeiten, Captain?« erkundigte sich Elana, als sie an Picards Seite trat.

»Lady Elana«, sagte Tygar, indem er sich knapp verneigte, »ich habe Captain Picard gerade dargelegt, daß er zu unserer Beratung keinen Zugang haben kann. Er stammt nicht von unserer Welt.«

Elanas Gesicht nahm einen irreführenden Ausdruck des Gleichmuts an. Picard war kein Telepath, aber selbst er spürte ihre Empörung. Als sie dem Ältesten antwortete, geschah es mit eisig ruhiger Stimme.

»*Ich* stamme von dieser Welt, Tygar.«

»Gewiß, Lady Elana, aber ...«

»Diese Leute sind meine Begleiter. Wollen Sie etwa auch *mir* den Einlaß verwehren?«

»Nein, Lady Elana, selbstverständlich nicht. Aber ...«

Angesichts Elanas unerbittlich festen Blicks versagte Tygar die Stimme. Die Aura der Entschlossenheit, die die zierliche Frau umgab, rang Picard aufrichtige Bewunderung ab. Sie war eine beachtliche Verbündete, erkannte Picard, und ein ernstzunehmender Gegner für jeden, der sie sich zum Feind machte. Beahoram hatte allen Grund, sich in acht zu nehmen.

Tygar lenkte ein; er senkte den Blick und trat beiseite. Elana reckte das Kinn und wandte sich mit einem Lächeln dem Captain zu.

»Würden Sie mir wohl Ihren Arm reichen, Captain?« fragte sie in liebenswürdigem Ton. »Die medizinischen Einrichtungen Ihres Raumschiffs grenzen an ein Wunder. Ich bin schon wieder so gut wie gesund. Aber ich fühle mich noch ein wenig schwach.«

Schwach – das wohl kaum! dachte Picard, als er der Lady den Arm reichte. »Sie erweisen mir eine große Ehre, Lady Elana«, erklärte er laut.

Gefolgt von Troi und Mutter Veronica, betraten Picard und Elana an Tygar vorbei den Großsaal. Die Riesenhaftigkeit des Saals hatte auch diesmal auf die Gäste eine überwältigende Wirkung. Die umfangreiche, halbkreisförmige Anordnung von Tischen in der Mitte erweckte den Eindruck, als wäre sie für Zwerge bereitgestellt worden. Die Ältesten und dreißig Tempeldiener hatten dort schon Platz genommen. Sie bildeten das Tribunal. Dahinter auf der Empore stand leer der Thron und wartete auf seinen rechtmäßigen Inhaber.

Tygar setzte sich am Kopfende der Tafel neben Faellon. Offenbar sollten die beiden Würdenträger als Schiedsrichter fungieren und zudem darüber wachen, daß man die Gesetze Gottes und der Menschen ordnungsmäßig beachtete.

Joakal und Beahoram saßen mitten in dem Halbkreis auf schlichten Holzstühlen. Beide Brüder waren gleich gekleidet. Nachdem Joakal gebadet sowie Haar und Bart gestutzt hatte, wirkte die Ähnlichkeit der Zwillinge um so verblüffender.

Als jeder an seinem Platz saß, stand Faellon auf und hob die Hände. »Gott sprach«, deklamierte er überlaut, »zu unseren Ahnen: ›*Meine Wahrheit ist zu finden in den Seelen meines Volkes, und meine Gesetze sollen im Herzen meines Volkes herrschen.*‹ Deine Wahrheit ist es, o Gott, nach der wir dürsten. Laß keine Falschheit Dein Licht trüben. Offenbare uns Deine Weisheit, so daß wir Dein Volk schützen und Deine Gesetze hüten können.«

Faellon sank in den Lehnstuhl zurück und faltete die Hände. Er starrte seine ineinander verklammerten Finger an, als brächte er es nicht über sich, das Tribunal oder die zwei sich so überaus ähnlichen Brüder anzusehen.

Ohne aufzustehen, eröffnete Tygar die Sitzung. Ohne Umschweife wandte er sich an die beiden Thronrivalen.

»Sie haben alle an Sie gerichteten Fragen zu beantworten, gleichgültig wer sie stellt. Sie müssen ohne Zögern und wahrheitsgemäß antworten. Haben Sie mich verstanden?«

Fast gleichzeitig nickten die Zwillingsbrüder.

»Den Anfang machen wir mit dem Naheliegendsten. Wie lauten Ihre Namen, die Namen Ihrer Eltern, wann und wo sind Sie geboren worden?«

»Ich bin Joakal aus dem Königshaus I'lium ...«

»... Zwölfter dieses Namens.«

»Meine Eltern waren König Klavia und ...«

»... Königin Irian. Geboren bin ich ...«

»... am siebzehnten Adin ...«

»hier in der Königlichen ...«

»... Hauptstadt She'heldon.«

Die zwei Aspiranten ergänzten sich so prompt bei ihren Antworten, als führten sie ein glänzend einstudiertes Theaterstück auf. Wenn das so weitergeht, überlegte Picard, kommt dabei gar nichts heraus. Eigentlich dürfte es aber nicht mehr lange dauern. Schließlich sind die Brüder getrennt aufgewachsen.

Doch es lief so und nicht anders weiter, und zwar weit über eine Stunde lang. Trotz immer komplizierterer Fragen änderte sich nichts.

Picard merkte, wie die Counselor neben ihm fortwährend unruhiger wurde. Was spürt sie? fragte er sich. Ehe er sich endlich dazu durchrang, sie zu fragen, sah er, wie Mutter Veronica sich zu Troi neigte und ihr etwas zuflüsterte, aber so leise, daß Picard nichts verstand. Anschließend wandte Troi sich an den Captain.

»Beahoram liest Joakals Gedanken, um die richtigen Antworten zu erfahren, Sir«, teilte sie ihm mit.

»Sind Sie sicher, Counselor?«

»Mutter Veronica kann die telepathischen Vorgänge verfolgen.«

»Aber Sie beide haben es doch trotz schonungsloser Bemühungen nicht geschafft, Joakals mentale Abschirmung zu durchdringen. Wie gelingt es Beahoram?«

»Keine Ahnung, Captain«, gestand Troi. »Vielleicht hängt es damit zusammen, daß sie Zwillinge sind. Möglicherweise verändert die körperliche Nähe bei ihnen die Gehirnwellenfrequenz. Oder unter Umständen liegt es an ...« Die Counselor schüttelte den Kopf. »Ich weiß es nicht, Captain«, räumte sie nochmals ein. »Aber ich spüre schon seit einer ganzen Weile, daß Beahorams Zuversicht stark wächst. Er hat hier im Saal von allen Anwesenden die dominantesten Emotionen. Falls nicht irgend was passiert, das seine Pläne vereitelt, ist es nicht ausgeschlossen, daß Joakal letzten Endes doch noch als Verlierer dasteht.«

Picard wandte sich zu Elana. »Ich habe es gehört«, raunte sie, ehe er etwas sagen konnte. »Ich bin der gleichen Ansicht. Wir müssen eingreifen. Mutter Veronica kann also Gedanken lesen, und Counselor Troi die Gefühle anderer Leute spüren?«

»Ja, so verhält es sich, Lady Elana«, antwortete Picard. »Wie genau sind ihre Wahrnehmungen?«

»Ich würde den beiden mein Leben anvertrauen.«

Elana nickte. Sie stand von ihrem Stuhl auf und strebte, ohne sich ein einziges Mal umzublicken, zur Mitte des Saals. Picard und seine Begleiterinnen folgten ihr in einem Schritt Abstand. In einer Nachahmung der Gebärde, die Faellon beim Beten vollführte, streckte sie die Hände in die Höhe.

»Schluß mit diesem Possenspiel«, rief sie im Befehlston. »So läßt sich offensichtlich weder die Wahrheit entdecken noch eine Möglichkeit finden, um der Gerechtigkeit den Weg zum Sieg zu ebnen.«

»Lady Elana...« Verärgert über ihre Einmischung, sprang Tygar von seinem Platz hoch. »Sie sind zu dieser Beratungssitzung zugelassen worden, weil Sie Elana E'shala sind, die Erste Tochter eine der dreißig Adelshäuser. Aber Sie dürfen ausschließlich als *Beobachterin* zugegen sein. Es ist Ihnen untersagt, das Verfahren in irgendeiner Hinsicht zu beeinflussen.«

»Als Erste Tochter des Hauses E'shala und künftige Gemahlin Joakal I'liums, des Königs und wahren Absolutus von Capulon, berufe ich mich auf ein altüberliefertes Recht und nehme es hiermit in Anspruch. Ich verlange das *Rhii'cha.*«

Rings an der Ratstafel entstand ein Schweigen wie nach einem Donnerschlag. Faellon, der während der gesamten bisherigen Befragung vollständiges Schweigen bewahrt hatte, hob nun den Blick. »Die für das *Rhii'cha* erforderlichen geistigen Kräfte sind bei niemandem auf unserem Planeten mehr vorhanden, Lady Elana«, sagte er. »Gott hat sie uns genommen.«

»So wie es keine Zwillinge mehr gibt, Faellon?« hielt Elana ihm entgegen. Bei ihren Worten und der unversöhnlichen Härte ihres Tonfalls zuckte der Oberste Diener zusammen.

Sie sah seine Reaktion, ließ sich davon jedoch nicht im geringsten beeindrucken. »So wie es nach wie vor Zwillinge gibt«, konstatierte sie, »sind auch diese geistigen Kräfte noch vorhanden.«

Elana winkte Troi und Mutter Veronica zu sich. »Sie hier verfügt über die Gabe der Geist-Einigkeit« – Elana wies auf die Nonne –, »wie unsere Ahnen sie einst hatten. Und sie« – die Lady deutete auf Troi – »hat die Fähigkeit, ein fremdes Gemüt zu durchschauen sowie Wahrheit und Falschheit der Worte zu unterscheiden.«

»Diese Leute sind keine Capuloni, Lady Elana«, äußerte Tygar zum Einwand. »Wie können Sie trotzdem behaupten, in ihnen sei die Stimme Gottes gegenwärtig?«

»Eben weil sie diese geistigen Fähigkeiten haben«, entgegnete Elana. »Wird uns nicht gelehrt, daß alle derartigen Gaben von Gott kommen? Wollen Sie etwa den Wahrheitsgehalt der heiligen Schriften leugnen?«

Faellons Blick fiel auf den Captain. »Sind Sie und Ihre Leute denn mit der genannten Prozedur einverstanden?«

Picard zögerte. Was mag dieses *Rhii'cha* wohl sein? fragte er sich. Und wie würde Starfleet meine Einwilligung beurteilen?

»Wir haben keine andere Möglichkeit«, flüsterte Elana ihm zu. »Lassen Sie uns jetzt nicht im Stich.«

Picard schaute ihr in die Augen. Darin sah er nicht nur ihre Bitte unterstrichen, sondern auch die vollkommene Überzeugung von der Richtigkeit ihres Vorgehens. Er nickte Faellon zu.

»Wir sind dazu bereit«, erklärte der Captain.

»Also gut«, sagte Faellon. Er stemmte sich aus dem Lehnstuhl empor. »Das Recht auf das altüberlieferte *Rhii'cha* ist beansprucht worden und wird gewährt.

Gemäß der alten Gesetze muß es im Tempel vollzogen werden, vor Gottes Altar. Das *Rhii'cha* soll morgen in der Frühe stattfinden. Dann erfahren wir durch Gottes Stimme, welcher der beiden Aspiranten die Kraft und den Mut hat, dessen es bedarf, um unsere Welt zum Wohl aller zu regieren. So soll es sein.«

23

Man führte Joakal und Beahoram weg. Bis zum kommenden Morgen hatten sie unter strenger Bewachung zu bleiben. Faellon und die übrigen Tempeldiener kehrten in den Tempel zurück. Picard, Troi und Mutter Veronica suchten ihre Gästezimmer im Palast auf; Elana gesellte sich zu ihnen.

Als erstes kontaktierte Picard Commander Riker und informierte ihn über die Situation. Nach Beendigung des Gesprächs begann der Captain eine Unterhaltung mit Elana.

»Würden Sie mir bitte erläutern, auf was wir uns da eigentlich eingelassen haben. Was ist dieses *Rhii'cha?*«

»Es handelt sich um eine sehr alte Zeremonie, Captain«, erteilte Elana Auskunft. »Nur ganz wenige Personen auf unserer Welt wissen überhaupt noch davon. Faellon als Oberster Diener und vielleicht noch eine Handvoll anderer Tempeldiener, die sich für die alten Gepflogenheiten interessieren. Sogar Joakal und ich haben nur durch Zufall davon erfahren.«

»Wie darf ich das verstehen?« fragte Picard.

»Joakal wird ein großartiger Herrscher sein«, versicherte Elana. Sie hob ihr zierliches Kinn, als hätte sie nicht vor, in dieser Hinsicht irgendeinen Widerspruch zu dulden. »Ihm ist wirklich daran gelegen, den Planeten so gut wie möglich zu regieren. Während eines Großteils seines bisherigen Lebens hat er Studien der Tradition betrieben und nach Mitteln geforscht, wie sich für unsere Welt eine bessere Zukunft aufbauen ließe. Er ist auf viele uralte, vergessene Texte gestoßen, sowohl hier wie auch im Tempel ... Auf Schriften, in die seit Jahrhunderten niemand einen Blick geworfen hatte. Eine davon ist das Buch Valpet. Das ist ein Codex, der noch in der Zeit vor den letzten Kriegen verfaßt worden ist. Er umfaßt eine Aufstellung früherer Gesetze und Rituale. In diesem Buch hat Joakal auch die Beschreibung des *Rhii'cha*-Ritus entdeckt.«

»Was geschieht bei dem Ritual?« hakte Picard ein.

»Der alte Text«, erläuterte Elana, »schildert es folgendermaßen: In der Kunst des ›Wahrsehens‹ bewanderte Personen, also solche, die Sie als Telepathen und Empathen bezeichnen, werden zum Altar geleitet und ›durch Hand und Gebet der Gottesdiener‹ geläutert. Das heißt, man segnet sie durch Handauflegung. Dann bringt man die Widersacher herein. Sie müssen sich der Länge nach vor dem Altar ausstrecken. Danach haben die Vollzieher des Rituals die Aufgabe, in den Geist der Widersacher Einblick zu nehmen und bekanntzugeben, was sie darin feststellen. In einem so außergewöhnlichen wie diesem Fall, in dem das Ergebnis über das Schicksal einer ganzen Welt entscheidet, haben Counselor Troi und Mutter Veronica nicht nur die Pflicht zu enthüllen, *wen* sie vor sich haben. Sie müssen auch offenlegen, *was* sie sehen und *wieso*.«

»Counselor ...« Picard blickte Troi an. »Welche Probleme sehen Sie voraus?«

»Keine mit dem Ritual als solchem«, antwortete Troi. »Auch auf Betazed wird noch heute manches, was wir wissenschaftlich längst verstehen, im Rahmen eines quasi-religiösen Ritus praktiziert. Wir haben gemerkt, daß dadurch der Geist geöffnet wird; außerdem kann man sich leichter auf die innere Realität konzentrieren. Ich vermute, daß das *Rhii'cha* ähnlich abläuft. Trotzdem mache ich mir Sorgen. Unten im Kerker ist es Mutter

Veronica und mir trotz mühevollster Anstrengungen mißlungen, über die oberflächlichsten Gedanken hinaus in Joakals Psyche einzudringen. Vordergründiges konnten wir leicht erkennen. Beahoram war genauso dazu imstande. Aber was eine tiefergehende mentale Sondierung betrifft ... Ich weiß nicht. Wenn wir's nun einfach nicht hinkriegen?«

»Sie müssen es schaffen«, sagte Elana. »Die im Buch Valpet gesetzeskräftig bestimmten Regeln sind eindeutig. Wer nicht preisgibt, was er beim *Rhii'cha*-Ritual an Erkenntnissen gewinnt, macht sich der Gotteslästerung schuldig. Diese als verbrecherisch bewertete Tat wird mit dem Tode bestraft.«

Mutter Veronica, die gesenkten Kopfes dasaß, die Rechte ums Brustkreuz geschlossen, sprang plötzlich auf; ihr Blick ruckte von einem zum nächsten Gesicht.

»Nein«, rief sie laut und mit hörbarer Nachdrücklichkeit. »Nicht noch einmal!« Damit wirbelte sie herum und flüchtete aus dem Zimmer.

Betroffen heftete Picard den Blick auf Troi. Zu sagen brauchte er nichts. Troi erhob sich von ihrem Sitz.

»Ich rede mit ihr«, versprach sie. »Aber ich kann nicht vorhersagen, ob es was nützt.«

Mutter Veronica starrte aus dem Fenster, als Troi die gemeinsame Suite betrat. Die Ordensfrau stand in aufrechter Haltung da, vollkommen reglos und still; doch die Counselor spürte die Emotionen, die in ihr brodelten.

Deanna setzte sich auf die Bettkante und beobachtete die Nonne. Mutter Veronica drehte sich nicht um. Sie gab erst zu erkennen, daß sie sich Trois Anwesenheit überhaupt bewußt war, als sie den Mund aufmachte.

»Ich möchte zurück auf die *Enterprise*«, sagte sie.

»Mutter Veronica ...«

Ruckartig fuhr die Nonne herum. Ihre Augen widerspiegelten Leid und Zorn. Troi fühlte ihre wachsende Panik.

»Nie wieder!« stieß die Äbtissin hervor. »Ich kann nicht mehr. Noch einmal verkrafte ich es nicht. Wie können Sie so etwas von mir verlangen?«

»Ich brauche Ihre Hilfe«, gab Troi schlicht und einfach zur Antwort.

Mutter Veronica kehrte ihr wieder den Rücken zu, begann auf und ab zu gehen. »Sie brauchen meine Hilfe«, wiederholte sie. Momentan hatte in ihr der Zorn die Oberhand. »Der Planet braucht meine Hilfe. Die Kinder brauchen meine Hilfe. *Alle* wollen etwas von mir – ob ich helfen kann oder nicht. Egal, diesmal kann ich's nicht.«

Troi blieb stumm auf dem Bett sitzen und ließ die Nonne ihrer Erbitterung Ausdruck verleihen. Sie wußte, Mutter Veronica konnte mit ihren Empfindungen nicht umgehen, ehe sie sich ihnen stellte.

»Bevor ich an Bord der *Enterprise* gegangen bin«, fügte die Ordensfrau hinzu, »war es schon schlimm genug. Aber seitdem strömt dermaßen viel an Emanationen fremder Seelen auf mich an, wird soviel von mir gefordert ... Ich dachte, Sie hätten vor, *mir* zu helfen. Sie haben's auch, für einige Zeit ging es mir besser. Dann sind wir auf diesen Planeten gelangt. Im Kerker ... Joakal ... Ich mußte mich zwingen, in seinen Geist ... einzudringen ...«

Schon war ihr Zorn verpufft. All der Schmerz und die Verzweiflung ihrer vielen Jahre des Duldens brachen sich nun Bahn. Ihre Schritte stockten.

»Beahoram ... derartig starker Haß ... Ich kann unmöglich ... Es ist ausgeschlossen ...«

Mutter Veronica brach in Tränen aus. Sie sank auf die Knie und barg das Gesicht in den Händen. Troi ging zu ihr, kniete sich neben sie, legte ihr einen Arm um die Schultern.

Nach einem Weilchen verebbte Mutter Veronicas Schluchzen. »Bitte«, sagte sie, ohne aufzublicken. »Ich möchte fort.«

Troi atmete tief durch. Zum Bleiben nötigen konnte sie die Nonne nicht, und in ihrer gegenwärtigen Verfassung wäre sie ohnehin keine Hilfe, sondern mehr ein Klotz am Bein. Wollte Troi beim *Rhii'cha* irgendeine Erfolgsaussicht haben, durfte sie sich keine Ablenkung erlauben. Wenn Mutter Veronica sie nicht bereitwillig unterstützte, nicht ruhigen und festen Gemüts mitwirkte, war es ratsamer, daß Deanna die Sache allein anpackte. Sie richtete sich auf und trat beiseite. Dann berührte sie ihren Insignienkommunikator.

»Troi an *Enterprise*«, sagte sie hinein.

»Hier *Enterprise*, Commander Riker.«

»Will, Mutter Veronica möchte an Bord zurückkehren. Sie ist bei mir.«

»Verstanden, Deanna. Wird erledigt.«

»Danke, Will. Troi Ende.«

Einen Augenblick später erfaßte der Transporterstrahl die Nonne. Sobald sie fort war, ging die Counselor wieder hinüber zum Captain. Picard unterhielt sich in seiner Suite noch mit Lady Elana.

»Mutter Veronica hat sich zum Schiff transferieren lassen«, informierte Troi die beiden.

»Kommt sie morgen früh zurück?« fragte Picard.

»Das hoffe ich doch sehr«, meinte Elana.

»Ich auch«, sagte Troi. Ihr war klar, daß Elana um Joakals willen auf Mutter Veronicas Rückkehr hoffte, und Picard erhoffte sie sich wahrscheinlich zum Wohl des Planeten. Deanna Troi hingegen hatte die Hoffnung, daß Mutter Veronica die Kraft fand, um im eigenen Interesse wiederzukehren.

Aklier hatte sich in seine Palastwohnung im Westflügel des Gebäudes zurückgezogen. Alles war aus. Aklier sah voraus, daß man in wenigen Stunden Beahorams Machenschaften entlarvte und der echte Joakal triumphal gekrönt wurde; und dadurch mußte auch sein Verrat aufgedeckt werden. Seit neun Jahren war er im Ältestenrat tätig. Er kannte das Gesetz. Er wußte, daß ihn für sein Verbrechen ein Todesurteil erwartete.

Aklier merkte, daß er zitterte. Ein Hochverräter durfte mit keiner leichten, schmerzlosen Hinrichtungsart rechnen.

Er saß am Fenster in seinem Lieblingssessel. Draußen breitete sich Dunkelheit über die Stadt. Am samtblauen Firmament blinkten die ersten Sterne. Auch in der Stadt glommen die ersten Lichter. Aus den Fenstern der Wohnungen und Geschäfte fiel Helligkeit. Nach einer Weile glich die Stadt einem Spiegelbild des Abendhimmels.

Der Anblick war zu schön für Akliers momentane Gemütsverfassung. Er stand auf und schloß die schweren Vorhänge. Anschließend schaltete er die Zimmerbeleuchtung an.

Trost spendete das künstliche Licht ihm nicht im mindesten. Er fühlte sich weiter von Finsternis bedrängt. Sie umlauerte ihn, schlich näher, so wie der dicke, grob geflochtene Henkersstrick immer näher rückte. Verräter hatten den Hals in die Schlinge zu stecken. Aklier glaubte schon zu fühlen, wie ihm der Strick, indem er sich immer enger zusammenzog, den Hals aufscheuerte, ihm die Luft abschnitt, in ihm das Leben abwürgte …

Unwillkürlich rang Aklier um Atem. Entsetzen drohte ihm schon jetzt die Kehle einzuschnüren. Auf unsicheren Füßen schlurfte er fort vom Fenster. Unaufhörlich blieb er in Bewegung; still zu stehen konnte er nicht ertragen.

Er hätte nicht in die Palastwohnung gehen sollen. Sie kam ihm jetzt viel zu klein und eng vor. Ihm war zumute, als schöben die Mauern sich von allen Seiten auf ihn zu. Es wäre klüger gewesen, seinen Landsitz aufzusuchen, die Örtlichkeit, wo er einmal glücklich gewesen war, und dort sein Todesurteil abzuwarten. Dort hätte er warten sollen, umgeben von den Erinnerungen an seine Frau, den Dingen, die sie benutzt und geschätzt hatte.

Aklier wankte nur noch durchs Zimmer. Auf einer Kommode bei der Tür standen eine Karaffe voll Wein, eine Schale mit Obst und eine Käseplatte. Aus einem Stück Käse ragte ein Messer.

Der Älteste ging auf das Messer zu. Er mußte nicht auf den Galgen warten. Es stand ihm frei, sein Leben jetzt zu beenden, mit eigener Hand.

Ein Teil seines Innern empfand den Einfall als wahre Erlösung. Schon seit vielen, vielen Jahren litt ein Gutteil seiner selbst an der Bürde des Daseins und wäre nur zu gerne dazu bereit, Ländereien und Titel, Verantwortung und die bitter-schmerzliche Einsamkeit abzuwerfen wie eine hinderliche Last.

Er richtete die Messerspitze auf sein Herz. Ein kurzer Stoß, und alles wäre vorüber. Dann würde er auf Ewigkeit mit Ilayne und seiner Tochter vereint. Er dürfte in Gottes Frieden eingehen.

Nein, da irrte er sich. Diese Einsicht hemmte seine Faust, als die Spitze der Klinge sich schon in seine Haut drückte. Daß er sich durch Verrat schuldig gemacht hatte, quälte ihn zutiefst, aber er wußte, daß er trotzdem noch eine gewisse Hoffnung auf Gottes Gnade hegen konnte. Aber nahm er sich eigenhändig das Leben, verdammte er selbst sich zur Ewigen Finsternis. Die Scham und die Reue, die ihn schon heute zermürbten, würden ihn in alle Ewigkeit martern. Niemanden sähe er je wieder, und ebensowenig fände er jemals Frieden.

Aklier ließ das Messer fallen. Glänzend blieb es auf

dem dicken Teppich liegen. Einen Moment lang betrachtete Aklier es noch; dann wandte er sich ab. Er taumelte durchs Zimmer, hockte sich auf die Bettkante.

Eine Aussprache mit Joakal war alles, was er sich gegenwärtig erhoffen konnte, ehe er am Galgen baumelte; vielleicht verzieh ihm der König wenigstens noch vor der Hinrichtung.

Dadurch würde seine Seele zumindest ein wenig erleichtert, bevor er Gott gegenübertreten mußte.

24

Die ganze Nacht hindurch rang Mutter Veronica mit ihrem Gewissen. Sie fühlte sich wie zerrissen zwischen der Freundschaft Troi gegenüber sowie der Tatsache, daß die Counselor ihre Unterstützung brauchte, und andererseits ihren eigenen Bedürfnissen.

Sie wußte, was ihre Ordensgemeinschaft von ihr verlangte. Der Heilige Franz von Assisi, Schutzpatron des Ordens der Kleinen Mütter, hatte einst gebetet: »Herr, mache mich zum Werkzeug deines Friedens…« Und die Worte seines ergreifenden Gebets waren zu einem Credo für alle geworden, die nach seinen Regeln lebten.

Aber zur Zeit wollte es Mutter Veronica nicht gelingen, Vergebung zu üben, wo Zwietracht herrschte, Glauben zu stiften, wo Zweifel waren, Hoffnung zu spenden, wo Verzweiflung drückte, oder Licht in die Finsternis zu tragen.

Außer mit einer knappen Begrüßung würdigte sie Schwester Juliana keines Worts. Die Schwester spürte, in welcher Stimmung sich die Äbtissin befand, und ließ sie in Ruhe. Für lange Stunden saß Mutter Veronica in ihrem Quartier und starrte zum Sichtfenster hinaus. Weder aß sie noch schlief sie; nicht einmal zum Beten konnte sie sich aufraffen.

Sie durchlitt die längste Nacht, die sie je durchlebt hatte. Als drunten auf dem Planeten über der Hauptstadt der Morgen dämmerte, war sie sich immerhin darüber klar geworden, daß sie die Kapelle aufsuchen mußte. Möglicherweise vermochte sie dort, inmitten eines vertrauten, für ihren Glauben charkteristischen Interieurs, wieder dahingehend Aufschluß zu erhalten, wer sie war und wer sie eigentlich sein sollte.

Sie verließ das Quartier und durchquerte den Korridor des Raumschiffs. Die mentale Abschirmung, die einzurichten Troi sie gelehrt hatte, blieb ohne Effekt. Mutter Veronicas inwendiger Tumult verhinderte eine wirksame Anwendung. Die Äbtissin fühlte die vielen schlafenden Seelen ringsum wie ein gewaltiges, dumpfes Gewicht.

Sie betrat die Kapelle, streckte gewohnheitsgemäß die Hand zum Weihwasserbecken aus. Während sie sich bekreuzigte, sah sie, wie sich in einer vorderen Bankreihe eine Gestalt erhob und umdrehte. Es verdutzte Mutter Veronica, hier jemanden anzutreffen; sie hatte niemandes Gegenwart gespürt. Da erkannte sie plötzlich im schwachen Schein der Altarkerzen den Glanz hellgelber Haut.

Es ist dieser Androidenoffizier, dachte die Äbtissin. Sie versuchte sich an den ersten Tag an Bord der *Enterprise* zu entsinnen, den Empfang und das Abendessen. Doch sie erinnerte sich nicht mehr an den Namen. Seither hatte sie viel zuviel Schlimmes mitgemacht, um sich auf irgend etwas, das sie an dem Abend gehört hatte, besinnen zu können.

»Entschuldigung. Ich wollte Sie nicht stören, Mr. ...«

»Data«, sagte der Androide. »Sie stören mich nicht.«

»Was tun Sie hier?« erkundigte sich die Ordensfrau. Die Frage kam barscher als beabsichtigt über ihre Lippen. Sofort versuchte sie, den schlechten Eindruck, den sie vielleicht erregte, zu korrigieren.

»Verzeihen Sie«, fügte sie rasch hinzu. »Ich wollte Sie nicht... Natürlich haben Sie das Recht, die Kapelle zu betreten, aber ich hätte nicht gedacht, daß ein Androide ...« Aus Ratlosigkeit verklang Mutter Veronicas Stimme.

»Ich bin hier, um dadurch vielleicht zu begreifen, was Menschen zum Aufsuchen solcher Örtlichkeiten bewegt«, erklärte Data. »Können Sie es mir vielleicht verständlich machen?«

Schon wieder kommt mir jemand mit einem Anliegen, dachte Mutter Veronica, als sie vor dem Altar das Knie beugte. Noch mehr Fragen. Wie soll ich sie beantworten, wenn ich nicht einmal in der Lage bin, Antworten auf die Fragen zu finden, die mich selbst plagen?

»Was möchten Sie denn wissen?« fragte sie, indem sie sich erhob. Sie näherte sich Data. Der Androide kehrte in die Bankreihe zurück. Mutter Veronica folgte ihm.

»Ich bin ein Androide«, stellte er fest, nachdem sie beide auf einer Bank Platz genommen hatten. »Konstruiert hat mich ein Mensch. Ich leiste gemeinsam mit Menschen Starfleet-Dienst. Zwar habe ich keine Emotionen, die ein Äquivalent der menschlichen Sehnsucht wären. Aber hätte ich einen Wunsch frei, würde ich mir wünschen, ein Mensch zu werden.«

»Und weil Sie kein Mensch werden können«, äußerte Mutter Veronica, »studieren Sie die Menschen.«

»Genau«, bestätigte Data. »Im Moment befasse ich mich mit dem Projekt, die Natur der menschlichen Religiosität zu ergründen. Bevor Sie und Ihre Begleiterin an Bord gekommen sind, hat es mir ferngelegen, für diesen Aspekt des menschlichen Verhaltens einen Gedanken zu erübrigen. In den vergangenen drei Wochen habe ich jedoch alles gelesen, was in der Bordbibliothek zu diesem Thema vorhanden ist. Dabei konnte ich ersehen, daß die Religionen im Laufe der Jahrhunderte die Denktätigkeit der Menschen in beträchtlichem Umfang beansprucht haben.«

»Wenn Sie das alles schon gelesen haben, kennen Sie die gesammelten Weisheiten der bedeutendsten

Geister. Was sollte ich Ihnen da noch erzählen können?«

»Weshalb sind Sie Nonne geworden?« fragte Data.

Mutter Veronica zwinkerte. Datas Frage traf auf schmerzliche Weise mitten ins Zentrum all dessen, mit dem sie sich während der letzten Stunden innerlich auseinandergesetzt hatte. Sie blickte den Altar an, als sei von dem Kruzifix und den Kerzen eine Auskunft zu erwarten. Doch ringsherum herrschte nur Schweigen.

»Ich weiß es nicht mehr«, antwortete sie leise und sprach damit die volle Wahrheit. »Irgendwann einmal dachte ich, ich wüßte es. Aber jetzt bin ich mir nicht mehr so sicher.«

»Dann glauben Sie nicht mehr an einen Gott?« lautete Datas nächste Frage. Er stellte sie völlig arglos; aber auch diesmal traf sie Mutter Veronica wie ein Dolchstoß.

»O nein, Mr. Data«, widersprach sie vehement, indem sie sich ihm zuwandte. »Davon kann keine Rede sein! Es hat nichts mit Gott zu tun… Es liegt an mir.«

Sie heftete den Blick wieder auf den Altar. Doch mehr als nur ihre Augen richteten sich dieses Mal auf den mit Leinentüchern bedeckten Altar und das goldene Kruzifix. Diesmal war auch ihre Seele daran beteiligt.

»Viele Jahre lang«, sagte die Äbtissin schließlich, »hatte ich die Ansicht, mein Geist sei anomal. Ich glaubte, durch einen scheußlichen Makel gezeichnet, in gewisser Hinsicht weniger als ein sogenannter normaler Mensch zu sein. Teils hat der Wunsch, diesen Makel irgendwie auszugleichen, mich dazu bewogen, Nonne zu werden. Freilich, ich bin es auch aus Glaubensgründen geworden, aus Liebe zu Gott. Aber auch, weil das Kloster mir Schutz bot. Mit dieser Sicherheit ist es jetzt vorbei.«

Mutter Veronica verstummte. Endlich nahm sie ihren Blick vom Altar und schloß die Lider. Ihre nächsten

Worte äußerte sie so langsam, als müßte sie dabei gegen große innerliche Not ankämpfen.

»Nachdem wir an Bord der *Enterprise* gegangen waren, entdeckte Counselor Troi, daß ich Telepathin bin ... Sie hat mir Methoden vorgeschlagen, mit denen ich all diese zahllosen Stimmen aus meinem Bewußtsein fernhalten kann. Da habe ich geglaubt, das wäre der Grund, weshalb Gott diesen Raumflug für mich bestimmt hat. Ich dachte, er hätte mir endlich vergeben ... und ich könnte doch noch von der Befleckung durch meine Sünden frei werden.«

Wieder verstummte die Ordensfrau. Bei der Erinnerung an die verflossene Hoffnung umspielte ein schwaches Lächeln ihre Lippen. Doch es verflog im Handumdrehen.

»Dann sind wir auf Capulon IV eingetroffen«, fuhr sie in ihrer Schilderung fort. »Fast vom selben Augenblick an, als ich meinen Fuß auf den Planeten gesetzt habe, bin ich dazu gezwungen gewesen, meine Begabung zu benutzen. Dabei wollte ich nie etwas anderes, als sie loswerden oder so weit wie möglich neutralisieren. Und ich habe mit eigenen Ohren hören müssen, wie man die Eigenschaft, die mir dermaßen widerwärtig ist, ein Geschenk Gottes, einen Ausfluß göttlicher Gnade nannte. Jetzt weiß ich nicht mehr, was ich denken oder tun soll.«

»Ist das denn«, argumentierte Data, »keine Frage des Glaubens?«

Mutter Veronica schaute ihn verdutzt an.

»Die meisten Religionen, über die ich mich informiert habe«, sagte Data, »lehren ihre Anhänger, daß sie sich auf göttliche Weisung und Fürsorge verlassen sollen. Ist das bei Ihrem Glauben nicht der Fall?«

Mutter Veronica nickte. »Doch, doch, ja ... ›Wir wissen aber, daß denen, die Gott lieben, alle Dinge zum Besten dienen ...‹«

»Römerbrief, Kapitel acht, Vers achtundzwanzig«, nannte Data die Quelle des Zitats. »Vielleicht habe ich diese Stelle mißverstanden.«

Von neuem zog der Altar unwiderstehlich Mutter Veronicas Blick an. Die Kerzen schienen heller als vorher zu brennen, während ihr allmählich ein Licht aufging.

»Nein, Mr. Data«, entgegnete sie nach einem ausgedehnten Moment des Schweigens. »Sie haben nichts mißverstanden. Ich habe mein Lebtag etwas falsch verstanden. Meine Sünde ist nicht die seltene Eigentümlichkeit, die ich habe, sondern meine Furcht vor ihr. ›So sollt auch ihr im Eifer für Gaben des Geistes danach streben, an ihnen reich zu sein ...‹«

Erneut schweiften Mutter Veronicas Gedanken zu dem von ihr so sehr geschätzten Gebet des Heiligen Franziskus. Auf einmal verstand sie es besser als je zuvor. »›Im Geben empfangen wir ... Im Verzeihen erlangen wir Verzeihung ...‹«

Ihre Hand umklammerte das Brustkreuz, das um ihren Hals hing. »Gott hat mich nicht an diesen Ort geführt«, sagte sie, »damit ich meinen Geist verschließe, sondern ihn öffne. Ihn zum Segen anderer darbiete. Ihn zu gebrauchen lerne. Das ist der einzige Weg, um den Frieden zu finden, den ich schon so lang ersehne.«

Mutter Veronica stand auf und wandte sich Data zu. »Haben Sie aufrichtigsten Dank«, meinte sie zu ihm. »Es kann sein, daß ich auf Ihre Fragen keine Antwort wußte. Aber Sie haben meine Fragen beantwortet.«

Nach und nach hellte das verwaschene Licht der Morgendämmerung den Himmel auf, während Troi, Picard und Elana den Palast verließen und über den städtischen Hauptplatz zum Tempel strebten. Troi hatte keine Augen für die Schönheit des frühen Morgens. Mutter Veronica war nicht zurückgekehrt. Deanna machte sich ernste Sorgen, sowohl um die Nonne wie auch wegen des bevorstehenden Rituals.

So viel kann schiefgehen, dachte sie. Ich bin Empathin, keine Telepathin. Ist diesen Leuten hier eigentlich der Unterschied klar? Werden sie einsichtig sein?

An der Freitreppe des Tempels wartete eine Abordnung von fünf Ältesten und fünf Tempeldienern, um die Ankömmlinge ins Gebäude zu eskortieren. Elana hielt nicht an, um das Empfangskomitee zu grüßen, sondern rauschte geradewegs die Stufen hinauf und in den Tempel. Um mit ihr Schritt zu halten, mußten Picard und Troi sich beeilen. Hastig schlossen die Ältesten und Tempeldiener sich an.

Den Rücken dem Haupteingang zugewandt, stand Faellon am Altar. Die königlichen Insignien lagen noch auf der geweihten Steinplatte, nach wie vor bewacht durch Palastwächter. Joakal und Beahoram waren nirgends zu sehen. Die in unmittelbarer Nachbarschaft wohnhaften Tempeldiener und die restlichen Ältesten füllten die vordersten Bankreihen. Ansonsten jedoch war der Tempel leer. Anders als bei der unterbrochenen Krönung hatte man für die heutige Zeremonie keine unbeteiligten Zuschauer zugelassen.

Die Ankömmlinge erreichten den Altarraum. Leise belegte das Empfangskomitee Plätze im Gestühl. Faellon drehte sich um. Bedächtig glitt sein Blick über Elana, Picard und zuletzt Counselor Troi.

»Wo ist die andere Person?« fragte der Oberste Diener.

»Sie ist in unser Raumschiff zurückgekehrt«, antwortete Picard.

Troi spürte, wie in Faellon Verärgerung sich breitmachte. »Sie haben sich offiziell und verbindlich zur Mitwirkung bei diesem Ritus einverstanden erklärt«, rief er vorwurfsvoll. »Es ist ein heiliges Ritual. Widerruft diese Frau ein Gott gegebenes Versprechen?«

»Nein, keineswegs«, erwiderte vom Eingang her eine Stimme. Troi drehte sich um und sah Mutter Veronica durch den Mittelgang kommen. Die Counselor und Picard eilten ihr entgegen.

»Mutter Veronica«, sagte Picard, ehe Troi Gelegenheit zur Begrüßung ihrer Klientin fand, »wir sind froh, daß Sie da sind. Ich weiß, Sie sind aus ganz anderen Gründen nach Capulon IV gereist. Aber dies eine Mal sind wir noch auf Ihre Unterstützung angewiesen.«

»Ich bin bereit, Captain«, gab die Nonne mit mehr Gleichmut zur Antwort, als Troi ihr zugetraut hätte. Irgend etwas hatte sich bei der Äbtissin verändert. Ihre Stimme bezeugte neue Zuversicht. In ihren Gedanken herrschte jetzt Frieden. Nun sah Troi im Hinblick auf den bevorstehenden Ritus doch noch zum Optimismus Anlaß.

Zu dritt bezogen sie im Altarraum Aufstellung. Einen Moment lang musterte Faellon Mutter Veronica; dann wandte er sich wieder dem Altar zu. Er legte die Hände an die Seiten der Goldenen Schale und senkte den Blick auf die Reste des Salböl-Gemischs. Für etliche Sekunden sprach er kein Wort. Langsam wuchs im Tempel die Spannung.

Schließlich hob er den Kopf und rief die Tempeldienerin Liiyn zu sich, die ihm schon gestern assistiert hatte. Sofort trat sie zum Obersten Diener. Nachdem er ihr ein paar Worte zugeraunt hatte, verließ sie rasch durch eine Seitenpforte links des Altarraums die Tempelhalle.

Einige Minuten später fand sie sich mit einem großen, dicken Buch wieder ein. Es hatte einen dunkelgrünen Ledereinband und einen goldenen Schnappverschluß.

»Das ist das Buch Valpet«, hörte Troi Lady Elana flüstern.

Für noch einen langen Moment verharrte Faellon in völligem Schweigen, als ob er jetzt weiterzumachen zögerte. Dann endlich wandte er sich seiner Gehilfin zu. Sie klappte das Buch auf. Faellon las darin, um seine Kenntnis des geplanten Rituals aufzufrischen.

Sobald er fertig war, wandte er sich an die Versammelten. »Zum erstenmal seit dreißig Generationen«, rief er, »bewerben sich zwei Kandidaten um Capulons Thron. Jeder von ihnen fordert für sich das Recht auf Krone und Macht des Absolutus. Infolge der Verbrechen unserer Ahnen und ihrer Frevel an Gott gibt es niemanden unter uns, der noch über die einstige Befähigung verfügt, die Wahrheit und den Weg der Weisheit zu erkennen. Aber immer wieder erweist Gott Barmherzigkeit. Er hat uns von fernen Welten jemanden gesandt, der Seine Stimme vernimmt. Diese Personen haben geschworen, unsere Gesetze zu beachten. Sie werden für uns den uralten *Rhii'cha*-Ritus vollziehen. Dieses Ritual wird uns alles Notwendige enthüllen.«

Noch einmal betrachtete Faellon das vor den Altarstufen zusammengescharte Grüppchen. Er maß jede einzelne Person aufmerksamen Blicks. Zuletzt schaute er Elana an.

»Lady Elana«, sagte er, »es ist meine Pflicht, Sie darauf hinzuweisen, daß Sie jetzt die letzte Gelegenheit haben, Ihre Inanspruchnahme des *Rhii'cha*-Zeremoniells zurückzuziehen. Ist es unverändert Ihr Wille, daß die Zeremonie stattfindet?«

»Ja, das ist mein Wunsch«, bestätigte Elana. »Wir alle wollen es.«

Faellon musterte sie, als hätte er vor, ihr bis in die Tiefen der Seele zu blicken und den Grad ihrer Entschlossenheit zu ermessen. Aber ihre Antwort stellte ihn zufrieden. Er nickte knapp. Danach erfaßte sein Blick nochmals Troi und Mutter Veronica.

»Sind Sie zur Durchführung des *Rhii'cha* willens und bereit?« fragte er die beiden Frauen.

Im ersten Moment zögerte Deanna. Hatten sie erst

einmal angefangen, gab es kein Zurück mehr, bis sie den Ritus vollständig abgewickelt hatten. Sie hätte lieber vorher noch die Gelegenheit zu einem Gespräch mit Mutter Veronica gehabt, um sich darüber zu informieren, was den Sinneswandel der Nonne verursacht hatte. Troi wollte wissen – mußte wissen –, ob diese unvermutete innere Kraft der Nonne sie womöglich gerade dann im Stich lassen mochte, wenn sie sie am dringendsten brauchte.

Mutter Veronica dagegen kannte kein Zaudern. Sie beantwortete die Frage des Obersten Dieners so laut und deutlich, daß jeder im Tempel es hören konnte. »Wir sind willens und bereit«, sagte sie.

»Dann sei es. Das *Rhii'cha* kann beginnen.«

25

Obwohl Faellons Ankündigung zu erwarten gewesen war, jagte die Endgültigkeit dieser Worte Deanna ein Schaudern über den Rücken. Plötzlich befürchtete sie wieder, es könnte selbst mit Mutter Veronicas Beistand alles mißraten.

Wie tief mußten sie den Geist Joakals und seines Bruders sondieren? Verlangte man von ihr und der Äbtissin, daß sie ihre besonderen Fähigkeiten für das *Rhii'cha* zusammenfaßten und die anstehende Aufgabe gemeinsam verrichteten? Und wenn sie nun keine Möglichkeit fanden, um Joakals mentale Abschottung zu durchdringen?

Durch das lockere geistige Band, das seit einiger Zeit zwischen ihr und der Ordensfrau existierte, empfing die Counselor das Echo der Gedanken Mutter Veronicas.

›... er bewahrt mein Leben vor dem Tod, meine Augen vor den Tränen, meinen Fuß vor dem Sturz ...‹

Die frommen Worte spendeten der Nonne Trost. Um Trois Beunruhigung zu zerstreuen, eigneten sie sich hingegen kaum.

Abermals ergriff Faellon das Wort. »Lady Elana«, sagte er, »Sie und der Captain müssen sich nun aus dem Altarraum entfernen. Sie dürfen sich weder mit mündlichen Äußerungen noch auf irgendeine andere Weise in den Verlauf des *Rhii'cha* einmischen, bis es beendet ist. Was getan werden muß, kann von Ihnen nicht geleistet werden.«

Elana legte ihre Hand auf den Arm des Captains. »Sie müssen Glauben bewahren, Captain«, sagte sie, während sie Picard aus dem Kreis der Tempelbediensteten zur Seite zog.

Wieder einmal Glaube, dachte Deanna. Seit die beiden Kleinen Mütter an Bord der *Enterprise* gekommen waren, beherrschten dieser eine Begriff und alles, was an positiven und negativen Empfindungen damit zusammenhing, Trois Leben in vorher nie gekanntem Maß.

Nachdem Elana und Picard den Umkreis des Altars verlassen hatten, verlagerte Faellon seine Aufmerksamkeit auf Troi und Mutter Veronica.

»Sie sind mit den Anforderungen des Umgangs mit unserem Gott nicht vertraut«, sagte er. »Darum gestatte ich Ihnen bei Ihrem Vorgehen größere Freizügigkeit, als sie jemandem unseres Volkes erlaubt wäre. Außerdem werde ich Sie anleiten. Treten Sie nun vor und knien Sie dort nieder.« Er deutete auf die dritte Altarstufe. »Dann haben Sie sich tief zu verbeugen, bis Ihre Stirn die Treppe berührt. So erweisen Sie Gott demütig die Ehre. Im Herzen müssen Sie sich Gott weihen und Ihm Ihren Geist unterwerfen.«

Gemeinsam erstiegen Troi und Mutter Veronica zwei Stufen. Als sie sich auf die dritte Stufe knieten, überlegte Troi, auf was für eine Art und Weise sie sich einem Gott ›weihen‹ könnte. Dem Gott, den die Bewohner dieser Welt anbeteten? Nein. Und genausowenig dem Gott der Religion, der Mutter Veronica anhing.

Wahrheit und Leben waren es, woran Troi glaubte. Ihnen galten ihre einzigen Glaubensartikel. Ihnen hatte sie sich schon vor langem verschrieben. Nun wollte sie ihre Festlegung bekräftigen. Sie verbeugte sich in diesem Sinne.

Faellon streckte die Hände über sie und die Äbtissin aus und begann die rituellen Gebete vorzutragen.

»O größter und allerheiligster Gott, Du unversieglicher Quell«, rief er in feierlichem Ton, »vor Dir verneigen wir uns und bringen Dir unsere Freiheit und Erinnerung, unseren Verstand und Willen dar. Läutere uns in Deinem göttlichen Licht. Laß Finsternis und Trug auf immer weichen. Laß uns Deine Stimme vernehmen.«

Der Oberste Diener senkte die Hände. Troi und Mutter Veronica richteten den Oberkörper auf und schauten Faellon an.

»Sie haben sich vor Gott verbeugt und das erste Gebet gehört«, stellte er fest. »Sind Sie in ihrem Innern dafür bereit, zum Zwecke der Handlung, die Sie vollziehen sollen, gesegnet zu werden?«

Troi blickte Mutter Veronica an und sah sie kaum merklich nicken. »Wir sind bereit«, erklärten sie wie aus einem Munde.

»Dann wird Ihnen nun der Segen gespendet«, antwortete Faellon. »Aber seien Sie gewarnt. Für Betrüger gibt es in Gottes heiligem Licht keine Gnade.«

Troi spürte Berührungen auf ihrem Kopf, den Schultern und an den Armen. Diejenigen der dreißig Tempeldiener, die keine Möglichkeiten hatten, sie oder Mutter Veronica anzufassen, ergriffen sich an den Händen. So bildeten sie einen geschlossenen Kreis – und damit auch ein psychisches Kraftfeld. Zum zweitenmal hob Faellon die Hände zum Gebet.

»Kreis des Lichts, Kreis der Wahrheit«, intonierte er einen Sprechgesang, »heilig bist du, ewig und unzerstörbar. Wir betreten den Mittelpunkt der Schöpfung, an dem nur Gottes Wille gilt. Wir empfangen, und wir geben. Und wieder empfangen wir, Gott geweiht und an Ihn geschmiedet, auf ewig dem Heiligen geweiht.«

Der Oberste Diener legte die Hand an Trois und Mutter Veronicas Stirn. Seine Berührung vollendete den Kreis. Troi fühlte eine Ladung energetischer Glut durch ihr Hirn rasen, grell wie ein blendendheller Blitz rein weißen Lichts. Der Zustrom dieser Energie nahm jedoch kein so schnelles Ende wie ein Blitz. Ganz im Gegenteil, er schwoll an, ergoß sich in ihre innersten emotionalen Tiefen.

Troi bemühte sich darum, angesichts der zusammengefaßten Präsenz dreißig fremder Psychen, die sich entschlossen zu einem einzigen, gemeinsamen Ziel vereint hatten, die eigene Identität zu wahren. Sie hatte einmal Riker gegenüber erwähnt, ihre eigenen Gefühle seien nicht so wichtig. Aber plötzlich zählten sie für sie sehr, sehr viel.

Unwillkürlich wollte sie ihre mentalen Schilde zum Einsatz bringen. Aber sie konnte es nicht. Immer stärker strömte die psychische Energie in sie über. Sie kreiste ebenso durch ihren Körper wie durch den Geist. Troi war, als stünde sie inmitten einer Feuersäule. Ihr Herz begann zu pochen. Sie bekam keine Luft mehr. Aber noch immer verminderte der Energiezustrom sich nicht im geringsten. Deanna war danach, einfach loszuschreien, man solle sie in Ruhe lassen.

Da verfärbte die Helligkeit sich auf einmal golden und verglomm. Trois Geist gehörte wieder ihr ganz allein.

Ich habe recht, schlußfolgerte Troi. Die Tempeldiener sind zwar keine Telepathen mehr, aber sie können noch als psychische Katalysatoren fungieren. Diese ganze Zeremonie, besonders das Handauflegen, dient dazu, das psychische Potential der Segensempfänger zu aktivieren. Dadurch erhält der König bei der Krönung seine psychische Macht. Durch die mentale Einflußnahme der Tempeldiener wird seine geistige Abschirmung zeitweilig hinfällig. Wenn es ein derartiges Energienievau erfordert, um das zu bewirken, ist es kein Wunder, daß Mutter Veronica und ich es zu zweit nicht geschafft haben.

Können wir es dieses Mal? lautete die jetzt akute Frage.

Die Tempeldiener ließen die Hände sinken, der Kontaktkreis wurde aufgelöst. Man half Troi beim Aufstehen. Sie öffnete die Augen und sah, daß auch Mutter Veronica geholfen wurde.

Auf mentaler Ebene tastete die Counselor nach dem Geist der Ordensfrau. Sie wollte sich davon überzeugen, daß die Nonne den eben erlebten Vorgang gut überstanden hatte und auch noch das Kommende durchstehen konnte. Zu ihrer Überraschung stellte sie fest, daß eine starke, diszipliniert aufrechterhaltene Mentalabschirmung die Psyche der Äbtissin umgab.

Mutter Veronica blickte Troi an und schüttelte andeutungsweise den Kopf. »Noch nicht«, flüsterte sie. Ehe Troi etwas antworten konnte, umringten die Tempeldiener sie beide und führten sie beiseite. Gleichzeitig brachte man Joakal und Beahoram, um sie auf das Ritual vorzubereiten.

Als man Troi und Mutter Veronica zum zweitenmal zum Altar geleitete, hatte die Szenerie sich verändert. Joakal und Beahoram lagen der Länge nach, das Gesicht nach unten, vor dem Altar, die Arme nach vorn gestreckt. In dieser Haltung und aufgrund ihrer völlig gleichen Bekleidung ließen sie sich durch bloßen Augenschein unmöglich unterscheiden.

Zwischen den beiden Aspiranten stand Faellon. Seine Fäuste hielten das Schwert der Gerechtigkeit. So lang wie das riesige Schwert der Weisheit, das gestern Tygar geschwungen hatte, war es nicht; aber es hatte eine breite, zweischneidige Klinge. Anhand der Weise, wie sie die Helligkeit reflektierte, bezweifelte Troi nicht, daß man damit jemandem den Kopf abhauen oder einen Körper durchbohren konnte. Faellons Gesichtsausdruck machte so unmißverständlich wie deutliche Worte klar, daß er nicht zögern würde, seine Pflicht zu erfüllen.

»Knien Sie zwischen diesen Männern nieder«, ordnete Faellon an und wies mit der Schwertspitze auf die vorgesehene Stelle.

Troi und Mutter Veronica gehorchten. Wieder bildeten die Tempeldiener rundum einen Kreis. Diesmal berührten sie niemanden. Trotzdem nahm die Counselor die psychische Kraft ihrer Gegenwart wahr. Sie blickte zu Faellon auf, um nicht seine nächsten Anweisungen zu verpassen.

»Es bedeutet keinen Unterschied, ob Sie jeden Bewerber einzeln oder beide zusammen prüfen«, erklärte der Oberste Diener. »Untersuchen Sie nun ihren Geist und verkünden Sie die Wahrheit.«

Troi suchte und fand die mentalistische Verbindung zu Mutter Veronica. Der Kontakt kam so schnell zustande, als hätte die Nonne sich aktiv daran beteiligt.

Ich habe keine Ahnung, was ich tun soll, erreichte ein Gedanke Mutter Veronicas unverzüglich Trois Bewußtsein. Wieder war die Counselor überrascht, diesmal über die Klarheit und Selbstverständlichkeit, mit der die Ordensfrau die telepathische Kommunikation anwandte.

›*Keine Bange*‹, ermutigte Troi sie. ›*Sie hören ja schon Ihr Leben lang die geistigen Stimmen Fremder. In diesem Fall wird es lediglich konzentrierter geschehen, als wäre Ihr Gehirn ein ganz fein justierter Sensor.*‹

›*Aber wie soll ich vorgehen? Hier sind so viele Leute. Wie kann ich eine Psyche von der anderen trennen?*‹

›*Ich weise Ihnen die Richtung, so wie wir es in der Kerkerzelle bei Joakal gemacht haben. Überlassen Sie mir die vollständige Kontrolle über Ihren Verstand. Dieses Mal müssen Sie alles geben. Ich kann diese Herausforderung nicht bewältigen, wenn Sie sich irgendwie sperren. Sind Sie soweit?*‹

›*Ich habe verstanden*‹, antwortete Mutter Veronica. ›*Ich verspreche Ihnen, es mit vollem Einsatz zu versuchen. Bereit bin ich.*‹

Troi verstärkte das zwischen ihnen existierende

Band. Während die Nonne die mentalen Schilde komplett senkte, deren Verwendung Troi sie gelehrt hatte, wurde die Counselor mit der Kakophonie bombardierte, die die Ordensfrau noch bis vor kurzem Tag für Tag zu erdulden gehabt hatte.

Erneut erstaunte es Deanna, daß die Nonne überhaupt noch am Leben war; daß sie noch über ihre geistige Gesundheit verfügte und nun sogar mentale Unterstützung bieten konnte. Troi war sich keineswegs sicher, ob sie unter ähnlichen Umständen derartig stark gewesen wäre.

Rasch besann die Counselor sich auf ihre Ausbildung. Mit nüchterner Effizienz blockte sie sämtliche äußeren mentalen Reize ab, bis sie und Mutter Veronica nur noch die Präsenz Joakals und Beahorams wahrnahmen.

Die Emotionen, die von den beiden Männern ausstrahlten, standen zueinander in heftigem Konflikt. Sie durchtosten und durchtobten Deannas Verstand wie ein wilder Trommelwirbel. Bilder von Personen und Orten sowie Fetzen halb erinnerter Gespräche strudelten durch den Strom mentaler Energie. Diese Gedanken ließen sich nur schwer separieren. Offenbar verursachte die körperliche Nähe Joakals und Beahorams eine weitgehende geistige Verschmelzung.

›*Wir müssen tiefer sondieren*‹, übermittelte Deanna an Mutter Veronica. ›*Unsere Nachforschung muß bis in tiefstes Ich hinabreichen.*‹

Troi spürte, wie der Nonne der Mut zu schwinden drohte. Fast wäre das geistige Band zwischen ihnen gerissen. Die Counselor konnte deutlich merken, wieviel innere Überwindung es Mutter Veronica kostete, jetzt nicht zurückzuscheuen, ihr Bewußtsein abzuschotten. Troi befürchtete, daß eine gründliche mentale Sondierung vollends unmöglich wurde, sollte die Nonne nun einen Rückzieher machen. Und darüber hinaus hegte

Deanna die Überzeugung, daß Mutter Veronica, falls sie das *Rhii'cha* nicht erfolgreich durchstand, eine weitere Schulung gänzlich ablehnte. Dann würde sie nie die fähige Telepathin, die sie sein könnte.

Eilends versuchte Deanna die Ordensfrau noch einmal aufzumuntern. *›Manchmal muß ein Arzt operieren, um zu heilen‹*, rief sie der Nonne mental in Erinnerung. *›Und gelegentlich müssen zu Heilungszwecken sogar die Barrieren des Geistes fallen.‹*

›Wenn aber deine Hand oder dein Fuß dir zum Ärgernis wird, so haue ihn ab und wirf ihn von dir …‹, zitierte die Äbtissin. Troi fühlte, wie neuer Optimismus die Nonne erfüllte. Sie fügte sich wieder ganz der Anleitung durch die Counselor.

Zunächst konzentrierte Troi sich darauf, ausschließlich die Gedanken der an ihrer linken Seite ausgestreckten Gestalt zu lesen. Sie vermutete, daß es sich um Joakal handelte. Seinen Geist kannten sie und Mutter Veronica schon ein wenig. Davon versprach sich Deanna, daß es der Ordensfrau die Aufgabe etwas erleichterte.

Aber der Mann war Beahoram. Von seiner Zuversicht war kaum noch etwas übrig. Dennoch hatte ihn die Furcht, die sein Bewußtsein umlauerte und umschlich, noch nicht im Würgegriff. Durch pure Wut hielt er sie in Schach; mit derselben finsteren Erbitterung, die schon sein Leben lang in ihm brütete und stets seinen wichtigsten Antrieb dargestellt hatte. Sowohl Troi wie auch Mutter Veronica schraken vor dem Kontakt mit seinem düsteren Gemüt zurück.

Plötzlich spürte Troi die kalte Schwertspitze an ihrer Kehle. Sie stach nur leicht in ihre Haut, nicht tief genug, um sie einzuritzen – noch nicht. Sie schlug die Augen auf und sah sich dem unnachgiebigen Blick des Obersten Dieners ausgesetzt. Er stand unmittelbar vor ihr.

»Verkünden Sie, was Gottes Stimme Ihnen offenbart«, forderte Faellon. »Vollziehen Sie das *Rhii'cha*.«

Troi zögerte. Ihr Geist empfing Mutter Veronicas Abscheu wie lautes Geheul. Der Widerwille der Nonne verstärkte Deannas eigene Empfindungen. In diesem Moment hätte auch sie am liebsten die Flucht ergriffen. Zu gerne wäre sie nun an Bord der *Enterprise* geflohen, um sich von der Besudelung durch Beahorams psychische Emanationen zu säubern.

Doch ihre Pflichttreue hielt sie zurück. Ihr Verantwortungsbewußtsein und eine Schwertspitze zwangen sie zum Bleiben. Beide gaben ihr gute Gründe. Indem sie tief einatmete, machte sie sich auf einen zweiten Kontakt mit Beahorams grauenvollen Emotionen gefaßt.

Sie tastete sich im geistigen Bereich zu ihm vor; stellte den Kontakt her. Eine Woge schwärzester Dunkelheit wälzte sich ihr entgegen. Sie rauschte durch ihr Bewußtsein und brandete mit der Gewaltsamkeit verbissenster Besessenheit gegen ihre psychischen Schutzfunktionen an. Sie merkte kaum, daß Faellon die Schwertspitze von ihrer Kehle zurückzog und sich wieder zwischen den beiden hingestreckten Gestalten aufstellte.

»Wut«, sagte Deanna laut. Ein Teils ihres Ichs hörte die eigene Stimme; doch sie konnte keinerlei Konzentration dafür abzweigen, sich gewählte Formulierungen zu überlegen. »Schmerz. Verlust. Einsamkeit. Rachdurst. Gier nach Vergeltung. Das Verlangen, alles heimzuzahlen… und wiederzugewinnen, was als Eigentum betrachtet wird.«

Diese Aussagen waren zuwenig. Damit beschrieb Troi lediglich oberflächliche Gedanken und Gefühle Beahorams. Troi war uneingeschränkt klar, daß sie tiefer in seinen Geist eindringen mußte. Zuerst jedoch ging sie auf einen gewissen Abstand. Sie hatte das dringende Bedürfnis, sich erst kurz von den negativen Schwingungen zu erholen, in denen sie hatte mitschwimmen müssen.

Während sie mental zurückwich, bemerkte sie, daß Beahorams Zuversicht wieder wuchs. Er glaubte, sie vertrieben zu haben. Troi hätte ihm das Gegenteil sagen können. Im Laufe ihrer Ausbildung auf Betazed hatte sie eine Technik erlernt, mit der sich nach außen gerichtete Hemmnisse einer instabilen telepathischen Psyche überwinden ließen. In den Jahren der Tätigkeit unter Menschen hatte sie sie nicht gebraucht. Sie hatte sie nahezu vergessen. Doch angesichts der Notsituation fiel sie Troi nun wieder ein.

Nochmals verstärkte sie das zwischen ihr und der Ordensfrau existente mentale Band. Sie verknüpfte ihre und Mutter Veronicas Psyche miteinander, verwob sie zu einer festen Einheit. Seit der mentale Vereinigung mit ihrem Lehrer auf Betazed hatte Troi keine dermaßen komplexe psychische Struktur mehr erlebt.

Jetzt fühlte Deanna sich ausreichend vorbereitet. Sie stieß eine mentale Sonde tief in Beahorams Bewußtsein, die sich in der Schwärze seines Geistes wie ein Lichtstrahl abhob. Troi rammte, bohrte sie immer tiefer hinein. Jeden Augenblick rechnete die Counselor mit Widerstand. Doch ganz anders als bei Beahorams Bruder vermochte sie die diversen Schichten seiner Psyche ohne sonderliche Mühe nacheinander bloßzulegen.

Troi erkannte, daß sie ohne weiteres die Möglichkeit hatte, seinen Geist mit einem einzigen Gedanken zu zermalmen. Aber sie wußte genau, sie würde es nicht tun, weil sie es nicht durfte. Ihre Ausbildung, die ihr damit auferlegte Verantwortung sowie ihre Hingabe an die Heilkräfte der Psyche hatten sich ihr zu nachhaltig eingeprägt. Sie gestatteten ihr nichts anderes, als flüchtig daran zu denken und den Einfall sofort zu verwerfen.

Statt dessen entblößte sie Beahoram sämtlichen seelischen Schutzes. Sie riß der gesamten Finsternis seines Gemüts die Masken ab. Er versuchte Gegenwehr zu leisten, blieb aber machtlos. Unerbittlich entwand Troi seinem Hirn jede Erinnerung, jede vergangene Tat und Machenschaft, enthüllte auch ihm selbst die wahre, scheußliche Niedrigkeit seiner Motive.

Dann sprach sie alles aus, was sie entdeckte. In der Stille im Innern des Tempels war ihre Stimme weit zu hören. Die Counselor enthüllte dem Gremium aus Ältesten und Tempeldienern, das sie umringte, sämtliche Erkenntnisse, die sie erlangte. Beahoram war es zu verhindern außerstande; er lag zu ihren Füßen und konnte nur aus Erbitterung vor sich hinstöhnen.

Zum Schluß öffnete Troi die Augen. Faellon hatte seinen Platz zwischen den zwei Brüdern verlassen. Er stand jetzt breitbeinig über Beahorams noch immer ausgestreckter Gestalt. Das Schwert der Gerechtigkeit wies auf Beahorams Rücken.

Der Oberste Diener hatte nichts mehr von dem nahezu greisenhaften Mann an sich, der vor Scham das Gesicht verborgen hatte, als Joakal während des Krönungsrituals den Tempel betrat; er ähnelte nicht mehr dem grämlichen Alten, der stumm der Vernehmung der Aspiranten durch den Ältestenrat beigewohnt hatte. Er glich nicht einmal dem vom langen, langen Dienst an Gott ausgelaugten, müde gewordenen Obersten Diener. Jetzt war er der Racheengel seines Gottes. Gerechter Zorn leuchtete aus seinen Augen, als er Troi anblickte. Sie sah ihm an, daß er alle Bereitschaft hatte, das Schwert in Beahorams Leib zu stoßen.

»Vollenden Sie das *Rhii'cha*«, befahl er. »Sie haben Herz und Seele des einen Aspiranten erforscht. Nun tun Sie das gleiche beim anderen.«

Troi ließ die Lider wieder sinken. Erneut konzentrierte sie ihre noch fest mit Mutter Veronicas Bewußtsein verknüpfte Psyche und tastete diesmal nach Joakals Geist. Ein zweites Mal bündelte sie die vereinigten psychischen Kräfte zu einer durchdringenden mentalen Sonde. Aber genau wie zuvor wies Joakals Geist sie ab.

Die Counselor versuchte es immer wieder. Jedesmal blieb Joakals Bewußtsein abgeschirmt. Über die oberen Schichten seines Geistes waberten in blitzartigem Gewirr oberflächliche Erinnerungen, Ängste, Überzeugungen und Hoffnungen. Aber ein tieferes Eindringen blieb undurchführbar.

Troi konnte spüren, wie sie infolge der Anstrengung ins Zittern verfiel. Endlich entfuhr ihr ein Keuchen. Sie sank aus der knienden Haltung rückwärts auf die Fersen. Ihre und ebenso Mutter Veronicas Kräfte hatten sich erschöpft.

»Ich kann nicht mehr«, gestand sie. Aber sie hatte genug geleistet.

»Gott hat über den Seinen die schützende Hand gehalten«, rief Faellon im Ton des Triumphs. Er hob das Schwert. Seine Muskeln spannten sich, als er Anstalten machte, damit dem Betrüger zu durchbohren – den Mann, der nahezu alles, was ihm je wert und teuer gewesen war, zu einer Farce degradiert hatte.

»Nicht!« schrie Troi und warf sich Faellon entgegen.

Joakal sprang hoch und fing den Arm des Obersten Dieners ab, während das Schwert schon auf Beahoram hinabstieß. Die beiden Männer blickten sich harten Blicks fest in die Augen. Sie trugen einen Konflikt des Willens aus, dessen Schwingungen Deanna deutlich fühlte.

Endlich senkte Faellon den Blick. Das Schwert entfiel seiner Faust und klirrte auf den Fußboden. Er sank vor Joakal aufs Knie.

»Eure Majestät …«, sagte er untertänig. Danach erhob er sich und trat vor die Ältesten, die das Weitere abwarteten. In ihrer Mitte hockte mit gebeugten Schultern und gesenktem Kopf Aklier. Er wehrte sich nicht gegen die Fäuste, die ihn hielten.

»Führen Sie ihn ab«, rief Faellon. »Auch seine Komplizen sind zu verhaften. Der König wird über sie das Urteil sprechen.«

»Einen Moment noch«, erteilte Joakal Befehl. Alle Anwesenden verharrten, während der König zu dem Adeligen ging und vor ihm stehenblieb.

Aklier wagte nicht aufzuschauen. »Verzeihen Sie mir, Majestät«, bat Aklier leise. »Ich hätte Ihnen vertrauen müssen.«

»Ja, das hätten Sie«, bekräftigte Joakal mit gedämpfter Stimme. »Aber ich hätte meinerseits auch Ihnen vertrauen sollen. Hätte ich meine Pläne nicht für mich behalten, sondern Sie darin eingeweiht, wäre nichts von allem geschehen. Ich habe eigennützig gedacht, und obwohl ich es nicht gemerkt habe, bin ich überheblich gewesen. Sie müssen auch mir verzeihen.«

Aklier machte eine tiefe Verbeugung. Faellon trat zu Joakal. »Eure Majestät«, sagte er, »die Krönung ...«

»Sie findet nun endgültig in zwei Stunden statt«, unterbrach Joakal den Obersten Diener. »Mit nur einer Abänderung: Ich bin es, der gekrönt wird.«

Während der darauffolgenden zwei Stunden verbreitete sich die Neuigkeit vom Resultat des *Rhii'cha*-Rituals in der ganzen Hauptstadt. Sie fand ihre Verbreitung durch Kommunikationssysteme, mündliche Weitergabe und öffentliche Gespräche, bis jeder Bürger darüber Bescheid wußte.

Zum festgelegten Zeitpunkt versammelten sich die Ältesten erneut im Palast, um den König zum Tempel zu geleiten. Joakal hatte erbeten, daß Captain Picard in der Prozession Akliers Platz einnahm. Auch Troi und Mutter Veronica durften dabeisein.

Die gewaltigste Menschenmenge in der gesamten erinnerlichen Geschichte der Hauptstadt strömte zusammen, um etwas von Joakals Krönung und seiner Erhöhung zum Absolutus zu sehen. Unüberschaubare Massen Schaulustiger säumten die Straßen und füllten den Hauptplatz.

Jeder hoffte, nicht nur einen Blick auf den jungen König erhaschen zu können, sondern auch auf die Föderationsvertreter, die ihr Leben riskiert hatten. Ihnen verdankte man es, daß der Usurpator entlarvt worden war und man die Heiligkeit des Monarchen unbesudelt bewahrt hatte. Weder war Troi sich darüber im klaren, noch Mutter Veronica: aber bei den Leuten, die während des Vorüberziehens tuschelten und mit den Fingern zeigten, genossen sie schon heute den Status lebender Legenden.

Die Prozession erreichte den Tempel und erstieg zum zweitenmal die große Freitreppe. Dreimal erscholl eine Posaune. Joakal betrat das geweihte Bauwerk und schritt als Triumphator durch den langen Mittelgang, um sich vor dem Altar auf dem Gesicht auszustrecken. Als Absolutus sollte er sich in Kürze erheben.

Weil das siegreiche Hervorgehen aus dem *Rhii'cha*-Ritus Joakal schon geläutert hatte, konnte Faellon diesmal am Anfang der Krönungszeremonie eine Anzahl von Gebeten auslassen, die er noch beim ersten Mal für Beahoram gesprochen hatte. Die rituellen Handlungen der Salbung und der Segensspendung hingegen durfte der Oberste Diener nicht abkürzen.

Schließlich war es soweit, daß Hände Joakal dabei halfen, sich von dem karminroten Tuch aufzurichten. Auf der obersten Altarstufe kniete er nieder. Vor dem König stand Faellon. Die vier Gehilfen, die schon am Vortag assistiert hatten, traten näher und legten die Hände auf Joakals Schultern. Aus Faellons Mund ertönte das altüberlieferte Gebet der Segnung.

Als das Gebet endete, senkte Faellon die Handflächen auf Joakals Kopf. Bei dieser Berührung füllte Wärme Joakals Geist. Anfangs dehnte sie sich langsam aus, verbreitete sich gleichzeitig aus- und einwärts. Dann flackerte sie zu einer Flamme empor, fing zu lohen an. Die Glut brannte und sengte. Mühelos schmolz sie sich durch seine gestaffelten geistigen Schilde, die sich für Troi als undurchdringlich erwiesen hatten. Sie drang immer tiefer ein, loderte bis in den Mittelpunkt seines Gehirns. Von dort aus schoß sie durch all die verschlungenen neuralen Bahnen des Denkens, Erinnerns, Verstands und Glaubens zurück nach außen.

Joakal schwankte auf den Knien hin und her, stöhnte laut, während ihm aus der Tiefe seiner Psyche erstmals freigesetzte mentale Energie durch den Geist flammte. Sie raste durch die jetzt unblockierten Windungen des Hirns, strömte der psychischen Energie entgegen, die ihm von außerhalb zufloß, verschmolz damit, wurde mit ihr eins.

Es schien, als wäre in Joakals Geist ein Schalter umgelegt worden. Licht durchflutete ihn, und auf einmal konnte er in aller Klarheit die Gedanken der Personen in seiner Umgebung auffangen. Er empfing ihre Gefühle, empfand mit ihnen die Herzlichkeit ihrer Freude und das Maß ihres Triumphs. Auch ihr insgeheimes Leid und ihre Ängste sah er. Jetzt lernte der König sie wirklich *kennen;* alle ohne Ausnahme.

Und dann, gerade als die vielfältigen Eindrücke drohten, ihn zu überforderten, merkte er, daß er sie mit nur einem Gedanken aus seinem Gemüt aussperren konnte. Endlich war er in vollem Umfang mit der Macht des Absolutus ausgestattet.

Das war es, begriff er nachträglich, was Counselor Troi und Mutter Veronica in der Kerkerzelle für mich zustandezubringen versuchten. Und ich habe gar nicht durchschaut, um was es in Wirklichkeit ging.

Er übermittelte den beiden Frauen einen kurzen Gedanken der Zuneigung. Seine Empfindungen der

Dankbarkeit streiften das Bewußtsein der Empathin und der Telepathin. Anschließend stand er auf und erwiderte den Blick des Obersten Dieners. Faellon vollführte eine tiefe Verbeugung, erkannte den neuen Absolutus an.

In diesem Moment begriff Joakal, daß es für ihn nur eines einzigen Gedankens bedurfte, um Geist, Herz und Seele des Gottesdieners bis auf den Grund zu erforschen. Vor derartigen Versuchungen mußte er künftig stets auf der Hut sein.

Joakal drehte Faellon den Rücken zu. Er musterte die vielköpfige Versammlung. Die Gesichter, die zu ihm aufblickten, drückten Erwartung und auch ein wenig Sorge aus. Der König wußte, seine Untertanen fragten sich, was für eine Art von Mann ihr neuer Herrscher nun wohl sein mochte. Sie sollten es früh genug erfahren.

Der Absolutus stieg die Altarstufen hinab. Er hielt auf Elana, Picard, Troi und Mutter Veronica zu. Joakal nahm Elanas Hand und hob sie an seine Lippen.

»Meine Königin«, raunte er so leise, daß nur sie es hören konnte. Er wandte sich an Picard. »Mein Freund ...«, sagte er. Noch zwei Schritte, und er stand vor Deanna Troi und Mutter Veronica. Im ersten Moment brachte er kein Wort hervor. Dann sank er langsam vor den Frauen aufs Knie.

Aus der Zuschauermenge ertönten Laute des Erstaunens. Kein Absolutus hatte jemals vor irgend jemand anderem als Gott das Knie gebeugt.

Joakal richtete sich auf; er blickte in die von Erschöpfung gezeichneten Mienen der zwei Frauen und schenkte ihnen ein freundliches Lächeln, das aus ganzem Herzen kam.

»Ihnen verdanke ich mehr als mein Leben«, stellte er fest. »Was Sie getan haben, wird bei unserem Volk nie in Vergessenheit geraten.«

Er kehrte zurück vor die Altarstufen. Dort streckte er die Hände in die Höhe. Die Blicke sämtlicher Anwesenden hefteten sich auf ihn. Joakal spürte die Erwartungsfülle, die ihm aus den Herzen und Gemütern seines Volkes entgegenschlug. Nun wollten die Bürger die ersten Worte ihres soeben gesalbten Monarchen hören.

»Mein Volk, meine Mitbürger«, rief er mit lauter Stimme und in wahrhaft majestätischem Tonfall. »Heute haben Sie die unseligen Folgen eines überkommenen Gesetzes erlebt, das vom Weg der Weisheit abweicht. Deshalb sollen die alten Gesetze auf ihre Tauglichkeit überprüft und neue Gesetze beschlossen werden. Die erste Gesetzesänderung lautet: Es sollen keine Kinder mehr wegen der Zufälligkeiten ihrer Geburt sterben. Das Leben ist Gottes kostbarstes Geschenk. Nur indem wir das Leben respektieren, erweisen wir Gott die richtige Ehre und Achtung. Der Morgen eines neuen Zeitalters dämmert. Lassen Sie uns gemeinsam in die Zukunft gehen.«

Im ersten Moment herrschte verdutztes Schweigen. Da erscholl plötzlich eine vernehmliche Stimme. »Gottes Segen dem Absolutus«, jubelte sie. Weitere Anwesende griffen den Begeisterungsruf auf, bis der Tempel von den Ovationen widerhallte.

Joakal ging wieder zu Elana und ergriff ihre Hand. An seiner Seite sollte sie den Tempel verlassen; sein ganzes Leben lang sollte sie an seiner Seite sein. Doch über seinem Glück vergaß der König keineswegs die Leute von der *Enterprise.*

»Captain«, sprach er Picard an, »darf ich Sie und Ihre Begleiter bitten, auf meinem Krönungsbankett Gäste zu sein, falls Sie nicht zu müde sind? Ich glaube, wir haben noch vieles zu diskutieren.«

»Was mich betrifft, ist es mir eine große Ehre, Eure Majestät«, antwortete Picard. »Counselor, Mutter Veronica, wie steht's mit Ihnen?«

Mit einem Lächeln nickte Troi. Mutter Veronica hingegen schüttelte den Kopf. »Wenn es mir niemand übelnimmt«, äußerte sie, »würde ich lieber an Bord der *Enterprise* zurückkehren.«

»Das bleibt selbstverständlich Ihnen überlassen«, versicherte Joakal. »Aber ich hoffe, Sie kommen bald wieder.«

Dazu schwieg die Nonne. Den Blick gesenkt, wartete sie. Picard tippte an seinen Insignienkommunikator.

»Picard an *Enterprise*«, sagte er.

»Hier *Enterprise,* Commander Riker.«

»Es ist alles in Ordnung, Nummer Eins«, gab Picard durch. »Counselor Troi und ich bleiben noch für eine Weile hier. Mutter Veronica möchte zurück an Bord. Bitte veranlassen Sie ihren Retransfer. Alles andere erfahren Sie später.«

»Aye-aye, Captain.«

»Danke, Nummer Eins. Picard Ende.«

Der Captain und die übrigen Umstehenden wichen einige Schritte zurück, um Platz für den Transfervorgang zu machen. Als das Energiefeld Mutter Veronica umhüllte, hob sie, ehe sie verschwand, den Blick und schaute Troi an. Die Counselor blieb sich darüber im unklaren, wie sie den Gesichtsausdruck der Ordensfrau deuten sollte.

In der nächsten Sekunde war die Äbtissin fort. Joakal stellte sich mit Elana auf; hinter dem Paar fanden sich Älteste und Tempeldiener zur Prozession zusammen, um dem Absolutus das Geleit zum Tempel hinaus zu geben. Gleich darauf standen Picard und Troi allein da.

»Tja, Counselor«, meinte der Captain, »ich habe den Eindruck, unser junger Freund wird den Bewohnern Capulons ein herausragender Herrscher sein. Dieser Planet dürfte wirklich eine Bereicherung für die Föderation werden.«

»Ich bin genau der gleichen Ansicht, Captain«, stimmte Troi ihm zu.

Picard reichte der Counselor den Arm, um sie zum Festbankett zu führen. Ein Lächeln trockenen Humors umspielte seinen Mund. »Eines muß man wirklich sagen: Im Starfleet-Dienst ist das Leben nie langweilig.«

Troi lachte. »Auch damit haben Sie völlig recht, Sir«, sagte sie. »Langweilig ist es auf gar keinen Fall.«

26

Die Festivitäten fanden im großen Festsaal des Königspalastes statt. Er übertraf in seinen Abmessungen sogar den Audienzsaal. Sämtliche Teilnehmer der Krönung, die komplette örtliche Gemeinschaft der Tempelbediensteten, das königliche Gefolge, die erforderlichen Lakaien, Musiker, Tänzer und sonstige für den Abend engagierte Unterhaltungskünstler sowie die Gäste hatten darin ohne Probleme Platz.

Joakal hatte angeordnet, daß Picard und Counselor Troi bei ihm an der Königlichen Ehrentafel sitzen durften. Während man die Tabletts, Terrinen und Schüsseln auftrug und abräumte, Musik spielte, man Reden hielt und Trinksprüche rief, das allgemeine Geplauder immer angeregter wurde, fand Picard allerdings kaum eine Gelegenheit zur Diskussion mit dem König.

Die erste Stunde verstrich. Nach dem Abtragen der Hauptgänge servierte man nun eine Dessert-Auswahl und neue Weinsorten. Auch die zweite Stunde war fast vorüber, als man zu den abendlichen Darbietungen überging. Zuerst trat ein Kinderchor auf, der alte, für frühere Könige geschriebene Lieder sang; zu Ehren des neuen Königs war jetzt allerdings sein Name in den Text eingefügt worden. Als nächste hatten Jongleure, Akrobaten und eine Tanzgruppe ihren Auftritt.

Immer häufiger dachte Picard darüber nach, wie er sich ohne Komplikationen absetzen und auf die *Enterprise* zurückkehren könnte. Er drehte den Kopf und sah, daß Joakal ihn anschaute.

Der neue Absolutus lächelte und erhob sich von seinem Prunksessel. Sofort verstummte die Musik. Die Anwesenden unterbrachen ihre Konversation mitten im Satz. Alle standen auf und warteten auf das, was der König verkünden mochte.

Mit einer Gebärde gab Joakal zu verstehen, daß sie sich wieder hinsetzen sollten. »Sie haben eine wundervolle Festlichkeit für Uns organisiert«, sagte er, indem er den *Pluralis majestatis* verwendete, »und Uns Ihre Zuneigung und Treue bewiesen. Wir wissen zu würdigen, was Sie getan haben. Nun ist es Unser Wunsch, Sie vorübergehend zu verlassen. Bitte bleiben Sie und genießen Sie den Abend in Unserer Abwesenheit.«

Während Joakal seinen Platz verließ, winkte er dem Captain zu: Picard sollte sich ihm anschließen. Picard nickte. Im Aufstehen beugte er sich zu Counselor Troi hinab.

»Bleiben Sie hier«, meinte er zu ihr. »Ich sehe zu, daß es nicht zu lange dauert.«

Troi nickte. Sie und sämtliche übrigen Anwesenden blieben stehen, bis Picard und Joakal zusammen zum Saal hinausgeschritten waren.

»Die Leute haben mehr Spaß, wenn ich nicht da bin«, sagte Joakal, während er und Picard in einen der vielen Korridore des Palasts einbogen. »Und ich möchte ... Nein, ich *brauche* Ihren Rat. Lassen Sie uns in meine Gemächer gehen, wo wir es uns gemütlich machen und in Ruhe sprechen können.«

»Gerne, Eure Majestät«, antwortete Picard.

»Nennen Sie mich bitte Joakal, wenn wir unter uns sind, Captain. Mein Leben ist ohnehin schon überfrachtet mit Titeln und Formalitäten, weil ich ständig mit Ältesten, Beratern und Untergebenen zu tun habe, und künftig wird dies in noch stärkerem Maße der Fall sein. Leider kann ich nur allzu wenige Personen als Freunde ansehen.«

»Es soll mir eine große Freude sein, zu diesen Ausgewählten gezählt zu werden, Joakal. Ich heiße mit Vornamen Jean-Luc.«

»Jean-Luc ...? Ist das ein Name irdischer Herkunft?«

»Ja, aus einem Land namens Frankreich.«

»Da wir in Kürze Mitglieder der Föderation werden, muß ich mich endlich einmal umfassender über den Planeten Erde informieren.«

Das zwanglose Gespräch hielt an, während die beiden Männer etliche Korridore durchmaßen, doch Picard ahnte, daß den König gänzlich andere Angelegenheiten beschäftigten.

Zu guter Letzt gelangten die beiden in Joakals königliche Gemächer. Sie traten ein. Joakal bot Picard einen Sitzplatz an und schenkte ihnen zwei Gläser Wein ein. Nachdem er dem Captain eines davon gereicht hatte, ließ Joakal sich in einen Sessel sinken und streckte die langen Beine von sich, überkreuzte die Fußknöchel. Er hob das Weinglas vors Gesicht, bis Licht den rubinroten Kern des Kristalls zum Leuchten brachte. Versonnen betrachtete der König den Glanz.

»Morgen ist ein großer Tag für mein Volk«, sagte er schließlich. »Ich unterschreibe morgen den Vertrag, der uns endgültig zu Vollmitgliedern der Föderation macht. Wir werden Genossen dieser gloriosen Bruderschaft der Planeten. Das ist eine einfach wunderbare Sache, Jean-Luc.« Er musterte den Captain. »Der Vertrag ist ein vorzügliches Dokument. Ich werde ihn voller Stolz unterzeichnen.«

»Wenn es nicht der Vertrag ist, was Sie mit mir diskutieren möchten«, entgegnete Picard, »wüßte ich nicht, wie ich Ihnen sonst nützlich sein könnte. Für andere Fragen habe ich weder die Kenntnisse noch die Autorität. Meine Erfahrungen mit Ihrem Volk sind ziemlich ... begrenzt.«

»Autorität? Nein, nachdem ich jetzt Absolutus bin,

hat mir niemand mehr irgendwelche Autorität voraus. Einen solchen Titel zu haben und sich entsprechend zu bewähren, bedeutet eine schwere Bürde. Vielleicht fällt dem Absolutus deshalb mit dem Titel auch die neue geistige Macht zu. Bei jeder Handlung, die ich in meinem gesamten zukünftigen Leben verübe, muß ich das Wohl meines Volkes berücksichtigen. Aber wie sollte ich anders als zum Nutzen der Allgemeinheit handeln können, wenn ich über die Sorgen und Ängste der Bürger so gut wie über meine eigenen Probleme Bescheid weiß? In vielerlei Hinsicht *bin ich* von nun an das Volk.«

»Aber was ist dann ...«

»Sie verfügen über Wissen, das ich brauche«, fiel Joakal dem Captain ins Wort. »Darum bitte ich Sie um Ihren Rat.«

»Sie haben doch Ratgeber, denen die Verhältnisse auf Ihrer Welt viel geläufiger sind, als sie es mir je sein werden.«

»Genau das ist der Grund, weshalb ich mich nicht an sie wenden kann.« Joakal schwieg und trank einen tüchtigen Schluck aus seinem Glas. Danach stellte er es auf den kleinen Tisch, der zwischen den beiden Sesseln stand, und faltete die Hände.

»Ich stehe morgen vor noch einer wichtigen Aufgabe«, erklärte der König. »Über meinen Bruder, über Aklier und ihre zwei Komplizen muß ein Urteil gefällt werden. Die Gesetze unseres Planeten verlangen ihren Tod. Meine Berater haben mich schon mehrmals daran erinnert. Freilich muß es Gesetze geben. Die Gesellschaft benötigt sie, andernfalls herrschte Chaos. Mein Volk braucht Gesetze, die ernstgenommen werden, so daß die Bürger zu ihnen und zu mir als Herrscher Vertrauen haben können. Aber ich habe schon angekündigt, daß in Zukunft neue Gesetze gelten werden, zum Vorteil des Volkes verabschiedete Gesetze. Ich persönlich, als Individuum, neige dazu, Beahoram und Aklier

Gnade zu gewähren. Allerdings bin ich keine Privatperson mehr. Ich bin der Absolutus. Wie finde ich den Mittelweg zwischen Gnade und Recht? Was ist Gerechtigkeit?«

Picard schöpfte tief Atem und ließ ihn langsam entweichen. Das war eine schwierige, heikle Frage. Er hatte sie sich selbst im Laufe der Jahre schon öfter gestellt. So viel Verantwortung, wie auf Joakals Schultern lastete, hatte er jedoch nicht zu tragen. Manche Aspekte seines Lebens als Raumschiffkommandant konnte man durchaus mit dem Dasein eines Monarchen vergleichen, doch nur in rein oberflächlicher Hinsicht.

Ihm standen als Captain immer Offiziere zur Seite, die ihn in komplizierten Situationen entlasteten, ihm bei problematischen Angelegenheiten Entscheidungshilfe leisteten; sie hatten sogar das Recht, ihn des Kommandos zu entheben, sollte er einmal den Anforderungen seiner Funktion nicht mehr gewachsen sein. Zudem hatte er im Rücken andere Raumschiffkommandanten und Admirale sowie das umfangreiche Rechtssystem und die weitgespannte, mächtige Organisation Starfleets und der Föderation. Er stand bei seinen Entschlüssen nie allein da. Joakal dagegen war völlig allein.

Picard drehte das Weinglas am Stiel zwischen den Fingern. Unterdessen starrte er in das goldbraune Getränk. Er runzelte die Stirn und spitzte die Lippen, während er über eine Antwort auf die Frage des jungen Königs nachdachte.

Schließlich beugte der Captain sich vor und stellte das Glas neben Joakals Trinkgefäß ab.

»Sie haben mir eine Überlieferung aus der Geschichte Ihres Volkes erzählt«, sagte er, lehnte sich in den Sessel zurück und schlug die Beine übereinander. »Ich meine die Anekdote um König Joakal den Ersten und die zwei Bäcker. Sie verdeutlicht, daß dieser

König wußte, was Weisheit bedeutet. Auf der Erde gab es vor vielen Jahrhunderten einen König mit Namen Salomon. Von ihm wird berichtet, daß er ein sehr aufrechter und zutiefst gläubiger Mann gewesen sein soll. Er versuchte sowohl Gott wie auch dem Volk nach bestem Vermögen zu dienen. Als er den Thron bestieg, erbat Salomon von Gott nichts anderes als genug Weisheit, um über sein Volk sowohl mit Verstand wie auch Gerechtigkeit herrschen zu dürfen. Es heißt, darüber war Gott so erfreut, daß er ihm die Bitte in vollem Umfang erfüllte ... Salomons Weisheit ist dann schon recht bald auf die Probe gestellt worden. Eines Tages erschienen zwei Frauen vor ihm und ersuchten ihn um ein Urteil. Sie brachten ein Kind mit. Beide Frauen lebten im selben Haus. Beide hatten ein Kind bekommen, aber eines der Neugeborenen war binnen weniger Tage gestorben. Jetzt behaupteten beide Frauen, die Mutter des noch lebenden Kinds zu sein. Sie stritten sich unter den Augen des Königs um das Kind. ›Mein Kind lebt, deins ist gestorben!‹ schrie jede. ›Her mit dem Kind, das du mir geraubt hast!‹ Salomon ließ sie zanken und beobachtete dabei ihr Mienenspiel, um ihnen besser ins Herz schauen zu können. Zum Schluß beendete er das Gezänk. Er nahm das Kind in seine Arme. ›Reicht mir ein Schwert‹, befahl er. ›Da jede von euch das Kind für sich beansprucht‹, verkündete er, indem er den Säugling in die Höhe hielt, ›werde ich es entzweihauen und jeder eine Hälfte geben.‹ Die eine Frau nickte. ›Das ist gerecht‹, sagte sie. Aber die andere Frau schrie vor Schreck. ›Nein‹, rief sie. ›Tötet das Kind nicht, mein König! Gebt es dieser Frau. Lieber überlasse ich mein Kind ihr, als daß es erschlagen wird.‹ Dadurch erkannte König Salomon: Diese zweite Frau war die wahre Mutter. Er legte das Kind in ihre Arme. Deshalb steht geschrieben, daß die Bewohner seines Reichs, als sie von König Salomons Urteilsspruch erfuhren, ihm nachsagten, er sei mit Gottes Weisheit begnadet.«

Nachdem Picard zu erzählen aufgehört hatte, saßen die zwei Männer für eine Weile in völligem Schweigen da. Jeder grübelte auf seine Weise über den Sinngehalt der Geschichte nach. Am Ende hob Joakal den Kopf und lächelte.

»Vielen Dank, Jean-Luc«, sagte er, nahm beide Weingläser und gab Picard sein Glas. Dann prostete er dem Captain zu.

»Auf Capulons neue Ära«, fügte Joakal hinzu. »Und auf die Weisheit.«

»Auf die Weisheit«, wiederholte Picard.

Im Festsaal saß Troi an der Königlichen Tafel neben Lady Elana. Die Counselor merkte nicht, daß Faellon von seinem Sitz weiter unten an der Tafel aufstand; doch unversehens kniete der Oberste Diener zwischen Deannas und Elanas Platz nieder. Troi spürte die Tiefe seiner Scham und seines Kummers.

»Lady Elana E'shala«, sagte er, indem er den Kopf beugte. »Ich habe Ihnen unrecht getan. Darum bitte ich Sie um Verzeihung.«

Elana musterte ihn. Noch glomm ein gewisses Maß an Verärgerung in ihrem Gemüt. Aber der Anblick des Alten, den die Reue schwer drückte, stimmte sie milde; ihr Ärger erlosch.

»Faellon«, meinte Elana gedämpft, »es ist nicht nötig, daß Sie …«

»Doch, es ist unumgänglich«, widersprach Faellon und richtete den Oberkörper auf. »Bitte hören Sie mir zu. Ich muß Ihnen verständlich machen, wieso ich mich so zu Ihnen verhalten habe. Denn selbstverständlich habe ich Ihnen nie irgend etwas Schlechtes gewünscht.«

Elana nickte und wartete, räumte Faellon die Gelegenheit ein zu erklären, was er zu sagen hatte, um seine Würde und seinen Frieden wiederzufinden.

»Ich bin ein alter Mann«, stellte der Oberste Diener fest. »Den Großteil meines Lebens habe ich im Tempeldienst zugebracht. Mancher tritt in den Tempeldienst ein, der nach hohen Ämtern strebt. Dies war bei mir nie der Fall gewesen. Ich war damit zufrieden, Gott unbemerkt im stillen zu dienen. Trotzdem bin ich vor zweiundzwanzig Jahren zum Obersten Diener ernannt worden. Seitdem hat es in meinem Denken und Handeln ununterbrochen allerersten Vorrang gehabt, Gottes Gebote zu hüten und sie den Gläubigen zu vermitteln.« Er schwieg für einen Moment, um zu verschnaufen.

»Aber seither bin ich alt geworden, Lady Elana«, fügte er dann hinzu. »In letzter Zeit habe ich immer häufiger erwogen, mein Amt abzugeben und in Pension zu gehen. Ich möchte den Schlußabschnitt meines Lebens in Ruhe und Frieden verbringen. Aber eine offizielle Amtshandlung wollte ich noch vollziehen, bevor ich den Rang und die Verantwortung des Obersten Dieners abtrete: die Krönung des neuen Absolutus. Meine Tätigkeit so beenden zu dürfen, war mein größter Wunsch. Er hat mir mehr bedeutet, als Gottes Stimme zu hören, Gott oder dem König zu dienen. Ich sehnte mich nach Abgeschiedenheit und Zurückgezogenheit ... nach Frieden. Und darüber hatte ich, obwohl ich Ihnen zu empfehlen gewagt habe, Glauben zu bewahren, meinen Glauben verloren.«

Erneut verstummte Faellon. Elana legte ihm in einer Geste des Trostes und der Vergebung die Hand auf die Schulter.

»Faellon«, versicherte sie, »es ist überflüssig, daß Sie mir noch mehr sagen.«

»Nein, es muß sein«, beharrte der Oberste Diener. »Sie müssen das ganze Ausmaß meines Versagens kennen, damit Sie davor auf der Hut sein können, bei sich selbst ebenso wie bei anderen… Sie sollen die Königin unseres Planeten werden und haben dann dem Absolutus beim Regieren mit Rat und Tat zur Seite zu stehen.«

»Dann reden Sie weiter«, sagte Elana freundlich.

Als Faellon das nächste Mal Luft holte, rasselte sein Atem ungleichmäßig; doch seine Stimme hatte einen kraftvollen, entschiedenen Klang.

»Sie sind mit Ihrem Hinweis zu mir gekommen, daß mit dem König etwas nicht stimmt, aber ich mochte Ihnen nicht glauben. So etwas hätte eine Störung meiner alltäglichen Lebensführung und meiner altvertrauten Routine zur Folge gehabt. Deshalb redete ich mir ein, Sie seien nichts als eine enttäuschte, verbitterte Liebende. Selbst später, als Sie mir erzählten, daß ein Zwillingsbruder des Königs ihn gefangengesetzt hatte, wollte ich nicht auf Sie hören. Ich kannte die Umstände von Joakals Geburt, aber nicht einmal die eigene Erinnerung gab mir zu denken. Ich mochte von alldem nichts wissen. Meine Ruhe war mir wichtiger als alles sonstige. In meiner Vermessenheit lag mir daran, daß Gottes Wirken mit meinen Bedürfnissen konform ginge. Alles übrige wollte ich schlicht und einfach nicht sehen. Infolge meiner Verblendung haben Sie und eine Anzahl anderer Personen leiden müssen. Ich eigne mich nicht mehr für den Tempeldienst. Ich erflehe Eure Vergebung, Lady Elana. Den Rest meines Lebens lang will ich Gott um Verzeihung anflehen.«

»Faellon«, beteuerte Elana, »ich verzeihe Ihnen, und ich weiß, daß das gleiche für Joakal gilt. Sie stellen sich als müden, alten Mann dar. Aber während des *Rhii'cha* haben Sie das Schwert der Gerechtigkeit mit der Kraft des Gerechten geschwungen. Ohne Ihre Unterstützung säße Joakal jetzt nicht auf dem Thron. Was uns betrifft, haben Sie Ihre Schuld wiedergutgemacht, Faellon. Über Ihre Schuld an Gott kann nur Ihr eigenes Herz urteilen.«

»Ich danke Ihnen, Lady Elana«, antwortete Faellon. Noch einmal beugte er den Kopf.

»Etwas möchte ich noch hinzufügen«, sagte Elana. Der Oberste Diener blickte auf. »Mir ist von Ihnen empfohlen worden, Glauben zu haben. Nun erteile ich meinerseits Ihnen diesen Rat. Bewahren Sie Ihren Glauben, Faellon. Gottes Wege sind bisweilen schwer zu verstehen. Aber ich bin der Auffassung, daß alles, was vorgefallen ist, einen Zweck erfüllt. Man wird den Veränderungen, die Joakal plant, nun weniger Widerstand entgegensetzen. Die Bürger konnten ja selbst mitansehen, wie gefährlich es sein kann, in der Vergangenheit zu leben. Unser Ziel ist die *Zukunft*, Faellon. Und von heute an ist sie für unser Volk voll strahlender Hoffnung.«

»Sie werden eine große Königin sein, Lady Elana E'shala«, lautete Faellons Antwort. Er stand auf und verbeugte sich nochmals vor der Lady; dann kehrte er zurück an seinen Platz. Aber jetzt war sein Rücken ein wenig gerader als vorher, und er hielt den Kopf etwas höher.

Troi spürte noch Reue bei ihm, aber genauso das Einsetzen einer seelischen Beschwichtigung. Auch die Counselor war der Meinung, daß Elana eine großartige Königin abgab.

Plötzlich wurde es still im Festsaal. Troi wandte den Blick von Elana und Faellon und sah, daß der Absolutus wieder den Saal betreten hatte. Mit ihm kam auch Captain Picard zurück. Er lächelte Joakal zu, während er mit lebhaftem Abwinken anzeigte, daß die Anwesenden sitzen bleiben durften. Er gab den Musikern ein Zeichen zum Weiterspielen.

Troi beobachtete Elana, die Joakal entgegenschaute. Die Augen der Lady leuchteten nur so, und ihr Lächeln war breit und froh. Wieder spürte Troi die gegenseitige Liebe des Paars. Sie war so stark wie jede Legierung, die die Wissenschaft geschaffen hatte, und weit unzerstörbarer. Die Seelen der beiden waren eine unzertrennliche Einheit geworden. Es freute Deanna, an der Wiedervereinigung der zwei Liebenden beteiligt gewesen zu sein.

»Na, Counselor, wie steht's?« fragte Picard, als er und Joakal die Königliche Tafel erreicht hatten. »Wollen wir auf die *Enterprise* zurückkehren?«

»Ja, Sir«, antwortete Troi. Sie gab sich alle Mühe, damit ihre Stimme nicht nach Eifer klang, der als Undankbarkeit hätte mißverstanden werden können.

Joakal allerdings konnte nicht getäuscht werden. Er ergriff Elanas Hand, zog die Lady aus ihrem Lehnstuhl hoch und drückte sie eng an seine Seite. Anschließend wandte er sich an Troi und lächelte.

»Dann wollen wir Sie nicht aufhalten, obwohl Elana und ich es bedauern, Sie schon zu verabschieden«, erklärte er. »Wir sehen Ihrer morgigen Rückkehr freudig entgegen. Und ebenso der Ankunft der Kleinen Mütter. Grüßen Sie bitte Mutter Veronica von mir.«

Troi trat neben Captain Picard, damit sie beide reibungslos an Bord retransferiert werden konnten. Als die Counselor am neuen Absolutus vorüberging, legte Joakal ihr eine Hand auf den Arm. Der König sprach kein einziges Wort, doch sie fühlte von ihm eine Emanation des Wohlwollens und Respekts ausgehen.

›*Was Sie getan haben, werde ich niemals vergessen*‹, teilte er ihr mental mit. ›*Sie haben uns mit Ihrem Talent selbstlos geholfen, und Selbstlosigkeit ist das größte Geschenk, das jemand machen kann. In all den vielen, langen Jahren als Absolutus, die vor mir liegen, wird Ihr beispielhaftes Verhalten mir stets eine Inspiration sein.*‹

Tief gerührt senkte Troi den Blick. Erst jetzt, als sich ihr inneres Gleichgewicht langsam wieder einpendelte, bemerkte sie, daß es zeitweilig aus dem Lot geraten war; nun erinnerten Joakals Worte sie an einen Lehrsatz der Religion ihres betazoidischen Volkes.

Nicht auf Erfolg oder Mißerfolg kommt es an, entsann sie sich. Auf was es ankommt, ist die Tat.

»Danke«, sagte sie laut. Joakal entfernte die Hand von ihrem Arm. Troi trat an die Seite des Captains.

Picard berührte seinen Insignienkommunikator. »Picard an *Enterprise*«, gab er ans Raumschiff durch. »Transfer für zwei Personen.«

27

Am Vormittag des nächsten Tags standen Troi und Captain Picard schon auf der Transportplattform bereit, während sie noch auf die zwei Kleinen Mütter warteten, um mit ihnen zusammen auf den Planeten hinabgebeamt zu werden. Mutter Veronica hatte die Nacht in Klausur verbracht. Alle Versuche Trois, mit ihr zu reden, waren von der Nonne abgelehnt worden. Zwangsläufig fragte sich die Counselor, zu welcher Entscheidung, falls überhaupt einer, die Ordensfrau gelangt sein mochte.

Troi besann sich an die vielen gemeinsamen Stunden, die sie und die Äbtissin während des Flugs nach Capulon erlebt hatten. Sind meine Erläuterungen gründlich genug gewesen? mußte die Counselor sich jetzt fragen. Oder habe ich zuviel Einfluß auszuüben versucht? War Mutter Veronica sich mittlerweile über die Möglichkeiten im klaren, die sich ihr eröffneten, wollte sie sie nur annehmen?

Endlich trafen die beiden Nonnen im Transporterraum ein. Außer einem knappen Gruß jedoch gab Mutter Veronica kein Wort von sich. Darüber hinaus blieben ihre Gedankengänge und Emotionen unerreichbar hinter mentalen Schilden verborgen, deren Gebrauch sie von Troi kannte.

Teils freute Deanna sich darüber, daß die Nonne diese Kenntnisse jetzt zu nutzen verstand; andererseits verursachte ihr nach wie vor die Frage Sorge, welche

Auswirkungen die Vorgänge auf Capulon IV auf Mutter Veronicas geistige Stabilität haben könnten. Vor allem dachte sie dabei an das *Rhii'cha*-Ritual, an dem die Ordensfrau gestern teilgenommen hatte.

Neben der Counselor ertönte Captain Picards Stimme. »Transporterchefin«, sagte er, »wenn ich bitten darf …«

Tuttle erlaubte sich ein halbes Lächeln in die Richtung des Captains, während ihre Hände über die Kontrollen huschten. Troi fand keine Zeit mehr, um über Mutter Veronicas Zukunft Überlegungen anzustellen.

Erneut rematerialisierte die Landegruppe im Empfangssaal des Palasts. Tygar, der Sprecher des Ältestenrats, begrüßte die Ankömmlinge.

»Willkommen, Captain Picard«, rief er und trat näher, als die Landegruppe erschien. »Seien Sie alle willkommen. Seine Göttliche Majestät hat mich geschickt, um Sie in den Audienzsaal zu begleiten. Er freut sich auf das Wiedersehen mit Ihnen.«

»Vielen Dank, Tygar«, antwortete der Captain. »Auch wir werden Seine Majestät mit dem größten Vergnügen wiedersehen.«

»Dann folgen Sie mir bitte«, sagte Tygar. »Seine Göttliche Majestät wartet schon.«

Tygar führte das Quartett ein weiteres Mal durch die weitverzweigten Korridore des Palastgebäudes. Unterwegs klärte er den Captain über die Tagesordnung auf, die man für heute geplant hatte.

An Joakals erstem Amtstag als Stellvertreter Gottes sollten ihm unter anderem vom capulonischen Adel die Treueschwüre geleistet und ihm Petitionen vorgelegt werden; außerdem waren die Urteile über die Hochverräter zu verkünden. Capulons Bewohner warteten darauf, nun zu sehen, was für eine Art von Herrscher Gott eingesetzt hatte. Es liefen Gerüchte um, erzählte Tygar den Gästen vertraulich, die besagten, Joakal werde sich als ein ebenso großer König wie sein einstiger Vorgänger erweisen, Joakal I'lium I.

»Die letzte heutige Amtshandlung«, fügte Tygar zum Schluß hinzu, »ist die offizielle Auflösung des Ältestenrats. Da Seine Majestät jetzt Absolutus ist, braucht er diesen Rat nicht mehr mehr.«

»Also muß König Joakal allein regieren, ohne daß irgendwer ihm behilflich ist oder ihn berät?« fragte der Captain. »Das ist für nur einen Mann eine ungeheuer schwere Bürde.«

»Es versteht sich von selbst, daß Seine Majestät jederzeit die alten Berater um sich versammeln oder neue Ratgeber ernennen kann«, erklärte Tygar. »Aber genausogut kann er völlig auf Berater verzichten. Trotzdem haben Sie recht, Captain. Absolutus zu sein, ist eine gewaltige Last. Seine Majestät hat sich allerdings dreißig Jahre lang darauf vorbereiten können, diese Belastung zu verkraften.«

Picard räusperte sich und wechselte das Thema. »Für Sie persönlich ist die Entlassung kein Problem?« fragte er.

Tygar zuckte die Achseln. »Ich stehe Seiner Majestät auch künftig zu Diensten, sobald er mich ruft«, stellte er klar. »Aber meine Frau und ich leben inzwischen seit über neun Jahren fernab unserer Heimat. Wir kehren nicht ungern dorthin zurück.«

Tygar und die Landegruppe erreichten den Audienzsaal. Das große Eingangsportal stand offen. Drinnen wimmelten mehrere hundert Personen durcheinander und warteten auf den Beginn der Prozeduren. Beim Anblick der Ankömmlinge machten sie ihnen den Weg frei, so daß sie ohne jede Stockung bis nach vorn zum Thron schreiten konnten.

Auf dem Thron saß Joakal, majestätisch in Karminrot und Goldgelb gekleidet. An seinem Hals, den Handgelenken und Fingern gleißten Juwelen. Auf seinem Kopf saß die dreifache Krone des Absolutus, und um seinen Hals hing eine dicke, schwere Amtskette. Als Anhänger trug die Kette einen stilisierten, aus Gold und Rubinen gefertigten Raubvogel, das Wappentier des Hauses I'lium. Troi fiel sofort ins Auge, was für ein vollkommen anderes Bild als der verdreckte, verhärmte Gefangene, in dessen Gegenwart sie, der Captain und Mutter Veronica im Kerker erwacht waren, der König jetzt abgab.

Joakal sah die Gäste sich nähern. Er sprang auf und eilte die fünf Stufen der Empore herunter; seine ebenmäßigen Gesichtszüge zeigten ein Lächeln des Willkommens.

Plötzlich verlangsamte er und kam dem Captain und den drei Frauen gemächlicher entgegen, als hätte er sich auf seinen Rang besonnen. Doch Troi konnte seine Freude und seinen Stolz deutlich spüren. Er hatte etwas Besonderes vor, mehr als die Unterzeichnung des Vertrags über den Beitritt zur Föderation; und dabei wünschte er sich von Herzen die Anwesenheit der Gäste.

Picard verbeugte sich, als Joakal ihnen entgegentrat. Troi und die beiden Nonnen ahmten das Beispiel des Captains nach.

»Seien Sie willkommen, Captain Picard«, rief Joakal und neigte in Anerkennung des Starfleet-Offiziersrangs leicht den Kopf. »Sie sind Uns alle höchst willkommen. Wir sind sehr erfreut über Ihr Kommen und überglücklich über den Grund Ihres heutigen Besuchs.«

»Vielen Dank, Eure Majestät«, antwortete Picard.

»Captain«, sagte Joakal, »Wir möchten nicht das Vergnügen missen, Sie und Ihre Begleiterinnen in Unserer Nähe sitzen zu haben, während Wir die heutigen Amtshandlungen verrichten.«

Joakal wandte sich ab und kehrte zur Empore um. Er erstieg die Stufen und nahm wieder auf dem aus Stein gehauenen Thron Platz. Picard, Troi und die zwei Kleinen Mütter schlossen sich ihm an, blieben jedoch am Fuß der Empore stehen. Mit einer Geste zeigte Joakal an, daß sie sich auf die Stufen setzen sollten. Picard ließ sich auf der obersten Stufe nieder.

Sobald sie saßen, nickte der König Tygar zu. Der Älteste schritt in die Mitte des Saals. Seine Faust hielt einen langen, mit Gold umwundenen Amtsstab aus verblichenem Holz. Auf der Spitze des Stabs saß ein stilisierter Raubvogel, der große Ähnlichkeit mit dem Exemplar an Joakals Amtskette hatte. Dreimal rammte Tygar das untere Ende des Stabs auf den Fußboden. Das Pochen hallte laut durch den Saal. Unverzüglich kam alle Konversation zum Erliegen.

»Im Namen Seiner Göttlichen Majestät, Absolutus Joakal I'lium des Zwölften, Souverän und Allerheiligster Herrscher, Stimme Gottes und Unvergleichlicher König von Capulon IV, erkläre ich den Hof für eröffnet und rufe die anwesende Versammlung zur Ordnung.«

Noch einmal klopfte Tygar mit dem Stab auf den Boden. Er ging durch den Saal bis zum offenen Eingang und machte dort kehrt. Auf dem Rückweg zur Empore folgte ihm Elana. Tygar geleitete sie bis an die Stufen, wo er sich vor dem König verbeugte. Ohne ein Wort drehte er sich um. Elana stand nun allein vor dem Thron.

Sie trug eine weite Hose und ein Übergewand in Königsblau. Um die Taille hatte sie eine Schärpe aus silbernem Tuch gewickelt, das bei jedem ihrer Atemzüge glitzerte. Mit einem Band aus dem gleichen Stoff hatte sie ihre Haare nach hinten gebunden, so daß es ihr wie ein goldener Wasserfall auf den Rücken fiel. Als sie zu Joakal aufblickte, leuchteten ihre Augen beinahe so blau wie ihre Kleider.

Joakal neigte sich dem Captain zu. »Zuerst möchte ich etwas Angenehmes erledigen«, meinte der König leise. Dann straffte er den Oberkörper, stützte beide Hände auf die Armlehnen des Throns und schaute hinab zu Elana.

»Elana, Erste Tochter des Hauses E'shala, tritt vor deinen König«, befahl er. Elana stieg zwischen den vier Gästen, die auf den Stufen saßen, die Empore hinauf; dabei blieb ihr Blick fest auf Joakal geheftet. Der König erhob sich, sobald sie die oberste Stufe betrat.

»Elana E'shala«, sagte er, »Wir wünschen der ganzen Welt kundzutun, welche Wertschätzung und Zuneigung Wir in Unserem Herzen für dich empfinden. Ohne deine Treue und deinen Mut säßen Wir nicht auf diesem Thron. Du hast Uns und den Bewohnern Unseres Planeten mehr bewiesen als deine Liebe und deinen Wert. Mit dem höchsten Gefühl des Glücks geben Wir daher bekannt, daß in dreißig Tagen unsere Hochzeit stattfinden soll. Aber du wirst Uns mehr als Gemahlin und Königin sein.«

Joakal verstummte. Er nahm die Amtskette vom Hals und legte sie Elana um. Im Saal entstand Gemurmel. Seit alters her durfte niemand außer dem Absolutus den goldenen Vogel tragen.

»Elana E'shala«, sprach Joakal weiter, »an dem Tag nach unserer Hochzeitsfeier sollst du gekrönt und geweiht, in einen neuen, hohen Stand erhoben werden. Wie Wir wirst du zur absoluten Herrscherin des Planeten und Volkes gesalbt und eingesetzt. Du sollst an Unserer Seite so viele Jahre lang leben und regieren, wie Gott uns schenkt.«

Erneut brach im Audienzsaal unterdrückte Unruhe aus, als die Versammlung die gesamte Tragweite von Joakals Verlautbarung erfaßte. Aber Tygar ließ den Anwesenden keine Zeit zu Debatten, nicht einmal zu privaten Diskussionen. Wieder stellte er sich in die Mitte des Saals und pochte mit dem Stab auf den Fußboden. Das Stimmengewirr verebbte. Noch einmal schritt

Tygar zum Eingang. Diesmal kam er mit Faellon und zwei anderen Tempelbediensteten zurück.

Nachdem er sie zum Thron geführt hatte, entfernte er sich zur Seite. Joakal hatte sich wieder gesetzt; neben ihm stand Elana. Der König musterte den Obersten Diener.

In Faellons Begleitern erkannte Troi zwei der Gehilfen, die ihm beim *Rhii'cha* und bei Joakals Krönung assistiert hatten. Einer war ein rund fünfzigjähriger Mann; die zweite Person eine Frau ungefähr in Joakals Alter. Deanna beobachtete die Frau genauer; auf empathische Weise bemerkte sie zu ihr eine enge geistige Verwandtschaft.

»Faellon, Oberster Diener des Tempels Unserer Königlichen Hauptstadt«, wandte der König sich an Faellon, »Unsere geliebte Elana hat Uns gegenüber Ihren Wunsch erwähnt, vom Amt des Obersten Dieners zurückzutreten. Wenn das tatsächlich Ihr Wunsch ist, möchten Wir Ihnen nicht die Jahre des Ruhestands vorenthalten, die Sie sich verdient haben. Dennoch bedauern Wir Ihren Abschied. Sie haben dem Volk treu gedient. Wir bringen Ihnen großen Respekt und Unsere Zuneigung entgegen.«

»Meinen Dank, Eure Göttliche Majestät«, antwortete Faellon, indem er sich verbeugte. »Ich bin ein alter, müder Mann. Auf unserem Planeten bahnen sich bedeutende Wandlungen an. Deshalb brauchen Sie einen Obersten Diener, der genügend Kraft und Schwung hat, um Sie bei Ihren Plänen zu unterstützen.«

»Ihr Wunsch sei Ihnen gewährt«, bekräftigte Joakal und neigte huldvoll das Haupt. »Wen möchten Sie zu Ihrem Nachfolger ernennen?«

Faellon winkte die anderen zwei Tempeldiener heran. »Ich stelle Eurer Göttlichen Majestät die beiden Personen vor, die ich als am würdigsten erachte. Sie müssen zwischen ihnen wählen, da ich es nicht kann.

Dies ist Sambl, der dem Tempel seit dreißig Jahren dient.« Der ältere Tempeldiener machte vor dem König eine Verbeugung. »Und das ist Liiyn.« Auch die Frau verbeugte sich. »Sie ist zwar noch jung, aber eine vorzügliche Kennerin und Deuterin der Gebote Gottes. Jeder von beiden kann Eurer Majestät und dieser Welt in der fähigsten Art und Weise zu Diensten sein.«

Joakal betrachtete die beiden Kandidaten. Troi spürte eine Entladung psychischer Energie: Joakal benutzte seine neuen Geistesgaben, um die zwei Tempeldiener zu prüfen.

»Sie stellen Uns vor eine sehr schwierige Wahl«, meinte er einen Moment später zu Faellon. »Sie haben klug gesprochen, als Sie sagten, daß Wir für Unsere künftige Regierungszeit den Beistand des Tempels brauchen. In beiden Bewerbern erkennen Wir die Entschlossenheit und Hingabe, die eine Voraussetzung ist, um ein tüchtiger Oberster Diener zu werden. Aber es beliebt Uns, die Tempeldienerin Liiyn ins Amt des Obersten Dieners zu erheben. Man soll sie an einem von Ihnen zu bestimmenden Datum salben. Möge Gott ihr die Weisheit und das Mitgefühl verleihen, die ein so herausragendes Merkmal Ihres Wirkens als Oberster Diener gewesen sind.«

Die drei Tempelbediensteten verbeugten sich und gingen. Abermals trat Tygar in die Mitte des Saals und rammte das untere Ende seines Amtsstabs auf den Boden. Aber dieses Mal wartete niemand am Haupteingang auf Einlaß. Statt dessen wurde eine kleine Tür im Hintergrund des Saals geöffnet; herein kam Yesta, der Hauptmann der Palastwache. Hinter ihm führte man Beahoram, Aklier und ihre Komplizen herein, den Küchenbediensteten Tymlan und Benget, den Befehlshaber der Leibwache Akliers. Alle Häftlinge trugen Fußschellen.

Ihre Gefühle ließen sich für Troi ohne weiteres wahrnehmen. Tymlan hatte Furcht; zudem verwirrten ihn ein wenig die vielen Veränderungen, die sich in den letzten zwei Tagen vollzogen hatten. Als einziger Gefangener hielt Aklier den Kopf gesenkt. Er empfand Zerknirschung und hatte sich mit seinem Schicksal abgefunden, sah ihm resigniert entgegen. Beahoram gab sich trotzig. Er und Benget verhielten sich geradezu hochnäsig. Troi spürte bei keinem der beiden die geringste Reue.

Die Häftlinge wurden vor den Thron gebracht. In einer nahezu mit Händen greifbaren Spannung erwarteten die Versammelten das Kommende. Würde der Absolutus die Schuldigen mit aller Strenge des Gesetzes strafen? Beabsichtigte der Herrscher, der immerzu von Neuem sprach, sie trotzdem, entsprechend dem Gesetz, zum Tode zu verurteilen?

Es dauerte einen langen Moment, bevor Joakal die Gefangenen überhaupt eines Blicks würdigte. Er starrte auf seine Füße hinab, als hätte er hinsichtlich des zu fällenden Urteils noch einen letzten inneren Kampf auszufechten. Schließlich hob er den Blick; aber noch immer sah er nicht die Häftlinge an. Vielmehr musterte er Picard. Troi bemerkte, daß der Captain den König aufmerksam beobachtete; sie fühlte zwischen den beiden Männern ein stillschweigendes Einvernehmen.

Joakal winkte Tygar heran. Der Älteste, der vor der Empore stand, brachte erneut mit seinem Stab den Fußboden zum Dröhnen.

»Beahoram I'lium, Aklier Ti'Kara, Benget Marta und Tymlan Krai, Sie werden der folgenden Verbrechen angeklagt: Verschwörung gegen den König und jetzigen Absolutus Joakal I'lium, Verschleppung und Freiheitsberaubung des Königs, Hochverrat und Gotteslästerung, Verschleppung und Freiheitsberaubung von Repräsentanten der Vereinigten Föderation der Planeten, namentlich Captain Jean-Luc Picard und Counselor

Deanna Troi vom Starfleet-Raumschiff USS *Enterprise,* sowie Mutter Veronica vom Orden der Kleinen Mütter. Ferner werden Sie, Beahoram I'lium, der betrügerischen Vortäuschung der Identität des Königs und jetzigen Absolutus Joakal I'lium, des zweifachen hochverräterischen Versuchs, sich rechtswidrig seine Krone, Titel und Macht anzueignen, sowie der Verächtlichmachung des geweihten, heiligen Krönungsrituals angeklagt. Das Gesetz verlangt Ihren Tod. Die Hinrichtung wird in der Weise erfolgen, wie die von unseren Ahnen überlieferten Gesetze sie vorschreiben. Am dreizehnten ...«

»Halt«, befahl Joakal. Verdutzt fuhr Tygar herum und blickte zu ihm auf. Doch Joakal beachtete ihn nicht. Jetzt endlich schaute der König die Gefangenen an.

»Auf unserer Welt kennt man keine übleren oder heimtückischeren Verbrechen als Ihre, ausgenommen vielleicht vorsätzlichen Mord«, sagte Joakal. »Nach dem Gesetz sind Sie alle zum Tode zu verurteilen. Wir jedoch glauben, daß es auf diesem Planeten schon zuviel Tod gegeben hat. Darum wollen Wir Ihnen Barmherzigkeit erweisen.« Nun streifte sein Blick Tygar. »Denn wahre Gerechtigkeit *muß* auch Raum für Gnade lassen.«

Joakal wandte sich wieder an die Gefangenen. »Gestern haben Wir mit großer Genugtuung das alte Gesetz für ungültig erklärt, dem schon das Leben so vieler unschuldiger Kinder zum Opfer gefallen ist. Dies Gesetz zu beseitigen, war seit langen Jahren meine Absicht gewesen. Wir haben die Kleinen Mütter auf unserer Welt tätig zu werden ersucht, um es dem Volk zu erleichtern, die Kinder zu lieben, die nach der überkommenen Denkweise sterben müßten. Uns ist bekannt, daß es eben dies unselige Gesetz war, das Ihnen zu Ihren ungesetzlichen Taten den Anstoß gegeben hat. Aus diesem Grund bieten Wir Ihnen eine Alternative, indem

Wir Sie vor eine Wahl stellen. Zur Strafe für Ihre Verbrechen widmen Sie entweder hier auf Capulon Ihr weiteres Leben dem Zusammenwirken mit den Kleinen Müttern und helfen Ihnen bei der Arbeit zugunsten der Kinder, oder Sie verlassen den Planeten und sind für immer verbannt. Nun entscheiden Sie sich… Aber berücksichtigen Sie, daß Sie eine unwiderrufliche Wahl treffen.«

Als erster ergriff Aklier das Wort. Troi fühlte, daß langsam Staunen seinen Kummer verdrängte.

»Ich bitte darum, bleiben zu dürfen«, antwortete er so bedächtig, als wagte er kaum zu glauben, was er eben gehört hatte. »Ich werde den Kleinen Müttern dienlich und gerne für die Kinder tätig sein. Untertänigsten Dank, Eure Göttliche Majestät.«

Er neigte den Kopf; hemmungslos ließ er Tränen seine Wangen hinabrinnen. Aber währenddessen lächelte er; ihm war ein großmütiges Geschenk zuteil geworden.

»Ich möchte bitte auch bleiben«, stieß Tymlan rasch hervor. Infolge seiner Nervosität und Jugend versagte ihm fast die Stimme. Doch von seiner Furcht war er erlöst.

»Und Sie, Benget?« erkundigte sich Joakal.

»Nein, Eure Majestät, ich nicht«, versetzte der Gefragte zur Antwort. »Ich habe nichts gegen die Kleinen Mütter und wünsche ihnen bei ihrem Vorhaben viel Erfolg. Aber nachdem ich so lange dem Ältesten Aklier gedient habe, möchte ich in keine anderen Dienste mehr eintreten. Nicht einmal bei den Kleinen Müttern. Es ist mir lieber, ich gehe fort und versuche woanders mein Glück zu machen.«

Joakal nickte, als hätte er Bengets Entschluß vorausgesehen und sogar dafür Verständnis. Nun heftete er zuletzt seinen Blick auf Beahoram. »Und du, Bruder?« fragte er. »Willst du bleiben?«

»O nein ... Bruder«, erwiderte Beahoram. Seine Stimme klang nach Härte und Reulosigkeit. Noch immer widerspiegelten seine Augen blanken Haß. »Meine Entscheidung steht schon seit langem fest. Ich will lieber sterben, als mitanzusehen, wie du regierst.«

Joakal erhob sich vom Thron. Bedächtig stieg er die Stufen der Empore hinab, bis er Auge in Auge mit seinem Bruder stand. Für mehrere Sekunden starrte er in das Abbild seines eigenen Gesichts.

»Du hast bis jetzt noch nichts begriffen«, stellte Joakal halblaut fest. »Alles hätte ich mit dir geteilt. Du wärst mir aus ganzem Herzen willkommen gewesen. Sogar lieb und teuer wärst du mir geworden ...«

»Eines begreife ich«, entgegnete Beahoram durch zusammengebissene Zähne, »nämlich daß ich unterlegen bin und du gesiegt hast. Ich habe Mut genug, um diese Tatsache einzusehen, während du es nicht kannst. Nein, Bruder, diese Welt hat mir nie irgend etwas Nennenswertes geboten. Ich verlasse sie gerne. Sitze du auf deinem Thron, Bruder. Laß dich vom Volk als ›geliebter König‹ feiern. Aber erinnere dich stets daran, daß es zwischen den Sternen jemanden gibt, der dem Namen Joakal I'lium keine Achtung entgegenbringt.«

Traurig musterte der Absolutus seinen Zwillingsbruder. »Also gut«, sagte er. »Dein Entschluß steht fest. Obwohl Wir Uns etwas anderes gewünscht hätten, gewähren Wir dir das Exil. Und Wir werden darum beten, daß Gott auch dich irgendwann und irgendwo das Glück finden läßt.«

Joakal kehrte Beahoram den Rücken zu und erstieg die Empore. Der König winkte, und man führte die Gefangenen hinaus. Er schaute ihnen nach; und als die Tür hinter ihnen zugefallen war, schloß er die Lider und bewahrte nochmals für einen Moment Schweigen.

Danach blickte er den Captain an und lächelte. Daß

sein Lächeln leicht verzerrt ausfiel, merkte wahrscheinlich niemand anderes als Picard.

»So, Captain Picard«, rief Joakal. »Nun ist es Zeit für die Vertragsunterzeichnung.«

Er stand auf und streckte seine Hand nach Elana aus; zusammen schritt das Paar die Stufen der Empore hinunter. Picard und seine Begleiterinnen folgten. Tygar verschwand kurz hinter der Empore und kam mit einem großen, silbernen Tablett wieder zum Vorschein. Darauf lagen die Ausfertigungen des Beitrittsvertrags und zwei goldene Schreibstifte. Der Sprecher des Ältestenrats trat mit dem Tablett vor den Absolutus.

Joakal nahm einen Stift zur Hand. »Captain Picard«, erklärte er, »mit der größten Befriedigung setzen Wir zum Symbol für die künftige Einheit unseres Planeten mit der Föderation Unseren Namen unter dies Dokument.« Leicht vorgebeugt unterschrieb er die Vertragsexemplare mit schwungvoller Handbewegung. Dann machte er einen Schritt rückwärts und wartete auf Picards Unterschriften.

Der Captain unterzeichnete den Vertrag gleichfalls und legte den Stift aufs Tablett zurück. »Im Namen der zur Vereinten Föderation der Planeten gehörigen Welten heiße ich das Volk von Capulon IV in unserer interstellaren Gemeinschaft willkommen. Diese Mitgliedschaft ist für uns eine bedeutsame Bereicherung.«

Joakal ergriff den goldenen Stift, den Picard abgelegt hatte, und reichte ihn dem Captain zurück. »Bitte behalten Sie ihn, Captain Picard«, sagte der König. »Er soll ein kleines Andenken an Ihren Aufenthalt bei uns sein. Wir hoffen, daß mit dem heutigen Tag eine neue Epoche der Beziehungen und des Austauschs zwischen Capulon IV und allen anderen Welten der Föderation beginnt. Unsere Heimatwelt steht allen Besuchern offen, die in brüderlicher Gesinnung und ohne Vorbehalte zu uns kommen.«

Anschließend wandte Joakal sich an die beiden Vertreterinnen der Kleinen Mütter. »Nun haben Wir für Sie eine Überraschung«, teilte er ihnen mit verschmitztem Lächeln mit. »Hinter dem Palast steht ein Hain, und mitten in diesem Hain liegt ein See. Wir glauben, daß dort das schönste Fleckchen Unserer Hauptstadt ist. Heute früh haben Wir dorthin eine Baukolonne geschickt. Inzwischen hat sie mit der Errichtung des Heims der Kleinen Mütter angefangen. Das ist Unser Geschenk an Sie.« Er sah Mutter Veronica direkt an. »Wenn Sie Uns sagen, was Sie darüber hinaus brauchen, wird es Ihnen zur Verfügung gestellt.«

Einen Moment lang erwiderte Mutter Veronica Joakals Blick; dann jedoch wandte sie sich ab und ging zu Schwester Juliana. Die Äbtissin entfernte das Holzkreuz von ihrer Brust und hängte es der fassungslosen Ordensschwester um. Danach kehrte Mutter Veronica zurück zum König.

Counselor Troi, die aus zwei Schritten Abstand zuschaute, hielt den Atem an. Sie ahnte, was nun folgen sollte.

»Ich spreche Ihnen im Namen unseres Ordens tiefen Dank aus, Eure Majestät«, erklärte die Nonne. »In Ihrem Edelmut machen Sie uns ein großes Geschenk. Aber ich werde nicht hier sein, um mich über seine segensreichen Auswirkungen zu freuen. Ich bleibe nur, bis andere Mitglieder unseres Ordens eintreffen. Von da an wird Schwester Juliana ... Mutter Juliana Leiterin unserer hiesigen Gemeinschaft sein.«

Joakal runzelte die Stirn. »Sie wollen fort?« vergewisserte er sich. »Aber warum denn?«

»Ich gehe, Eure Majestät, weil Gott mich an einen anderen Ort schickt. Sobald unser Stammhaus es arrangieren kann, möchte ich Vulkan aufsuchen, um mich in den dort gelehrten mentalen Disziplinen schulen zu lassen. Ich bin zu der Einsicht gelangt, es ist Gottes

Wille, die Gabe sinnvoll zu nutzen, mit der er mich ausgestattet hat.«

Joakal ergriff die Hände der Ordensfrau. »Gegen Gottes Wille können Wir keine Einwände anführen«, räumte er ein. »Aber wir hoffen von Herzen, daß Sie eines Tages zu Uns zurückkehren.«

»Die Zukunft liegt in Gottes Hand, Eure Majestät«, entgegnete die Nonne. »Uns den Glauben zu erhalten, ist alles, wozu wir imstande sind.«

Eine Stunde später standen Picard und Troi wieder auf der Kommandobrücke der *Enterprise.* Drunten auf dem Planeten sollten die höfischen Amtshandlungen noch den ganzen restlichen Tag dauern. Zur Zeit legte man allerdings eine Pause ein. Joakal, Elana und die zwei Kleinen Mütter sagten endgültig auf Wiedersehen. Ihre Gesichter füllten den Wandbildschirm der Brücke aus.

»Wir bedauern sehr, daß Sie abfliegen, Jean-Luc«, sagte Joakal. »Aber natürlich verstehen wir Ihre Situation. Dienst ist Dienst.«

»Trotzdem hoffen wir, Ihre dienstlichen Pflichten bringen es irgendwann mit sich, daß Sie uns wieder einmal besuchen«, meinte Elana. »Alle Föderationsbürger sind bei uns gerne gesehene Gäste. Allerdings wäre es für uns eine große Freude, würden Sie und Ihre Crewmitglieder Capulon als zweite Heimat betrachten.«

»Vielen Dank, Eure Majestät, Lady Elana«, antwortete Picard. »Ich glaube«, fügte er hinzu, »König Joakal kann genauso stolz auf sich sein wie König Salomon.«

Joakal schmunzelte. Er und Elana traten in den Hintergrund und ließen Mutter Veronica sich verabschieden.

»Captain Picard«, sagte sie, »ich danke Ihnen für alles, was Sie für uns und für mich getan haben. Unsere Gemeinschaft wird Sie und Ihre Crew in ihr Gebet einschließen.«

»Hoffentlich beschert die Zukunft Ihnen den Frieden, den Sie sich wünschen, Mutter Veronica«, gab Picard zur Antwort. »Verdient haben Sie es jedenfalls.«

»Die Zukunft liegt allein in Gottes Hand, Captain. Aber sie ist voller Verheißung.«

Ein letztes Mal nickte Captain Picard ihr zu. Dann nahm er im Kommandosessel Platz. Jetzt stand nur noch Troi vor dem großflächigen Wandbildschirm.

»Counselor Troi«, äußerte die Ordensfrau, »Sie haben mich vieles gelehrt. Wie kann ich Ihnen für alles danken?«

Troi betrachtete das Gesicht der Nonne. Sie hatte keine Ähnlichkeit mehr mit der abgehärmten, verzweifelten Frau, die vor einigen Wochen zur Tür der Counselor hereingewankt war; die dunklen Ringe der Erschöpfung unter ihren Augen waren verschwunden, die Haut spannte sich nicht mehr so sehr über die Wangenknochen, ihre Miene brachte keine Furcht mehr zum Ausdruck.

»Das haben Sie schon getan«, versicherte Troi. Mutter Veronica lächelte ihr zu. Deanna wollte sich abwenden, aber die Nonne war noch nicht fertig.

»Dürfte ich vielleicht Mr. Data sprechen, bevor Sie abfliegen?«

An der Operatorstation hob Data den Kopf. Er stand auf und drehte sich dem Bildschirm zu. »Ja, Mutter Veronica?«

Mutter Veronica schenkte auch ihm ein Lächeln. »Geben Sie Ihre Suche nicht auf, Mr. Data«, empfahl sie ihm. »Hören Sie nie auf, Fragen zu stellen. Bedenken Sie, daß die Suche nach der Wahrheit so ewig ist wie Gott selbst.«

»Vielen Dank«, sagte Data artig. »Ich werde mir alles merken.«

Die drei Gesprächsteilnehmer auf dem Bildschirm winkten nochmals zum Abschied. Dann wurde die Kom-Verbindung getrennt.

»Welchen Kurs, Sir?« fragte Commander Riker.

»Zurück nach Starbase 212«, befahl Picard, während er sich im Kommandosessel zurechtrückte. »Wir müssen den Föderationsbehörden einen Vertrag abliefern.«

Troi machte Anstalten zum Verlassen der Kommandobrücke. Sie hatte Aufgaben, die zu lange vernachlässigt worden waren. Zum Beispiel mußte sie noch im Counselor-Logbuch den abschließenden Eintrag über Lieutenant Salah nachholen. Ihrer Mutter sollte sie wieder einmal einen Brief schreiben. Und es warteten Patienten auf sie, unter ihnen Fähnrich Johann Marshall. Jetzt wußte Deanna, was sie ihm sagen konnte.

Es ist wahr, dachte sie, während sie in den oberen Bereich der Kommandobrücke hinaufging. Oft wird der Arzt durch den Kranken geheilt. Häufig lernt der Lehrer vom Schüler.

Als sie zum Turbolift gelangte, blieb sie stehen und drehte sich noch einmal um. »Data«, fragte sie, »hat Mutter Veronica Ihnen die Fragen beantworten können, die Sie so beschäftigt haben?«

»Nicht ganz, Counselor«, lautete die Entgegnung des Androiden. »Es gibt noch viele Dinge, für die ich bisher keine adäquate Definition kenne. Zwar habe ich einige Antworten gefunden, stelle jedoch fest, daß diese Antworten weitere Fragen aufwerfen. Ich werde die Suche fortsetzen.«

»Mehr kann man von niemandem verlangen, Data«, sagte Troi.

EPILOG

Auf dem Weg zum Transporterraum machte Counselor Deanna Troi einen Abstecher in ihr Quartier. Gegenwärtig dockte das Raumschiff an Starbase 079 an, wo Fähnrich Johann Marshall an Bord zurückkommen sollte. Er hatte einen Besuch daheim bei seiner Familie gemacht, den ersten seit zwei Jahren. Troi wollte ihn bei seiner Rückkehr begrüßen. Sie suchte ihr Quartier lediglich auf, weil man ihr am Morgen bei einer Stippvisite in einer Stufe-Eins-Schulklasse einige selbstgebastelte Kunstwerke geschenkt hatte.

Vorsichtig plazierte sie die kleine Sammlung kindlicher Meisterwerke fürs erste auf dem Tisch und wandte sich gleich wieder zum Gehen. Da sah sie plötzlich im Augenwinkel an ihrem Computerterminal das Leuchtfeld blinken, das den Eingang einer Privatmitteilung anzeigte. Rasch ging sie hin und aktivierte den Monitor.

Es war eine Nachricht von Mutter Veronica. Ebenso überrascht wie erfreut, setzte sich Troi, um den Text zu lesen.

Liebe Counselor Troi,
seit sechs Monaten bin ich jetzt auf Vulkan. Heute haben meine Lehrer mir erklärt, daß sie mit meinen Fortschritten zufrieden sind. Inzwischen weiß ich, daß so ein Lob von einem Vulkanier eine große Ehre bedeutet. Ich selbst bin auch zufrieden. Ich habe viel mehr gelernt, als ich es bei unserem letzten Zusammensein noch für möglich gehalten hätte. Und ich lerne

täglich dazu. Die vulkanische Definition der nichtemotionalen Logik, von der ich befürchtete, sie könnte für mich ein unüberwindliches Hindernis sein, hat sich als das genaue Gegenteil herausgestellt. Das vulkanische Bewußtsein hat den Vorzug einer derartig gründlichen Geordnetheit, daß jeder Kontakt damit, auch bei tiefem telepathischem Kontakt, eine wahre Wohltat ist und das Lernen zum Vergnügen macht.

In all diesen Monaten habe ich Ihnen nicht geschrieben, weil ich mir nicht über meine Zukunftspläne im klaren gewesen bin. So war es bis heute. Jetzt habe ich eingesehen, daß mein Platz doch auf Capulon IV ist. Wenn meine mentale Ausbildung abgeschlossen ist, will ich dorthin zurückkehren und im Rahmen der dortigen Ordensgemeinschaft eine Schule gründen. Sie soll den Zweck haben, die Bewohner Capulons bei der Wiederentdeckung ihres psychischen Erbes zu unterstützen. Ich habe schon an König Joakal und das Stammhaus unseres Ordens geschrieben und um entsprechende Erlaubnis gebeten. Ich bin mir sicher, daß ich sie bekomme. Daß alles, was geschieht, einen Sinn erfüllt, ist wirklich eine große Wahrheit.

Sie haben mich sehr viel gelehrt. Dafür werde ich Ihnen immer dankbar sein. Zwar bewundere ich meine vulkanischen Lehrer, aber die Lektionen, in denen Sie mich unterrichtet haben, sind mir in meiner Erinnerung am wertvollsten. Sie sind es gewesen, liebe Counselor Troi, die mir durch Worte und persönliches Beispiel verdeutlicht haben, daß ich nur Frieden erlangen kann, wenn ich mich so akzeptiere, wie ich bin. Ihnen muß ich es danken, daß ich endlich die Furcht bezwungen habe, die mein Dasein so lange beeinträchtigt hat. Zum erstenmal bin ich frei und kann nun für immer ein freies Leben führen.

Troi schaltete den Monitor ab. Sie lehnte sich in dem Stuhl zurück und lächelte vor sich hin. Sie freute sich für Mutter Veronica und all jene, denen die Nonne künftig Hilfe leisten konnte.

Ihr Kommunikator zirpte. »Tuttle an Counselor Troi.«

»Hier Troi.«

»Counselor, das Andockmanöver ist beendet«, gab Tuttle durch. »Fähnrich Marshall hat Bescheid gegeben, daß er bereit ist, an Bord gebeamt zu werden. Haben Sie noch vor, ihn im Transporterraum zu erwarten?«

»Bin schon unterwegs«, sagte Troi und sprang auf. »Danke, Transporterchefin.« Man merkte ihren Schritten Frohsinn an, während sie eilig ihr Quartier verließ, um ihren genesenen Patienten sofort bei der Rückkehr zu begrüßen. Als sie zügig die Korridore durchquerte, lächelte sie den Leuten zu.

Alles in allem besehen, hatte Deanna Troi heute einen wunderbaren Tag.

STAR TREK™

in der Reihe
HEYNE SCIENCE FICTION & FANTASY

STAR TREK: CLASSIC SERIE

Vonda N. McIntyre, Star Trek II: Der Zorn des Khan · 06/3971
Vonda N. McIntyre, Der Entropie-Effekt · 06/3988
Robert E. Vardeman, Das Klingonen-Gambit · 06/4035
Lee Correy, Hort des Lebens · 06/4083
Vonda N. McIntyre, Star Trek III: Auf der Suche nach Mr. Spock · 06/4181
S. M. Murdock, Das Netz der Romulaner · 06/4209
Sonni Cooper, Schwarzes Feuer · 06/4270
Robert E. Vardeman, Meuterei auf der Enterprise · 06/4285
Howard Weinstein, Die Macht der Krone · 06/4342
Sondra Marshak & Myrna Culbreath, Das Prometheus-Projekt · 06/4379
Sondra Marshak & Myrna Culbreath, Tödliches Dreieck · 06/4411
A. C. Crispin, Sohn der Vergangenheit · 06/4431
Diane Duane, Der verwundete Himmel · 06/4458
David Dvorkin, Die Trellisane-Konfrontation · 06/4474
Vonda N. McIntyre, Star Trek IV: Zurück in die Gegenwart · 06/4486
Greg Bear, Corona · 06/4499
John M. Ford, Der letzte Schachzug · 06/4528
Diane Duane, Der Feind – mein Verbündeter · 06/4535
Melinda Snodgrass, Die Tränen der Sänger · 06/4551
Jean Lorrah, Mord an der Vulkan Akademie · 06/4568
Janet Kagan, Uhuras Lied · 06/4605
Laurence Yep, Herr der Schatten · 06/4627
Barbara Hambly, Ishmael · 06/4662
J. M. Dillard, Star Trek V: Am Rande des Universums · 06/4682
Della van Hise, Zeit zu töten · 06/4698
Margaret Wander Bonanno, Geiseln für den Frieden · 06/4724
Majliss Larson, Das Faustpfand der Klingonen · 06/4741
J. M. Dillard, Bewußtseinsschatten · 06/4762
Brad Ferguson, Krise auf Centaurus · 06/4776
Diane Carey, Das Schlachtschiff · 06/4804
J. M. Dillard, Dämonen · 06/4819
Diane Duane, Spocks Welt · 06/4830
Diane Carey, Der Verräter · 06/4848
Gene DeWeese, Zwischen den Fronten · 06/4862
J. M. Dillard, Die verlorenen Jahre · 06/4869

STAR TREK™

Howard Weinstein, Akkalla · 06/4879
Carmen Carter, McCoys Träume · 06/4898
Diane Duane & Peter Norwood, Die Romulaner · 06/4907
John M. Ford, Was kostet dieser Planet? · 06/4922
J. M. Dillard, Blutdurst · 06/4929
Gene Roddenberry, Star Trek (I): Der Film · 06/4942
J. *M. Dillard,* Star Trek VI: Das unentdeckte Land · 06/4943
David Dvorkin, Die Zeitfalle · 06/4996
Barbara Paul, Das Drei-Minuten-Universum · 06/5005
Judith & Garfield Reeves-Stevens, Das Zentralgehirn · 06/5015
Gene DeWeese, Nexus · 06/5019
D. C. Fontana, Vulkans Ruhm · 06/5043
Judith & Garfield Reeves-Stevens, Die erste Direktive · 06/5051
Michael Jan Friedman, Das Doppelgänger-Komplott · 06/5067
Judy Klass, Der Boacozwischenfall · 06/5086
Julia Ecklar, Kobayashi Maru · 06/5103
Peter Norwood, Angriff auf Dekkanar · 06/5147
Carolyn Clowes, Das Pandora-Prinzip · 06/5167
Diana Duane, Die Befehle des Doktors · 06/5247
V. E. Mitchell, Der unsichtbare Gegner · 06/5248
Dana Kramer-Rolls, Der Prüfstein ihrer Vergangenheit · 06/5273
Michael Jan Friedman, Schatten auf der Sonne · 06/5179
Barbara Hambly, Der Kampf ums nackte Überleben · 06/5334
Brad Ferguson, Eine Flagge voller Sterne · 06/5349
Gene DeWeese, Die Kolonie der Abtrünnigen · 06/5375
Michael Jan Friedman, Späte Rache · 06/5412
Peter David, Der Riß im Kontinuum · 06/5464
Michael Jan Friedman, Gesichter aus Feuer · 06/5465
Peter David/Michael Jan Friedman/Robert Greenberger, Die Enterbten · 06/5466
L. A. Graf, Die Eisfalle · 06/5467

STAR TREK: THE NEXT GENERATION
David Gerrold, Mission Farpoint · 06/4589
Gene DeWeese, Die Friedenswächter · 06/4646
Carmen Carter, Die Kinder von Hamlin · 06/4685
Jean Lorrah, Überlebende · 06/4705
Peter David, Planet der Waffen · 06/4733
Diane Carey, Gespensterschiff · 06/4757
Howard Weinstein, Macht Hunger · 06/4771

STAR TREK™

John Vornholt, Masken · 06/4787
David & Daniel Dvorkin, Die Ehre des Captain · 06/4793
Michael Jan Friedman, Ein Ruf in die Dunkelheit · 06/4814
Peter David, Eine Hölle namens Paradies · 06/4837
Jean Lorrah, Metamorphose · 06/4856
Keith Sharee, Gullivers Flüchtlinge · 06/4889
Carmen Carter u. a., Planet des Untergangs · 06/4899
A. C. Crispin, Die Augen der Betrachter · 06/4914
Howard Weinstein, Im Exil · 06/4937
Michael Jan Friedman, Das verschwundene Juwel · 06/4958
John Vornholt, Kontamination · 06/4986
Mel Gilden, Baldwins Entdeckungen · 06/5024
Peter David, Vendetta · 06/5057
Peter David, Eine Lektion in Liebe · 06/5077
Howard Weinstein, Die Macht der Former · 06/5096
Michael Jan Friedman, Wieder vereint · 06/5142
T. L. Mancour, Spartacus · 06/5158
Bill McCay/Eloise Flood, Ketten der Gewalt · 06/5242
V. E. Mitchell, Die Jarada · 06/5279
John Vornholt, Kriegstrommeln · 06/5312
Laurell K. Hamilton, Nacht über Oriana · 06/5342
David Bischoff, Die Epidemie · 06/5356
Diane Carey, Abstieg · 06/5416
Michael Jan Friedman, Relikte · 06/5419
Michael Jan Friedman, Die Verurteilung · 06/5444
Simon Hawke, Die Beute der Romulaner · 06/5413
Rebecca Neason, Der Kronprinz · 06/5414

STAR TREK: DIE ANFÄNGE
Vonda N. McIntyre, Die erste Mission · 06/4619
Margaret Wander Bonanno, Fremde vom Himmel · 06/4669
Diane Carey, Die letzte Grenze · 06/4714

STAR TREK: DEEP SPACE NINE
J. M. Dillard, Botschafter · 06/5115
Peter David, Die Belagerung · 06/5129
K. W. Jeter, Die Station der Cardassianer · 06/5130
Sandy Schofield, Das große Spiel · 06/5187
Lois Tilton, Verrat · 06/5323
Diane Carey, Die Suche · 06/5432

STAR TREK™

Esther Friesner, Kriegskind · 06/5430
Melissa Scott, Der Pirat · 06/5434 (in Vorb.)
Nathan Archer, Walhalla · 06/5512 (in Vorb.)

STAR TREK: STARFLEET KADETTEN
John Vornholt, Generationen · 06/6501
Peter David, Worfs erstes Abenteuer · 06/6502
Peter David, Mission auf Dantar · 06/6503
Peter David, Überleben · 06/6504
Brad Strickland, Das Sternengespenst · 06/6505
Brad Strickland, In den Wüsten von Bajor · 06/6506
John Peel, Freiheitskämpfer · 06/6507
Mel Gilden & Ted Pedersen, Das Schoßtierchen · 06/6508
John Vornholt, Erobert die Flagge! · 06/6509
V. E. Mitchell, Die Atlantis Station · 06/6510
Michael Jan Friedman, Die verschwundene Besatzung · 06/6511
Michael Jan Friedman, Das Echsenvolk · 06/6512

STAR TREK: VOYAGER
L. A. Graf, Der Beschützer · 06/5401
Peter David, Die Flucht · 06/5402
Nathan Archer, Ragnarök · 06/5403
Susan Wright, Verletzungen · 06/5404 (in Vorb.)
John Betancourt, Der Arbuk-Zwischenfall · 06/5405 (in Vorb.)

DAS STAR TREK-UNIVERSUM, 2 Bde.,
überarbeitete und aktualisierte Neuausgabe!
von *Ralph Sander* · 06/5150

DAS STAR TREK-UNIVERSUM, Ergänzungsband
von *Ralph Sander* · 06/5151

William Shatner/Chris Kreski, Star Trek Erinnerungen · 06/5188
William Shatner/Chris Kreski, Star Trek Erinnerungen: Die Filme · 06/5450

Phil Farrand, Cap'n Beckmessers Führer durch
STAR TREK – DIE NÄCHSTE GENERATION · 06/5199
Phil Farrand, Cap'n Beckmessers Führer durch
STAR TREK – DIE CLASSIC SERIE · 06/5451

Diese Liste ist eine Bibliographie erschienener Titel
KEIN VERZEICHNIS LIEFERBARER BÜCHER!